张 勇 任群英 孙敬华 编

先秦两汉言说资料汇编

COLLECTION OF SPEECH MATERIALS FROM PRE-QIN AND HAN DYNASTIES

社会科学文献出版社
SOCIAL SCIENCES ACADEMIC PRESS (CHINA)

总　序

红河学院人文学院“中国语言文学”学科建设“驽马十驾”丛书

“形立则章成矣，声发则文生矣”，要谈学科建设的问题，掠过我头脑的却是刘勰的这句话，这是《文心雕龙·原道》的句子。章要成，必须形先立；文要生，必须声先发，文章之道，不立则不成，不发则不生。刘彦和这里所说的文章，当然不直接是我们今天所说的文学的文章，而是花纹的意思，但是他整部《文心雕龙》本来要谈的就是文学的文章，“原道”就是探究文章之道，花纹的文章于是成为一切文学的文章的原型和象征，因此，就把“形立则章成，声发则文生”中的花纹的文章当做文学的文章来理解，看来也没有什么大错。

文章如此，学术也如此。一个学者，一个教师，一个组织，一个机构，一个学校，一个学院，一个系科，如果要在学界立足，没有代表性的学术成果，不能在学林发出自己的声音，那就只能是文不文，章不章，学不学，术不术，文章之道不成，学术之位不立。反过来说，要成文章之道，欲立学术之位，哪里就是那么容易的事情呢？

王阳明那样的人，一再谆谆教诲，要立大志，立大志对于一个人的学术成长是何等的重要，这是没有问题的，的确需要立大志，一个人，以及一个院系的学术，缺乏大志的感召和鞭策，恐怕也只能沉沦下僚，泯然众人矣。然而，大志好立，实现不易，志存高远，还须脚踏实地。

问题是，怎么才算是脚踏实地？落实在学术建设和操作层面上的脚踏实地，应该是怎么样的做法？

红河学院的前身是蒙自师专，成立于1978年，至今已有37年的历史，中文系是蒙自师专成立之初就有的系科，也是37年的历史，在云南省当时十所师专的中文系中，蒙自师专中文系名列前茅，其师资和学术水准在地州院校中赫赫有名，邓德生校长即中文系教授。苏学瞻教授在全国师专系统中颇有声名，在于非教授主编通用全国师专的《中国古代文学》和《中国古代文学作品选》中负责先秦部分。那时全校教授不过寥寥二三人而已，中文系占尽风流。苏学瞻之后的中文系主任孙占林乃四川大学汉语史硕士研究生，导师向熹教授，出自北大王力一系，在当时也是屈指可数的高学历人才，汉语史方面的修为亦自不俗。而从新疆石河子调入的诗人王亚平，诗名远播，享誉全国，于全国诗坛联系广泛，往来密切，诗作屡获全国大奖。王亚平曾拟成立“当代诗歌研究中心”，引进当今诗坛耆宿，于边地开创当代古典诗词创作研究的新局面，种种原因，其事不成，王亚平退休，涟漪消失，死水不澜。后来之中文系主任，及红河学院人文学院首任院长朱明，于诗歌写作和研究、小说叙述学方面，亦有好焉，文有创作，学有积淀，亦可有为。再后之路伟教授，身任院长之职，学专语言之学，创作研究，亦有成绩。后起者张勇教授，负笈宁沪，问学名师，抱文学硕士、博士学位而归，博士论文《元明小说发展研究——以人物描写为中心》入选“第五辑上海市社会科学博士文库”。不久，复旦大学出版社编辑“复旦博学论丛”，《元明小说发展研究——以人物描写为中心》入选第一辑，此为第二版。《中国近世白话短篇小说叙事发展研究》乃张勇博士硕士论文基础上修改扩充而来，入选“红河学院人字桥学术文丛”，云南大学出版社出版，之后获得云南省政府奖。《中国小说古今演变研究举隅》2014年获云南省哲学社会科学学术著作出版专项经费资助，2015年由人民出版社出版，贯通古代小说和现代小说的藩篱。四川大学文学博士布小继专治张爱玲，《张爱玲、沈从文、贾平凹文化心理研究》（四川大学出版社2011年版）、《阐释与建构——张爱玲小说解读》（四川大学出版社2013年版）、《张爱玲改写改译作品研究》（中国社会科学出版社2013年版，红河学院学术文库丛书）相继出版，国家社科基金项目《中国现代汉英双语作家研究》、云南省社科联项目《抗战时期的云南文学艺术》、云南省教育厅项目《云南抗战时期文化思想建设研究》连续立项。可谓论著迭出，项目连连，笔耕不辍，成果丰厚，专人之学，累累有成。其余如任群英教授之精研于两汉士人与文学，钱叶春教授之倾心于李杨爱情，张永杰教授之属意于汪曾祺，孙敬华副教授之专治于《易经》，王凌虹副教授之探究于当代散文，王秋副教授之醉心于电影，邹丹副教授之嫁接于中西美学，万青副教授之独研于《诗经》，冯静洁副教授之关注于儿童文学，杨彬副教授之寄情于口才演讲，鲁亮副教授之偏爱于民族民间文学，王晓玲副教授之注目于余华暴力美学，陆小燕讲师之着眼于越南汉籍，郑琦讲师之不逾于西方小说，李文优讲师之偏重于荷马史诗，沈慧讲师之徘徊于文学理论与抗战文学，高庆秀讲师之瞩目于西南联大，林林总总，支离破碎，诸侯纷争，各自为战，道术为天下裂，天下不复为一统。

甚可以庆幸的，是中文系的若干老师，在张勇博士的发起下，自2002年起就自行组织了一个民间的读书会，每周一个晚上，大约三个小时左右，选一部先秦经典，选一个古本（大致是四部丛刊的本子），复印以后人手一册，一起坐下来，慢慢地读，从头到尾地读，一字一句也不放过，既读经典本文，也读注疏和音义，以这样的方式来读读经典，“闻多素心人，乐与数晨夕”，“奇文共欣赏，疑义相与析”，十几年下来，先后会读了朱熹集注《论语》《大学》《中庸》，郭象注、陆德明音义《南华真经》，目前正在会读《春秋》及《春秋三传》，参加的人都感到很有收获，经典和文献的基础日益得到加强，经典和文献的阐释能力也逐渐提高。最初的参加者有任群英、万青、何绍明，后来屡有增减，也经历了命悬一线的危机，最凋零的时候只有任群英、王秋、张勇三人，也坚持下来了，大概有三年左右的时间，然后是再度兴隆，来的人逐渐又多了起来，目前已比较稳定了。由于多年的坚持，读书会渐渐有了影响力和吸引力，后来，朱明老院长也主持了一个文艺学的读书会，会读新批评的经典。路伟教授也随之跟进，组织了语言学的读书会，布小继教授在最近又开展了张爱玲英译作品的读书会。这样一来，中文系就有了四个读书会，有的老师参加了不止一个读书会的活动，读书会成了老师们最惬意和愿意参与的学术活动。在这样的活动中，中文系的老师也在逐渐和不断地进步，学术关系也不断变得融洽，这样的事情尽管是民间的活动，但是对于学科建设来说，无疑就是一种重要的学术力量的积累和培养，也是一种学术精神的凝结和提升。在这样的气氛中，中文系也呈现了一种团队的力量和学科的自然整合，如果再有某种外来因素和力量，加以刺激和促进的话，那么这样一种良好的学术学科自发态势势必会发挥出难以想象的爆发力。

红河学院“十二五”校级培育和建设学科申报工作于2013年启动，标志着学校层面上学科建设工作的正式开始，中国语言文学学科经过酝酿、申报、评审，被批准为学校首批建设学科，立项建设，人文学院亦予以立项建设，于是，中国语言文学学科同时为学校和人文学院校院两级学科建设项目，中文系学术力量整合的工作遂提上日程。

学科建设的目标，就是要成文章之道，立学术之位，而实现这一目标的方式，就是要整合力量，形成合力，改变单打独斗的方式，以团体的面目出现，形成特色，凝结力量。经过多次讨论、论证、审议，充分考虑中国语言文学学科团队的学缘结构、兴趣爱好、现有基础、优势劣势、研究前景、开拓向度等方方面面的因素和问题，最终，中国语言文学学科的学科建设被设计为四个方向。一、红河流域语言接触与语言借用。方向带头人是路伟教授。重点研究红河流域各语言的接触与借用、包括滇南汉语方言与少数民族语言的接触与借用、少数民族语言的接触与借用，并对接触与借用形成的语言类型进行研究与探讨。二、小说言说。方向带头人是张勇教授。本方向旨在打破小说分期以及小说理论与小说史相分离的固有思维，从小说言说角度入手，以贯通眼光和视野整体思考小说问题，使小说言说研究获得新的学理阐释和开拓，终级目标是建构“小说言说学”。三、云南抗战文学。方向带头人是布小继教授。抗战时期，在西南联大知识分子的带动下涌现出了一大批作家作品，云南文学呈现出前所未有的发展势头。本研究以西南联大文学、西南联大在蒙自、抗战时期云南本土作家和云南抗战文学与四十年代文学之关系为重点。四、云南当代少数民族文学。方向带头人是朱明副教授。以现代性理论为理论框架，将云南当代少数民族文学视为一个完整的整体，立足于边地经验和多元文化观念，挖掘隐含在文学书写中的文化选择、主体建构和现代性体验，揭示被主流叙述所遮蔽的少数民族文学独具的文化内涵和文学意义。

中国语言文学学科建设的领衔人原先是路伟教授，后来由在下滥竽，众人撺掇，人情难却，不得已而应之，实难副其任，心有余而力不足，福兮祸兮，心有忐忑。

自2014年6月中国语言文学学科正式立项建设以来，各学科方向按部就班，有序推进，逐渐取得了一些初步的成果，发表了一些论文，但是，学科建设中所存在的深刻矛盾也日益凸显，其中最主要的矛盾，是各团队成员原有的研究兴趣、学科背景、学术积累与新的学科建设方向的要求之间不相协调和难以融合的问题。按照学科建设的要求，各方向自行组建研究团队，团队成员自愿报名，选择自己中意的学科方向，加入相应的学科建设团队，而加入某一学科团队的同时也就意味着要放弃自己已有的兴趣、方向和积累，尽管我们也强调尽量把自己原来的东西与新的方向要求结合起来，这样可以最大限度地省下一些时间和精力，会提高一定的效率，但是，毕竟是面对一个新的方向和要求，其间的适应性和适应度是不可以一蹴而就的，难免要经历痛苦的煎熬，适应的人效率方面也未敢乐观，不适应的人很可能知难而退，放弃转化，于是，在经历了最初的兴奋和热情以后，在经受了磨合的阵痛之后，新的状况出现了：学科建设逐渐处于停滞不前的境地，后劲乏力，散漫无根，团队人员兴趣日减，动力受挫，一时之间难以为继，不知如何是好！

面对此情此景，本人亦颇感焦虑，究竟如何才能走出困境，有所突破？思虑再三，也是胸无良策，黔驴技穷。无奈之下，乃退而求其次，以为所谓学科建设的高标准、高目标、高境界之类高大上的东西可以暂时撇开，不如先来做一点基础的工作，四个学科方向都考虑先从文献做起，扎扎实实打好基础，再谈别的问题，基础不打好，一切都无从谈起。各学科方向不妨先来做一个文献选本，既为本学科方向的研究探探底，也为学界和我们自身提供一个初步的研究读本，这样或许还比较实在一些，免得好高骛远，不切实际。红河流域语言接触与语言借用方向可以就红河流域地方语言的素材编一个基础的语言读本。小说言说方向侧重于编写小说言说与言说的相关资料，为小说言说的研究提供一个初步的读本和参考资料，从而打下小说言说研究的坚实基础。云南抗战文学方向编写一个反映出云南抗战文学的基本面貌，勾勒出较为清晰的云南抗战文学版图，以帮助具备中学及以上水平的学生和各界人士更好地阅读和欣赏的读本。云南当代少数民族文学方向编写一个包括各少数民族代表作家作品的当代选本，以为外界了解云南当代少数民族文学的窗口，也为我们自身的进一步研究提供一个基本的读本。这样，中国语言文学学科建设似乎就可以形成一个以编辑出版学科方向的文献读本为基本工作的研究系列，这是学科建设的基础，或许也是一个突破口，在资料建设的基础上再进行下一步的工作。以资料建设为先导的学科建设，应该会有一个踏实的开始，一个坚实的基点。这样的一个思路，先后和各学科方向的带头人进行了交流和沟通，获得了他们的一致赞同和支持，于是分头展开了工作。

之后，人文学院院长张平海教授也感于学科建设的困局，而提出了组建新的学科建设团队的新方式，以兴趣相近的数人为一个学科建设团队来展开某个专项的研究，以此尝试和寻找突破学科建设困境的可能性，在这样的思路和政策之下，布小继领衔申报了《云南抗战文学作品选》的建设团队，张勇领衔申报了《小说与言说的历史·资料编》的建设团队，并且获得学院批准和立项，其余两个学科方向也在酝酿和思考之中。而出手最快，收刀最猛的当属布小继团队，日前，小继兄已经把《云南抗战文学作品选》完成的稿子发给了我，并且已经和吉林大学出版社联系好了出版事宜，实在大大出乎我的意料，令我既佩服，又羞愧。更加令我难堪的，是他居然要我为整个文献选本丛书作一个总序，我虽然忝为中国语言文学学科建设的领衔人，但是一切工作总落在他的后面，他又是主管科研的人文学院副院长，其实是他在领导着我，这样的一个总序怎么也不应该由我来越俎代庖的。数次推辞，都被他驳回，想再坚持，又怕被笑矫情，于是就勉强答应了。我想，小继教授的先期完工，一方面是他的认真、负责、勤奋优良学术品质的反映——这无疑是值得我们好好学习的，另一方面也是对于我们的督促和鞭策，所以，我既乐见其成，要在这里表示衷心的祝贺，同时也愿意以之为榜样，努力向他看齐，争取早日拿出小说言说团队的完稿来，以为我们共同的学术事业略尽绵薄。对于其他两个学科方向，我也希望他们有和我们一样的想法，努力加餐饭，尽早完成各自的工作，让这一中国语言文学学科建设的基础文献选本丛书尽快完璧，而不要让小继博士和他的《云南抗战文学作品选》孤独地在前方等待太久。

这套小丛书取名“驽马十驾”，出处自然是《荀子·劝学》，“驽马十驾，功在不舍”，驽钝的马，自然无法和骐骥相比，不过千里马一天走的路，驽马大不了用十天来拼抵，也还是可以一样的到达千里马到达的地方。我们这些人，我们的学科建设，就像是驽钝的马，本身跑得慢，起步又晚，要和别人一样到达目标，也就只能以坚韧的精神和锲而不舍的毅力来做事了，卑之无甚高论，还是让我们学学驽马，一步一步慢慢来吧。

这样，回到最初的问题——怎么才算是脚踏实地？落实在学术建设和操作层面上的脚踏实地，应该是怎么样的做法？

其实也只有一句话，编一套小小的只有四种书的文献选本丛书，照着驽马的步子，向前走。如此而已。

是为序。

张 勇

2015 年 12 月 22 日凌晨 2:30 初稿

2015 年 12 月 23 日 00:30 二稿

2015 年 12 月 26 日 21:50 三稿

蒙自 · 泥稗斋

前　言
Preface

文学是言说。这是我们对于文学是什么的一种基本认识和态度，文学的存在是以它的方式进行自我言说和他者言说，创作的时候是自我言说，面对读者的时候是他者言说，而只有成功的自我言说，才可能导致他者言说的成功。在作者、作品、读者所构成的三角关系中，贯通其中的是言说。文学以言说显示了自身的存在，以言说表达了对于世界的感受，以言说建立了和读者的联系，而一切身世、门阀、教育、阅历、交游的背景因素，都不过是在为文学的言说做准备工作。

把文学的根本属性理解为一种言说，必然导致文学史的重新阐释，文学史叙述也因此面临重构。文学如此，小说亦如此；文学史如此，小说史亦如此。

言说既然是文学存在和表达的根本属性，小说乃文学之一种，小说的根本属性因此也是言说。小说言说研究在把小说理解为一种言说的思想基础上，以小说如何言说为线索和切入点，探究小说的文体特征、故事表达、文学性生成、历史演变、小说与文学传统和文化母体的关系、小说创作实践与小说理论等相关问题，打破小说史分期局限，突破现有研究思路和格局，追求整体观，强调从小说本身抽象理论，探寻小说历史脉动的内在支配力，重构中国小说史。这一旨在寻找小说史研究的新方法和新路径，探究小说研究新模式的设想，研究范围和主题包括七个方面：(1) 小说言说资料汇编；(2) 中国古代言说的话语体系；(3) 中国古代言说话语体系与中国古代小说的关系；(4) 中国古代小说的言说理论（前人的理论概括）；(5) 中国古代小说言说的理论（隐藏在小说中需加以抽象的理论）（从古代小说中抽象出言说理论来）；(6) 言说话语视域下的中国古代小说史；(7) 中国小说史的言说通观。然而，万丈高楼平地起，任何学术目标的实现，都需要从基础做起，基础不打好，一切都无从谈起。小说言说的基础，就是要先编写小说言说的相关资料，为小说言说的研究提供一个初步的读本和参考，从而打下小说言说研究的文献基础，再以此为出发，攀登那些预定的山峰。于是，编撰一套《小说言说资料汇编》的想法也就自然产生了。打算从先秦开始，一直到清代，分三、四卷，汇集小说言说的主要资料，成一小小文献书系，以资便利。

《先秦两汉言说资料汇编》即此资料汇编的第一卷，此卷之成，历时数年，参编人员，商定体例，分工合作，随时讨论，虽不如研究工作之艰辛，也花费了不少精力和时间，付出亦颇可观，自身也加强了对此一领域的理解，倘对中国文学和小说研究有所裨益，则幸甚焉。

先秦两汉的小说，自是处于隐而未发的状态，相关的言说，也与小说尚未建立直接的联系，但是，万事都有开始，小说言说的源头，正从此开始。先秦两汉涉及言说问题的文献中，经书、史著、诸子百家、文集在各自的视角和领域所表达的言说思想，多种多样，蕴含丰富，后世小说的发展繁荣，与此密切相关。因此，万事开头难，《先秦两汉言说资料汇编》的完成，不但意味着《小说言说资料汇编》的工作有了初步的成果，奠定了后续工作的根基，而且把小说言说的探寻深入到了言说话题产生的源头深处，历史溯源与开枝散叶是这样的难分难解。

先有言说，后有小说言说。于是，《先秦两汉言说资料汇编》先期而出。

凡　例

一、本书辑录先秦两汉与言说问题有关的资料，为中国古代言说问题及小说言说研究提供基本读本和参考文献。

二、本书辑录范围涉及先秦两汉经学、诸子、史学、集部著作中涉及言说问题的相关文字。经学取材以《十三经》为主，兼及《春秋繁露》《说文解字》《释名》《尔雅》等。诸子著作主要有《荀子》《老子》《庄子》《商君书》《韩非子》《墨子》《公孙龙子》《慎子》《六韬》《管子》《吕氏春秋》《六韬》《司马法》《尉缭子》《邓子》《鬼谷子》《新语》《淮南子》《盐铁轮》《法言》《新序》《说苑》《西京杂记》《论衡》《白虎通》《潜夫论》《政论》《昌言》《申鉴》《中论》《风俗通义》《独断》等。史著包括《国语》《战国策》《史记》《汉书》《后汉书》《列女传》《吴越春秋》等。集部有《贾谊集》《蔡邕集》等。

三、本书先秦两汉言说资料的编撰按照经、史、子、集的顺序排列。

四、先秦两汉之后的经学注疏、诸子著作注释、史著注释等，对于难解的原文有帮助理解作用的，尽管超出时代范围，但在所辑录经学、诸子、史著原文之后适当加以采辑，以方便读者。

五、对于辑录著作的版本，原则上采用通行本，一般是获得学界较高认可度的，学界普遍使用，相关专业出版社出版的整理或影印古籍。

六、对于所引材料，本书均取自原文，注明作者、卷数，所依据版本，同一部书，只在首次出现时注明一次版本信息，以后不再注明，但卷数、篇名不同者，仍然注明。

七、由于本资料汇编采用简体字出版，出版社也有相应规定和要求，故古籍原文中的异体字和通假字都尽量改成了通用字。

八、所编资料卷目、数字等标注方式依所使用版本而定，尽量与原书保持一致。

目 录

Contents

先秦部分

经

史

子

两汉部分

经

史

集

先秦部分

经

《周易正义》[①]

卷二《需》

九二：需于沙，小有言，终吉。

卷二《讼》

初六：不永所事，小有言，终吉。

卷二《师》

六五：田有禽，利执言，无咎。长子帅师，弟子舆尸，贞凶。

卷四《明夷》

初九：明夷于飞，垂其翼。君子于行，三日不食。有攸往，主人有言。

卷五《革》

九三：征凶，贞厉。革言三就，有孚。

卷五《震》

震。亨：震来虩虩，笑言哑哑。

---

① 魏·王弼等注，唐·孔颖达等正义《十三经注疏》，上海古籍出版社，1993。

卷五《艮》

六五：艮其辅，言有序，悔亡。

卷五《渐》

初六：鸿渐于干，小子厉有言，无咎。

《尚书正义》[①]

卷二《尧典》

帝曰："吁！静言庸违，象恭滔天。"

卷三《舜典》

帝曰："格，汝舜。询事考言，乃言底可绩，三载。汝陟帝位。"

帝曰："夔，命汝典乐，教胄子，直而温，宽而栗。刚而无虐，简而无傲。诗言志，歌永言，声依永，律和声。八音克谐，无相夺伦，神人以和。"

卷四《大禹谟》

帝曰："俞！允若兹，嘉言罔攸伏，野无遗贤，万邦咸宁。……"

禹曰："朕德罔克，民不依。皋陶迈种德，德乃降，黎民怀之。帝念哉！念兹在兹，释兹在兹，名言兹在兹，允出兹在兹，惟帝念功。"

卷四《皋陶谟》

禹曰："吁！咸若时，惟帝其难之。知人则哲，能官人。安民则惠，黎民怀之。能哲而惠，何忧乎驩兜？何迁乎有苗？何畏乎巧言令色孔壬？"

皋陶曰："都！亦行有九德。亦言其人有德，乃言曰：'载采采'。"

皋陶曰："朕言惠，可底行。"

① 汉·孔安国传，唐·孔颖达等正义《十三经注疏》，上海古籍出版社，1993。

卷五《益稷》

帝曰："来禹，汝亦昌言。"禹拜曰："都！帝，予何言？予思日孜孜。"

皋陶曰："俞！师汝昌言。"

帝曰："……予欲闻六律、五声、八音，在治忽，以出纳五言，汝听。予违汝弼，汝无面从，退有后言。……工以纳言，时而扬之……"

禹曰："俞哉！帝光天之下，至于海隅苍生，万邦黎献，共惟帝臣，惟帝时举。敷纳以言，明庶以功，车服以庸……"

皋陶拜手稽首，扬言曰："念哉！率作兴事，慎乃宪，钦哉！屡省乃成，钦哉！"

卷八《汤誓》

王曰："格尔众庶，悉听朕言。……予惟闻汝众言，夏氏有罪，予畏上帝，不敢不正。……尔无不信，朕不食言。尔不从誓言，予则孥戮汝，罔有攸赦。"

卷八《仲虺之诰》

矧予之德，言足听闻。

卷八《伊训》

敢有侮圣言，逆忠直，远耆德，比顽童，时谓乱风。

圣谟洋洋，嘉言孔彰。

卷八《太甲上》

王惟庸，罔念闻。伊尹乃言曰："先王昧爽丕显，坐以待旦。……"

卷八《太甲下》

有言逆于汝心，必求诸道。有言逊于汝志，必求诸非道。……君罔以辩言乱旧政。

卷八《咸有一德》

俾万姓咸曰："大哉王言。"

卷九《盘庚上》

盘庚迁于殷，民不适有居。率吁众戚，出矢言。

王用丕钦，罔有逸言，民用丕变。

汝克黜乃心，施实德于民，至于婚友，丕乃敢大言，汝有积德。

汝不和吉言于百姓，惟汝自生毒。

相时憸民，犹胥顾于箴言，其发有逸口，矧予制乃短长之命？

迟任有言曰："人惟求旧，器非求旧，惟新。"

卷九《盘庚下》

罔罪尔众，尔无共怒，协比谗言予一人。

卷一〇《说命上》

王宅忧，亮阴三祀。既免丧，其惟弗言，群臣咸谏于王曰："呜呼！知之曰明哲，明哲实作则。天子惟君万邦，百官承式，王言惟作命，不言，臣下罔攸禀令。"王庸作书以诰曰："以台正于四方，惟恐德弗类，兹故弗言。恭默思道，梦帝赉予良弼，其代予言。"

卷一〇《说命中》

惟说命总百官。……王曰："旨哉！说乃言惟服。乃不良于言，予罔闻于行。"说拜稽首，曰："非知之艰，行之惟艰。王忱不艰，允协于先王成德，惟说不言有厥咎。"

卷一一《泰誓中》

王乃徇师而誓曰："呜呼！西土有众，咸听朕言。我闻吉人为善，惟日不足。凶人为不善，亦惟日不足。……"

卷一一《牧誓》

古人有言曰："牝鸡无晨。牝鸡之晨，惟家之索。今商王受，惟妇言是用。"

卷一三《旅獒》

玩人丧德，玩物丧志。志以道宁，言以道接。

卷一三《金縢》

武王既丧，管叔及其群弟乃流言于国，曰："公将不利于孺子。"

二公及王，乃问诸史与百执事，对曰："信。噫！公命我勿敢言。"

卷一四《康诰》

王曰："呜呼！封，汝念哉！今民将在祗遹乃文考，绍闻衣德言。……"

卷一六《多士》

王曰："又曰时予，乃或言，尔攸居。"

卷一六《无逸》

周公曰："呜呼！我闻曰：……作其即位，乃或亮阴，三年不言。其惟不言，言乃雍，不敢荒宁。……"

卷一七《蔡仲之命》

惟周公位冢宰，正百工，群叔流言，乃致辟管叔于商，囚蔡叔于郭邻。以车七乘。

王若曰："小子胡，惟尔率德改行，克慎厥猷，……详乃视听，罔以侧言改厥度，则予一人汝嘉。"

卷一七《多方》

周公曰："……有夏诞厥逸，不肯戚言于民，……"

卷一七《立政》

文王罔攸兼于庶言，庶狱、庶慎，惟有司之牧夫。

自一话一言，我则末惟成德之彦，以乂我受民。

呜呼！予旦已受人之徽言，咸告孺子王矣。

卷一八《君陈》

图厥政，莫或不艰，有废有兴，出入自尔师虞，庶言同则绎。

卷一八《顾命》

王曰："……恐不获誓言嗣。兹予审训命汝。……今天降疾殆，弗兴弗悟。尔尚明时朕言，……"

卷一九《毕命》

王若曰："……惟公懋德，克勤小物，弼亮四世，正色率下，罔不祗师言。……"

卷一九《冏命》

王若曰："伯冏，……慎简乃僚，无以巧言令色、便辟侧媚，其惟吉士。……"

卷二十《秦誓》

公曰："嗟！我士，听无哗。予誓告汝群言之首。古人有言曰：'民讫自若是多盘。'……惟截截善谝言，俾君子易辞，我皇多有之，昧昧我思之。"

《毛诗正义》[①]

卷一之二《葛覃》

言告师氏，言告言归。薄污我私，薄浣我衣。

---

① 汉·郑玄笺，唐·孔颖达等正义《十三经注疏》，上海古籍出版社，1993。

卷一之三《芣苡》

采采芣苡，薄言采之。
采采芣苡，薄言有之。
采采芣苡，薄言掇之。
采采芣苡，薄言捋之
采采芣苡，薄言袺之。
采采芣苡，薄言襭之。

卷一之三《汉广》

翘翘错薪，言刈其楚。之子于归，言秣其马。……翘翘错薪，言刈其蒌。之子于归，言秣其驹。

卷一之四《草虫》

陟彼南山，言采其蕨。未见君子，忧心惙惙。……陟彼南山，言采其薇。未见君子，我心伤悲。

卷二之一《终风》

终风且曀，不日有曀，寤言不寐，愿言则嚏。
曀曀其阴，虺虺其雷，寤言不寐，愿言则怀。

卷二之三《泉水》

出宿于干，饮饯于言。载脂载辖，还车言迈。遄臻于卫，不瑕有害？
我思肥泉，兹之永叹。思须与漕，我心悠悠。驾言出游，以写我忧。

卷二之三《二子乘舟》

二子乘舟，泛泛其景。愿言思子，中心养养。
二子乘舟，泛泛其逝。愿言思子，不瑕有害。

卷三之一《墙有茨》

墙有茨，不可扫也。中苒之言，不可道也。所可道也，言之丑也。

墙有茨，不可襄也。中冓之言，不可详也。所可详也，言之长也。

墙有茨，不可束也。中冓之言，不可读也。所可读也，言之辱也。

卷三之二《载驰》

载驰载驱，归唁卫侯。驱马悠悠，言至于漕。……陟彼阿丘，言采其虻。

卷三之二《考盘》

考盘在涧，硕人之宽。独寐寤言，永矢弗谖。

卷三之三《氓》

既见复关，载笑载言。尔卜尔筮，体无咎言。……言既遂矣，至于暴矣。兄弟不知，咥其笑矣。静言思之，躬自悼矣。……总角之宴，言笑晏晏。

卷三之三《伯兮》

其雨其雨，杲杲出日。愿言思伯，甘心首疾。

焉得谖草？言树之背。愿言思伯。使我心痗。

卷四之三《女曰鸡鸣》

弋言加之，与子宜之。

宜言饮酒，与子偕老。

卷四之三《狡童》

彼狡童兮，不与我言兮。

卷四之四《扬之水》

无信人之言，人实诓女。……无信人之言，人实不信。

卷五之三《汾沮洳》

彼汾沮洳，言采其莫。……彼汾一方，言采其桑。……彼汾一曲，言采其藚。

卷六之二《采苓》

采苓采苓，首阳之巅。人之为言，苟亦无信。舍旃舍旃，苟亦无然。人之为言，胡得焉？

采苦采苦，首阳之下。人之为言，苟亦无与。舍旃舍旃，苟亦无然。人之为言，胡得焉？

采葑采葑，首阳之东。人之为言，苟亦无从。舍旃舍旃，苟亦无然。人之为言，胡得焉？

卷九之四《出车》

春日迟迟，卉木萋萋。仓庚喈喈，采蘩祁祁。执讯获丑，薄言还归。

卷九之四《杕杜》

陟彼北山，言采其杞。王事靡盬，忧我父母。……卜筮偕止，会言近止，征夫迩止！

卷一〇之一《彤弓》

彤弓弨兮，受言藏之。……彤弓弨兮，受言载之。……彤弓弨兮，受言櫜之。…

卷一〇之二《采芑》

薄言采芑，于彼新田，于此菑亩。……薄言采芑，于彼新田，于此中乡。

卷一〇之三《车攻》

四牡庞庞，驾言徂东。……东有甫草，驾言行狩。

卷一一之一《沔水》

民之讹言，宁莫之惩。我友敬矣，谗言其兴。

卷一一之一《黄鸟》

言旋言归，复我邦族。……言旋言归，复我诸兄。……言旋言归，复我诸父。

卷一一之二《我行其野》

我行其野，蔽芾其樗。婚姻之故，言就尔居。……我行其野，言采其蓫。婚姻之故，言就尔宿。尔不我畜，言归斯复。我行其野，言采其葍。

卷一二之一《节南山》

民言无嘉，憯莫惩嗟。

卷一二之一《正月》

民之讹言，亦孔之将。……好言自口，莠言自口。……民之讹言，宁莫之惩。……维号斯言，有伦有脊。

卷一二之二《雨无正》

如何昊天，辟言不信。……听言则答，谮言则退。……哀哉不能言，匪舌是出，维躬是瘁。哿矣能言，巧言如流，俾躬处休！……鼠思泣血，无言不疾。

卷一二之三《巧言》

盗言孔甘，乱是用餤……荏染柔木，君子树之。往来行言，心焉数之。蛇蛇硕言，出自口矣。巧言如簧，颜之厚矣。

卷一二之三《巷伯》

缉缉翩翩，谋欲谮人。慎尔言也，谓尔不信。捷捷幡幡，谋欲谮言。岂不尔受，既其女迁。

卷一三之一《大东》

眷言顾之，潸焉出涕。……

卷一三之二《楚茨》

楚楚者茨，言抽其棘。……诸父兄弟，备言燕私。

卷一四之三《青蝇》

岂弟君子，无信谗言。

卷一五之一《采菽》

觱沸槛泉，言采其芹。君子来朝，言观其旗。

卷一五之二《都人士》

彼都人士，狐裘黄黄。其容不改，出言有章。……我不见兮，言从之迈。

卷一五之二《采绿》

予发曲局，薄言归沐。……之子于狩，言韔其弓。之子于钓，言纶之绳。……维鲂及鲊，薄言观者。

卷一五之三《瓠叶》

君子有酒，酌言尝之。……君子有酒，酌言献之。……君子有酒，酌言酢之。……君子有酒，酌言酬之。

卷一六之三《皇矣》

临冲闲闲，崇墉言言。

卷一六之五《下武》

永言配命，成王之孚。……永言孝思，孝思维则。……永言孝思，昭哉嗣服。

卷一七之三《公刘》

京师之野，于时处处，于时庐旅，于时言言，于时语语。

卷一七之四《板》

我言维服，勿以为笑。先民有言："询于刍荛。"……老夫灌灌，小子跷跷。匪我言耄，尔用忧谑。

卷一八之一《抑》

抑抑威仪，维德之隅。人亦有言，靡哲不愚。……白圭之玷，尚可磨也，斯言之玷，不可为也！无易由言，无曰苟矣，莫扪朕舌，言不可逝矣。无言不仇，无德不报。……荏染柔木，言缗之丝。……其维哲人，告之话言。顺德之行。……匪手携之，言示之事。匪面命之，言提其耳。

卷一八之二《桑柔》

维此圣人，瞻言百里。维彼愚人，覆狂以喜。匪言不能，胡斯畏忌？……大风有隧，贪人败类。听言则对，诵言如醉。

卷一八之三《烝民》

人亦有言："柔则茹之，刚则吐之。"……人亦有言："德輶如毛。民鲜克举之。"

卷一九之二《时迈》

时迈其邦，昊天其子之，实右序有周。薄言震之，莫不震叠，怀柔百神。

卷一九之三《有客》

有客宿宿，有客信信。言授之执，以执其马。薄言追之，左右绥之。

卷二〇之一《駉》

薄言駉者，有驈有皇，有骊有黄，以车彭彭。……薄言駉者，有骓有駓，有骍有骐，以车伾伾。……薄言駉者，有驒有骆，有骝有雒，以车绎绎。……薄言駉者，有骃有騢，有驔有鱼，以车祛祛。

卷二〇之一《有駜》

振振鹭，鹭于下。鼓咽咽，醉言舞，于胥乐兮。……振振鹭，鹭于飞。鼓咽咽，醉言归。于胥乐兮。

卷二〇之一《泮水》

鲁侯戾止，言观其旂。其旂茷茷，鸾声哕哕。

《周礼注疏》[①]

卷第七《九嫔》

九嫔掌妇学之法，以教九御妇德、妇言、妇容、妇功，各帅其属而以时御叙于王所。

卷第二十二《冢人》

及葬。言鸾车象人。

卷第二十二《大司乐》

以乐语教国子：兴、道、讽、诵、言、语。

卷第二十五《占梦》

言甸人读祷，付、练、祥，掌国事。

卷第三十六《夷隶》

夷隶掌役牧人养牛马，与鸟言。

卷第三十六《貉隶》

貉隶掌役服不氏，而养兽而教扰之，掌与兽言。

卷第三十六《禁暴氏》

禁暴氏掌禁庶民之乱暴力正者，挢诬犯禁者，作言语而不信者，以告而诛之。

---

① 汉·郑玄注，唐·贾公彦疏《十三经注疏》，清·阮元校刻，中华书局，2008。

卷第三十八《象胥》

象胥掌蛮夷、闽貉、戎狄之国，使掌传王之言而谕说焉，以和亲之。若以时入宾，则协其礼与其辞言传之。

《仪礼注疏》①

卷第七《士相见礼第三》

君在堂，升见无方阶，辩君所在。凡言非对也，妥而后传言。与君言，言使臣；与大人言，言事君；与老者言，言使弟子；与幼者言，言孝弟于父兄。与众言，言忠信慈祥。与居官者言，言忠信。凡与大人言，始视面，中视抱，卒视面，毋改。众皆若是。若父则游目，毋上于面，毋下于带。若不言，立则视足，坐则视膝。

卷第二十一《聘礼》

聘于夫人，用璋，享用琮，如初礼，若有言，则以束帛，如享礼。

卷第四十一《既夕礼》

哭昼夜无时，非丧事不言。

卷第四十八《少牢馈食礼》

祝主人皆拜妥尸。尸不言，尸答拜。遂坐。……主人不言，拜侑。

《礼记正义》②

卷第一《曲礼上第一》

修身践言，谓之善行。行修言道，礼之质也。

---

① 汉·郑玄注，唐·贾公彦疏《十三经注疏》，清·阮元校刻，中华书局，2008。
② 汉·郑玄注，唐·孔颖达等正义《十三经注疏》，清·阮元校刻，中华书局，2008。

鹦鹉能言，不离飞鸟。猩猩能言，不离禽兽。今人而无礼，虽能言，不亦禽兽之心乎？

夫为人子者，出必告，反必面，所游必有常，所习必有业，恒言不称老。

卷第二《曲礼上》

从于先生，不越路而与人言。……先生与之言则对，不与之言则趋而退。

户外有二屦，言闻则入，言不闻则不入。

离坐离立，毋往参焉。离立者不出中间。男女不杂坐，不同椸枷，不同巾栉，不亲授。嫂叔不通问，诸母不漱裳。外言不入于梱，内言不出于梱。

卷第三《曲礼上》

凡为君使者，已受命君，言不宿于家。君言至，则主人出拜君言之辱。使者归，则必拜送于门外。

卷第四《曲礼下第二》

居丧不言乐，祭事不言凶，公庭不言妇女。

卷第五《曲礼下》

诸侯见天子，曰“臣某侯某”。其与民言自称曰“寡人”。……既葬。见天子，曰“类见”，言谥曰类。

天子不言出，诸侯不生名，君子不亲恶。

君命：大夫与士肄，在官言官，在府言府，在库言库，在朝言朝。朝言不及犬马。……在朝言礼，问礼对以礼。

卷第七《檀弓上》

古之人有言曰：“狐死正丘首，仁也。”

子思之哭嫂也为位，妇人倡踊，申祥之哭言思也亦然。

卷第八《檀弓上》

从母之夫，舅之妻，二夫人相为服，君子未之言也。

有子问于曾子曰："问丧于夫子乎？"曰："闻之矣。丧欲速贫，死欲速朽。"有子曰："是非君子之言也。"曾子曰："参也闻诸夫子也。"有子又曰："是非君子之言也。"曾子曰："参也与子游闻之。"有子曰："然。然则夫子有为言之也。"曾子以斯言告于子游。子游曰："甚哉！有子之言似夫子也。……夫子曰：'若是其靡也。死不如速朽之愈也。'死之欲速朽，为桓司马言之也。……丧之欲速贫，为敬叔言之也。"曾子以子游之言告于有子，有子曰："然。吾固曰'非夫子之言也'"。

孔子之丧，有自燕来观者，舍于子夏氏。子夏曰："圣人之葬人，与人之葬圣人也。子何观焉。昔者夫子言之曰'吾见封之若堂者矣……'"

卷第九《檀弓下第四》

丧有死之道焉，先王之所难言也。

子张问曰："《书》云：'高宗三年不言，言乃欢。'有诸？"

卷第十《檀弓下》

二名不偏讳，夫子之母名徵在，言在不称徵，言徵不称在。

文子其中退，然如不胜衣。其言呐呐然，如不出其口。

卷第十一《王制第五》

是故公家不畜刑人，大夫弗养，士遇之途，弗与言也。

卷第十二《王制》

五方之民，言语不通，嗜欲不同。

卷第十三《王制》

析言破律，乱名改作，执左道以乱政，杀。作淫声、异服、奇技、奇器以疑众，杀。行伪而坚，言伪而辩，学非而博，顺非而泽以疑众，杀。

关执禁以讥，禁异服，识异言。

卷第十八《曾子问第七》

孔子曰："天子巡守，以迁庙主行，载于齐车，言必有尊也。……"

卷第十九《曾子问》

宗子死，称名不言孝，身没而已。

卷第二十《文王世子第八》

凡祭、与养老、乞言、合语之礼，皆小乐正诏之于东序。大乐正学舞干戚，语说命乞言，皆大乐正授数。

凡语于郊者，必取贤敛才焉。或以德进，或以事举，或以言扬。

言父子君臣长幼之道，合德音之致，礼之大者也。

若内竖言疾，则世子亲齐玄而养。

卷第二十七《内则第十二》

少事长，贱事贵，共帅时，男不言内，女不言外，非祭非丧，不相授器。……内言不出，外言不入。

卷第二十八《内则》

凡养老，五帝宪，三王有乞言。五帝宪，养气体而不乞言，有善则记之为惇史。三王亦宪，既养老而后乞言，亦微其礼，皆有惇史。

择于诸母与可者，必求其宽裕、慈惠、温良、恭敬、慎而寡言者，使为子师。其次为慈母，其次为保母，皆居子室。

子能食食，教以右手。能言，男唯女俞，男鞶革，女鞶丝。

卷第二十九《玉藻第十三》

动则左史书之，言则右史书之。

君若赐之爵，则越席再拜稽首受。登席，祭之，饮卒爵而俟。君卒爵，然后授虚爵。君子之饮酒也，受一爵而色洒如也，二爵而言言斯，礼已三爵而油油。

卷第三十《玉藻》

士于君所言大夫，没矣则称谥若字。名士，与大夫言。名士，字大夫。

言容茧茧，戎容暨暨；言容詻詻，色容厉肃。

卷第三十一《明堂位第十四》

纳夷蛮之乐于大庙，言广鲁于天下也。

卷第三十五《少仪第十七》

毋訾衣服成器，毋身质言语，言语之美，穆穆皇皇。

卷第三十六《学记第十八》

今之教者，呻其占毕，多其讯，言及于数，进而不顾其安。

其言也约而达，微而臧，罕譬而喻，可谓继志矣。

卷第三十九《乐记》

宾牟贾侍坐于孔子，孔子与之言即乐。

子曰："唯。丘之闻诸苌弘。亦若吾子之言是也。……"

天则不言而信，神则不怒而威，致乐以治心者也。

故歌之为言也，长言之也，说之故言之，言之不足，故长言之。长言之不足，故嗟叹之，嗟叹之不足，故不知手之舞之，足之蹈之也。

卷第四十二《杂记下第二十一》

三年之丧，言而不语，对而不问。

卷第四十三《杂记下》

君子有五耻：居其位，无其言，君子耻之；有其言，无其行，君子耻之。

卷第四十五《丧大记》

寝苫枕凷，非丧事不言。

既葬，与人立。君言王事，不言国事。大夫、士言公事，不言家事。

主人拜稽颡。君称言，视祝而踊，主人踊。

卷第四十七《祭义第二十四》

君子有终身之丧，忌日之谓也。忌日不用，非不祥也。言夫日，志有所至，而不敢尽其私也。

子赣问曰："子之言祭，济济漆漆然。今子之祭，无济济漆漆。何也？"子曰："……夫言岂一端而已，夫各有所当也。……"

卷第四十八《祭义》

曾子曰："是何言与？是何言与？……"

乐正子春："……壹出言而不敢忘父母，壹出足而不敢忘父母，……壹出言而不敢忘父母，是故恶言不出于口，忿言不反于身，不辱其身，不羞其亲，可谓孝矣。"

卷第五十《哀公问第二十七》

哀公问于孔子曰："大礼何如？君子之言礼，何其尊也？"

其顺之，然后言其丧算，备其鼎俎，设其豕腊，修其宗庙，岁时以敬祭祀，以序宗族。

子愀然作色而对曰："君之及此言也，百姓之德也。固臣敢无辞而对？……"公曰："寡人虽无似也，原闻所以行三言之道。可得闻乎。"……公曰："寡人愿有言，然冕而亲迎，不已重乎？"……孔子遂言曰："……出以治直言之礼，足以立上下之敬。……"孔子遂言曰："昔三代明王之政。必敬其妻子也。……"

孔子对曰："君子过言则民作辞，过动则民作则。君子言不过辞，动不过则，百姓不命而敬恭。……"

公曰："寡人既闻此言也，无如后罪何？"孔子对曰："君之及此言也，是臣之福也。"

卷第五十《仲尼燕居第二十八》

仲尼燕居，子张、子贡、言游侍，纵言至于礼。

是故古之君子，不必亲相与言也，以礼乐相示而已。

言而履之，礼也。行而乐之，乐也。

三子者，既得闻此言也，于夫子，昭然若发矇矣。

卷第五十一《孔子闲居第二十九》

子夏曰："言则大矣、美矣、盛矣，言尽于此而已乎。"

卷第五十一《坊记第三十》

子言之："君子之道，辟则坊与？坊民之所不足者也。……"

故君子约言，小人先言。子云："上酌民言，则下天上施；上不酌民言，则犯也。……《诗》云：'先民有言。询于刍荛。'"

高宗云："三年其惟不言，言乃欢。"……子云："父母在不称老，言孝不言慈。闺门之内，戏而不叹。……"

卷第五十二《中庸第三十一》

子曰："舜其大知也与！舜好问而好察迩言，隐恶而扬善，执其两端，用其中于民，其斯以为舜乎！"

庸德之行，庸言之谨，有所不足，不敢不勉，有余，不敢尽。言顾行，行顾言，君子胡不慥慥尔。

凡事豫则立，不豫则废。言前定则不跲，事前定则不困，行前定则不疚，道前定则不穷。

卷第五十三《中庸》

天地之道，可壹言而尽也。

是故君子动而世为天下道，行而世为天下法，言而世为天下则。

溥博如天，渊泉如渊。见而民莫不敬，言而民莫不信，行而民莫不说。

故君子不动而敬，不言而信，诗曰："奏假无言，时靡有争。"

卷第五十四《表记第三十二》

子言之："归乎，君子隐而显，不矜而庄，不厉而威，不言而信。"

是故君子貌足畏也，色足惮也，言足信也，甫刑曰："敬忌而罔有择言在躬。"

子言之："仁者，天下之表也；义者，天下之制也；报者，天下之利也。……诗曰：'无言不仇，无德不报。'"

故圣人之制行也，不制以已，使民有所劝勉愧耻，以行其言。

子言之："事君先资其言，拜自献其身，以成其信。是故君有责于其臣，臣有死于其言。故其受禄不诬，其受罪益寡。"子曰："事君大言入则望大利，小言入则望小利。故君子不以小言受大禄，不以大言受小禄。"

卷第五十五《缁衣第三十三》

子曰："王言如丝，其出如纶；王言如纶，其出如綍，故大人不倡游言。可言也，不可行，君子弗言也；可行也，不可言，君子弗行也，则民言不危行，而行不危言矣。"

子曰："君子道人以言，而禁人以行，故言必虑其所终，而行必稽其所敝，则民谨于言而慎于行。"

其容不改，出言有章。行归于周，万民所望。

子曰："下之事上也，身不正，言不信，则义不壹，行无类也。"子曰："言有物而行有格也，是以生前则不可夺志，死则不可夺名。君陈曰：'出入自尔师虞，庶言同。'"

子曰："……人苟或言之。必闻其声。……"

子曰："言从而行之，则言不可饰也；行从而言之，则行不可饰也。故君子寡言而行以成其信，则民不得大其美而小其恶。《诗》云：'白圭之玷，尚可磨也；斯言之玷，不可为也。'……"

子曰："南人有言曰：'人而无恒，不可以为卜筮'，古之遗言与？"

卷第五十七《问传第三十七》

斩衰唯而不对，齐衰对而不言，大功言而不议，小功、缌麻议而不及乐，此哀之发于言语者也。

卷第五十八《投壶第四十》

鲁令弟子辞曰："毋憮、毋敖、毋背立、毋逾言，背立、逾言有常爵。"

卷第五十九《儒行第四十一》

言必先信，行必中正。……过言不再，流言不极。

"儒有澡身而浴德。陈言而伏。静而正之。上弗知也。粗而翘之。又不急为也。……"

言谈者。仁之文也。

孔子至舍，哀公馆之。闻此言也，言加信，行加义，"终没吾世，不敢以儒为戏。"

卷第六十一《婚义第四十四》

是以古者，妇人先嫁三月，祖庙未毁，教于公宫，祖庙既毁，教于宗室，教以妇德、妇言、妇容、妇功。

卷第六十一《乡饮酒义第四十五》

言是席之正，非专为饮食也，为行礼也，此所以贵礼而贱财也。……

言是席之上，非专为饮食也。

宾必南向。东方者春，春之为言蠢也，产万物者圣也。南方者夏，夏之为言假也，养之，长之，假之，仁也。西方者秋，秋之为言愁也，愁之以时察，守义者也。北方者冬，冬之为言中也，中者藏也。是以天子之立也，左圣，向仁，右义，背藏也。介必东向，介宾主也。主人必居东方，东方者春，春之为言蠢也，产万物者也。

卷第六十二《射义第四十六》

持弓矢审固，然后可以言中，此可以观德行矣。

射之为言者，绎也，或曰舍也。

卷第六十三《丧服四制第四十九》

《书》曰："高宗谅暗，三年不言"，善之也，此之谓也。然而曰"言不文"者，谓臣下也。

《春秋左传正义》[①]

卷第四（隐公六年至十一年）

（经六年冬）周桓公言于王曰："我周之东迁，晋、郑焉依。善郑以劝来者，犹惧不蔇，况不礼焉？郑不来矣。"

卷第五（桓公元年至二年）

（传二年春）孔父嘉为司马，督为大宰，故因民之不堪命，先宣言曰："司马则然。"

卷第八（庄公元年至十年）

（传九年春）鲍叔帅师来言曰："子纠，亲也，请君讨之。管召，仇

① 晋·杜预注，唐·孔颖达等正义《十三经注疏》，清·阮元校刻，中华书局，2008。

也，请受而甘心焉。”

卷第九（庄公十一年至二十二年）

（传十一年秋）“……言惧而名礼，其庶乎！”

（传十四年夏）使谓原繁曰“……且寡人出，伯父无里言。……”

（传十四年夏）生堵敖及成王焉，未言。楚子问之，对曰：“吾一妇人，而事二夫，纵弗能死，其又奚言？”

卷第十（庄公二十三年至三十二年）

（传二十八年春）使言于公曰：“曲沃，君之宗也。……”

卷第十一（闵公元年至二年）

（传元年春）管敬仲言于齐侯曰：“戎狄豺狼，不可厌也；诸侯亲昵，不可弃也。……”

卷第十三（僖公六年至十四年）

（传七年）春，齐人伐郑，孔叔言曰：“谚有之曰：‘心则不竞，何惮于病？’”

（传七年秋）子文闻其死也，曰：“古人有言曰：‘知臣莫若君。’弗可改也已。”

（传七年秋）管仲言于齐侯曰：“臣闻之：招携以礼，怀远以德。德礼不易，无人不怀。”

（传七年秋）郑伯使大子华听命于会，言于齐侯曰：“泄氏、孔氏、子人氏三族，实违君命。……”

（传九年）秋，齐侯盟诸侯于葵丘，曰：“凡我同盟之人，既盟之后，言归于好。”

（传九年秋）荀叔曰：“吾与先君言矣，不可以贰。能欲复言而爱身乎？……”

（传九年冬）君子曰："《诗》所谓'白圭之玷，尚可磨也；斯言之玷，不可为也'，……"

（传九年冬）今其言多忌克，难哉！。

（传十年春）晋侯杀里克以说。

（传十年冬）郤芮曰："币重而言甘，诱我也"。

（传十年冬）丕豹奔秦，言于秦伯曰："晋侯背大主而忌小怨，民弗与也。伐之必出。"

（传十三年春）齐侯使仲孙湫聘于周，且言王子带，事毕，不与王言。

卷第十四（僖公十五年至二十一年）

（传十五年秋）公曰："……不图晋忧，重其怒也；我食吾言，背天地也。

（传十五年秋）子桑曰："……且史佚有言曰：'无始祸，无怙乱。'"

（传十五年秋）子金教之言曰："朝国人而以君命赏，恐国人不从，故先赏之于朝。……"

（传十五年秋）西邻责言，不可偿也。

卷第十五（僖公二十二年至二十四年）

（传二十二年秋）晋大子圉为质于秦，将逃归，谓嬴氏曰："与子归乎？"对曰："……从子而归，弃君命也。不敢从，亦不敢言。"遂逃归。富辰言于王曰："请召大叔。《诗》曰：'协比其邻，婚姻孔云。'……"

（传二十四年春）晋侯赏从亡者，介之推不言禄，禄亦弗及。……（介之推）对曰："尤而效之，罪又甚焉。且出怨言，不食其食。"其母曰："亦使知之，若何？"对曰："言，身之文也。"其母曰："能如是乎！与女偕隐。"

卷第十六（僖二十五年至二十八年）

（传二十五年春）狐偃言于晋侯曰："求诸侯，莫如勤王。……"

（传二十七年冬）赵衰曰："郤谷可。臣亟闻其言矣，说《礼》《乐》而敦《诗》《书》。……《夏书》曰：'赋纳以言，明试以功，车服以庸。'君其试之。"

传二十八年春先轸曰："子与之。定人之谓礼，楚一言而定三国，我一言而亡之，我则无礼，何以战乎？不许楚言，是弃宋也，救而弃之，谓诸侯何？"……子犯曰："师直为壮，曲为老，岂在久乎？微楚之惠不及此，退三舍辟之，所以报也。背惠食言，以抗其仇，我曲楚直，其众素饱，不可谓老。我退而楚还，我将何求？若其不还，君退臣犯，曲在彼矣。"退三舍。

卷第十八（文公元年至四年）

（传元年冬）殽之役，晋人既归秦帅，秦大夫及左右皆言于秦伯曰："是败也，孟明之罪也，必杀之。"秦伯曰："是孤之罪也。周芮良夫之诗曰：'大风有隧，贪人败类，听言则对，诵言如醉。非用其良，覆俾我悖。'是贪故也，孤之谓矣。孤实贪以祸夫子，夫子何罪？"复使为政。

卷第十九上（文公五年至十年）

惧而辞曰："臣免于死，又有谗言，谓臣将逃，臣归死于司败也。"

卷第十九下（文公十一年至十五年）

（传十二年冬）臾骈曰："使者目动而言肆，惧我也，将遁矣。薄诸河，必败之。"

（传十三年春）寿馀曰："请东人之能与夫二三有司言者，吾与之先。"使士会，士会辞曰："晋人，虎狼也。若背其言，臣死，妻子为戮，无益于君，不可悔也。"

（传十三年春）秦伯曰："若背其言，所不归尔帑者，有如河。"

卷第二十（文公十六年至十八年）

（传十八年冬）少昊氏有不才子，毁信废忠，崇饰恶言；靖谮庸回，服谗搜慝，以诬盛德，天下之民谓之穷奇。颛顼有不才子，不可教训，不知话言，告之则顽，舍之则嚚，傲狠明德，以乱天常，天下之民谓之梼杌。

卷第二十三（宣公十二年）

（传十二年夏）仲虺有言曰："'取乱侮亡'，兼弱也。……"

（传十二年冬）孔达曰："先君有约言焉。若大国讨，我则死之。"

卷第二十四（宣公十三年至十八年）

（传十四年冬）冬，公孙归父会齐侯于谷。见晏桓子，与之言鲁乐。桓子告高宣子曰："子家其亡乎，怀于鲁矣。怀必贪，贪必谋人。谋人，人亦谋己。一国谋之，何以不亡？"孟献子言于公曰："臣闻小国之免于大国也，聘而献物，于是有庭实旅百。朝而献功，于是有容貌、采章、嘉淑，而有加货。谋其不免也。诛而荐贿，则无及也。今楚在宋，君其图之。"公悦。

（传十五年春）郑人囚而献诸楚，楚子厚赂之，使反其言。

（传十五年夏）申犀稽首于王之马前，曰："毋畏知死，而不敢废王命，王弃言焉。"王不能答。

卷第二十五（成公元年至四年）

（传二年夏）张侯曰："自始合，而矢贯余手及肘，余折以御，左轮朱殷，岂敢言病？吾子忍之！"

卷第二十六（成公五年至十年）

（经）八年，春，晋侯使韩穿来言汶阳之田，归之于齐。

（传）八年春，晋侯使韩穿来言汶阳之田，归之于齐。季文子饯之，私焉，曰："……行父惧晋之不远犹而失诸侯也，是以敢私言之。"

（传八年冬）晋士燮来聘，言伐郯也，以其事吴故。

卷第二十七（成公十一年至十五年）

（传十二年秋）宾曰："……今吾子之言，乱之道也，不可以为法。然吾子，主也，至敢不从？"遂入，卒事。归以语范文子。文子曰："无礼，必食言，吾死无日矣夫！”

（传十五年冬）初，伯宗每朝，其妻必戒之曰：“‘盗憎主人，民恶其上。’子好直言，必及于难。”

卷第二十八（成公十六年至十八年）

（传十六年夏）对曰：“……今楚内弃其民，而外绝其好，渎齐盟，而食话言，奸时以动，而疲民以逞。……”

（传十六年夏）苗贲皇言于晋侯曰：“楚之良，在其中军王族而已。请分良以击其左右，而三军萃于王卒，必大败之。”

卷第二十九（襄公元年至四年）

（传二年夏）君子曰：“……《诗》曰：‘其惟哲人，告之话言，顺德之行。’……”

（传二年夏）公曰：“楚君以郑故，亲集矢于其目，非异人任，寡人也。若背之，是弃力与言，其谁昵我？免寡人，唯二三子。”

公跣而出，曰：“寡人之言，亲爱也。吾子之讨，军礼也。寡人有弟，弗能教训，使干大命，寡人之过也。子无重寡人之过，敢以为请。”

卷第三十（襄公五年至九年）

（传五年春）王使王叔陈生愬戎于晋，晋人执之。士鲂如京师，言王叔之贰于戎也。

（传七年冬）卫孙文子来聘，且拜武子之言，而寻孙桓子之盟。

（传八年夏）子国怒之曰：“尔何知？国有大命，而有正卿。童子言焉，将为戮矣。”

（传九年冬）荀偃曰：“改载书！”公孙舍之曰：“昭大神要言焉，若可改也，大国亦可叛也。”

（传九年冬）今楚师至，晋不我救，则楚强矣。盟誓之言，岂敢背之？

卷第三十二（襄公十三年至十五年）

（传十四年春）范宣子亲数诸朝，曰："……今诸侯之事我寡君不知昔者，盖言语漏泄，则职汝之由。诘朝之事，尔无与焉。与，将执汝。"对曰："……我诸戎饮食衣服不与华同，贽币不通，言语不达，何恶之能为？不与于会，亦无瞢焉。"

（传十四年夏）秦伯以为知言，为之请于晋而复之。

（传十四年夏）卫侯与之言，虐。退而告其人曰："卫侯其不得入矣！其言粪土也。亡而不变，何以复国？"

（传十四年冬）楚子囊还自伐吴，卒。将死，遗言谓子庚："必城郢。"

卷第三十三（襄公十六年至十八年）

（传十六年）冬，穆叔如晋聘，且言齐故。

（传十八年秋）他日，见诸道，与之言，同。巫曰："今兹主必死，若有事于东方，则可以逞。"献子许诺。

（传十八年）冬，十月，会于鲁济，寻溴梁之言，同伐齐。

卷第三十四（襄公十九年至二十一年）

（传二十年秋）书曰："蔡杀其大夫公子燮"，言不与民同欲也。"陈侯之弟黄出奔楚"，言非其罪也。

卷第三十五（襄公二十二年至二十四年）

（传二十二年秋）晏平仲言于齐侯曰："商任之会，受命于晋。今纳栾氏，将安用之？小所以事大，信也。失信，不立，君其图之！"弗听。

（传二十三年春）午言曰："今也得栾孺子，何如？"对曰："得主而为之死，犹不死也。"皆叹，有泣者。爵行，又言。皆曰："得主，何贰之有？"盈出，遍拜之。

（传二十三年秋）武子曰："吾言于君，君弗听也。以为盟主而利其难。群臣若急，君于何有？子姑止之。”

（传二十四年春）宣子曰：“……鲁有先大夫曰臧文仲，既没，其言立。其是之谓乎！豹闻之：‘大上有立德，其次有立功，其次有立言’，虽久不废，此之谓不朽。若夫保姓受氏，以守宗祊，世不绝祀，无国无之。禄之大者，不可谓不朽。”

卷第三十七（襄公二十六年）

（传二十六年春）叔向曰：“……子员道二国之言无私，子常易之。奸以事君者，吾所能御也。”

（传二十六年春）返，曰：“君淹恤在外十二年矣，而无忧色，亦无宽言，犹夫人也。若不已，死无日矣。”

（传二十六年春）公至，使让大叔文子曰：“寡人淹恤在外，二三子皆使寡人朝夕闻卫国之言，吾子独不在寡人。古人有言曰：‘非所怨，勿怨。’寡人怨矣。”对曰：“……臣不能贰，通外内之言以事君，臣之罪二也。有二罪，敢忘其死？”乃行，从近关出。公使止之。

卷第三十八（襄公二十七年至二十八年）

（传二十七年夏）告人曰：“……志以发言，言以出信，信以立志，参以定之。”……叔向曰：“……食言者不病，非子之患也。……”

（传二十七年夏）子木与之言，弗能对。使叔向侍言焉，子木亦不能对也。

（传二十七年夏）（赵孟）对曰：“夫人之家事治，言于晋国无隐。其祝史陈信于鬼神无愧辞。”

（传二十七年夏）赵孟曰：“床笫之言不逾阈，况在野乎？非使人之所得闻也。”

（传二十七年夏）赵孟曰：“……若保是言也，欲辞福禄，得乎？”卒享。文子告叔向曰：“伯有将为戮矣！诗以言志，志诬其上，而公怨之，以为宾荣，其能久乎？幸而后亡。”

（传二十八年秋）子大叔曰："……小国将君是望，敢不唯命是听？无乃非盟载之言，以缺君德，而执事有不利焉，小国是惧。不然，其何劳之惮？"

卷第三十九（襄公二十九年）

（传二十九年夏）公曰："欲之而言叛，只见疏也。"

（传二十九年夏）季孙见之，则言季氏如他日。不见，则终不言季氏。

（传二十九年夏）适晋，说赵文子、韩宣子、魏献子，曰："晋国其萃于三族乎！"说叔向，将行，谓叔向曰："吾子勉之！君侈而多良，大夫皆富，政将在家。吾子好直，必思自免于难。"

卷第四十（襄公三十年至三十一年）

（传三十年夏）羽颉因之，与之比，而事赵文子，言伐郑之说焉。

（传三十年冬）子皮曰："虎帅以听，谁敢犯子？子善相之，国无小，小能事大，国乃宽。"

（传三十一年春）穆叔至自会，见孟孝伯，语之曰："……吾子何与季孙言之，可以树善，君子也。……"

卷第四十一（昭公元年）

（传元年夏）晋侯闻子产之言，曰："博物君子也。"重贿之。

卷第四十二（昭公二年至四年）

（传三年春）君子曰："仁人之言，其利博哉！晏子一言而齐侯省刑。《诗》曰：'君子如祉，乱庶遄已。'其是之谓乎！"

（传三年夏）文子曰："退！二子之言，义也。违义，祸也。余不能治余县，又焉用州？其以徼祸也？君子曰：'弗知实难。'知而弗从，祸莫大焉。有言州必死。"

卷第四十三（昭公五年至六年）

（传五年春）曰："……于人为言，败言为谗，故曰'有攸往，主人有言'，言必谗也。……"

卷第四十四（昭公七年至八年）

（传七年夏）曰："人有言曰：'虽有挈瓶之知，守不假器，礼也。'"

（传七年夏）宣子为初言，病有之，以易原县于乐大心。

《传》八年，春，石言于晋魏榆。晋侯问于师旷曰："石何故言？"对曰："石不能言，或冯焉。不然，民听滥也。抑臣又闻之曰：'作事不时，怨讟动于民，则有非言之物而言。'今宫室崇侈，民力凋尽，怨讟并作，莫保其性。石言，不亦宜乎！"于是晋侯方筑虒祁之宫，叔向曰："子野之言，君子哉！君子之言，信而有征，故怨远于其身。小人之言，僭而无征，故怨咎及之。《诗》曰：'哀哉不能言，匪舌是出，唯躬是瘁。哿矣能言，巧言如流，俾躬处休。'其是之谓乎！"

卷第四十五（昭公九年至十二年）

（传九年夏）（杜蒯）曰："味以行气，气以实志，志以定言，言以出令。臣实司味，二御失官，而君弗命，臣之罪也。"公说，彻酒。

（传十一年春）蔡大夫曰："王贪而无信，唯蔡于感，今币重而言甘，诱我也，不如无往。"蔡侯不可。

（传十一年秋）单子会韩宣子于戚，视下言徐。叔向曰："……会朝之言，必闻于表著之位，所以昭事序也。视不过结襘之中，所以道容貌也。言以命之，容貌以明之，失则有缺。今单子为王官伯，而命事于会，视不登带，言不过步，貌不道容，而言不昭矣。不道不共，不昭不从，无守气也。"

（传十二年冬）析父谓子革："吾子，楚国之望也！今与王言如响，国其若之何？"

卷第四十六（昭公十三年）

（传十三年秋）齐人惧，对曰："小国言之，大国制之，敢不听从？既闻命矣，敬共以往，迟速唯君。"

卷第四十七（昭公十四年至十六年）

（传十四年冬）仲尼曰："叔向，古之遗直也。治国制刑，不隐于亲，三数叔鱼之恶，不为末减。曰义也夫，可谓直矣。平丘之会，数其贿也，以宽卫国，晋不为暴。归鲁季孙，称其诈也，以宽鲁国，晋不为虐。邢侯之狱，言其贪也，以正刑书，晋不为颇。三言而除三恶，加三利，杀亲益荣，犹义也夫！"

（传十六年秋）平子曰："子服回之言犹信，子服氏有子哉。"

卷第四十八（昭公十七年至十九年）

（传十八年夏）禆灶曰："不用吾言，郑又将火。"郑人请用之，子产不可。子大叔曰："宝，以保民也。若有火，国几亡。可以救亡，子何爱焉？"子产曰："天道远，人道迩，非所及也，何以知之？灶焉知天道？是亦多言矣，岂不或信？"遂不与，亦不复火。

卷第四十九（昭公二十年）

（传二十年春）费无极言于楚子曰："建与伍奢将以方城之外叛，自以为犹宋、郑也。齐、晋又交辅之，将以害楚，其事集矣。"王信之，问伍奢。伍奢对曰："君一过多矣，何言于谗？"王执伍奢。使城父司马奋扬杀大子，未至，而使遣之。三月，大子建奔宋。王召奋扬，奋扬使城父人执己以至。王曰："言出于余口，入于尔耳，谁告建也？"

卷第五十（昭公二十一年至二十三年）

（传二十二年春）楚薳越使告于宋曰："……人有言曰：'唯乱门之无过。'君若惠保敝邑，无亢不衷，以奖乱人，孤之望也。唯君图之！"

（传二十二年夏）樊顷子曰："非言也，必不克。"

（传二十三年秋）不言战，楚未陈也。

卷第五十一（昭公二十四年至二十五年）

（传二十五年夏）简子曰："鞅也，请终身守此言也。"

（传二十五年秋）又使言，公执戈惧之，乃走。又使言，公曰："非小人之所及也。"公果自言，公以告臧孙，臧孙以难。告郈孙，郈孙以可，劝。告子家懿伯，懿伯曰："谗人以君侥幸，事若不克，君受其名，不可为也。舍民数世，以求克事，不可必也。且政在焉，其难图也。"公退之。辞曰："臣与闻命矣，言若泄，臣不获死。"乃馆于公。

卷第五十二（昭公二十六年至二十八年）

二十七年春，公如齐。公至自齐，处于郓，言在外也。

（传二十七年春）告鱄设诸曰："上国有言曰：'不索，何获？'我，王嗣也，吾欲求之。"

（传二十七年秋）楚郤宛之难，国言未已，进胙者莫不谤令尹。沈尹戌言于子常曰："……今子杀人以兴谤，不弗图，不亦异乎？……"子常曰："是瓦之罪，敢不良图。"九月己未，子常杀费无极与鄢将师，尽灭其族，以说于国，谤言乃止。

（传二十八年秋）贾辛将适其县，见于魏子。魏子曰："辛来！……一言而善。叔向……，曰：'昔贾大夫恶，娶妻而美，三年不言不笑，御以如皋，射雉，获之。其妻始笑而言。'贾大夫曰：'才之不可以已。我不能射，女遂不言不笑夫！'今子少不扬，子若无言，吾几失子矣。言不可以已也如是。遂如故知。……"

卷第五十三（昭公二十九年至三十二年）

（传三十一年夏）众曰："在一言矣，君必逐之！"

（传三十二年冬）书曰："公薨于干侯。"言失其所也。

（传三十二年冬）对曰："……卜人谒之，曰：'生有嘉闻，其名曰友，为公室辅。'及生，如卜人之言，有文在其手曰'友'，遂以名之。……"

卷第五十四（定公元年至四年）

（传元年夏）季孙曰："子家子亟言于我，未尝不中吾志也。吾欲与之从政，子必止之，且听命焉。"

（传四年春）将会，卫子行敬子言于灵公，曰："会同难，啧有烦言，莫之治也。……"

（传四年夏）曰："黄父之会，夫子语我九言，曰：'无始乱，无怙富，无恃宠，无违同，无傲礼，无骄能，无谋非德，无犯非义。'"

（传四年冬）史皇曰："安求其事，难而逃之，将何所入？子必死之，初罪必尽说。"

（传四年冬）鑪金初官于子期氏，实与随人要言。王使见，辞曰："不敢以约为利。"王割子期之心，以与随人盟。

卷第五十五（定公五年至九年）

（传六年秋）他日，公谓乐祁曰："唯寡人说子之言，子必往。"

卷第五十六（定公十年至十五年）

（传十三年夏）安于曰："与其害于民，宁我独死，请以我说。"

犁弥言于齐侯曰："孔丘知礼而无勇，若使莱人以兵劫鲁侯，必得志焉。"

（传十年秋）对曰："臣之业，在《扬水》卒章之四言矣。"

（传十年秋）驷赤谓侯犯曰："众言异矣。子不如易于齐，与其死也，犹是郈也，而得纾焉，何必此？……"

（传十四年秋）戏阳速告人曰："大子则祸余。大子无道，使余杀其母。余不许，将戕于余；若杀夫人，将以余说。余是故许而弗为，以纾余死。谚曰：'民保于信。'吾以信义也。"

（传十五年夏）仲尼曰："赐不幸言而中，是使赐多言者也。"

卷第五十七（哀公元年至五年）

（传二年秋）蔡侯告大夫，杀公子驷以说，哭而迁墓。

（传三年秋）南氏生男，正常载以如朝，告曰："夫子有遗言，命其圉臣曰：'南氏生男，则以告于君与大夫而立之。'今生矣，男也，敢告。"遂奔卫。

（传五年夏）诸大夫恐其为大子也，言于公曰："君之齿长矣，未有大子，若之何？"公曰："二三子间于忧虞，则有疾疢，亦姑谋乐，何忧于无君？"

卷第五十八（哀公六年至十一年）

（传六年春）齐陈乞伪事高、国者，每朝必骖乘焉。所从必言诸大夫，曰："彼皆偃蹇，将弃子之命。皆曰：'高、国得君，必逼我，盍去诸？'"

（传七年冬）曹鄙人公孙强好弋，获白雁，献之，且言田弋之说，悦之。因访政事，大悦之。有宠，使为司城以听政。梦者之子乃行。强言霸说于曹伯，曹伯从之，乃背晋而奸宋。

（传十一年冬）季孙欲以田赋，使冉有访诸仲尼。仲尼曰："丘不识也。"三发，卒曰："子为国老，待子而行，若之何子之不言也？"仲尼不对。

卷第五十九（哀公十二年至十五年）

（传十二年夏）不反哭，故不言葬小君。

（传十二年秋）卫侯归，效夷言。子之尚幼，曰："君必不免，其死于夷乎！执焉，而又悦其言，从之固矣。"

（传十四年春）季康子使冉有谓之曰："千乘之国，不信其盟，而信子之言，子何辱焉？"对曰："鲁有事于小邾，不敢问故，死其城下可也。彼不臣而济其言，是义之也。由弗能。"……诸御鞅言于公，曰："陈、阚不可并也，君其择焉。"……初，陈豹欲为子我臣，使公孙言己，已有丧而止。既而言之，……他日，与之言政，悦，遂有宠。谓之曰："我尽逐陈氏，而立汝，若何？”

（传十四年夏）公曰：“吾早从鞅之言，不及此。”

（传十四年夏）向巢来奔，宋公使止之，曰：“寡人与子有言矣，不可以绝向氏之祀。”

（传十四年夏）退而告人，曰：“吾以从大夫之后也，故不敢不言。”

（传十五年夏）今君命逆使人曰：“……先民有言曰：‘无秽虐士。’”

卷第六十（哀公十六年至二十七年）

（传十六年夏）叶公曰：“周仁之谓信，率义之谓勇。吾闻胜也，好复言，而求死士，殆有私乎？复言，非信也。期死，非勇也。子必悔之。”

（传十六年夏）乃从白公而见之，与之言，悦。告之故，辞。承之以剑，不动。胜曰：“不为利谄，不为威惕，不泄人言以求媚者，去之。”吴人伐慎，白公败之。

（传十六年秋）对曰：“余知其死所，而长者使余勿言。”曰：“不言将烹。”

（传十六年秋）良夫代执火者而言，曰：“疾与亡君，皆君之子也。召之而择材焉，可也。若不材，器可得也。”

（传十七年冬）将入城，简子曰：“止。叔向有言曰，怙乱灭国者无后。”

（传二十年冬）对曰：“黯也，进不见恶，退无谤言。”

（传二十四年夏）莱章曰：“君卑政暴，往岁克敌，今又胜都，天奉多矣，又焉能进？是伪言也。役将班矣！”

（传二十五年夏）郭重仆，见二子，曰：“恶言多矣，君请尽之。”公宴于五梧，武伯为祝，恶郭重，曰：“何肥也！”季孙曰：“请饮彘也。以鲁国之密迩仇雠，臣是以不获从君，克免于大行，又谓重也肥。”公曰：“是食言多矣，能无肥乎？”饮酒不乐，公与大夫始有恶。

《春秋公羊传注疏》[1]

卷第二（隐公二年至四年）

（传四年秋）公子翚恐若其言闻乎桓，于是谓桓曰："吾为子口隐矣。"

卷第五（桓公七年至十八年）

（传十一年秋）祭仲不从其言，则君必死，国必亡。从其言，则君可以生易死，国可以存易亡。

卷第七（庄公八年至十七年）

（经传八年）春，王正月。师次于郎，以俟陈人、蔡人。次不言俟，此其言俟何？

（传十年春）二月，公侵宋，曷为或言侵，或言伐？粗者曰侵，精者曰伐。战不言伐，围不言战，入不言围，灭不言入，书其重者也。

卷第九（庄公二十八年至三十二年）

（经三十二年秋）季子和药而饮之，曰："公子从吾言而饮此，则必可以无为天下戮笑，必有后乎鲁国。不从吾言而不饮此，则必为天下戮笑，必无后乎鲁国。于是从其言而饮之，饮之无傫氏，至乎王堤而死。

卷第十（僖公元年至七年）

（经传）元年，春，王正月。公何以不言即位？弑君，子不言即位。

（传二年夏）荀息曰："宫之奇，智则智矣。虽然，虞公贪而好宝，见宝，必不从其言，请终以往。"

（经传六年）夏，公会齐侯、宋公、陈侯、卫侯、曹伯伐郑，围新城。

---

① 汉·何休解诂，唐·徐彦疏《十三经注疏》，清·阮元校刻，中华书局，2008。

邑不言围，此其言围何？强也。

卷第十一（僖公八年至二十一年）

（传十年春）荀息可谓不食其言矣。

（传十年春）荀息对曰：“使死者返生，生者不愧乎其言，则可谓信矣。”……荀息曰：“君尝讯臣矣。臣对曰：‘使死者返生，生者不愧乎其言，则可谓信矣。’”……荀息立卓子，里克弑卓子，荀息死之。荀息可谓不食其言矣。

（传十年夏）然则曷为不言惠公之入？晋之不言出入者，踊为文公讳也。

卷第十二（僖公二十二年至三十三年）

（经传二十四年）冬，天王出居于郑。王者无外，此其言出何？

（经传二十六年）冬，楚人伐宋，围缗。邑不言围，此其言围何？刺道用师也。

（经传二十八年）春，晋侯侵曹，晋侯伐卫，曷为再言晋侯？非两之也，然则何以不言遂？未侵曹也。未侵曹，则其言侵曹何？致其意也。

（经传二十八年春）三月丙午，晋侯入曹，执曹伯，畀宋人。畀者何？与也。其言畀宋人何？与使听之也。曹伯之罪何？甚恶也。其甚恶奈何？不可以一罪言也。

（传二十八年夏）陈侯如会，其言如会何。后会也。公朝于王所，曷为不言公如京师？天子在是也。天子在是，则曷为不言天子在是？不与致天子也。

（传三十一年夏）曷为或言三卜，或言四卜？三卜，礼也。四卜，非礼也。……曷为或言免牲，或言免牛？免牲，礼也。免牛，非礼也。

卷第十五（宣公元年至九年）

（经传）元年，春，王正月，公即位。继弑君不言即位，此其言即位何？其意也。

卷第十六（宣公十年至十八年）

（传十二年夏）庄王曰："君之不令臣，交易为言。是以寡人得见君中玉面，而微至乎此。"

卷第十七（成公元年至十年）

（经传）八年，春，晋侯使韩穿来言汶阳之田，归之于齐。来言者何？内辞也，胁我使我归之也。

卷第十八（成公十一年至十八年）

（传十五年冬）《春秋》内其国而外诸夏，内诸夏而外夷狄。王者欲一乎天下，曷为以外内之辞言之？言自近者始也。

（经传十六年秋）九月，晋人执季孙行父，舍之于招丘。执未可言舍之者，此其言舍之何？仁之也。曰在招丘悕矣。执未有言仁之者，此其言仁之何？代公执也。

卷第二十（襄公十二年至二十四年）

（经传十二年）春，王三月，莒人伐我东鄙，围台。邑不言围，此其言围何？伐而言围者，取邑之辞也。伐而不言围者，非取邑之辞也。

卷第二十一（襄公二十五年至三十一年）

（经传二十六年春）甲午，卫侯衎复归于卫。此谖君以弑也。其言复归何？恶剽也。曷为恶剽？剽之立，于是未有说也。然则曷为不言剽之立？不言剽之立者，以恶卫侯也。

卷第二十六（定公六年至十五年）

（经传十三年）冬，晋荀寅及士吉射入于朝歌以叛，晋赵鞅归于晋。此叛也，其言归何？以地正国也。其以地正国奈何？晋赵鞅取晋阳之甲，以逐荀寅与士吉射。荀寅与士吉射者，曷为者也？君侧之恶人也。此逐君侧之恶人，曷为以叛言之？无君命也。

卷第二十七（哀公元年至十年）

（经传七年）秋，公伐邾娄。八月，己酉，入邾娄，以邾娄子益来。入不言伐，此其言伐何？内辞也，若使他人然。

《春秋穀梁传注疏》[①]

卷第二（隐公四年至十一年）

（经传）四年，春，王二月，莒人伐杞，取牟娄。传曰："言伐言取，所以恶也。"

（传八年秋）九月，辛卯，公及莒人盟于包来。可言公及人，不可言公及大夫。

卷第三（桓公元年至七年）

（传元年春）继故不言即位，正也。继故不言即位之为正，何也？曰，先君不以其道终，则子弟不忍即位也。继故而言即位，则是与闻乎弑也。继故而言即位，是为与闻乎弑，何也？曰先君不以其道终，已正即位之道而即位，是无恩于先君也。

（经传三年）秋，七月，壬辰，朔日，有食之，既，言日言朔，食正朔也。

卷第四（桓公八年至十八年）

（经传九年）冬，曹伯使其世子射姑来朝。朝不言使，言使非正也。

（经传十年）冬，十有二月，丙午，齐侯、卫侯、郑伯来战于郎。来战者，前定之战也。内不言战，言战则败也。不言其人，以吾败也。不言及者，为内讳也。

---

① 晋·范宁注，唐·杨士勋疏《十三经注疏》，清·阮元校刻，中华书局，2008。

（经传十二年冬）十有二月，及郑师伐宋。丁未，战于宋，非与所与伐战也。不言与郑战，耻不和也。

（经传十三年春）其言及者，由内及之也。其曰战者，由外言之也。

（经传十七年夏）不言其人，以吾败也。不言及之者，为内讳也。

卷第五（庄公元年至十八年）

元年，春，王正月。继弑君，不言即位，正也。

（传元年春）不言氏姓，贬之也。人之于天也，以道受命；于人也，以言受命。不若于道者，天绝之也；不若于言者，人绝之也。

（传十年秋）中国不言败，此其言败，何也？中国不言败，蔡侯其见获乎？其言败，何也？释蔡侯之获也。以归，犹愈乎执也。

（经传十七年）夏，齐人歼于遂。歼者，尽也。然则何为不言遂人尽齐人也？无遂之辞也，无遂则何为言遂，其犹存遂也。

（十八年春）春，王三月，日有食之。不言日。不言朔，夜食也。

卷第六（庄公十九年至三十二年，闵公元年至二年）

（经传二十二年春）癸丑，葬我小君文姜。小君，非君也，不治其民，其曰君，何也？以其为公配，可以言小君也。陈人杀其公子御寇。言公子而不言大夫，公子未命为大夫也。

（传二十三春）其不言使，何也？天子之内臣也。

（传二十三夏）微国之君，未爵命者，其不言来，于外也。

（传二十七年秋）公子友如陈，葬原仲。言葬不言卒，不葬者也。

（经传三十一年夏）六月，齐侯来献戎捷。齐侯来献捷者，内齐侯也。不言使，内与同，不言使也。

卷第七（僖公元年至五年）

元年，春，王正月。继弑君不言即位，正也。齐师、宋师、曹师次于聂北，救邢。救不言次，言次非救也。非救而曰救，何也？遂齐侯之意也。……其不言曹伯，何也？以其不言齐侯，不可言曹伯也。其不言齐侯，何也？以其不足乎扬，不言齐侯也。

（传二年春）则其不言城卫，何也？卫未迁也。其不言卫之迁焉，何也？不与齐侯专封也。其言城之者，专辞也。故非天子不得专封诸侯，诸侯不得专封诸侯，虽通其仁，以义而不与也，故曰仁不胜道。

（经传三年夏）夏，四月，不雨。一时言不雨者，悯雨也。

卷第八（僖公六年至十八年）

（经传六年）夏，公会齐侯、宋公、陈侯、卫侯、曹伯伐郑，围新城。伐国不言围邑，此其言围，何也？病郑也，著郑伯之罪也。

（传八年秋）用者，不宜用者也。致者，不宜致者也。言夫人必以其氏姓，言夫人而不以氏姓，非夫人也，立妾之辞也，非正也。

（传十四年夏）来朝者，来请已也。朝不言使，言使，非正也，以病缯子也。

（传十六年春）称公弟叔仲，贤也。大夫不言公子、公孙，疏之也。

（经传十七年）夏，灭项。孰灭之？桓公也，何以不言桓公也，为贤者讳也。

（经传十八年夏）五月戊寅，宋师及齐师战于甗，齐师败绩。战不言伐，客不言及，言及，恶宋也。

卷第九（僖公十九年至三十三年）

（传二十二年冬）倍则攻，敌则战，少则守，人之所以为人者，言也。人而不能言，何以为人？言之所以为言者，信也。言而不信，何以为言？

（经传二十六年冬）冬，楚人伐宋，围闵。伐国不言围邑，此其言围何也？

（传二十八年夏）公朝于王所。朝不言所，言所者，非其所也。

（传二十八年冬）言曰公朝，逆辞也，而尊天子。会于温，言小诸侯。温，河北地，以河阳言之，大天子也。……晋人执卫侯，归之于京师，此入而执，其不言入，何也？不外王命于卫也。归之于京师，缓辞也，断在京师也。

卷第十（文公元年至八年）

（传二年春）不言公，处父伉也。为公讳也。……何以不言公之如晋？所耻也。出不书，返不致也。

（传六年冬）晋杀其大夫阳处父。称国以杀，罪累上也。襄公已葬，其以累上之辞言之，何也？君漏言也。上泄则下暗，下暗则上聋，且暗且聋，无以相通。……君漏言也，故士造辟而言，诡辞而出。

卷第十一（文公九年至十八年）

（经传九年春）二月，叔孙得臣如京师。京，大也。师，众也。言周必以众与大言之也。

（传十一年冬）然则何为不言获也？曰：古者不重创，不擒二毛，故不言获为内讳也。

（传十二年冬）季孙行父帅师城诸及郓。称帅师，言有难也。

（传十四年秋）九月甲申，公孙敖卒于齐。奔大夫不言卒，而言卒，何也？为受其丧，不可不卒也，其地于外也。

卷第十二（宣公元年至十八年）

（经传元年春）三月，遂以夫人妇姜至自齐。其不言氏，丧未毕，故略之也。其曰妇，缘姑言之之辞也，遂之挈，由上致之也。

（经传元年夏）六月，齐人取济西田。内不言取，言取，授之也，以是为赂齐也。

三年，春，王正月，郊牛之口伤。之口，缓辞也，伤自牛作也。

（经传）七年，春，卫侯使孙良夫来盟。来盟，前定也，不言及者，以国与之。不言其人，亦以国与之。不日，前定之盟不日。

卷第十三（成公元年至八年）

（经传元年春）无冰，终时无冰则志。此未终时而言无冰，何也？

（传七年春）不言日，急辞也。

八年，春，晋侯使韩穿来言汶阳之田，归之于齐。

卷第十四（成公九年至十八年）

（传九年秋）晋栾书帅师伐郑，不言战，以郑伯也，为尊者讳耻。

（传十二年春）言其上下之道，无以存也。上虽失之，孰敢有之？今上下皆失之矣。

（经传十二年）秋，晋人败狄于交刚。中国与夷狄不言战，皆曰败之。夷狄不日。

十有三年，春，晋侯使郤錡来乞师。乞，重辞也。古之人重师，故以乞言之也。

卷第十五（襄公元年至十五年）

（传五年夏）叔孙豹、缯世子巫如晋。外不言如，而言如，为我事往也。

十有二年春，王三月，莒人伐我东鄙，围邰。伐国不言围邑，举重也，取邑不书。围，安足书也！

卷第十六（襄公十六年至三十一年）

（经传二十五年）夏，五月，乙亥，齐崔杼弑其君光。庄公失言，淫于崔氏。

（传二十七年夏）卫杀其大夫宁喜，称国以杀，罪累上也。宁喜弑君，其以累上之辞言之，何也？尝为大夫，与之涉公事矣。

（传三十年秋）外夫人不书葬，此其言葬，何也？吾女也。卒灾，隐而葬之也。

（传三十年秋）晋人、齐人、宋人、卫人、郑人、曹人、莒人、邾人、滕人、薛人、杞人、小邾人会于澶渊，宋灾故。会不言其所为，其曰宋灾故，何也？不言灾故，则无以见其善也。

卷第十七（昭公元年至十三年）

（传四年秋）执齐庆封，杀之。此入而杀，其不言入，何也？庆封对乎吴钟离，其不言伐钟离，何也？不与吴封也。庆封其以齐氏，何也？为齐讨也。灵王使人以庆封令于军中曰："有若齐庆封弑其君者乎？"庆封曰："子一息，我亦且一言。"曰："有若楚公子围，弑其兄之子而代之为君者乎？"军人粲然皆笑。

（昭公五年夏传）夏。莒牟夷以牟娄及防兹来奔。以者，不以者也，来奔者不言出。及防兹，以大及小也。

（传十三年夏）自晋，晋有奉焉尔。归而弑，不言归。言归，非弑也。归一事也，弑一事也，而遂言之，以比之归弑，比不弑也。

卷第十八（昭公十四年至三十二年）

（经传十四年冬）冬，莒杀其公子意恢。言公子而不言大夫，莒无大夫也。

（传二十二年夏）王室乱，乱之为言，事未有所成也。

（传二十三年秋）中国不言败，此其言败，何也？……其言败，释其灭也。

（传二十五年秋）九月，乙亥，公孙于齐。孙之为言犹孙也，讳奔也。

（传二十五年冬）十有二月，齐侯取郓。取，易辞也。内不言取，以其为公取之，故易言之也。

（传二十六年春）以齐侯之见公，可以言至自齐也。居于郓者，公在外也。

（二十六年夏）夏，公围成。非国不言围，所以言围者，以大公也。

（经传三十一年夏）晋侯使荀栎唁公于干侯。唁公不得入于鲁也，曰："既为君言之矣，不可者意如也。"

（经传三十一年）冬，黑肱以滥来奔，其不言邾黑肱，何也？别乎邾也。其不言滥子，何也？非天子所封也。来奔，内不言叛也。

卷第十九（定公元年至十五年）

元年，春，王。不言正月，定无正也。定之无正，何也？昭公之终，非正终也。定之始，非正始也。昭无正终，故定无正始。不言即位，丧在外也。

（经传二年）冬，十月，新作雉门及两观。言新，有旧也。

（传四年冬）为是兴师而伐楚，何以不言救也？救大也。……何以不言灭也？欲存楚也。

（传五年春）不言归之者，专辞也，义迩也。

（传十三年冬）晋赵鞅归于晋，此叛也，其以归言之，何也？贵其以地反也，贵其以地反，则是大利也，非大利也，许悔过也，许悔过，则何以言叛也？以地正国也。以地正国，则何以言叛？其入无君命也。

（传十五年夏）邾子来奔丧，丧急，故以奔言之。

卷第二十（哀公元年至十四年）

（传元年夏）子之所言者，牲之变也，而曰我一该郊之变而道之，何也？我以六月上甲始庀牲，十月上甲始系牲，十一月、十二月牲虽有变，不道也。

（传六年秋）阳生入而弑其君，以陈乞主之，何也？不以阳生君荼也。其不以阳生君荼，何也？阳生正，荼不正。不正则其曰君，何也？荼虽不正，已受命矣。入者，内弗受也。荼不正，何用弗受？以其受命，可以言弗受也。

（传七年秋）春秋有临天下之言焉，有临一国之言焉，有临一家之言焉。其言来者，有外鲁之辞焉。

（传十二年）夏，五月，甲辰，孟子卒，孟子者，何也？昭公夫人也。其不言夫人，何也？讳取同姓也。

（经传）十有四年春，西狩获麟。引取之也，狩地不地，不狩也。非狩而曰狩，大获麟，故大其适也。其不言来，不外麟于中国也。其不言有，不使麟不恒于中国也。

《论语注疏》①

卷一《学而第一》

子曰："巧言令色，鲜矣仁！"

子夏曰："贤贤易色，事父母能竭其力，事君能致其身，与朋友交，言而有信。虽曰未学，吾必谓之学矣。"

有子曰："信近于义，言可复也；恭近于礼，远耻辱也；因不失其亲，亦可宗也。"

子曰："君子食无求饱，居无求安，敏于事而慎于言，就有道而正焉，可谓好学也已。"

子曰："赐也，始可与言诗已矣！告诸往而知来者。"

卷二《为政第二》

子曰："《诗》三百，一言以蔽之，曰：'思无邪'。"

子贡问君子，子曰："先行其言而后从之"。

子张学干禄，子曰："多闻缺疑，慎言其余，则寡尤。……"

卷三《八佾第三》

子曰："起予者商也！始可与言诗已矣。"

---

① 魏·何晏等注，宋·邢昺疏《十三经注疏》，上海古籍出版社，1993。

子曰："夏礼，吾能言之，杞不足征也。殷礼，吾能言之，宋不足征也。文献不足故也，足，则吾能征之矣。"

或问禘之说。子曰："不知也。知其说者之于天下也，其如示诸斯乎！"

子闻之，曰："成事不说，遂事不谏，既往不咎。"

卷四《里仁第四》

子曰："君子欲讷于言而敏于行。"

卷五《公冶长第五》

子曰："赤也束带立于朝，可使与宾客言也，不知其仁也。"

子曰："始吾于人也，听其言而信其行；今吾于人也，听其言而观其行。于予与改是。"

子曰："巧言、令色、足恭，左丘明耻之，丘亦耻之。匿怨而友其人，左丘明耻之，丘亦耻之。"

子曰："盍各言尔志？"

卷六《雍也第六》

仲弓问子桑伯子，子曰："可也简。"仲弓曰："居敬而行简，以临其民，不亦可乎？居简而行简，无乃大简乎？"子曰："雍之言然。"

冉求曰："非不悦子之道，力不足也。"子曰："力不足者，中道而废。今汝画。"

卷七《述而第七》

子所雅言，诗、书、执《礼》，皆雅言也。

互乡难与言，童子见，门人惑。

卷八《泰伯第八》

曾子有疾，孟敬子问之。曾子言曰："鸟之将死，其鸣也哀。人之将死，其言也善。君子所贵乎道者三：动容貌，斯远暴慢矣；正颜色，斯近信矣；出辞气，斯远鄙倍矣。笾豆之事，则有司存。”

卷九《子罕第九》

子罕言利与命与仁。

子曰：“法语之言，能无从乎？改之为贵。巽与之言，能无说乎？绎之为贵。说而不绎，从而不改，吾末如之何也已矣。”

卷一〇《乡党第十》

孔子于乡党，恂恂如也，似不能言者。其在宗庙朝廷，便便言，唯谨尔。朝与下大夫言，侃侃如也；与上大夫言，訚訚如也。君在，踧踖如也，与与如也。

过位，色勃如也，足躩如也，其言似不足者。

食不语，寝不言。

升车，必正立执绥。车中不内顾，不疾言，不亲指。

卷一一《先进第十一》

德行：颜渊，闵子骞，冉伯牛，仲弓。言语：宰我，子贡。政事：冉有，季路。文学：子游，子夏。

子曰：“才不才，亦各言其子也。鲤也死，有棺而无椁。吾不徒行，以为之椁。以吾从大夫之后，不可徒行也。”

鲁人为长府。闵子骞曰：“仍旧贯，如之何？何必改作？”子曰：“夫人不言，言必有中。”

子曰：“何伤乎？亦各言其志也。”

卷一二《颜渊第十二》

司马牛问仁。子曰：“仁者其言也讱。”曰：“其言也讱，斯谓之仁已乎？”子曰：“为之难，言之得无讱乎？”

子曰："片言可以折狱者，其由也与？"

卷一三《子路第十三》

子路曰："卫君待子而为政，子将奚先？"子曰："必也正名乎！"子路曰："有是哉！子之迂也！奚其正？"子曰："野哉由也！子于其所不知，盖缺如也。名不正，则言不顺；言不顺，则事不成；事不成，则礼乐不兴；礼乐不兴，则刑罚不中；刑罚不中，则民无所措手足。故君子名之必可言也，言之必可行也。君子于其言，无所苟而已矣。"

定公问："一言而可以兴邦，有诸？"孔子对曰："言不可以若是其几也。人之言曰：'为君难，为臣不易。'如知为君之难也，不几乎一言而兴邦乎？"曰："一言而丧邦，有诸？"孔子对曰："言不可以若是其几也。人之言曰：'予无乐乎为君，唯其言而莫予违也。'如其善而莫之违也，不亦善乎？如不善而莫之违也，不几乎一言而丧邦乎？"

子贡问曰："何如斯可谓之士矣？"……曰："敢问其次。"曰："言必信，行必果，硁硁然小人哉！抑亦可以为次矣。"

子曰："君子易事而难说也。说之不以道，不说也；及其使人也，器之。小人难事而易说也。说之虽不以道，说也；及其使人也，求备焉。"

卷一四《宪问第十四》

子曰："邦有道，危言危行；邦无道，危行言孙。"

子曰："有德者，必有言。有言者，不必有德。仁者必有勇。勇者不必有仁。"

问管仲。曰："人也。夺伯氏骈邑三百，饭疏食，没齿无怨言。"

子路问成人。子曰："若臧武仲之知，公绰之不欲，卞庄子之勇，冉求之艺，文之以礼乐，亦可以为成人矣。"曰："今之成人者，何必然？见利思义，见危授命，久要不忘平生之言，亦可以为成人矣。"

子问公叔文子于公明贾曰："信乎夫子不言不笑不取乎？"公明贾对曰："以告者过也。夫子时然后言，人不厌其言；乐然后笑，人不厌其笑；

义然后取，人不厌其取。”子曰：“其然，岂其然乎？”

子曰：“其言之不怍，则为之也难。”

子曰：“君子耻其言而过其行。”

子曰：“贤者辟世，其次辟地，其次辟色，其次辟言。”

子张曰：“书云：‘高宗谅阴，三年不言。’何谓也？”子曰：“何必高宗，古之人皆然。君薨，百官总己，以听于冢宰三年。”

卷一五《卫灵公第十五》

子张问行。子曰：“言忠信，行笃敬，虽蛮貊之邦行矣；言不忠信，行不笃敬，虽州里行乎哉？……”子张书诸绅。

子曰：“可与言而不与之言，失人；不可与言而与之言，失言。智者不失人，亦不失言。”

子曰：“群居终日，言不及义，好行小慧，难矣哉！”

子曰：“君子不以言举人，不以人废言。”子贡问曰：“有一言而可以终身行之者乎？”子曰：“其恕乎！己所不欲，勿施于人。”

子曰：“巧言乱德，小不忍则乱大谋。”

师冕见，及阶，子曰：“阶也。”及席，子曰：“席也皆坐，子告之曰：‘某在斯，某在斯。’”师冕出。子张问曰：“与师言之道与？”子曰：“然。固相师之道也。”

卷一六《季氏第十六》

孔子曰：“求！周任有言曰：‘陈力就列，不能者止。’危而不持，颠而不扶，则将焉用彼相矣？且尔言过矣。虎兕出于柙，龟玉毁于椟中，是谁之过与？”

孔子曰：“侍于君子有三愆：言未及之而言，谓之躁；言及之而不言，谓之隐；未见颜色而言，谓之瞽。”

孔子曰：“君子有三畏：畏天命，畏大人，畏圣人之言。小人不知天命而不畏也，狎大人，侮圣人之言。”

孔子曰：“君子有九思：视思明，听思聪，色思温，貌思恭，言思忠，事思敬，疑思问，忿思难，见得思义。”

陈亢问于伯鱼曰：“子亦有异闻乎？”对曰：“未也。尝独立，鲤趋而过庭。曰：‘学诗乎？’对曰：‘未也。’‘不学诗，无以言。’鲤退而学诗。他日又独立，鲤趋而过庭。曰：‘学礼乎？’对曰：‘未也。’‘不学礼，无以立。’鲤退而学礼。闻斯二者。”陈亢退而喜曰：“问一得三，闻诗闻礼，又闻君子之远其子也。”

卷一七《阳货第十七》

阳货欲见孔子，孔子不见，馈孔子豚。孔子时其亡也，而往拜之，遇诸途，谓孔子曰：“来！予与尔言。”曰：“怀其宝而迷其邦，可谓仁乎？”曰：“不可。”“好从事而亟失时，可谓智乎？”曰：“不可。”“日月逝矣，岁不我与。”孔子曰：“诺。吾将仕矣。”

子曰：“唯上知与下愚不移。”子之武城，闻弦歌之声。夫子莞尔而笑，曰：“割鸡焉用牛刀？”子游对曰：“昔者偃也闻诸夫子曰：‘君子学道则爱人，小人学道则易使也。’”子曰：“二三子！偃之言是也。前言戏之耳。”

佛肸召，子欲往。子路曰：“昔者由也闻诸夫子曰：‘亲于其身为不善者，君子不入也。’佛肸以中牟叛，子之往也，如之何！”子曰：“然。有是言也。不曰坚乎？磨而不磷；不曰白乎？涅而不缁。吾岂匏瓜也哉？焉能系而不食？”

子曰：“由也，汝闻六言六蔽矣乎？”对曰：“未也。”“居，吾语汝。好仁不好学，其蔽也愚；好知不好学，其蔽也荡；好信不好学，其蔽也贼；好直不好学，其蔽也绞；好勇不好学，其蔽也乱；好刚不好学，其蔽也狂。”

子曰：“乡原，德之贼也。”子曰：“道听而途说，德之弃也。”

子曰：“巧言令色，鲜矣仁。”

子曰："予欲无言。"子贡曰："子如不言，则小子何述焉？"子曰："天何言哉？四时行焉，百物生焉，天何言哉？"

卷一八《微子第十八》

楚狂接舆歌而过孔子曰："凤兮凤兮！何德之衰？往者不可谏，来者犹可追。已而，已而！今之从政者殆而！"孔子下，欲与之言。趋而辟之，不得与之言。

逸民：伯夷、叔齐、虞仲、夷逸、朱张、柳下惠、少连。子曰："不降其志，不辱其身，伯夷、叔齐与！"谓："柳下惠、少连，降志辱身矣。言中伦，行中虑，其斯而已矣。"谓："虞仲、夷逸，隐居放言。身中清，废中权。"

卷一九《子张第十九》

子夏曰："君子有三变：望之俨然，即之也温，听其言也厉。"

陈子禽谓子贡曰："子为恭也，仲尼岂贤于子乎？"子贡曰："君子一言以为智，一言以为不智，言不可不慎也。夫子之不可及也，犹天之不可阶而升也。夫子之得邦家者，所谓立之斯立，道之斯行，绥之斯来，动之斯和。其生也荣，其死也哀，如之何其可及也。"

卷二〇《尧曰第二十》

孔子曰："不知命，无以为君子也。不知礼，无以立也。不知言，无以知人也。"

《孝经注疏》[①]

卷一《开宗明义章第一》

曾子避席曰："参不敏，何足以知之？"子曰："夫孝，德之本也，教

① 唐·玄宗注，宋·邢昺疏《十三经注疏》，上海古籍出版社，1993。

之所由生也。复坐，吾语汝。”

卷二《卿大夫章第四》

非先王之法言不敢道，非先王之德行不敢行。口无择言，身无择行。言满天下，无口过；行满天下，无怨恶。

卷七《谏诤章第十五》

子曰：“是何言与？是何言与？”

卷九《丧亲章第十八》

礼无容，言不文，服美不安，闻乐不乐，食旨不甘，此哀戚之情也。

《尔雅注疏》[①]

卷二《释诂下》

话、猷、载、行、讹，言也。

卷三《释言第二》

讯，言也。

卷四《释训第三》

有客宿宿，言再宿也。有客信信，言四宿也。

鬼之为言归也。

卷五《释乐第七》

大箫谓之言，小者谓之筊。

---

① 晋·郭璞注，宋·邢昺疏《十三经注疏》，上海古籍出版社，1993。

《孟子注疏》[1]

卷一下《梁惠王上》

王说曰："《诗》云：'他人有心，予忖度之。'夫子之谓也。夫我乃行之，反而求之，不得吾心。夫子言之，于我心有戚戚焉。此心之所以合于王者，何也？"

卷二下《梁惠王下》

王顾左右而言他。

卷三上《公孙丑上》

今言王若易然，则文王不足法与？

齐人有言曰："虽有智慧，不如乘势。虽有镃基，不如待时。"

"告子曰：'不得言，勿求于心；不得于心，勿求于气。'不得于心，勿求于气，可；不得于言，勿求于心，不可。"

曰："我知言，我善养吾浩然之气。""敢问何谓浩然正气？"曰："难言也。其为气也，至大至刚，以直养而无害，则塞于天地之间。……"

"何谓知言？"曰："诐辞知其所蔽，淫辞知其所陷，邪辞知其所离，遁辞知其所穷。生于其心，害于其政；发于其政，害于其事。圣人复起，必从吾言矣。"

宰我、子贡善为说辞，冉牛、闵子、颜渊善言德行，孔子兼之，曰："我于辞命，则不能也。"

曰："恶，是何言也！……夫圣，孔子不居，是何言也！"

卷三下《公孙丑上》

《诗》云："永言配命，自求多福。"

---

① 汉·赵岐注，宋·孙奭疏《十三经注疏》，上海古籍出版社，1993。

孟子曰："子路，人告之以有过则喜，禹闻善言则拜。"

孟子曰："伯夷，非其君不事，非其友不友，不立于恶人之朝，不与恶人言。立于恶人之朝，与恶人言，如以朝衣朝冠坐于涂炭。……"

卷四上《公孙丑下》

曰："恶！是何言也！齐人无以仁义与王言者，岂以仁义为不美也？其心曰：'是何足与言仁义也！'云尔，则不敬莫大乎是。"

孟子谓蚳氏蛙曰："子之辞灵丘而请士师，似也，为其可以言也。今既数月矣，未可以言与？……"……曰："吾闻之也：有官守者，不得其职则去；有言责者，不得其言则去。我无官守，我无言责也，则吾进退，岂不绰绰然有余裕哉？"

孟子为卿于齐，出吊于滕，王使盖大夫王欢为辅行。王欢朝暮见，返齐、滕之路，未尝与之言行事也。公孙丑曰："齐卿之位，不为小矣。齐、滕之路，不为近矣。返之而未尝与言行事，何也？"曰："夫既或治之，予何言哉！"

卷四下《公孙丑下》

他日，王谓时子曰："我欲中国而授孟子室，养弟子以万钟，使诸大夫国人皆有所矜式，子何为我言之？"时子因陈子而告孟子。陈子以时子之言告孟子，孟子曰："然。夫时子恶知其不可也？如使予欲富，辞十万而受万，是为欲富乎？"

卷五上《滕文公上》

滕文公为世子，将之楚，过宋而见孟子。孟子道性善，言必称尧、舜。

孟子曰："世子疑吾言乎？夫道一而已矣。"

滕定公薨，世子谓然友曰："昔者孟子尝与我言于宋，于心终不忘。今也不幸，至于大故，吾欲使子问于孟子，然后行事。"

卷五下《滕文公上》

有为神农之言者许行，自楚之滕。……陈相见孟子，道许行之言，曰："滕君则诚贤君也。虽然，未闻道也。"

徐子以告夷子，夷子曰："儒者之道，'古之人若保赤子'，此言何谓也？之则以为爱无差等，施由亲始。"

卷六上《滕文公下》

且夫枉尺而直寻者，以利言也。

不待父母之命、媒妁之言，钻穴隙相窥，逾墙相从，则父母国人皆贱之。

卷六下《滕文公下》

子路曰："未同而言，观其色赧赧然，非由之所知也。"

圣王不作，诸侯放恣，处士横议，杨朱、墨翟之言盈天下，天下之言，不归杨则归墨。

作于其心，害于其事；作于其事，害于其政。圣人复起，不易吾言矣。

我亦欲正人心，息邪说，距诐行，放淫辞，以承三圣者；岂好辩哉？予不得已也。能言距杨墨者，圣人之徒也。

卷七上《离娄上》

事君无义，进退无礼，言则非先王之道者，犹沓沓也。

孟子曰："人有恒言，皆曰'天下国家'。天下之本在国，国之本在家，家之本在身。"

孟子曰："不仁者可与言哉？安其危而利其灾，乐其所以亡者。不仁而可与言，则何亡国败家之有？"

卷七下《离娄上》

孟子曰："自暴者不可与有言也，自弃者不可与有为也。言非礼义，谓之自暴也。”

听其言也，观其眸子，人焉廋哉！

孟子曰：“人之易其言也，无责耳矣。”

曰：“先生何为出此言也？”

卷八上《离娄下》

曰：“谏行言听，膏泽下于民；有故而去，则使人导之出疆，又先于其所往；去三年不返，然后收其田里：此之谓三有礼焉。今也为臣，谏则不行，言则不听，膏泽不下于民；有故而去，则君搏执之，又极之于其所往；去之日，遂收其田里：此之谓寇仇。寇仇何服之有？”

孟子曰：“言人之不善，当如后患何！”

孟子曰：“大人者，言不必信，行不必果，惟义所在。”

孟子曰：“博学而详说之，将以反说约也。”

孟子曰：“言无实不祥。不祥之实，蔽贤者当之。”

孟子曰：“禹恶旨酒而好善言。”

卷八下《离娄下》

孟子曰：“天下之言性也，则故而已矣。”

公行子有子之丧。右师往吊，入门，有进而与右师言者，有就右师之位，而与右师言者。

孟子不与右师言，右师不悦，曰：“诸君子皆与欢言，孟子独不与欢言，是简欢也。”

卷九上《万章上》

万章问曰：“《诗》云：‘娶妻如之何？必告父母。’信斯言也，宜莫如舜。舜之不告而娶，何也？”

孟子曰：“否，此非君子之言，齐东野人之语也。”

信斯言也，是周无遗民也。

诗曰："永言孝思，孝思惟则。"此之谓也。

卷九下《万章上》

曰："否。天不言，以行与事示之而已矣。"

万章问曰："人有言'至于禹而德衰，不传于贤而传于子'，有诸？"

卷一一上《告子上》

率天下之人而祸仁义者，必子之言夫。

卷一一下《告子上》

《诗》云："既醉以酒，既饱以德。"言饱乎仁义也，所以不愿人之膏粱之味也；令闻广誉施于身，所以不愿人之文绣也。

卷一二上《告子下》

子服尧之服，诵尧之言，行尧之行，是尧而已矣。子服桀之服，诵桀之言，行桀之行，是桀而已矣。

宋牼将之楚，孟子遇于石丘，曰："先生将何之？"曰："吾闻秦、楚构兵，我将见楚王，说而罢之。楚王不悦，我将见秦王，说而罢之。二王我将有所遇焉。"曰："轲也请无问其详，愿闻其指，说之将何如？"曰："我将言其不利也。"曰："先生之志则大矣，先生之号则不可。先生以利说秦、楚之王，秦、楚之王悦于利，以罢三军之师，是三军之士，乐罢而悦于利也。为人臣者，怀利以事其君；为人子者，怀利以事其父；为人弟者，怀利以事其兄：是君臣、父子、兄弟终去仁义，怀利以相接，然而不亡者，未之有也。先生以仁义说秦、楚之王，秦、楚之王悦于仁义而罢三军之师，是三军之士，乐罢而悦于仁义也。……"

卷一二下《告子下》

告曰："凡我同盟之人，既盟之后，言归于好。"

孟子曰："所就三，所去三。迎之致敬以有礼，言将行其言也，则就之；礼貌未衰，言弗行也，则去之。其次，虽未行其言也，迎之致敬以有礼，则就之；礼貌衰，则去之。其下，朝不食，夕不食，饥饿不能出门户，君闻之，曰：'吾大者不能行其道，又不能从其言也。使饥饿于我土地，吾耻之。周之亦可受也，免死而已矣。'"

卷一三上《尽心上》

孟子曰："仁言不如仁声之入人深也。

及其闻一善言，见一善行，若决江河，沛然莫之能御也。

施于四体，不言而喻。

卷一三下《尽心上》

孟子曰："孔子登东山而小鲁，登太山而小天下，故观于海者难为水，游于圣人之门者难为言。"

卷一四上《尽心下》

征之为言正也，各欲正己也，焉用战？

孟子曰："仁也者，人也。合而言之道也。"

卷一四下《尽心下》

士未可以言而言，是以言舔舌之也。可以言而不言，是以不言舔之也。是皆穿窬之类也。

孟子曰："言近而旨远者，善言也。守约而施博者，善道也。君子之言也，不下带而道存焉。"

言语必信，非以正行也。

孟子曰："说大人，则藐之，勿视其巍巍然。……"

言不顾行，行不顾言，则曰古之人。

史

《国语集解》[1]

《周语上第一》

3 厉王虐，国人谤王。邵公告王曰："民不堪命矣！"王怒，得卫巫，使监谤者，以告，则杀之。国人莫敢言，道路以目。（不敢发言，以目相眄而已。）王喜，告邵公曰："吾能弭谤矣，乃不敢言。"邵公曰："是障之也。防民之口，甚于防川。川壅而溃，伤人必多，民亦如之。是故为川者决之使导，为民者宣之使言。（宣，犹放也。观民所言，以知得失。）故天子听政，使公卿至于列士献诗，瞽献曲，史献书，师箴，瞍赋，矇诵，百工谏，庶人传语，近臣尽规，亲戚补察，瞽史教诲，耆艾修之，而后王斟酌焉，是以事行而不悖。民之有口也，犹土之有山川也，财用于是乎出。（犹，若也。山川所以宣地气而出财用，口亦宣人心而言善败也。）犹其有原隰衍沃也，衣食于是乎生。口之宣言也，善败于是乎兴。行善而备败，其所以阜财用衣食者也。夫民虑之于心而宣之于口，成而行之，胡可壅也！若壅其口，其与能几何？"王不听，于是国莫敢出言，三年乃流王于彘。

《周语下第三》

1（单子对鲁侯）对曰："……夫合诸侯，民之大事也，于是乎观存

---

① 徐元诰撰《国语集解》（修订本），中华书局，2002。

亡。故国将无咎，其君在会，步言视听，必皆无谪，则可以知德矣。视远曰绝其义，足高曰弃其德，言爽曰反其信，听淫曰离其名。目以处义，足以践德，口以庇信，耳以听名者也，故不可不慎也。……立于淫乱之国，而好尽言，以招人过，怨之本也。……"

2 晋孙谈之子周适周，事单襄公。立无跛，视无还，听无耸，言无远。言敬必及天，言忠必及意，言信必及身，言仁必及人，言义必及利，言智必及事，言勇必及制，言教必及辩，言孝必及神，言惠必及和，言让必及敌。晋国有忧，未尝不戚；有庆，未尝不怡。

《鲁语下第五》

4 襄公如楚，及汉，闻康王卒，欲还。……叔仲曰："……事其君而任其政，其谁曰已贰？求说其侮，而亟于前之人，其雠不滋大乎？说侮不懦，执政不贰，帅大雠以惮小国，其谁云待之？若从君以走患，则不如违君以避难。……"

《晋语二第八》

1 骊姬谓公曰："……吾闻之，申生甚好信而强，又失言于众矣，虽欲有退，众将责焉，言不可食，众不可弭，是以深谋。君若不图，难将至矣！"……夜半，召优施曰："曩而言戏乎？抑亦缩闻之乎？"……旦而里克见丕郑，曰："夫史苏之言将及矣！优施告我，君谋成矣，将立奚齐。"丕郑曰："子谓何？"曰："吾对以中立。"丕郑曰："惜也！不如曰不信以疏之，亦固大子以携之，多为之故，以变其志，志少疏，乃可间也。今子曰中立，况固其谋也。彼有成矣，难以得间。"里克曰："往言不可及也，且人中心唯无忌之固，何可败也！（言骊姬唯无忌惮之心，执之已固，何可败也。）子将何如？"

6 葵丘之会，献公将如会，遇宰周公，曰："君可无会也。夫齐侯好示，务施与力而不务德，故轻致诸侯而重遣之，使至者劝而叛者慕。怀之以典言，（怀，安也。典，法也。法言，谓阳谷之会以四教令诸侯之属。）薄其要结而厚德之，以示之信。……"

8 二十六年，献公卒。……荀息曰："……吾言既往矣，岂能欲行吾言而又爱吾身乎？虽死，焉避之？”

《晋语五第十一》

2 阳处父如卫，反，过宁，舍于逆旅宁嬴氏。嬴谓其妻曰：“吾求君子久矣，今乃得之。”举而从之，阳子道与之语，及山而还。其妻曰：“子得所求而不从之，何其怀也！”曰：“吾见其貌而欲之，闻其言而恶之。夫貌，情之华也；（容貌者，情之华采。）言，貌之机也。（言语者，容貌之枢机。）身为情，成于中。言，身之文也。言文而发之，合而后行，离则有衅。今阳子之貌济，其言匮，非其实也。若中不济而外强之，其卒将复，中外易矣。若内外类而言反之，渎其信也。夫言以昭信，奉之如机，历时而发之，胡可渎也！今阳子之情慧矣，以济盖也。且刚而主能，不本而犯，怨之所聚也。吾惧未获其利而及其难，是故去之。”期年，乃有贾季之难，阳子死之。

《晋语六第十二》

1 文子曰：“而今可以戒矣。夫贤者宠至而益戒，不足者为宠骄。故兴王赏谏臣，逸王罚之。吾闻古之言王者，政德既成，又听于民。于是乎使工诵谏于朝，在列者献诗，使勿盅，风听胪言于市，辨妖祥于谣，考百事于朝，问谤誉于路，有邪而正之，尽戒之术也。先王疾是骄也。”

《楚语上第十七》

6 子皙复命，王曰：“是知天咫，安知民则？是言诞也。”（诞，虚也。）右尹子革侍，曰：“民，天之生也，知天，必知民也。是其言可以惧哉！”

7 左史曰：“……苟在朝者，无谓我老耄而舍我，必恭恪于朝，朝夕以交戒我，闻一二之言，必诵志而纳之，以训导我。”（言，谤誉之言也。志，记也。）

8 白公又谏，王如史老之言。对曰：“……卿士患之，曰：‘王言以出令也，若不言，是无所禀令也。’武丁于是作书，曰：‘以余正四方，余恐德之不类，兹故不言。’如是而又使以梦象旁求四方之贤，得傅说以来，升以为公，而使朝夕规谏，曰：‘若金，用汝作砺；若津水，用汝作舟；

若天旱，用汝作霖雨。启乃心，沃朕心。若药不瞑眩，厥疾不瘳。若跣不视地，厥足用伤。”……“周诗有之曰：‘弗躬弗亲，庶民弗信。’臣惧民之不信君也，故不敢不言。不然，何急其以言取罪也？”

《越语上第二十》

1 勾践曰：“苟得闻子大夫之言，何后之有？”执其手而与之谋。……句践说于国人（说，解也。）曰：“寡人不知其力之不足也，而又与大国执雠，以暴露百姓之骨于中原，此则寡人之罪也。寡人请更。”于是葬死者，问伤者，养生者，吊有忧，贺有喜，送往者，迎来者，去民之所恶，补民之不足。然后卑事夫差，宦士三百人于吴，其身亲为夫差前马。

《越语下第二十一》

1 范蠡进谏曰：“夫勇者，逆德也；兵者，凶器也；争者，事之末也。逆谋阴德，好用凶器，始于人者，人之所卒也。淫佚之事，上帝之禁也，先行此者不利。”王曰：“无是贰言也，吾已断之矣！”果兴师而伐吴，战于五湖，不胜，栖于会稽。王召范蠡而问焉，曰：“吾不用子之言，以至于此，为之奈何？”

《战国策注释》[①]

卷三《秦策一》

一　卫鞅亡魏入秦章

人说惠王曰：“大臣太重者国危，左右太亲者身危。今秦妇人婴儿，皆言商君之法，莫言大王之法。是商君反为主，大王更为臣也。且夫商君固大王仇雠也，愿大王图之。”

二　苏秦始将连横说秦惠王章

苏秦始将连横说秦惠王曰：“大王之国，西有巴、蜀、汉中之利，北

① 何建章注释《战国策注释》，中华书局，1990。

有胡、貉、代、马之用，南有巫山、黔中之限，东有肴、函之固。田肥美，民殷富，战车万乘，奋击百万，沃野千里，蓄积饶多，地势形便。此所谓‘天府’，天下之雄国也。以大王之贤，士民之众，车骑之用，兵法之教，可以并诸侯，吞天下，称帝而治。愿大王少留意，臣请奏其效。”

秦王曰：“寡人闻之，毛羽不丰满者不可以高飞，文章不成者不可以诛罚；道德不厚者不可以使民，政教不顺者不可以烦大臣。今先生俨然不远千里而庭教之，愿以异日。”

苏秦曰：“臣固疑大王之不能用也。昔者神农伐补遂，黄帝伐涿鹿而擒蚩尤，尧伐驩兜，舜伐三苗，禹伐共工，汤伐有夏，文王伐崇，武王伐纣，齐桓任战而伯天下。由此观之，恶有不战者乎？古者使车毂击（驰），言语相结，天下为一，约纵连横，兵革不藏；文士并饬，诸侯乱惑，万端俱起，不可胜理；科条既备，民多伪态；书策稠浊，百姓不足；上下相愁，民无所聊；明言章理，兵甲愈起；辩言伟服，攻战不息；繁称文辞，天下不治；舌弊耳聋，不见成功；行义约信，天下不亲。于是，乃废文任武，厚养死士，缀甲厉兵，效胜于战场。夫徒处而致利，安坐而广地，虽古五帝、三王、五伯、明主贤君，常欲坐而致之，其势不能，故以战续之。宽则两军相攻，迫则杖戟相撞，然后可建大功。是故兵胜于外，义强于内；威立于上，民服于下。今欲并天下，凌万乘，屈敌国，制海内，子元元，臣诸侯，非兵不可。今之嗣主，忽于至道，皆惛于教，乱于治，迷于言，惑于语，沉于辩，溺于辞。以此论之，王国不能行也。”

说秦王书十上而说不行。黑貂之裘弊，黄金百斤尽，资用乏绝，去秦而归。羸縢履蹻，负书担橐，形容枯槁，面目犁黑，状有归色。归至家，妻不下纫，嫂不为炊，父母不与言。苏秦喟［然］叹曰：“妻不以我为夫，嫂不以我为叔，父、母不以我为子，是皆秦之罪也！”乃夜发书，陈箧数十，得《太公阴符》之谋，伏而诵之，简练以为《揣》《摩》。读书欲睡，引锥自刺其股，血流至足。曰：“安有说人主不能出其金玉锦绣，取卿相之尊者乎？”期年《揣》《摩》成，曰：“此真可以说当世之君矣。”……

且夫苏秦特穷巷掘（门）［穴］、桑户棬枢之士耳。伏轼撙衔，横历天下，廷说诸侯之王，杜左右之口，天下莫之能抗。

将说楚王，路过洛阳。父母闻之，清宫除道，张乐设饮，郊迎三十里；妻侧目而视，倾耳而听；嫂蛇行匍伏，四拜自跪而谢。苏秦曰：“嫂何前倨而后卑也？”嫂曰：“以季子之位尊而多金。”苏秦曰：“嗟乎！贫（穷）［贱］则父母不子，富贵则亲戚畏惧。人生世上，势位富（贵）［厚］，盖可忽乎哉！”

卷四《秦策二》

一　齐助楚攻秦章

张仪南见楚王，曰：“弊邑之王所（说甚）［甚说］者无大大王，唯仪之所甚愿为臣者亦无大大王；弊邑之王所甚憎者（亦）无（先）［大］齐王，唯仪之［所］甚憎者亦无大齐王。今齐王之罪，其于弊邑之王甚厚。弊邑欲伐之，而大国与之欢，是以弊邑之王不得事令，而仪不得为臣也。大王苟能闭关绝齐，臣请使秦王献商、於之地，方六百里。若此，齐必弱，齐弱则必为王役矣。则是北弱齐，西德于秦，而私商、於之地以为利也。则此一计而三利俱至。”

楚王大悦，宣言之于朝廷，曰：“不谷得商、於之田，方六百里。”群臣闻见者毕贺。陈轸后见，独不贺。楚王曰：“不谷不烦一兵，不伤一人，而得商、於之地，［方］六百里，寡人自以为智矣。诸士大夫皆贺，子独不贺，何也？”陈轸对曰：“臣见商、於之地不可得，而患必至也，故不敢妄贺。”王曰：“何也？”对曰：“夫秦所以重王者，以王有齐也。今地未可得，而齐先绝，是楚孤也。秦又何重孤国？且先出地［后］绝齐，秦计必弗为也；先绝齐后责地，且必受欺于张仪。受欺于张仪，王必惋之。是西生秦患，北绝齐交，则两国兵必至矣。”楚王不听，曰：“吾事善矣，子其弭口无言，以待吾事。”楚王使人绝齐。使者未来，又重绝之。

张仪返，秦使人使齐。齐、秦之交阴合。楚因使一将军受地于秦。张仪至，称病不朝。楚王曰：“张子以寡人不绝齐乎？”乃使勇士往詈齐王。张仪知楚绝齐也，乃出见使者，曰：“从某至某广从六里。”使者曰：“臣闻六百里，不闻六里。”仪曰：“仪固以小人，安得六百里？”

使者反报楚王，楚王大怒，欲兴师伐秦。陈轸曰：“臣可以言乎？”王曰：“可矣。”轸曰：“伐秦非计也。王不如因而赂之一名都，与之伐齐。是我亡于秦，而取偿于齐也，楚国不尚全（事）［乎］？王今已绝齐，而责欺于秦，是吾合齐、秦之交也，（固）［国］必大伤。”

楚王不听，遂举兵伐秦。秦与齐合，韩氏从之。楚兵大败于杜陵。

二　楚绝齐齐举兵伐楚章

楚绝齐，齐举兵伐楚。陈轸谓楚王曰：“王不如以地东解于齐，西讲于秦。”

楚王使陈轸之秦。秦王谓轸曰：“子秦人也，寡人与子故也。寡人不佞，不能亲国事也，故子弃寡人事楚王。今齐、楚相伐，或谓救之便，或谓救之不便，子独不可以忠为子主计，以其余为寡人乎？”陈轸曰：“王独不闻［夫］吴人之游楚者乎？楚王甚爱之，病，故使人问之曰：‘诚病乎？意亦思乎？’左右曰：‘臣不知其思与不思，诚思则将吴吟。’今轸将为王‘吴吟’。王不闻夫管与之说乎？有两虎诤人而斗者，（管）［下］庄子将刺之，管与止之曰：‘虎者戾虫，人者甘饵也。今两虎诤人而斗，小者必死，大者必伤，子待伤虎而刺之，则是一举而兼两虎也。无刺一虎之劳，而有刺两虎之名。’齐、楚今战，战必败。败，王起兵救之，有救齐之利，而无伐楚之害。”

（计听知覆逆者，唯王可也。计者，事之本也；听者，存亡之机。计失而听过，能有国者寡也。故曰：“计有一二者难悖也，听无失本末者难惑。”）

十五　陉山之事章

苏代为齐献书穰侯曰：“臣闻往来（之者）［者之］言曰：‘秦且益赵甲四万人以伐齐。’臣窃必之弊邑之王曰：‘秦王明而熟于计，穰侯智而习于事，必不益赵甲四万人以伐齐。’是何也？夫三晋相结，秦之深仇也。三晋百背秦，百欺秦，不为不信，不为无行。今破齐以肥赵；赵，秦之深仇，不利于秦。一也。秦之谋者必曰：‘破齐弊晋，［楚］，而后制晋、楚之胜。’夫齐，疲国也，以天下击之，譬犹以千钧之弩溃痈也，秦王安能制晋、楚哉！二也。秦少出兵，则晋、楚不信；多出兵，则晋、楚为制于秦。齐恐，则必不走于秦，且走晋、楚。三也。齐割地以实晋、楚，则晋、楚安；齐举兵而为之顿剑，则秦反受兵。四也。是晋、楚以秦破齐，以齐破秦，何晋、楚之智而齐、秦之愚？五也。秦得安邑，善齐以安之，亦必无患矣。秦有安邑，则韩、（魏）必无上党哉。夫取三晋之肠胃与出兵而惧其不反也，孰利？故臣窃必之弊邑之王曰：‘秦王明而熟于计，穰侯智而习于事，必不益赵甲四万以伐齐矣。’”

十六　秦宣太后爱魏丑夫章

秦宣太后爱魏丑夫。太后病将死，出令曰：“为我（葬）［死］必以魏子为殉。”魏子患之。庸芮为魏子说太后曰：“以死者为有知乎？”太后曰：“无知也。”曰：“若太后之神灵明知死者之无知矣，何为空以生所爱葬于无知之死人哉？若死者有知，先王积怒之日久矣。太后救过不赡，何暇乃私魏丑夫乎？”太后曰：“善。”乃止。

卷五《秦策三》

八　范子因王稽入秦章

范子因王稽入秦，献书昭王曰：“臣闻明主莅正，有功不得不赏，有能者不得不官；劳大者其禄厚，功多者其爵尊；能治众者其官大，故不能者不敢当其职焉，能者亦不得蔽隐。使以臣之言为可，则行而益利其道；若将弗行，则久留臣无为也。

“语曰：‘人主赏所爱而罚所恶；明主则不然，赏必加于有功，刑必断于有罪。’今臣之胸不足以当砧质，要不足以待斧钺，岂敢以疑事尝试于王乎？虽以臣为贱而轻辱臣，独不重任臣者后无反复于王前耶？

臣闻周有砥厄，宋有结绿，梁有悬黎，楚有和璞，此四宝者，工之所失也，而为天下名器。然则圣（王）［主］之所弃者，独不足以厚国家乎？臣闻善厚家者，取之于国；善厚国者，取之于诸侯。天下有明主，则诸侯不得擅厚矣。是何故也？为其（凋）［害］荣也。良医知病人之死生，圣主明于成败之事，利则行之，害则舍之，疑则少尝之，虽尧、舜、禹、汤复生，弗能改已。

“语之至者，臣不敢载之于书；其浅者，又不足听也。意者臣愚而不合于王心耶？（已）［亡］其言臣者将贱而不足听耶？非若是也，则臣之志，愿少赐游观之间，望见足下而入之。”

书上，秦王说之，因谢王稽说，使（人）持车召之。

九　范雎至秦章

范雎至秦，王庭迎。谓范雎曰：“寡人宜以身受令久矣。（今者）

［会］义渠之事急，寡人日自请太后；今义渠之事已，寡人乃得以身受命。躬窃闵然不敏。敬执宾主之礼。”范雎辞让。是日见范雎，见者无不变色易容者。

秦王屏左右，宫中虚无人。秦王跪而请曰：“先生何以幸教寡人?”范雎曰：“唯唯。”有间，秦王复请。范雎曰：“唯唯。”若是者三。秦王跽曰：“先生不幸教寡人乎?”范雎谢曰：“非敢然也。臣闻始时吕尚之遇文王也，身为渔父，而钓于渭阳之滨耳，若是者交疏也。已，一说而立为太师，载与俱归者，其言深也。故文王果收功于吕尚，卒擅天下，而身立为帝王。即使文王疏吕（望）［尚］而弗与深言，是周无天子之德，而文、武无与成其王也。今臣羁旅之臣也，交疏于王，而所愿陈者皆匡君之事，处人骨肉之间，愿以陈臣之陋忠，而未知王之心也，所以王三问而不对者是也。臣非有所畏而不敢言也，知今日言之于前，而明日伏诛于后。然臣弗敢畏也。大王信行臣之言，死不足以为臣患，亡不足以为臣忧，漆身而为厉，披发而为狂，不足以为臣耻。五帝之圣［焉］而死，三王之仁［焉］而死，五伯之贤［焉］而死，乌获之力［焉］而死，奔、育之勇［焉］而死。死者，人之所必不免也，处必然之事。可以少有补于秦，此臣之所大愿也，臣何患乎?伍子胥橐载而出昭关，夜行而昼伏，至于蔆水，无以（饵）［餬］其口，坐行蒲服，乞食于吴市，卒兴吴国，阖闾为霸。使臣得进谋如伍子胥，加之以幽囚，终身不复见，是臣说之行也，臣何忧乎?箕子、接舆漆身而为厉，披发而为狂，无益于殷、楚。使臣得同行于箕子、接舆，漆身，可以补所贤之主，是臣之大荣也，臣又何耻乎?臣之所恐者，独恐臣死之后，天下见臣尽忠而身蹶也，是以杜口裹足莫肯即秦耳。足下上畏太后之严，下惑奸臣之态，居深宫之中，不离保傅之手，终身暗惑，无与照奸，大者宗庙灭覆，小者身以孤危。此臣之所恐耳。若夫穷辱之事、死亡之患，臣弗敢畏也。臣死而秦治，贤于生也。”秦王跽曰：“先生是何言也。夫秦国僻远，寡人愚不肖，先生乃幸至此，此天以寡人慁先生，而存先王之［宗］庙也。寡人得受命于先生，此天所以幸先王而不弃其孤也，先生奈何而言若此?事无大小，上及太后，下至大臣，愿先生悉以教寡人，无疑寡人也。”范雎再拜，秦王亦再拜。

范雎曰：“大王之国，北有甘泉、谷口，南带泾、渭，右陇、蜀，左关、阪，战车千乘，奋击百万，以秦卒之勇，车骑之多，以当诸侯，譬若驰韩卢而逐蹇兔也，霸王之业可致。今反闭［关］而不敢窥兵于山东者，是穰侯为国谋不忠，而大王之计有所失也。”王曰：“愿闻所失计。”雎曰：“大王越韩、魏而攻强齐，非计也。少出师则不足以伤齐，多之则害于秦。臣意王之计，欲少出师，而悉韩、魏之兵，则不义矣。今见与国之不可亲，越人之国而攻，可乎？疏于计矣！昔者齐人伐楚，战胜，破军杀将，再辟［地］千里，肤寸之地无得者，岂齐不欲地哉？形弗能有也。诸侯见齐之疲露，君臣之不亲，举兵而伐之，主辱军破，为天下笑。所以然者，以其伐楚而肥韩、魏也。此所谓‘藉贼兵而赍盗食’者也。王不如远交而近攻，得寸则王之寸，得尺亦王之尺也。今舍此而远攻，不亦缪乎？且昔者，中山之地方五百里，赵独擅之，功成、名立、利附，则天下莫能害。今韩、魏，中国之处，而天下之枢也。王若欲霸，必亲中国而以为天下枢，以威楚、赵。赵强则楚附，楚强则赵附。楚、赵附则齐必惧，惧，必卑辞重弊（通币）以事秦，齐附，而韩、魏可虚也。”王曰：“寡人欲亲魏；魏，所变之国也，寡人不能亲。请问亲魏奈何？”范雎曰：“卑辞重币以事之；不可，削地而赂之；不可，举兵而伐之。”于是举兵而攻邢丘，邢丘拔，而魏请附。

曰：“秦、韩之地形，相错如绣。秦之有韩，若木之有蠹，人之病（心腹）［腹心］。天下有变，为秦害者，莫大于韩，王不如收韩。”王曰：“寡人欲收韩，［韩］不听，为之奈何？”范雎曰：“举兵而攻荥阳，则成睾之路不通；北斩太行之道，则上党之兵不下。一举而（攻荥阳则）其国断而为三。（魏）韩见必亡，焉得不听？韩听，而霸事可成也。”王曰：“善。”

十　范雎曰臣居山东章

范雎曰：“臣居山东，闻齐之（内）有田单，不闻其王；闻秦之有太后、穰侯、泾阳、华阳，［高陵］，不闻其有王。夫擅国之谓王，能专利害之谓王，制杀生之威之谓王。今太后擅行不顾，穰侯出使不报，泾阳、华阳击断无讳，［高陵进退不请］。四贵备而国不危者，未之有也。为此四［贵］者下，乃所谓无王已。然则权焉得不倾，而令焉得从王出乎？

“臣闻善为国者，内固其威，而外重其权。穰侯使者操王之重，决裂诸侯，剖符于天下，征敌伐国，莫敢不听；战胜攻取，则利归于陶，国弊御于诸侯；战败则怨结于百姓，而祸归［于］社稷。《诗》曰：‘木实繁者披其枝，披其枝者伤其心，大其都者危其国，尊其臣者卑其主。’淖齿管齐之权，缩闵王之筋，悬之庙梁，宿昔而死。李兑用赵，减食主父，百日而饿死。今秦太后，穰侯用事，高陵、泾阳佐之，卒无秦王。此亦淖齿、李兑之类已。臣今见王独立于庙朝矣。且臣将恐后世之有秦国者非王之子孙也。”

秦王惧，于是乃废太后，逐穰侯，出高陵，走泾阳于关外。昭王谓范雎曰：“昔者齐［桓］公得管仲，时以为仲父，今吾得子，亦以为［叔］父。”

十四　天下之士合纵相聚于赵章

天下之士合纵相聚于赵，而欲攻秦。秦相应侯曰：“王勿忧也，请（令）［今］废之。秦于天下之士非有怨也，相聚而攻秦者，以己欲富贵耳。王见大王之狗：卧者卧，起者起，行者行，止者止，毋相与斗者。投之一骨，轻起相牙者，何则？有争意也。”于是，唐雎载音乐，予之五（十）［千］金，居武安，高会相于饮。谓邯郸人“谁来取者？”于是，其谋者固未可得予也；其可得与者与之昆弟矣。

“公与秦计功者，不问金之所之，金尽者功多矣。今令人复载五（十）［千］金随公。”唐雎行，行至武安，散不能三千金，天下之士大相与斗矣。

十七　秦攻邯郸章

秦王大怒，而欲兼诛范雎。范雎曰：“臣东鄙之贱人也，开罪于（楚）魏，遁逃来奔。臣无诸侯之援，亲习之故。王举臣于羁旅之中，使职事，天下皆闻臣之深与王之举也。今遇惑或与罪人同心，而王明诛之，是王过举显于天下，而为诸侯所议也。臣愿请药赐死，而恩以相葬臣，王必不失臣之罪，而无过举之名。”王曰：“有之。”遂弗杀而善遇之。

十八　蔡泽见逐于赵章

蔡泽见逐于赵，而入韩、魏，遇夺釜鬲于途。闻应侯任郑安平、王稽，皆负重罪，应侯内惭。乃西入秦，将见昭王，使人宣言，以感怒应侯，曰：“燕客蔡泽，天下骏雄弘辩之士也，彼一见秦王，秦王必相之而夺君位。”

应侯闻之，使人召蔡泽。蔡泽入，则揖应侯，应侯固不快；及见之，又倨。应侯因让之，曰：“子常宣言代我相秦，岂有此乎？”对曰：“然。”应侯曰：“请闻其说。”蔡泽曰：“吁，何君见之晚也？夫四时之序，成功者去。夫人生手足坚强，耳目聪明，[而心] 圣智岂非士之所愿与？”应侯曰：“然。”

卷六《秦策四》

九　说秦王曰章

（顷襄王二十年，秦白起拔楚西陵，或拔鄢郢夷陵，烧先王之墓，王徙东北，保于陈城，楚遂削弱，为秦所轻。于是白起又将兵来伐。楚人有黄歇者，游学博闻，襄王以为辩，故使于秦。说昭王曰“天下莫强于秦楚，今闻大王欲伐楚，此犹两虎相斗，而驽犬受其弊，不如善楚，臣请言其说……”）

[说秦王曰]：“物至而反，冬、夏是也；致至而危，累棋是也。今大国之地半天下，有二垂，此从生民以来，万乘之地未尝有也。……”

十　或为六国说秦王章

或为六国说秦王曰：“土广不足以为安，人众不足以为强，若土广者安，人众者强，则桀、纣之后将存。……齐战败不胜，谋则不得。使陈毛释剑掫，委南听罪，西说赵，北说燕，内喻其百姓，而天下乃（齐释）[释齐]。于是夫积薄而为厚，聚少而为多，以同言郢威王于侧纣之间。臣岂以郢威王为政衰谋乱以至于此哉？郢为强，临天下诸侯，故天下乐伐之也！”

卷七《秦策五》

二　秦王与中期争论章

秦王与中期争论，不胜。秦王大怒，中期徐行而去。或为中期说秦王曰：“悍人也中期，适遇明君故也，向者遇桀、纣，必杀之矣。”秦因不罪。

五　濮阳人吕不韦贾于邯郸章

乃说秦王后弟阳泉君曰：“君之罪至死，君知之乎？君之门下无不居高[官]尊位，太子门下无贵者。君之府藏珍珠宝玉，君之骏马盈外厩，美女充后庭。王之春秋高，一日山陵崩，太子用事，君危于累卵，而不寿于朝生。说有可以一切而使君富贵千万岁，其宁于太山四维，必无危亡之患矣。”阳泉君避席，［曰］：“请闻其说。”不韦曰：“王年高矣，王后无子，子傒有承国之业，士仓又辅之。王一日山岭二崩，子傒立，士仓用事，王后之门必生蓬蒿。子异人贤材也，弃在于赵，无母于内，引领西往望，而愿一得归。王后诚请而立之，是子异人无国而有国，王后无子而有子也。”阳泉君曰：“然。”入说王后，王后乃请赵而归之。

赵未之遣，不韦说赵曰：“子异人秦之宠子也，无母于中，王后欲取而子之。使秦而欲屠赵，不顾一子以留计，是抱空质也。若使子异人归而得立，赵厚送遣之，是不敢背德叛施，是自为德讲。秦王老矣，一日晏驾，虽有子异人，不足以结秦。”赵乃遣之。

七　文信侯出走章

司空马去赵，渡平原。平原津令郭遗劳而问：“秦兵下赵，上客从赵来，赵事何如？”司空马言其为赵王计而弗用，赵必亡。平原令曰：“以上客料之，赵何时亡？”司空马曰：“赵将武安君期年而亡；若杀武安君，不过半年。赵王之臣有韩仓者，以曲合于赵王，其交甚亲，其为人疾贤妒功臣。今国危亡，王必用其言，武安君必死。”

卷八《齐策一》

三　靖郭君将城薛章

靖郭君将城薛，客多以谏。靖郭君谓谒者，无为客通。齐人有请者曰：“臣请三言而已矣！益一言臣请烹。”靖郭君因见之。客趋而进曰：“海大鱼。”因返走。君曰：“客有于此。”客曰：“鄙臣不敢以死为戏。”君曰：“亡，更言之。”对曰：“君不闻［海］大鱼乎？网不能止，钩不能牵，荡而失水，则蝼蚁得意焉。今夫齐亦君之水也。君长有齐（阴），奚以薛为？（夫）［失］齐，虽隆薛之城到于天，犹之无益也。”君曰：“善。”乃辍城薛。

十二　邹忌修八尺有余章

邹忌修八尺有余，（身体）［形貌］昳丽。朝服衣冠，窥镜，谓其妻曰：“我孰与城北徐公美？”其妻曰：“君美甚，徐公何能及公也！”城北徐公，齐国之美丽者也。忌不自信，而复问其妾曰："吾孰与徐公美？"妾曰："徐公何能及君也！"旦日，客从外来，与坐谈，问之客曰："吾与徐公孰美？"客曰："徐公不若君之美也。"明日，徐公来，孰视之，自以为不如，窥镜而自视，又弗如远甚。暮，寝而思之，曰："吾妻之美我者，私我也；妾之美我者，畏我也；客之美我者，欲有求于我也。"

于是，入朝见威王曰："臣诚知不如徐公美，臣之妻私臣，臣之妾畏臣，臣之客欲有求于臣，皆以美于徐公。今齐地方千里，百二十城，宫妇左右莫不私王，朝廷之臣莫不畏王，四境之内莫不有求于王。由此观之，王之蔽甚矣。"王曰："善。"乃下令："群臣，吏民，能面刺寡人之过者，受上赏；上书谏寡人者，受中赏；能谤议于市朝，闻寡人之耳者，受下赏。"

令初上，群臣进谏，门庭若市。数月之后，时时而间进。期年之后，虽欲言，无可进者。

燕、赵、韩、魏闻之，皆朝于齐。此所谓战胜于朝廷。

十六　苏秦为赵合纵章

苏秦为赵合纵，说齐宣王曰："齐南有太山，东有琅邪，西有清河，北有渤海，此所谓四塞之国也。齐地方二千里，带甲数十万，粟如丘山。（齐车）［三军］之良，五家之兵，疾如（锥）［鏃］矢，战如雷电，解若风雨。即有军役，未尝背太山、绝清河、涉渤海也。临淄之中七万户，臣窃度之，下户三男子，三七二十一万，不待发于远县，而临淄之卒，固以二十一万矣。临淄甚富而实，其民无不吹竽、鼓瑟；击筑、弹琴，斗鸡、走犬，六博、蹹踘者；临淄之（途［涂］），车（槃）［毂］击，人肩摩，连衽成帷，举袂成幕，挥汗成雨；家敦而富，志高而扬。夫以大王之贤与齐之强，天下不能当。今乃西面事秦，窃为大王羞之。

"且夫韩、魏之所以畏秦者，以与秦接界也。兵出而相当，不至十日，而战胜存亡之机决矣。韩、魏战而胜秦，则兵半折，四境不守；战而不胜，以亡随其后。是故韩、魏之所以重与秦战而轻为之臣也。

"今秦攻齐则不然，背韩、魏之地，至闱阳晋之道，径亢父之险，车不得方轨，马不得并行，百人守险，千人不能过也。秦虽欲深入，则狼顾，恐韩、魏之议其后也。是故恫疑虚猲，高跃而不敢进，则秦不能害齐，亦已明矣。夫不深料秦之不奈我何也，而欲西面事秦是群臣之计过也。今无臣事秦之名，而有强国之实，臣固愿大王之少留计。”

齐王曰：“寡人不敏，今主君以赵王之教诏之，敬奉社稷以从。”

十七　张仪为秦连横［说］齐王章

张仪为秦连横［说］齐王曰：“天下强国无过齐者，大臣父兄殷众富乐，无过齐者。然而为大王计者，皆为一时说，而不顾万世之利。纵人说大王者，必谓‘齐西有强赵，南有韩、魏，负海之国也，地广人众，兵强士勇，虽有百秦，将无奈我何。’大王览其说，而不察其至实。

“夫纵人朋党比周，莫不以纵为可。臣闻之，齐与鲁三战而鲁三胜，国以危，亡随其后，虽有胜名，而有亡之实，是何故也？齐大而鲁小。今赵之与秦也，犹齐之于鲁也。秦、赵战于河、漳之上，再战而再胜秦；战于番吾之下，再战而再胜秦。四战之后，赵亡卒数十万，邯郸仅存。虽有胜秦之名，而国破矣。是何故也？秦强而赵弱也。今秦、楚嫁子取妇，为昆弟之国。韩献宜阳，魏效河外，赵入朝渑池，割河间以事秦。大王不事秦，秦驱韩、魏攻齐之南地，悉赵［兵］，涉河，（关）［漳］，指（搏）［博］关，临淄、即墨非王之有也。国一日被攻，虽欲事秦，不可得也。是故愿大王熟计之。”

齐王曰：“齐僻邻隐居，托于东海之上，未尝闻社稷之长利，今大客幸而教之，请奉社稷以事秦。”献鱼盐之地三百于秦也。

卷九《齐策二》

二　张仪事秦惠王章

张仪事秦惠王。惠王死，武王立。左右恶张仪，曰：“仪事先王不忠。”言未已，齐让又至。

张仪闻之，谓武王曰：“仪有愚计愿效之王。”王曰：“奈何？”曰：“为社稷计者，东方有大变，然后王可以多割地。今齐王甚憎（张）仪，仪之所在，必具兵而伐之。故仪愿乞不肖身而之梁，齐必即举兵而伐之。齐、梁之兵连于城下，不能相去，王以其间伐韩，入三川，出兵函谷，而无伐以临周，祭器必出，挟天子，案图籍，此王业也。”王曰：“善。”乃具革车三十乘，纳之梁。

齐果举兵伐之。梁王大恐。张仪曰：“王勿患，请（令）［今］罢齐兵。”乃使其舍人冯喜之楚，藉使之齐。齐、楚之事已毕，因谓齐王［曰］：“王甚憎张仪，虽然，厚矣王之托仪于秦王也！”齐王曰：“寡人甚憎仪，仪之所在，必举兵伐之，何以‘托仪’也？”对曰：“是乃王之‘托仪’也。仪之出秦（因）［故］与秦王约曰：‘为王计者，东方有大变，然后王可以多割地。齐王甚憎仪，仪之所在，必举兵伐之。故仪愿乞不肖身而之梁，齐必举兵伐梁。梁、齐之兵连于城下，不能去，王以其间伐韩，入三川，出兵函谷，而无伐，以临周，祭器必出，挟天子，案图籍，是王业也。’秦王以为然，与革车三十乘，而纳仪于梁。而果伐之，是王内自疲而伐与国，广邻敌以自临，而信仪于秦王也。此臣之所谓‘托仪’也。”王曰：“善。”乃止。

卷十《齐策三》

一　楚王死章

楚王死，太子在齐质。（苏秦）［或］曰：“……可以使人说薛公以善苏子；可以使苏子自解于薛公。”

又使景鲤请薛公曰：“君之所以重于天下者，以能得天下之士而有齐权也。今苏秦天下必之辩士也，（世与）［与世］少有。君因不善苏秦，则是围塞天下士，而不利说途也。夫不善君者，且奉苏秦，而于君之事殆矣。今苏秦善于楚王，而君不早亲，则是身与楚为雠也。故君不如因而因之，贵而重之，是君有楚也。”薛公因善苏秦。故曰“可以为苏秦说薛公以善苏秦。

三　孟尝君将入秦章

孟尝君将入秦，止者千数，而弗听。苏秦欲止之，孟尝曰：“人事者吾已尽知之矣；吾所未闻者，独鬼事耳。”苏秦曰：“臣之来也，固不敢言人事也，固且以鬼事见君。”

孟尝君见之。谓孟尝君曰：“今者臣来，过于淄上，有土偶人与桃梗相与语。桃梗谓土偶人曰：‘子，西岸之土也，（挺）［埏］子以为人，至岁八月，降雨下，淄水至，则汝残矣。’土偶曰：‘不然。吾西岸之土也，（土）［吾残］则复西岸耳。今子东国之桃梗也，刻削子以为人，降雨下，淄水至，流子而去，则子漂漂者将何如耳。’今秦四塞之国，譬若虎口，而君入之，则臣不知君所出矣。”孟尝君乃止。

四　孟尝君在薛章

孟尝君在薛，荆人攻之。淳于髡为齐使于荆，还返过薛，而孟尝［君］令人体貌而亲郊迎之。谓淳于髡曰："荆人攻薛，夫子弗忧，文无以复侍矣。"淳于髡曰："敬闻命［矣］!"

至于齐，毕报。王曰："何见于荆?"对曰："荆甚固，而薛亦不量其力。"王曰："何谓也?"对曰："薛不量其力，而为先王立清庙。荆固而攻之，清庙必危。故曰：（薛不量力而荆亦甚固）'［荆甚固，而薛亦不量其力］。'"齐王（和）［知］其颜色，曰："嘻！先君之庙在焉!"疾兴兵救之。

颠蹶之请，拜望之谒，虽得则薄也。善说者，陈其势，言其方；人之急也，若自在隘窘之中，岂用强力哉?

七　孟尝君舍人有与君之夫人相爱者章

孟尝君舍人有与君之夫人相爱者。或以问孟尝君曰："为君舍人，而内与夫人相爱，亦甚不义矣。君其杀之。"君曰："睹貌而相悦者，人之情也，其措之勿言也。"

八　孟尝君有舍人而弗悦章

孟尝君有舍人而弗悦，欲逐之。

鲁连谓孟尝君曰："猿（狝）猴错目据水则不若鱼鳖；历险乘危则骐骥不如狐狸；曹沫之奋三尺之剑，一军不能当，使曹沫释其三尺之剑，而操铫鎒，与农夫居陇磨之中，则不若农夫。故物舍其所长，之其所短，尧亦有所不及矣。今使人而不能，则谓之不肖；教人而不能，则谓之拙；拙则罢之，不肖则弃之。使人有弃逐，不相与处，而来害相报者，岂非世之立教首也哉?"孟尝君曰："善。"乃弗逐。

卷十一《齐策四》

三　鲁仲连谓孟尝［君］章

鲁仲连谓孟尝［君曰］："君好士（未）也。雍门［子］养椒亦，阳得子养［××］，饮食、衣裘与之同之，皆得其死。今君之家富于二公，而士未有为君尽游者也。"君曰："文不得是二人故也。使文得二人者，岂独不得尽?"对曰："君之厩马百乘，无不被绣衣而食菽粟者，岂有骐麟、騄耳哉？后宫十妃，皆衣缟、纻，食粱、肉，岂有毛廧、西施哉？色与马取于今之世，士何必待古哉？故曰：‘君之好士未也’。”

四　孟尝君逐于齐而复返章

孟尝君逐于齐而复返，谭拾子迎之于境，谓孟尝君曰：“君得无有所怨齐士大夫？”孟尝君曰：“有。”“君满意杀之乎？”孟尝君曰：“然。”谭拾子曰：“事有必至，理有固然，君知之乎？”孟尝君曰：“不知。”谭拾子曰：“事之必至者，死也；理之固然者，富贵则就之，贫贱则去之。此事之必至，理之固然者。请以市谕：市，朝则满，夕则虚；非朝爱市，而夕憎之也；求存故往，亡故去。愿君勿怨。”孟尝君乃取所怨五百牒削去之，不敢以为言。

五　齐宣王见颜斶章

齐宣王见颜斶，曰：“斶前！”斶亦曰：“王前！”宣王不悦。左右曰：“王，人君也；斶，人臣也；王曰‘斶前’，［斶］亦曰‘王前’，可乎”斶对曰：“夫斶前为慕势，王前为趋士；与使斶为（趋）［慕］势，不如使王为趋士。”王忿然作色曰：“王者贵乎，士贵乎？”对曰：“士贵耳，王者不贵。”王曰：“有说乎？”斶曰：“有。昔者秦攻齐，令曰：‘有敢去柳下季垄五十步而樵采者，［罪］死不赦。’令曰：‘有能得齐王头者，封万户侯，赐金千镒。’由是观之，生王之头曾不若死士之垄也。”宣王默然不悦。

六　先生王斗造门而欲见齐宣王章

先生王斗造门而欲见齐宣王，宣王使谒者延入。王斗曰：“斗趋见王，为好势；王趋见斗，为好士。于王何如？”使者复还报。王曰：“先生徐（之）［入］，寡人请从。”宣王因趋而迎之于门，与入。曰：“寡人奉先君之宗庙，守社稷，闻先生直言正谏不讳。”王斗对曰：“王闻之过。斗生于乱世，事乱君，焉敢直言正谏？”宣王忿然作色不悦。

七　齐王使使者问赵威后章

齐王使使者问赵威后，书未发，威后问使者曰：“岁亦无恙耶？民亦无恙耶？王亦无恙耶？”使者不悦，曰：“臣奉使使威后，今不问王而先问岁与民，岂先贱而后尊贵者乎？”威后曰：“不然，苟无岁，何以有民？苟无民，何以有君？故有问舍本而问末者耶？”

乃进而问之曰："齐有处士曰钟离子，无恙耶？是其为人也，有粮者亦食，无粮者亦食；有衣者亦衣，无衣者亦衣。是助王养其民［者］也，何以至今不业也？叶阳子无恙乎？是其为人，哀鳏寡，恤孤独，振困穷，补不足。是助王息其民者也，何以至今不业也？北宫之女婴儿子无恙耶？彻其环瑱，至老不嫁，以养父母。是皆率民而出于孝情者也，胡为至今不朝也？此二士弗业，一女不朝，何以王齐国，子万民乎？于陵（子仲）［仲子］尚存乎？是其为人也，上不臣于王，下不治其家，中不索交诸侯。此率民而出于无用者，何为至今不杀乎？"

十一　苏秦谓齐王章

苏秦谓齐王曰："齐、秦立为两帝，王以天下为尊秦乎？且尊齐乎？"王曰："尊秦。""释帝，则天下爱齐乎，且爱秦乎？"王曰："爱齐而憎秦。""两帝立，约伐赵，孰与伐宋之利也？"［王曰："不如伐宋。"］（对）曰："夫（约然）［然约］与秦为帝，而天下独尊秦而轻齐；齐释帝，则天下爱齐而憎秦；伐赵不如伐宋之利。故臣愿王明释帝，以就天下；背约傧秦，勿使争重；而王以其间举宋。夫有宋，则卫之阳城危；有淮北，则楚之东国危；有济西，则赵之河东危；有（阴）［陶］、平陆，则梁门不启。故释帝而贰之以伐宋之事，则国重而名尊，燕、楚以形服，天下不敢不听，此汤、武之举也。敬秦以为名，而后使天下憎之，此所谓'以卑易尊'者也。愿王之熟虑之也！"

卷十二《齐策五》

苏秦说齐闵王章

苏秦说齐闵王曰："臣闻用兵而喜先天下者忧，约结而喜主怨者孤。夫后起者藉也，而远怨者时也。是以圣人从事，必藉于权而务兴于时。夫权藉者万物之率也，而时势者百事之长也。故无权籍，背时势，而能事成者寡矣。……"

卷十三《齐策六》

三　燕攻齐取七十余城章

燕攻齐，取七十余城，唯莒、即墨不下。齐田单以即墨破燕，杀骑劫。

初，燕将攻下聊城，人或谗之。燕将惧诛，遂保守聊城，不敢归。田单攻之岁余，士卒多死，而聊城不下。

鲁连乃书，约之矢，以射城中，遗燕将曰："吾闻之，智者不背时而弃利，勇士不怯死而灭名，忠臣不先身而后君。今公行一朝之忿，不顾燕王之无臣，非忠也；杀身亡聊城，而威不信于齐，非勇也；功废名灭，后世无称，非智也。故智者不再计，勇士不怯死。今死、生、荣、辱、尊、卑、贵、贱，此其一时也。愿公之详计而无与俗同也。

燕将曰："敬闻命矣！"因罢兵到读而去。故解七国之围，救百姓之死，仲连之说也。

卷十四《楚策一》

四　昭奚恤与彭城君议于王前章

昭奚恤与彭城君议于王前，王召江乙而问焉。江乙曰："二人之言皆善也，臣不敢言其后，此谓虑贤也。"

八　江乙恶昭奚恤章

江乙恶昭奚恤，谓楚王曰："人有以其狗为有执而爱之。其狗尝溺井，其邻人见狗之溺井也，欲入言之。狗恶之，当门而噬之。邻人惮之，遂不得入言。邯郸之难，楚进兵大梁，取矣。昭奚恤取魏之宝器，（以）［臣］居魏知之，故昭奚恤常恶臣之见王。"

十　江乙说于安陵君章

江乙说于安陵君曰："君无咫尺之（地）［功］，骨肉之亲，处尊位，受厚禄，一国之众，见君莫不敛衽而拜，抚委而服，何以也？"曰："王过举而已，不然，无以至此。"江乙曰："以财交者，财尽而交绝；以色交者，华落而爱渝。是以嬖女不敝席，宠臣不避轩。今君擅楚国之势，而无以深自结于王，窃为君危之。"安陵君曰："然则奈何？""愿君必请从死，以身为殉，如是必长得重于楚国。"曰："谨受令。"

三年而弗言。江乙复见曰："臣所为君道，至今未效。君不用臣之计，臣请不敢复见矣。"安陵君曰："不敢忘先生之言，未得间也。"

于是，楚王游于云梦，结驷千乘，旌旗蔽日，野火之起也若云蜺，(兕) 虎嗥声若雷霆，有狂兕羊牂车依轮而至，王亲引弓而射，壹发而殪。王抽旃旄而抑兕首，仰天而笑曰："乐矣，今日之游也！寡人万岁千秋之后，谁与乐此矣?"安陵君泣数行而进曰："臣入则编席，出则陪乘，大王万岁千秋之后，愿得以身试黄泉，蓐蝼蚁，又何如得此乐而乐之。"王大悦，乃封坛为安陵君。

君子闻之曰："江乙可谓善谋，安陵君可谓知时矣!"

十五　楚杜赫说楚王以取赵章

楚杜赫说楚王以取赵，王且予之五大夫，而令私行。

陈轸谓楚王曰："赫不能得赵，五大夫不可收也，(得)［是］赏无功也。得赵而王无加焉，是无善也。王不如以十乘行之，事成，予之五大夫。"王曰："善。"乃以十乘行之。杜赫怒而不行。

陈轸谓王曰："是不能得赵也。"

十七　苏秦为赵合纵章

苏秦为赵合纵，说楚威王曰："楚，天下之强国也；大王，天下之贤(王)［主］也。楚地西有黔中、巫郡，东有夏州、海阳，南有洞庭、苍梧，北有汾陉之塞，郇阳，地方五千里，带甲百万，车千乘，骑万匹，粟支十年，此霸王之资也。夫以楚之强，与大王之贤，天下莫能当也。今乃欲西面而事秦，则诸侯莫不南面而朝于章台之下矣。秦之所害于天下莫如楚，楚强则秦弱，楚弱则秦强，此其势不两立。故为王至计，莫如纵亲以孤秦。大王不纵亲，秦必起两军：一军出武关；一军下黔中。若此，则鄢郢动矣。臣闻'治之其未乱，为之其未有'也。患至而后忧之，则无及已。故愿大王之早计之。大王诚能听臣，臣请令山东之国奉四时之献，以承大王之明制，委社稷宗庙，练士厉兵，在大王之所用之。大王诚能听臣之愚计，则韩、魏、齐、燕、赵、卫之妙音美人必充后宫矣。赵、代良马橐他必实于外厩。故纵合则楚王，横成则秦帝。今释霸王之业，而有事人之名，臣窃为大王不取也。

"夫秦，虎狼之国也，有吞天下之心。秦，天下之仇雠也，横人皆欲割诸侯之地以事秦，此所谓养仇而奉雠者也。夫为人臣而割其主之地，以外交强虎狼之秦，以侵天下，卒有秦患，不顾其祸。夫外挟强秦之威，以内劫其主，以求割地，大逆不忠，无过此者。故纵亲则诸侯割地以事楚；横合则楚割地以事秦。此两策者，相去远矣，有亿兆之数。两者大王何居焉？故弊邑赵王使臣效愚计，奉明约，在大王命之。”

楚王曰：“寡人之国，西与秦接境，秦有举巴、蜀并汉中之心。秦，虎狼之国，不可亲也。而韩、魏迫于秦患，不可与深谋，[与深谋]，恐反人以入于秦，故谋未发而国已危矣。寡人自料，以楚当秦，未见胜焉。内与群臣谋，不足恃也。寡人卧不安席，食不甘味，心摇摇［然］如悬旌，而无所终薄。今［主］君欲一天下，安诸侯，存危国，寡人谨奉社稷以从。”

十八　张仪为秦破纵连横章

张仪为秦破纵连横说楚王曰：“秦地半天下，兵敌四国，被山带河，四塞以为固。虎贲之士百余万，车千乘，骑万匹，粟如丘山。法令既明，士卒安难乐死。主严以明，将知以武。虽无出兵甲，席卷常山之险，折天下之脊，天下后服者先亡。且夫为纵者，无以异于驱群羊而攻猛虎也，夫虎之与羊不格明矣。今大王不与猛虎而与群羊，窃以为大王之计过矣。

“凡天下强国非秦而楚，非楚而秦，两国敌侔交争，其势不两立。而大王不与秦，秦下甲兵据宜阳，韩之上地不通；下河东，取成皋，韩必入臣于秦。韩入臣，魏则从风而动。秦攻楚之西，韩、魏攻其北，社稷岂得无危哉！且夫约纵者，聚群弱而攻至强也。夫以弱攻强，不料敌而轻战，国贫而骤举兵，此危亡之术也。臣闻之，‘兵不如者，勿与挑战；粟不如者，勿与持久。’夫纵人者，饰辩虚辞，高主之节行，言其利而不言其害，卒有楚祸，无及为已，是故愿大王之熟计之也。

“……且夫秦之所以不出甲于函谷关十五年以攻诸侯者，阴谋有吞天下之心也。楚尝与秦构难，战于汉中，楚人不胜，通侯执珪死者七十余人，遂亡汉中。楚王大怒，兴师袭秦，战于蓝田，又却，此所谓两虎相搏者也。夫秦、楚相弊，而韩、魏以全制其后，计无过于此者矣，是故愿大王熟计之也。

“秦下兵攻卫阳晋，必（开）［关］扃天下之匈，大王悉起兵以攻宋，不至数月而宋可举。举宋而东指，则泗上十二诸侯尽王之有已。凡天下所信约纵亲坚者苏秦，封为武安君而相燕，即阴于燕王谋破齐，共分其地。乃佯有罪，出走入齐，齐王因受而相之。居二年而觉，齐王大怒，车裂苏秦于市。夫以一诈伪反复之苏秦，而欲经营天下，混一诸侯，其不可成也亦明矣。今秦之与楚也接境壤界，固形亲之国也。大王诚能听臣，臣请秦太子入质于楚，楚太子入质于秦，请以秦女为大王箕帚之妾，效万家之都，以为汤沐之邑，长为昆弟之国，终身无相攻击。臣以为计无便于此者。故敝邑秦王使使臣献书大王之从车下风，须以决事。"

楚王曰："楚国僻陋，托东海之上。寡人年幼，不习国家之长计。今上客幸教以明制，寡人闻之，敬以国从。"乃遣使车百乘，献（鸡骇）[骇鸡]之犀、夜光之璧于秦王。

卷十五《楚策二》

五　楚怀王拘张仪章

楚怀王拘张仪，将欲杀之。靳尚为仪谓楚王曰："拘张仪，秦王必怒；天下见楚之无秦也，楚必轻矣。"又谓王之幸夫人郑袖曰："子亦自知且贱于王乎？"郑袖曰："何也？"尚曰："张仪者，秦王之忠信有功臣也。今楚拘之，秦王欲出之。秦王有爱女而美，又简择宫中佳（玩）丽好玩习音者，以欢从之；资之金玉宝器，奉以上庸六县为汤沐邑，欲因张仪纳之楚王，楚王必（爱）[受]。秦女依强秦以为重，挟宝、地以为资，势为王妻以临（于）[子]。楚王惑于娱乐，必厚尊敬亲爱之而忘子，子益贱而日疏矣。"郑袖曰："愿委之于公，为之奈何？"曰："子何不急言王，出张子。张子得出，德子无已时，秦女必不来，而秦必重子。子内擅楚之贵，外结秦之交，畜张子以为用，子之子孙必为楚太子矣，此非布衣之利也。"郑袖遽说楚王出张子。

六　楚王将出张子章

楚王将出张子，恐其败己也。靳尚谓楚王曰："臣请随之，仪事王不善，臣请杀之。"

楚小臣，靳尚之仇也，谓张旄曰："以张仪之智，而有秦、楚之用，君必穷矣。君不如使人微要靳尚而刺之，楚王必大怒仪也。彼仪穷，则子重矣。楚、秦相难，则魏无患矣。"

卷十六《楚策三》

四　张仪之楚贫章

张仪之楚，贫。舍人怒而（欲）归。张仪曰：“子必以衣冠之敝，故欲归。子待我为子见楚王。”当是之时，南后、郑袖贵于楚。

张子见楚王，楚王不悦。张子曰：“王无所用臣，臣请北见晋君。”楚王曰：“诺。”张子曰：“王无求于晋国乎?”王曰：“黄金、珠、玑、犀、象出于楚，寡人无求于晋国。”张子曰：“王徒不好色耳?”王曰：“何也?”张子曰：“彼郑、周之女，粉白（墨）［黛］黑，立于衢閭，非知而见之者以为神。”楚王曰：“楚，僻陋之国也，未尝见中国之女如此其美也，寡人之独何为不好色也?”乃资以珠玉。

南后、郑袖闻之大恐，令人谓张子曰：“妾闻将军之晋国，偶有金千斤，进之左右，以供刍秣。”郑袖亦以金五百斤。

张子辞楚王曰：“天下关闭不通，未知见日也，愿王赐之觞。”王曰：“诺。”乃觞之。张子中饮，再拜而请曰：“非有他人于此也，愿王召所便习而觞之。”王曰：“诺。”乃召南后、郑袖而觞之。张子再拜而请曰：“仪有死罪于大王。”王曰：“何也?”曰：“仪行天下遍矣，未尝见人如此其美也。而仪言得美人，是欺王也。”王曰：“子释之。吾固以为天下莫若是两人也。”

八　陈轸告楚之魏章

陈轸告楚之魏。张仪恶之于魏王，曰：“轸犹善楚，为求地甚力。”左爽谓陈轸曰：“仪善于魏王，魏王甚信之，公虽百说之，犹不听也。公不如以仪之言为资而得复楚。”陈轸曰：“善。”因使人以仪之言闻于楚。楚王喜，欲复之。

十　唐且见春申君章

唐且见春申君曰：“齐人饰身修行得为益，然臣羞而不学也。不避绝江河，行千余里来，窃慕大君之义，而善君之业。臣闻之，贲、诸怀锥、刃而天下为勇，西施衣褐而天下称美。今君相万乘之楚，御中国之难，所欲者不成，所求者不得，臣等少也。夫枭棋之所以能为者，以散棋佐之也。夫一枭之不如不胜五散亦明矣。今君何不为天下枭，而令臣等为散乎?”

卷十七《楚策四》

二　魏王遗楚王美人章

魏王遗楚王美人，楚王悦之。夫人郑袖知王之悦新人也，甚爱新人：衣服玩好，择其所喜而为之；宫室卧具，择其所善而为之。爱之甚于王。王曰："妇人所以事夫者，色也；而妒者，其情也。今郑袖知寡人之悦新人也，其爱之甚于寡人，此孝子之所以事亲，忠臣之所以事君也！"

郑袖知王以己为不妒也，因谓新人曰："王爱子美矣。虽然，恶子之鼻。子为见王，则必掩子鼻。"新人见王，因掩其鼻。王谓郑袖曰："夫新人见寡人，则掩其鼻，何也？"郑袖曰："妾知也。"王曰："虽恶必言之。"郑袖曰："其似恶闻君王之臭也。"王曰："悍哉！"令劓之，无使逆命。

五　齐明说卓滑以伐秦章

齐明说卓滑以伐秦，滑不听也。齐明谓卓滑曰："明之来也，为樗里疾卜交也。明说楚大夫以伐秦，皆受明之说也，唯公弗受也，臣有辞以报樗里子矣。"卓滑因重之。

八　有献不死之药于荆王者章

有献不死之药于荆王者，谒者操以入。中射之士问曰："可食乎？"曰："可。"因夺而食之。王怒，使人杀中射之士。中射之士使人说王曰："臣问谒者，谒者曰'可食'。臣故食之。是臣无罪，而罪在谒者也。且客献不死之药，臣食之，而王杀臣，是死药也。王杀无罪之臣，而明人之欺王。"王乃不杀。

十二　楚考烈王无子章

楚考烈王无子，春申君患之，求妇人宜子者进之甚众，卒无子。

赵人李园持其女弟欲进之楚王，闻其不宜子，恐又无宠。李园求事春申君为舍人。已而谒归，故失期。还谒，春申君问状。对曰："齐王遣使求臣女弟，与其使者饮，故失期。"春申君曰："聘入乎？"对曰："未也。"春申君曰："可得见乎？"曰："可。"于是园乃进其女弟，即幸于春申君。知其有身，园乃与其女弟谋。

园女弟承间说春申君曰："楚王之贵幸君，虽兄弟不如。今君相楚王二十余年，而王无子，即百岁后，将更立兄弟。即楚王更立，彼亦各贵其故所亲，君又安得长有宠乎？非徒然也，君用事久，多失礼于王兄弟，兄弟诚立，祸且及身，奈何以保相印、江东之封乎？今妾自知有身矣，而人莫知。妾之幸君未久，诚以君之重而进妾于楚王，王必幸妾。妾赖天而有男，则是君之子为王也，楚国封尽可得，孰与其临不测之罪乎？"春申君大然之。乃出园女弟谨舍，而言之楚王。楚王召入，幸之。遂生子男，立为太子，以李园女弟立为王后。楚王贵李园，李园用事。

李园既入其女弟为王后，子为太子，恐春申君语泄，而益骄，阴养死士，欲杀春申君以灭口，而国人颇有知之者。

卷十八《赵策一》

八　苏秦说李兑章

苏秦说李兑曰："洛阳乘轩（车）［里］苏秦，家贫亲老，无疲车驽马，桑轮蓬箧，羸滕［履蹻］，负书担橐；触尘埃，蒙霜露，越漳、河，足重茧，日百（而舍）［舍，而］造外阙，愿见于前，口道天下之事。"李兑曰："先生以鬼之言见我则可，若以人之事，兑尽知之矣。"苏秦对曰："臣固以鬼之言见君，非以人之言也。"李兑见之。苏秦曰："今日臣之来也暮，后郭门，藉席无所得，寄宿人田中，傍有大丛。夜半，土梗与木梗斗，曰：'汝不如我，我者、乃土也。使我逢疾风淋雨，坏沮，乃复归土。今汝非木之根，则木之枝耳。汝逢疾风淋雨，漂入漳、河，东流至海，泛滥无所止。'臣窃以为土梗胜也。今君杀主父而族之，君之立于天下危于累卵。君听臣计则生，不听臣计则死。"李兑曰："先生就舍，明日复来见兑也。"苏秦出。

李兑舍人谓李兑曰："臣窃观君与苏公谈也，其辩过君，其博过君，君能听苏公之计乎？"李兑曰："不能。"舍人曰："君即不能，愿君坚塞两耳，无听其谈也。"明日复见，终日谈而去。舍人出送苏君，苏秦谓舍人曰："昨日我谈粗而君动，今日精而君不动，何也？"舍人曰："先生之计大而规高，吾君不能用也。乃我请君塞两耳无听谈者。虽然，先生明日复来，吾请资先生厚用。"明日来，（抵）［抵］掌而谈。李兑送苏秦明月之珠、和氏之璧、黑貂之裘、黄金百镒。苏秦得以为用，西入于秦。

卷十九《赵策二》

一　苏秦从燕之赵章

苏秦从燕之赵，始合纵说赵王曰："天下之卿相、人臣，乃至布衣之士，莫不高贤大王之行义，皆愿奉教陈忠于前之日久矣。虽然，奉阳君妒，大王不得任事。是以外宾客，游谈之士无敢尽忠于前者。今奉阳君捐馆舍，大王乃今然后得与士民相亲，臣故敢献其愚，效愚忠。为大王计，莫若安民无事，请无庸有为也。安民之本，在于择交。择交而得，则民安；择交不得，则民终身不得安。请言外患：齐、秦为两敌，而民不得安；倚秦攻齐，而民不得安；倚齐攻秦，而民不得安。故夫谋人之主，伐人之国，常苦出辞断绝人之交，愿大王慎无出于口也。

"请屏左右，（曰）［白］言所以异阴阳而已矣。大王诚能听臣，燕必致毡、裘、狗、马之地，齐必致海隅鱼盐之地，楚必致桔柚云梦之地，韩、魏皆可使致封地汤沐之邑，贵戚父兄皆可以受封侯。夫割地效实，五伯之所以覆军擒将而求也；封侯贵戚，汤、武之所以放杀而争也。今大王垂拱而两有之，是臣之所以为大王愿也。大王与秦，则秦必弱韩、魏；与齐，则齐必弱楚、魏。魏弱则割河外，韩弱则效宜阳。宜阳效则上郡绝，河外割则道不通，楚弱则无援。此三策者不可不熟计也。

"夫秦下轵道则南阳动，劫韩包周则赵自销铄，据卫取淇则齐必入朝。秦欲已得行于山东，则必举甲而向赵。秦甲涉河逾漳据番吾则兵必战于邯郸之下矣。此臣之所以为大王患也。

"当今之时，山东之（建）［战］国莫若赵强。赵地方二千里，带甲数十万，车千乘，骑万匹，粟支数十年；西有常山，南有河、漳，东有清河，北有燕国。燕固弱国，不足畏也。且秦之所畏害于天下者，莫如赵。然而秦不敢举兵甲而伐赵者何也？畏韩、魏之议其后也。然则韩、魏，赵之南蔽也。秦之攻韩、魏也则不然：无有名山大川之限，稍稍蚕食之，傅之国都而止矣；韩、魏不能支秦，必入臣。韩、魏臣于秦，秦无韩、魏之隔，祸中于赵矣。此臣之所以为大王患也。

"臣闻尧无三夫之分，舜无咫尺之地，以有天下。禹无百人之聚，以王诸侯。汤、武之卒不过三千人，车不过三百乘，立为天子。诚得其道也。是故明主外料其敌国之强弱，内度其士卒之众寡、贤与不肖，不待两军相当，而胜败、存亡之机节固已见于胸中矣。岂掩于众人之言，而以冥冥决事哉！

“臣窃以天下地图案之，诸侯之地，五倍于秦，料诸侯之卒，十倍于秦。六国并力为一，西面而攻秦，秦破必矣；今见破于秦，西面而事之，见臣于秦。夫破人之与破于人也，臣人之与臣于人也，岂可同日而言之哉！

“夫横人者，皆欲割诸侯之地以与秦成，与秦成，则高台［榭］，美宫室，听竽瑟之音，察五味之和，前有轩辕，后有长庭，美人巧笑，卒有秦患，而不与其忧。是故横人（曰）［日］夜务以秦权恐猲诸侯，以求割地。愿大王之熟计之也。

“臣闻明（王）［主］绝疑去谗，屏流言之迹，塞朋党之门，故尊主广地强兵之计，臣得陈忠于前矣。故窃大王计，莫如一韩、魏、齐、楚、燕、赵六国纵亲以傧（叛）秦，令天下之将相相与会于洹水之上，通质刑白马以盟之，约曰：‘秦攻楚，齐、魏各出锐师以佐之，韩绝食道，赵涉河、漳，燕守常山之北。秦攻韩、魏，则楚绝其后，齐出锐师以佐之，赵涉河、漳，燕守云中。秦攻齐，则楚绝其后，韩守成皋，魏塞午道，赵涉河、漳、博关，燕出锐师以佐之。秦攻燕，则赵守常山，楚军武关，齐涉渤海，韩、魏出锐师以佐之。秦攻赵，则韩军宜阳，楚军武关，魏军河外，齐涉（渤海）［清河］，燕出锐师以佐之。诸侯有先背约者，五国共伐之。六国纵亲以摈秦，秦必不敢出兵于函谷关以害山东矣！如是则伯业成矣！”

赵王曰：“寡人年少，莅国之日浅，未尝得闻社稷之长计，今上客有意存天下，安诸侯，寡人敬以国从。”乃封苏秦为武安君，饰车百乘，黄金千镒，白璧百双，锦绣千纯，以约诸侯。

三　张仪为秦连横说赵王章

张仪为秦连横说赵王曰：“弊邑秦王使臣敢献书于大王御史。大王收率天下以傧秦，秦兵不敢出函谷关十五年矣。大王之威行于天下山东，弊邑恐惧慑伏，缮甲厉兵，饰车骑，习驰射，力田积粟，守四封之内，愁居慑处，不敢动摇，唯大王有意督过之也。今秦以大王之力，西举巴、蜀，并汉中，东收两周，而西迁九鼎，守白马之津。秦虽辟远，然而心忿悁含怒之日久矣。今（宣）［寡］君有微甲钝兵，军于渑池，愿渡河逾漳，据番吾，迎战邯郸之下，愿以甲子之日合战，以正殷纣之事。敬使臣先以闻于左右。

“凡大王之所信以为纵者，恃苏秦之计，荧惑诸侯，以是为非，以非为是，欲反覆齐国而不能，自令车裂于齐之市。夫天下之不可一亦明矣。今楚与秦为昆弟之国，而韩、魏称为东蕃之臣，齐献鱼盐之地，此断赵之右臂也。夫断右臂而求与人斗，失其党而孤居，求欲无危，岂可得哉？今秦发三将军：一军塞午道，告齐，使兴师，度清河，军于邯郸之东；一军军于成皋，敺（驱）韩、魏而军于河外；一军军于渑池。约曰：‘四国为一，以攻赵，破赵而四分其地。’是故不敢匿意隐情，先以闻于左右。臣切为大王计，莫如与秦遇于渑池，面相见而身相结也。臣请案兵无攻，愿大王之定计。”

赵王曰：“先王之时，奉阳君相，专权擅势，蔽晦先王，独制官事，寡人宫居，属于师傅，不能与国谋。先王弃群臣，寡人年少，奉祠祭之日浅，私心固窃疑焉。以为一纵不事秦，非国之长利也。乃且愿变心易虑，剖地谢前过以事秦。方将约车趋行，而适闻使者之明诏。”于是乃以车三百乘入朝渑池，割河间以事秦。

卷二十《赵策三》

十　秦攻赵于长平章

秦攻赵于长平，大破之，引兵而归。因使人索六城于赵而讲。赵计未定。楼缓新从秦来，赵王与楼缓计之曰：“与秦城何如不与（何如）？”楼缓辞让曰：“此非人臣之所能知也。”王曰：“虽然，试言公之私。”楼缓曰：“王亦闻夫公甫文伯母乎？公甫文伯官于鲁，病死。妇人为之自杀于房中者二八。其母闻之，不肯哭也。相室曰：焉有子死而不哭者乎？其母曰：‘孔子贤人也，逐于鲁，是人不随。今死，而妇人为死者十六人。若是者，其于长者薄，而于妇人厚？’故从母言之，之为贤母也；从妇言之，（之）必不免为妒妇也。故其言一也，言者异，则人心变矣。今臣新从秦来，而言‘勿与’，则非计也；言‘与之’，则恐王以臣之为秦也，故不敢对。使臣得王计之，不如予之。”王曰：“诺。”

虞卿闻之，入见王，王以楼缓言告之。虞卿曰：“此饰说也。”（秦既解邯郸之围，而赵王入朝，使赵郝约事于秦，割六县而讲）王曰：“何谓也？”虞卿曰：“秦之攻赵也，倦而归乎？（王以）［亡］其力尚能进，爱王而不攻乎”王曰：“秦之攻我也，不遗余力矣，必以倦而归也。”虞卿曰：“秦以其力攻其所不能取，倦而归，王又以其力之所不能攻以资之，是助秦自攻也。来年，秦复攻王，王无以救矣。”

王又以虞卿之言告楼缓。……

王以楼缓之言告虞卿，［虞卿］曰：“楼缓言不媾，来年秦复攻，王得无更割其内而媾。今媾，楼缓又不能必秦之不复攻也，虽割何益？来年复攻，又割其力之所不能取而媾也，此自尽之术也。不如无媾。秦虽善攻，不能取六城；赵虽不能守，而不至失六城。秦倦而归，兵必疲。我以五城收天下，以攻疲秦，是我失之于天下，而取偿于秦也，吾国尚利。孰与坐而割地自弱以强秦？今楼缓曰：‘秦善韩、魏而攻赵者，必王之事秦不如韩、魏也。’是使王岁以六城事秦也，即坐而地尽矣。来年秦复求割地，王将予之乎？不与，则是弃前贵而挑秦祸也；与之，则无地而给之。语曰：‘强者善攻，而弱者不能自守。’今坐而听秦，秦兵不敝，而多得地，是强秦而弱赵也。以益愈强之秦，而割愈弱之赵，其计固不止矣。且秦虎狼之国也，无礼义之心，其求无已，而王之地有尽。以有尽之地，给无已之求，其势必无赵矣。故曰‘此饰说也’。王必勿与。”王曰：“诺。”

楼缓闻之，入见于王，王又以虞卿言告之。……

虞卿未返，秦之使者已在赵矣。楼缓闻之，逃去。

十一　秦攻赵平原君使人请救于魏章

秦攻赵，平原君使人请救于魏。信陵君发兵至邯郸城下，秦兵罢。

虞卿为平原君请益地，谓赵王曰：“夫不斗一卒，不顿一戟，而解二国患者，平原君之力也。用人之力，而忘人之功，不可。”赵王曰：“善。”将益之地。

公孙龙闻之，见平原君曰：“君无覆军杀将之功，而封以东武城赵国豪杰之士多在君之右，而君为相国者，以亲故。夫君封以东武城，不让无功；佩赵国相印，不辞无能；一解国患，欲求益地。是亲戚受封，而国人计功也。为君计者，不如勿受便。”平原君曰：“谨受令。”乃不受封。

十四　说张相国章

说张相国曰：“君安能少赵人，而令赵人多君？君安能憎赵人，而令赵人爱君乎？夫胶、漆至粘也，而不能合远。鸿毛至轻也，而不能自举。夫飘于清风，则横行四海。故事有简而来成者，因也。今赵万乘之强国也，前漳、滏，右常山，左河间，北有代；带甲百万，尝抑强齐四十余年，而秦不能得所欲。由是观之，赵之于天下也不轻。今君易万乘之强赵，而慕思不可得之小梁，臣窃为君不取也。”君曰：“善。”自是之后，众人广坐之中，未尝不言赵人之长者也，未尝不言赵俗之善者也。

十五　郑同北见赵王章

郑同北见赵王，赵王曰：“子南方之传士也，何以教之？”郑同曰：“臣南方草鄙之人也，何足问？虽然，王致之于前，安敢不对乎？臣少之时，亲尝教以兵。”赵王曰：“寡人不好兵。”郑同因抚手仰天而笑之，曰：“兵固天下之狙喜也，臣故意大王不好也。臣亦尝以兵说魏昭王，昭亦曰：‘寡人不喜。’臣曰：‘王之行能如许由乎？许由无天下之累，故不受也。今王既受先王之传，欲宗庙之安，壤地不削，社稷之血食乎？’王曰：‘然。’今有人操随侯之珠，持丘之环，万今之财，时宿于野，内无孟贲之威，荆庆之断，外无弓弩之御，不出宿夕，人必危之矣。今有强贪之国，临王之境，索王之地，告以理则不可，说以义则不听。王非战国守圉之具，其将何以当之？王若无兵，邻国得志矣。”赵王曰：“寡人请奉教。”

十七　卫灵公近雍（疸）［疽］弥子瑕章

卫灵公近雍（疸）［疽］、弥子瑕。二人者，专君之势，以蔽左右。（复涂侦）［侏儒］谓君曰：“昔日臣梦，见君。”君曰：“子何梦？”曰：“梦见灶（君）。”君忿然作色，曰：“吾闻（梦）见人君者，梦见日。今子曰‘梦见灶（君）’，而言‘见君’也。有说则可，无说则死。”对曰：“日并烛天下者也，一物不能蔽也。若灶则不然，前之人炀，则后之人无从见也。今臣疑人有炀于君者也，是以梦见灶（君）。”君曰：“善。”于是，因废雍（疸）［疽］、弥子瑕，而立司空狗。

卷二十一《赵策四》

五　楼缓将使章

楼缓将使，伏事，辞行，谓赵王曰："臣虽尽力竭知，死不复见于王矣。"王曰："是何言也？固且为书而厚寄卿。"楼子曰："王不闻公子牟夷之于宋乎？非肉不食。文张善宋，恶公子牟夷，寅然。今臣之于王，非宋之于公子牟夷也，而恶臣者过文张，故臣死不复见于王矣。"王曰："子勉行矣，寡人与子有誓言矣。"楼子遂行。

后以中牟返，入梁。候者来言，而王弗听，曰："吾已与楼子有言矣。"

十二　冯忌请见赵王章

冯忌请见赵王，行人见之。冯忌接手免首，欲言而不敢。王问其故，对曰："客有见人于服子者，已而请其罪。服子曰：'公之客独有三罪：望我而笑，是狎也；谈语而不称师，是背也；交浅而言深，是乱也。'客曰：'不然。夫望人而笑，是和也；言而不称师，是庸说也；交浅而言深，是忠也。昔者尧见舜于草茅之中，席陇亩而荫庇桑，阴移而授天下传，伊尹负鼎俎而干汤，姓名未著而受三公。使夫交浅者不可以深谈，则天下不传，而三公不得也。'"赵王曰："甚善。"冯忌曰："今外臣交浅而欲深谈可乎？"王曰："请奉教。"于是冯忌乃谈。

十八　赵太后新用事章

赵太后新用事，秦急攻之。赵氏求救于齐。齐曰："必以长安君为质，兵乃出。"太后不肯，大臣强谏。太后明谓左右［曰］："有复言令长安君为质者，老妇必唾其面！"

左师触（詟）［龙言］愿见太后。太后盛气而（揖）［胥］之。入而徐趋，至而自谢，曰："老臣病足，曾不能疾走，不得见久矣。窃自恕，而恐太后玉体之有所郄也，故愿望见太后。"太后曰："老妇恃辇而行。"曰："日食饮得无衰乎？"曰："恃粥耳。"曰："老臣今者殊不欲食，乃自强步，日三四里，少益耆食，和于身也。"太后曰："老妇不能。"太后之色少解。

左师公曰："老臣贱息舒祺最少，不肖。而臣衰，窃爱怜之。愿令得补黑衣之数，以卫王（官）［宫］，没死以闻。"太后："敬诺。年几何矣？"对曰："十五岁矣。虽少，愿及未填沟壑而托之。"太后曰："丈夫亦爱怜其少子乎？”对曰：“甚于妇人。”太后笑曰：“妇人异甚。”对曰：“老臣窃以为媪之爱燕后贤于长安君。”曰：“君过矣，不若长安君之甚。”

左师公曰：“父母之爱子，则为之计深远。媪之送燕后也，持其踵而为之泣，念（悲）其远也，亦哀之矣。已行，非弗思也，祭祀必祝之，（祝）曰：‘必勿使返。’岂非计久长，有子孙相继为王也哉？”太后曰：“然。”

左师公曰：“今三世以前，至于赵之为赵，赵主之子孙侯者，其继有在者乎？”曰：“无有。”曰：“微独赵，诸侯有在者乎？”曰：“老妇不闻也。”“此其近者祸及身，远者及其子孙。岂人主之子孙［侯者］则必不善哉？位尊而无功，奉厚而无劳，而挟重器多也。今媪尊长安君之位，而封之以膏腴之地，多予之重器，而不及今令有功于国，一旦山陵崩，长安君何以自托于赵？老臣以媪为长安君计短也，故以为其爱不若燕后。”太后曰：“诺，恣君之所使之。”

于是为长安君约车百乘，质于齐，齐兵乃出。

子义闻之曰：“人主之子也，骨肉之亲也，犹不能恃无功之尊，无劳之奉，而守金玉之重也，而况人臣乎？”

卷二十二《魏策一》

七　魏武侯与诸大夫浮于西河章

魏武侯与诸大夫浮于西河，称曰：“河山之险，岂不亦信固哉！”王（钟）［错］侍（王）［坐］曰：“此晋国之所以强也。若善修之，则霸王之业具矣。”吴起对曰：“吾君之言，危国之道也；而子又附之，是危也。”武侯忿然曰：“子之言有说乎？”

吴起对曰：“河山之险，信不足保也，是伯王之业不从此也。昔者三苗之居，左彭蠡之波，右（有）洞庭之水，文山在其南，而衡山在其北；恃此险也，为政不善，而禹放逐之。夫夏桀之国，左天门之阴，而右天溪之阳，庐、睪在其北，伊、洛出其南；有此险也，然为政不善，而汤伐之。殷纣之国，左孟门，而右漳、釜，前带河，后被山；有此险也，然为政不善，而武王伐之。且君亲从臣而胜降城，城非不高也，人民非不众也，然而可得并者，政恶故也。从是观之，地形险阻，奚足以霸王矣！”

武侯曰：“善。吾乃今（日）闻圣人之言也！西河之政，专委之子矣。”

十　苏子为赵合纵说魏王章

苏子为赵合纵说魏王曰：“大王之地，南有鸿沟、陈、汝南，有许、鄢、昆阳、邵陵、舞阳、新郪，东有淮、颍、沂、黄、煮枣、海盐、无疏，西有长城之界，北有河外、卷、衍、燕、酸枣，地方千里。地名虽小，然而庐（田庑）［庑田］舍，曾无所刍牧牛马之地。人民之众，车马之多，日夜行不休已，无以异于三军之众。臣窃料之，大王之国，不下于楚。然横人谋王，外交强虎狼之秦，以侵天下，卒有国患，不被其祸。夫挟强秦之势，以内劫其主，罪无过此者。且魏，天下之强国也；大王，天下之贤主。今乃有意西面而事秦，称东藩，筑帝宫，受冠带，祠春秋，臣窃为大王愧之。

“臣闻越王勾践以散卒三千，擒夫差于干遂，武王卒三千人，革车三百乘，斩纣于牧之野。岂其士卒众哉？诚能振其威也。今窃闻大王之卒：武力二十余万，苍头二（千）［十］万，奋击二十万，厮徒十万，车六百乘，骑五千匹。此其过越王勾践、武王远矣！今乃劫于（辟）［群］臣之说，而欲臣事秦。夫事秦必割地效（质）［实］，故兵未用而国已亏矣。凡群臣之言事秦者，皆奸臣，非忠臣也。夫为人臣，割其主之地以求外交，偷取一旦之功，而不顾其后，破公家而成私门，外挟强秦之势以内劫其主，以求割地，愿大王之熟察之也。

“《周书》曰：‘绵绵不绝，缦缦奈何；毫毛不拔，将成斧柯。’前虑不定，后有大患，将奈之何？大王诚能听臣，六国纵亲，专新并力，则必无强秦之患。故敝邑赵王使使臣献愚计，奉明约，在大王诏之。”

魏王曰：“寡人不肖，未尝得闻明教。今主君以赵王之诏诏之，敬以国从。”

十一　张仪为秦连横说魏王章

张仪为秦连横说魏王曰：“魏地方不至千里，卒不过三十万人。地四平，诸侯四通，条达辐凑，无有名山大川之阻。从郑至梁，不过百里；从陈至梁，二百余里。马驰人趋，不待倦而至梁。南与楚境，西与韩境，北与赵境，东与齐境，卒戍四方，守亭障者参列，粟粮漕庾，不下十万。魏之地势故战场也。魏南与楚而不与齐，则齐攻其东；东与齐而不与赵，则赵攻其北；不合于韩，则韩攻其西；不亲于楚，则楚攻其南。此所谓四分五裂之道也。

“且夫诸侯之为纵者，［将］以安社稷，尊主、强兵、显名也。合纵者，一天下，约为兄弟、刑白马以盟于洹水之上，以相坚也。夫亲昆弟同父母尚有争钱财，而欲恃诈伪反覆苏秦之余谋，其不可以成亦明矣。

“大王不事秦，秦下兵攻河外，拔卷、衍、燕、酸枣，劫卫取（晋阳）［阳晋］，则赵不南；赵不南，则魏不北；魏不北，则从道绝，从道绝，则大王之国欲求无危不可得也。秦挟韩而攻魏，韩劫于秦，不敢不听。秦、韩为一国，魏之亡可立须也，此臣之所以为大王患也。为大王计，莫如事秦，事秦，则楚、韩必不敢动；无楚、韩之患，则大王高枕而卧，国必无忧矣。

“且夫秦之所欲弱［者］莫如楚，而能弱楚者莫若魏。楚虽有富大之名，其实空虚；其卒虽众多，言而轻走易北，不敢坚战；［悉］魏之兵，南面而伐，胜楚必矣。夫亏楚而益魏，攻楚而适秦，内嫁祸安国，此善事也。大王不听臣，秦甲出而东，虽欲事秦而不可得也。

“且夫纵人多奋辞，而寡可信，说一诸侯之王，出而乘其车，约一国而返，成而封侯之基。是故天下之游士，莫不日夜搤腕瞋目切齿以言纵之便，以说人主。人主览其辞，牵其说，恶得无眩哉？臣闻：积羽沉舟，群轻折轴，众口铄金，故愿大王之熟计之也。”

魏王曰：“寡人蠢愚，前计失之。请称东藩，筑帝宫，受冠代，祠春秋，效河外。”

十五　张仪恶陈轸于魏王章

张仪恶陈轸于魏王曰：“轸善事楚，为求壤地也甚力（之）。”左华谓陈轸曰：“仪善于魏王，魏王甚爱之，公虽百说之，犹不听也。公不如［以］仪之言为资而返于楚（王）。”陈轸曰：“善。”因使人先言于楚王。

卷二十三《魏策二》

三　苏代为田需说魏王章

苏代为田需说魏王曰：“臣请问文之为魏孰与其为齐也？”王曰：“不

如其为齐也。”“衍之为魏孰与其为韩也?”王曰：“不如其为韩也。”而苏代曰：“衍将右韩而左魏，文将右齐而左魏。二人者将用王之国，举事于世，中道而不可，王且无所闻之矣。王之国虽渗乐而从之，可也?王不如舍需于侧，以稽二人者之所为。二人者曰：‘需非吾人也，吾举事而不利于魏，需必挫我于王。’二人者必不敢有外心矣。二人者之所为，之利于魏，与不利于魏，王厝需于侧以稽之。臣以为身利而便于事。”王曰：“善。”果厝需于侧。

六　魏惠王死章

魏惠王死，葬有日矣。天大雨雪，至于牛目，坏城郭，且为栈道而葬。群臣多谏太子者，曰：“雪甚如此而丧行，民必甚病之，官费又恐不给，请弛期更日。”太子曰：“为人子而以民劳与官费用之故，而不行先王之丧，不义也。子勿复言。”

群臣皆不敢言，而以告犀首。犀首曰：“吾未有以言之也，是其唯惠公乎！请告惠公。”

惠子非徒行其说也，又令魏太子未葬其先王，而因又说文王之义。说文王之义以示天下，岂小功也哉！

卷二十五《魏策四》

一　献书秦王章

(阙文)献书秦王曰：“昔［臣］窃闻大王之谋出事于梁，谋恐不出于计矣。愿大王之熟计之也。梁者，山东之要也。有蛇于此，击其尾其首救，击其首其尾救，击其中身首尾皆救。今梁王天下之中身也，秦攻梁者，是示天下要断山东之脊也，是山东首尾皆救中身之时也。山东见亡必恐，恐必大合，山东尚强，臣见秦之必大忧，可立而待也。臣窃为大王计，不如南出事于南方，其兵弱，天下必能救，地可广大，国可富，兵可强，主可尊。王不闻汤之伐桀乎?试之弱密须氏以为武教，得密须氏，而汤之服桀矣。今秦国与山东为雠，不先以弱为武教，兵必大挫，国必大忧。”秦果南攻蓝田鄢郢。

二　八年谓魏王章

八年，(阙文)谓魏王曰：“昔曹恃齐而轻晋，齐伐釐、莒，而晋人亡曹。缯恃齐以悍越，齐和子乱，而越人亡缯。郑恃魏以轻韩，伐榆关而韩氏亡郑。原恃秦、翟以轻晋，秦、翟年谷大凶，而晋人亡原。中山恃齐、魏以轻赵，齐、魏伐楚，而赵亡中山。此五国所以亡者，皆其所恃也。非独此五国为然而已也，天下之亡国皆然矣。夫国之所以不可恃者多，其变不可胜数也。或以政教不修，上下不辑，而不可恃者；或有诸侯邻国之虞，而不可恃者；或以年谷不登，畜积竭尽，而不可恃者。或化于利，比于患。臣以此知国之不可必恃也。今王恃楚之强，而信春申君之言，以是质秦，而久不可知，即春申君有变，是王独受秦患也。即王有万乘之国，而以一人之心为命也。臣以此为不完，愿王之熟计之也。”

二十二　秦魏为与国章

秦、魏为与国。齐、楚约而欲攻魏，魏使人求救于秦，冠盖相望，秦救不出。

魏人有唐且者，年九十余，谓魏王曰：“老臣请（出）西说秦，令兵先臣出可乎？”魏王曰：“敬诺。”遂约车而遣之。

唐且见秦王，秦王曰：“丈人芒然乃远至此，甚苦矣。魏来求救数矣，寡人知魏之急矣。”唐且对曰：“大王已知魏之急，而救不至者，是大王筹策之臣无任矣。且夫魏一万乘之国，称东藩，受冠带，祠春秋者，以为秦之强足以为与也。今齐、楚之兵已在魏郊矣，大王之救不至，魏急则且割地而约齐、楚，王虽欲救之，岂有及哉？是亡一万乘之魏，而强二敌之齐、楚也。窃以为大王筹策之臣无任矣。”秦王喟然愁悟，遽发兵，日夜赴魏。

齐、楚闻之，乃引兵而去。魏氏复全，唐且之说也。

二十五　魏与龙阳君共船而钓章

魏王与龙阳君共船而钓，龙阳君得十余鱼而涕下。王曰：“有所不安乎？如是，何不相告也？”对曰：“臣无敢不安也。”王曰：“然则，何为涕出？”曰：“臣为王之所得鱼也。”王曰：“何谓也？”对曰：“臣之始得鱼也，臣甚喜，后得又益大，今臣直欲弃臣前之所得也。今以臣凶恶，而得为王拂枕席。今臣爵至人君，走人于庭，辟人于途。四海之内，美人亦甚多矣，闻臣之得幸于王也，必褰裳而趋王。臣亦犹曩臣之前所得鱼也，臣亦将弃矣，臣安能无涕出乎？”魏王曰：“（误）[诶]：有是心也，何不相告也？”于是布令于四境之内曰：“有敢言美人者族。”

由是观之，近习之人，其挚谄也固矣，其自纂繁也完矣。今由千里之外，欲进美人，所效者庸必得幸乎？假之得幸，庸必为我用乎？而近习之人，相与怨我，见有祸，未见有福；见有怨，未见有德，非用知之术也。

二十七　秦王使人谓安陵君章

秦王使人谓安陵君曰：“寡人欲以五百里之地易安陵，安陵君其许寡人？”安陵君曰：“大王加惠，以大易小，甚善。虽然，受地于先（生）[王]，愿终受之，弗敢易。”秦王不悦。安陵君因使唐且使于秦。

秦王谓唐且曰：“寡人以五百里之地易安陵，安陵君不听寡人，何也？且秦灭亡魏，而君以五十里之地存者，以君为长者，故不错意也。今吾以十倍之地请广于君，而君逆寡人者，轻寡人与？”唐且对曰：“否，非若是也。安陵君受地于先（生）[王]而守之，虽千里不敢易也，岂直五百里哉？”

秦王怫然怒，谓唐且曰：“公亦尝闻天子之怒乎？”唐且对曰：“臣未尝闻也。”秦王曰：“天子之怒，伏尸百万，流血千里。”唐且曰：“大王尝闻布衣之怒乎？”秦王曰：“布衣之怒，亦免冠徒跣，以头抢地尔。”唐且曰：“此庸夫之怒也，非士之怒也。夫专诸之刺王僚也，彗星袭月；聂政之刺韩傀也，白虹贯日；要离之刺庆忌也，仓鹰击于殿上。此三子者，皆布衣之士也，怀怒未发，休祲降于天，与臣而将四矣。若士必怒，伏尸二人，流血五步，天下缟素，今日是也。”挺剑而起。

秦王色挠，长跪而谢之，曰：“先生坐，何至于此，寡人谕矣。夫韩、魏灭亡，而安陵以五十里之地存者，徒以有先生也。”

卷二十六《韩策一》

三　魏之围邯郸也章

魏之围邯郸也，申不害始合于韩王，然未知王之所欲也，恐言而未必中于王也。王闻申子曰：“吾谁与而可？”对曰：“此安危之要，国家之大事也。臣请深惟而苦思之。”乃微谓赵卓、韩晁曰：“子皆国之辩士也，夫为人臣者，言可必用，尽忠而已矣。”二人各进议于王以事。申子微视王之所说以言于王，王大悦之。

五　苏秦为楚合纵说韩王章

苏秦为楚合纵说韩王曰："韩北有巩、洛、成皋之固，西有宜阳、常阪之塞，东有宛、穰、洧水，南有陉山，地方千里，带甲数十万。天下之强弓劲弩，皆自韩出。谿子、少府、时力、距（来）［黍］，皆射六百步之外。韩卒超足而射，百发不暇止，远者达胸，近者掩心。韩卒之剑戟，皆出于冥山，棠谿、墨阳、合伯（膊）、邓师、宛冯、龙渊、大阿，皆陆断马牛，水击鹄雁，当敌即斩，坚甲盾、鞮鍪、铁幕。革抉、（呋）［㕘］芮，无不毕具。以韩卒之勇，被坚甲，跖劲弩，带利剑，一人当百，不足言也。夫以韩之劲，与大王之贤，乃欲西面事秦，称东藩，筑帝宫，受冠带，祠春秋，交臂而服焉夫羞社稷而为天下笑，无过此者矣。是故愿大王之熟计之也。大王事秦，秦必求宜阳、成皋。今兹效之，明年又益求割地。与之，即无地以给之；不与，则弃前功，而后更受其祸。且夫大王之地有尽，而秦之求无已。夫以有尽之地，而逆无已之求，此所谓市怨而买祸者也，不战而地已削矣。臣闻鄙语曰：'宁为鸡口，无为牛后'。今大王西面交臂而臣事秦，何以异于'牛后'乎？夫大王之贤，挟强韩之兵，而有'牛后'之名，臣窃为大王羞之。"

韩王忿然作色，攘臂按剑，仰天太息曰："寡人虽死，必不能事秦。今主君以楚王之教诏之，敬奉社稷以从。"

六　张仪为秦连横说韩王章

张仪为秦连横说韩王曰："韩地险恶，山居，五谷所生，非麦而豆；民之所食，大抵豆饭，藿羹；一岁不收，民不餍糟糠；地方不满九百里，无二岁之所食。料大王之卒，悉之不过三十万，而厮徒负养在其中矣，为除守徼、亭、障、塞，见卒不过二十万而已矣。秦带甲百余万，车千乘，骑万匹，虎挚之士，跿跔科头，贯颐奋戟者，至不可胜计也。秦马之良，戎兵之众，探前趹后，蹄间三寻者，不可称数也。山东之卒，被甲冒胄以会战，秦人捐甲徒裎以趋敌，左挈人头，右挟生虏。夫秦卒之与山东之卒也，犹孟贲之与怯夫也；以重力相压，犹乌获之与婴儿也。夫战孟贲、乌获之士，以攻不服之弱国，无以异于堕千钧之重，集于鸟卵之上，必无幸用矣。诸侯不料兵之弱，食之寡，而听纵人之甘言好辞，比周以相饰也，皆言曰：‘听吾计则可以强霸天下。’夫不顾社稷之长利，而听须臾之说，诖误人主者，无过于此者矣。大王不事秦，秦下甲据宜阳，断绝韩之上地，东取成皋、（宜）［荥］阳，则鸿台之宫、桑林之菀非王之有已。夫塞成皋，绝上地，则王之国分矣。先事秦则安矣，不事秦则危矣。夫造祸而求福，计浅而怨深，逆秦而顺楚，虽欲无亡，不可得也。故为大王计，莫如事秦。秦之所欲，莫如弱楚，而能弱楚者，莫如韩。非以韩能强于楚也，其地势然也。今王西面而事秦以攻楚，为敝邑秦王必喜。夫攻楚而私其地，转祸而悦秦，计无便于此者也。是故秦王使使臣献书大王御史，须以决事。”

韩王曰：“客幸而教之，请比郡县，筑帝宫，祠春秋，称东藩，效宜阳。”

卷二十九《燕策一》

一　苏秦将为纵北说燕文侯章

苏秦将为纵，北说燕文侯曰：“燕东有朝鲜、辽东，北有林胡、楼烦，西有云中、九原，南有呼沱、易水。地方二千余里，带甲数十万，车七百乘，骑六千疋（匹），粟支十年。南有碣石、雁门之饶，北有枣、（粟）［栗］之利，民虽不由田作，枣、栗之实足食与民矣。此所谓天府也。夫安乐无事，不见覆军杀将之忧，无过燕矣。大王知其所以然乎？夫燕之所以不犯寇被兵者，以赵之为蔽于南也。秦、赵五战，秦再胜而赵三胜，秦、赵相弊，而王以全燕制其后，此燕之所以不犯难也。

“且夫秦之攻燕也，踰云中、九原，过代、上谷，弥地踵道数千里，虽得燕城，秦计固不能守也。秦之不能害燕亦明矣。今赵之攻燕也，发兴号令，不至十日，而数十万之众军于东垣矣。度呼沱，涉易水，不至四、五日，距国都矣。故曰：秦之攻燕也，战于千里之外；赵之攻燕也，战于百里之内。夫不忧百里之患，而重千里之外，计无过于此者。是故愿大王与赵纵亲，天下为一，则国必无患矣。”

燕王曰：“寡人国小，西迫强秦，南近齐、赵。齐、赵，强国也，今主君幸教诏之，合纵以安燕，敬以国从。”于是赍苏秦车马金帛以至赵。

六　张仪为秦破纵连横谓燕王章

张仪为秦破纵连横，谓燕王曰：“大王之所亲莫如赵。昔赵王以其姊为代王妻，欲并代，约与代王遇于句注之塞。乃令工人作为金斗，长其尾，令之可以击人。与代王饮，而阴告厨人曰：‘即酒酣乐，进热歠，即因反斗击之。’于是酒酣乐，进，取热歠，厨人进斟羹，因反斗而击之，代王脑涂地。其姊闻之，摩笄以自刺也。故至今有摩笄之山，天下莫不闻。

夫赵王之狼戾无亲，大王之所明见知也。且以赵王为可亲邪？赵兴兵而攻燕，再围燕都而劫大王，大王割十城乃却以谢。今赵王已入朝渑池，效河间以事秦。大王不事秦，秦下甲云中、九原，驱赵而攻燕，则易水、长城非王之有也。且今时赵之于秦，犹郡县也，不敢妄兴师以征伐。今大王事秦，秦王必喜，而赵不敢妄动矣。是西有强秦之援，而南无齐、赵之患。是故愿大王之熟计之也。”

燕王曰：“寡人蛮夷辟处，虽大男子，才如婴儿，言不足以求正，谋不足以决事。今大客幸而教之，请奉社稷西面而事秦。”献常山之尾五城。

十二　燕昭王收破燕后即位章

燕昭王收破燕后即位，卑身厚币，以招贤者。欲将以报雠，故往见郭隗先生曰：“齐因孤国之乱，而袭破燕，孤极知燕小力少，不足以报。然得贤士与共国，以雪先王之耻，孤之愿也。敢问以国报雠者奈何？”

郭隗先生对曰：“帝者与师处，王者与友处，霸者与臣处，亡国与役处。诎指而事之，北面而受学，则百己者至；先趋而后息，先问而后嘿，则什己者至；人趋己趋，则若己者至；冯几据杖，眄视指使，则厮役之人至；若恣睢奋击，呴籍叱咄，则徒隶之人至矣。此古服道致士之法也。王诚博选国中之贤者，而朝其门下，天下闻王朝其贤臣，天下之士必趋于燕矣。”

昭王曰：“寡人将谁朝而可？”郭隗先生曰：“臣闻古之君人，有以千金求千里马者，三年不能得，涓人言于君曰：‘请求之。’君遣之。三月得千里马，马已死，买其首五百金，反以报君。君大怒曰：‘所求者生马，安事死马而捐五百金？’涓人对曰：‘死马且买之五百金，况生马乎？天下必以王为能市马，马今至矣。’于是不能期年，千里之马至者三。今王诚欲致士，先从隗始；隗且见事，况贤于隗者乎？岂远千里哉？”

于是昭王为隗筑宫而师之。乐毅自魏往，邹衍自齐往，剧辛自赵往，士争凑燕。燕王吊死问生，与百姓同其甘苦。二十八年，燕国殷富，士卒乐佚轻战，于是遂以乐毅为上将军，与秦、楚、三晋合谋以伐齐，齐兵败，闵王出走于外。燕兵独追北，入至临淄，尽取齐宝，烧其宫室宗庙。齐城之不下者，唯独莒、即墨。

十五　燕王谓苏代章

燕王谓苏代曰："寡人甚不喜訑者言也。"苏代对曰："周地贱媒，为其两誉也。之男家曰：'女美。'之女家曰：'男富。'然而周之俗，不自为取妻。且夫处女无媒，老且不嫁；舍媒而自衒，弊而不售。顺而无败，售而不弊者，唯媒而已矣。且事非权不立，非势不成。夫使人坐受成事者，唯訑者耳。"王曰："善矣。"

卷三十《燕策二》

二　苏代为奉阳君说燕于赵章

苏代为奉阳君说燕于赵以伐齐，奉阳君不听。乃入齐恶赵，令齐绝于赵。齐已绝于赵，因之燕，谓昭王曰："韩为谓臣曰：'人告奉阳君曰：使齐不信赵者，苏子也；（今）［令］齐王召蜀子使不伐宋［者］，苏子也；与齐王谋道取秦以谋赵者，苏子也；令齐守赵之质子以甲者，又苏子也。请告子以请，齐果以守赵之质子以甲，吾必守子以甲。'其言恶矣。虽然，王勿患也。臣故知入齐之有赵累也。出为之以成所欲，臣死而齐大恶于赵，臣犹生也。（令）［今］齐、赵绝，可大纷已。持臣非张孟谈也，使臣也如张孟谈也，齐、赵必有为智伯者矣。"

三　苏代为燕说齐章

苏代为燕说齐，未见齐王，先说淳于髡曰："人有卖骏马者，比三旦立市，人莫之知。往见伯乐曰：'臣有骏马，欲卖之，比三旦立于市，人莫与言。愿子还而视之，去而顾之，臣请献一朝之贾。'伯乐乃还而视之，去而顾之，一旦而马价十倍。今臣欲以骏马见于王，莫为臣先后者。足下有意为臣伯乐乎？臣请献白璧一双，黄金千镒，以为马食。"淳于髡曰："谨闻命矣。"入言之王而见之，齐王大悦苏子。

八　燕饥赵将伐之章

燕饥，赵将伐之。楚使将军之燕，过魏，见赵恢。赵恢曰："使除患无至，易于救患。伍子胥、宫之奇不用，烛之武、张孟谈受大赏。是故谋者皆从事于除患之道，而先使除患无至者。今予以百金送公也，不如以言。公听吾言而说赵王曰：'昔者吴伐齐，为其饥也，伐齐未必胜也，而弱越乘其弊以霸。今王之伐燕也，亦为其饥也，伐之未必胜，而强秦将以兵承王之西，是使弱赵居强吴之处，而使强秦处弱越之所以霸也。愿王之熟计之也。'"

使者乃以说赵王，赵王大悦，乃止。燕昭王闻之，乃封之以地。

十一　客谓燕王章

客谓燕王曰："齐南破楚，西屈秦，用韩、魏之兵，燕、赵众，犹鞭策也。使齐北面伐燕，即虽五燕不能当。王何不阴出使，散游士，顿齐兵，弊其众，使世世无患。"燕王曰："假寡人五年，寡人得其志矣。"苏子曰："请假王十年。"燕王悦，奉苏子车五十乘，南使于齐。

谓齐王曰："齐南破楚，西屈秦，用韩、魏之兵，燕、赵之众，犹鞭策也。臣闻当世之举王，必诛暴正乱，举无道，攻不义。今宋王射天笞地，铸诸侯之象，使侍屏匽，展其臂，弹其鼻，此天下之无道不义，而王不伐，王名终不成。且夫宋，中国膏腴之地，邻民之所处也，与其得百里于燕，不如得十里于宋。伐之，名则义，实则利，王何为弗为？"齐王曰："善。"遂与兵伐宋，三覆宋，宋遂举。

燕王闻之，绝交于齐，率天下之兵以伐齐。大战一，小战再，顿齐国，成其名。

故曰："因其强而强之，乃可折也；因其广而广之，乃可缺也。"

十二　赵且伐燕章

赵且伐燕，苏代为燕王谓惠王曰："今者臣来，过易水，蚌方出曝，而鹬啄其肉，蚌合而拑其喙。鹬曰：'今日不雨，明日不雨，即有死蚌。'蚌亦谓鹬曰：'今日不出，明日不出，即有死鹬。'两者不肯相舍，渔者得而并擒之。今赵且伐燕，燕、赵久相支，以弊大众，臣恐强秦之为渔父也。故愿王之熟计之也。"惠王曰："善。"乃止。

卷三十一《燕策三》

五　燕太子丹质于秦章

偻行见荆轲曰："光与子相善，燕国莫不知，今太子闻光壮盛之时，不知吾形已不逮也，幸而教之曰：‘燕、秦不两立，愿先生留意也。’光窃不自外，言足下于太子，愿足下过太子于宫。”荆轲曰：“谨奉教。”田光曰：“光闻长者之行，不使人疑之，今太子约光曰：‘所言者国之大事也，愿先生勿泄也。’是太子疑光也。夫为行使人疑之，非节侠士也。”欲自杀以激荆轲，曰：“愿足下急过太子，言光已死，明不言也。”遂自刭而死。

轲见太子，言田光已死，明不言也。太子再拜而跪，膝（下）行流涕。有顷，而后言曰：“单所请田先生无言者，欲以生大事之谋。今田先生以死明不泄言，岂丹之心哉？”荆轲坐定，太子避席顿首曰：“田先生不知丹不肖，使得至前，愿有所道，此天所以哀燕不弃其孤也。今秦有贪饕之心，而欲不可足也。非尽天下之地，臣海内之王者，其意不餍。今秦已虏韩王，尽纳其地，又举兵南伐楚，北临赵。王翦将数十万之众临漳、邺，而李信出太原、云中。赵不能支秦，必入臣，入臣则祸至燕。燕小弱，数困于兵，今计举国不足以当秦。诸侯服秦，莫敢合纵，丹之私计，愚以为诚得天下之勇士，使于秦，窥以重利，秦王贪其贽，必得所愿矣。诚得劫秦王，使悉反诸侯之侵地，若曹沫之与齐桓公，则大善矣；则不可，因而刺杀之。彼大将擅兵于外，而内有大乱，则君臣相疑。以其间诸侯，诸侯得合纵，其偿破秦必矣。此丹之上愿，而不知所以委命，唯荆卿留意焉。”久之，荆轲曰：“此国之大事。臣驽下，恐不足任使。”太子前顿首，固请无让，然后许诺。于是尊荆轲为上卿，舍上舍，太子日日造问，供太牢，异物间进，车骑、美女恣荆轲所欲，以顺适其意。

久之，荆卿未有行意。秦将王翦破赵，虏赵王，尽收其地，进兵北略地，至燕南界。太子丹恐惧，乃请荆卿曰：“秦兵旦暮渡易水，则虽欲长侍足下，岂可得哉？”荆卿曰：“微太子言，臣愿得谒之。今行而无信，则秦未可亲也。夫今樊将军，秦王购之金千斤，邑万家。诚能得樊将军首，与燕督亢之地图献秦王，秦王必悦见臣，臣乃得有以报太子。”太子曰：“樊将军以穷困来归丹，丹不忍以己之私而伤长者之意，愿足下更虑之。”

荆轲知太子不忍，乃遂私见樊於期曰：“秦之遇将军可谓深矣，父母宗族皆为戮没。今闻购将军之首，金千斤，邑万家，将奈何？”樊将军仰天太息，流涕曰：“吾每念，常痛于骨髓，顾计不知所出耳。”轲曰：“今有一言，可以解燕国之患，而报将军之仇者，何如？”樊於期乃前曰：“为之奈何？”荆轲曰：“愿得将军之首以献秦，秦王必喜而善见臣。臣左手把其袖，而右手揕（抗）其胸，然则将军之仇报，而燕国见陵之耻除矣。将军岂有意乎？”樊於期偏袒扼腕而进曰：“此臣日夜切齿拊心也，乃今得闻教。”遂自刎。太子闻之，驰往伏尸而哭，极哀。既已，无可奈何，乃遂收盛樊於期之首，函封之。

卷三十二《宋卫策》

二　公输般为楚设机械将以攻宋章

公输般为楚设机［械］，将以攻宋。墨子闻之，百舍重茧，往见公输般，谓之曰：“吾自宋闻子，吾欲藉子杀王。”公输般曰：“吾义固不杀王。”墨子曰：“闻公为云梯，将以攻宋。宋何罪之有？义不杀王而攻国，是不杀少而杀众。敢问攻宋何义也？”公输般服焉，请见之王。

墨子见楚王曰：“今有人于此，舍其文轩，邻有弊舆，而欲窃之；舍其锦绣，邻有短褐，而欲窃之；舍其粱肉，邻有糟糠，而欲窃之。此为何若人也？”王曰：“必为有窃疾矣。”

墨子曰：“荆之地方五千里，宋方五百里，此犹文轩之与弊舆也；荆有云梦，犀、兕、麋鹿盈之，江、汉鱼、鳖、鼋、鼍为天下饶；宋所谓无雉、兔、鲋鱼者也，此犹粱肉之与糟糠也。荆有长松、文梓、楩、楠、豫樟，宋无长木，此犹锦绣之与短褐也。恶以王吏之攻宋为与此同类也。”王曰：“善哉！请无攻宋。”

十五　卫人迎新妇章

卫人迎新妇，妇上车，问：“骖马，谁马也？”御曰：“借之。”新妇谓仆曰：“拊骖，无笞服。”车至门，扶，教送母：“灭灶，将失火。”入室见臼曰：“徙之牖下，妨往来者。”主人笑之。

此三言者，皆要言也，然而不免为笑者，蚤（早）晚之时失也。

卷三十三《中山策》

六　阴姬与江姬争为后章

阴姬与江姬争为后。司马憙谓阴姬公曰：“事成，则有土子民；不成，则恐无身。欲成之，何不见臣乎？”阴姬公稽首曰：“诚如君言，事何可豫道者。”

司马憙即奏书中山王曰：“臣闻弱赵强中山。”中山悦而见之曰：“愿闻弱赵强中山之说。”司马憙曰：“臣愿之赵，观其地形险阻，人民贫富，君臣贤不肖，（商）［商］敌为资，未可陈也。”中山王遣之。

见赵王曰：“臣闻：赵，天下善为音，佳丽人之所出也。今者，臣来至境，入都邑，观人民谣俗，容貌颜色，殊无佳丽好美者。以臣所行多矣，周流无所不通，未尝见人如中山阴姬者也。不知者，特以为神力，言不能及也。其容貌颜色固已过绝人矣。若乃其眉目、准頞、权衡，犀角、偃月，彼乃帝王之后，非诸侯之姬也。”赵王意移，大悦曰：“吾愿请之，何如？”司马憙曰：“臣窃见其佳丽，口不能无道尔。即欲请之，是非臣所敢议，愿王无泄也。”

司马憙辞去，归报中山王曰：“赵王非贤王也，不好道德，而好声色；不好仁义，而好勇力。臣闻其乃欲请所谓阴姬者。”中山王作色不悦。司马喜曰：“赵，强国也，其请之必矣。王如不与，即社稷危矣；与之，即为诸侯笑。”中山王曰：“为将奈何？”司马憙曰：“王立为后，以绝赵王之意。世无请后者。虽欲得请之，邻国不与也。”中山王遂立以为后，赵王亦无请言也。

八　中山君飨都士章

中山君飨都士，大夫司马子期在焉。羊羹不遍，司马子期怒而走于楚，说楚王伐中山，中山君亡。有二人挈戈而随其后者，中山君顾谓二人：“子奚为者也？”二人对曰：“臣有父，尝饿且死，君下壶飧饵之。臣父且死，曰：‘中山有事，汝必死之。’故来死君也。”中山君喟然而仰叹曰：“与不期众少，其于当厄；怨不期深浅，其于伤心。吾以一杯羊羹亡国，以一壶飧得士二人。”

十　昭王既息民缮兵章

昭王既息民缮兵，复欲伐赵，武安君曰：“不可。”王曰：“前民国虚民饥，君不量百姓之力，求益军粮以灭赵。今寡人息民以养士，蓄积粮食，三军之俸，有倍于前，而曰‘不可’，其说何也？”

武安君曰：“长平之事，秦军大克，赵军大破；秦人欢喜，赵人畏惧。

秦民之死者厚葬，伤者厚养，劳者相飨，饮食铺馈，以靡其财；赵人之死者不得收，伤者不得疗，涕泣相哀，戮力同忧，耕田疾作，以生其财。今王发军虽倍其前，臣料赵国守备亦以十倍矣。赵自长平已来，君臣忧惧，早朝晏退，卑辞重币，四面出嫁，结亲燕、魏，连好齐、楚，积虑并心，备秦为务。其国内实，其交外成。当今之时，赵未可伐也。”

王曰：“寡人既以兴师矣。”乃使五（校）大夫王陵将而伐赵。陵战失利，亡五校。王欲使武安君，武安君称疾不行。王乃使应侯往见武安君，责之曰：“楚地方五千里，持戟百万。君前率数万之众入楚，拔鄢郢，焚其庙，东至竟陵，楚人震恐，东徙而不敢西向。韩、魏相率，兴兵甚众，君所将之不能半之，而与战之于伊阙，大破二国之军，流血漂卤，斩首二十四万。韩、魏以故至今称东藩。此君之功，天下莫不闻。今赵卒之死于长平者已十七、八，其国虚弱，是以寡人大发军，人数倍于赵国之众，愿使君将，必于灭之矣。君尝以寡击众，取胜如神，况以强击弱，以众击寡乎？”

武安君曰：“是时楚王恃其国大，不恤其政，而群臣相妒以功，谄谀用事，良臣斥疏，百姓心离，城池不修，既无良臣，又无守备。故起所以得引兵深入，多倍城邑，发梁焚舟，以专民以，掠于郊野，以足军食。当此之时，秦中士卒，以军中为家，将帅为父母，不约而亲，不谋而信，一心同功，死不旋踵。楚人自战其地，咸顾其家，各有散心，莫有斗志。是以能有功也。伊阙之战，韩孤顾魏，不欲先用其众。魏恃韩之锐，欲推以为锋。二军争便之力不同，是臣得设疑兵，以待韩阵，专军并锐，触魏之不意。魏军既败，韩军自溃，乘胜逐北，以是之故能立功。皆计利形势自然之理，何神之有哉！今秦破赵军于长平，不遂以时乘其振惧而灭之，畏而释之，使得耕稼以益蓄积，养孤长幼以益其众，缮治兵甲以益其强，增城浚池以益其固；主折节以下其臣，臣推体以下死士。至于平原君之属，皆令妻妾补缝于行伍之间。臣人一心，上下同力，犹勾践困于会稽之时也。以（合）［今］伐之，赵必固守；挑其军战，必不肯出；围其国都，必不可克；攻其列城，必未可拔；掠其郊野，必无所得；兵出无功，诸侯生心，外救必至。臣见其害，为睹其利；又病，未能行。”

应侯惭而退，以言于王。王曰：“微白起，吾不能灭赵乎？”复益发军，更使王龁代王陵伐赵。围邯郸八、九月，死伤者众，而弗下。赵王出轻锐，以寇其后，秦数不利。武安君曰：“不听臣计，今果何如？”王闻之怒，因见武安君，强起之，曰：“君虽病，强为寡人卧而将之。有功，寡人之愿，将加重于君；如君不行，寡人恨君。”

武安君顿首曰：“臣知行虽无功，得免于罪；虽不行无罪，不免于诛。然惟愿大王览臣愚计，释赵养民，以诸侯之变。抚其恐惧，伐其骄慢，诛灭无道，以令诸侯，天下可定，何必以赵为先乎？此所谓‘为一臣屈而胜天下’也。大王若不察臣愚计，必欲快心于赵，以致臣罪，此亦所谓‘胜一臣而为天下屈’者也。夫胜一臣之严焉，孰若胜天下之威大耶？臣闻主爱其国，忠臣爱其名。破国不可复完，死卒不可复生。臣宁伏受重诛而死，不忍为辱军之将。愿大王察之。”王不答而去。

子

《荀子集解》[1]

卷一《劝学篇第一》

不闻先王之遗言，不知学问之大也。

君子之学也，入乎耳，箸乎心，布乎四体，形乎动静，端而言，蠕而动，一可以为法则。

学莫便乎近其人。《礼》《乐》法而不说，（有大法而不曲说也。）《诗》《书》故而不切，《春秋》约而不速。方其人之习君子之说，则尊以遍矣，周于世矣。故曰学莫便乎近其人。

故礼恭而后可与言道之方，辞顺而后可与言道之理，色从而后可与言道之致。故未可与言而言谓之傲，可与言而不言谓之隐，不观气色而言谓之瞽。故君子不傲，不隐，不瞽，谨顺其身。《诗》曰："匪交匪舒，天子所予。"此之谓也。

君子知夫不全不粹之不足以为美也，故诵数以贯之，思索以通之，为其人以处之，除其害者以持养之，使目非是无欲见也，使耳非是无欲闻也，使口非是无欲言也，使心非是无欲虑也。

---

① 王先谦撰《荀子集解》，沈啸寰、王星贤点校，中华书局，1988。

卷二《不苟篇第三》

君子行不贵苟难，说不贵苟察，名不贵苟传，唯其当之为贵。故怀负石而赴河，是行之难为者也，而申徒狄能之；然而君子不贵者，非礼义之中也。山渊平，天地比，齐、秦袭，入乎耳，出乎口，钩有须，卵有毛，是说之难持者也，而惠施、邓析能之；（皆异端曲说，故曰难持。）然而君子不贵者，非礼义之中也。盗跖吟口，名声若日月，与舜、禹俱传而不息；然而君子不贵者，非礼义之中也。（吟口，吟咏长在于人口也。）故曰：君子行不贵苟难，说不贵苟察，名不贵苟传，唯其当之为贵。《诗》曰："物其有矣，惟其时矣。"此之谓也。

君子易知而难狎，易惧而难胁，畏患而不避义死，欲利而不为所非，交亲而不比，言辩而不辞。（辩足以明事，不至于骋辞。）荡荡乎，其有以殊于世也。

君子崇人之德，扬人之美，非谄谀也；正义直指，举人之过，非毁疵也；言己之光美，拟于舜、禹，参于天地，非夸诞也；与时屈伸，柔从若蒲苇，非慑怯也；刚强猛毅，靡所不信，非骄暴也。以义变应，知当曲直故也。《诗》曰："左之左之，君子宜之；右之右之，君子有之。"此言君子以义屈信变应故也。

天不言而人推高焉，地不言而人推厚焉，四时不言而百姓期焉。……善之为道者，不诚则不独，不独则不形，不形则虽作于心，见于色，出于言，民犹若未从也，虽从必疑。

庸言必信之，庸行必慎之，（庸，常也。谓言常信，行常慎。）畏法流俗而不敢以其所独甚，若是，则可谓悫士矣。言无常信，行无常贞，唯利所在，无所不倾，若是，则可谓小人矣。

卷二《荣辱篇第四》

憍泄者，人之殃也。恭俭者，偋五兵也。虽有戈矛之刺，不如恭俭之利也。故与人善言，暖于布帛；伤人之言，深于矛戟。故薄薄之地，不得履之。非地不安也。危足无所履者，凡在言也。（薄薄，谓旁薄广大之貌。危足，侧足也。凡，皆也。所以广大之地侧足无所容者，皆由以言害身也。……）巨涂则让，小涂则殆，虽欲不谨，若云不使。

辩而不说者，争也。（不说，不为人所称说。或读为悦。○王念孙曰：后说是。俞樾曰：杨注二义皆非。《淮南子·俶真篇》“辩者不能不说也”，高诱注曰：“说，释也。”斯得之矣。辩而不说，谓辩而人不解说，由其好与人争而不能委屈以晓人也。）……此小人之所务而君子之所不为也。

饰邪说，文奸言，为倚事，（……倚事，怪异之事。）陶诞、突盗，惕、悍、骄、暴，（……此皆奸人邪说诐行之事。）以偷生反侧于乱世之间，是奸人之所以取危辱死刑也。

故曰：短绠不可以汲深井之泉，知不几者不可与及圣人之言。（绠，索也。几，近也。谓不近于习也。）

卷三《非相篇第五》

古者桀、纣长巨姣美，天下之杰也，筋力越劲，百人之敌也。然而身死国亡，为天下大僇，后世言恶则必稽焉。

夫妄人曰：“古今异情，其以治乱者异道。”而众人惑焉。彼众人者，愚而无说，陋而无度者也。（言其愚陋而不能辨说测度。）……圣人何以不欺？曰：圣人者，以己度者也。故以人度人，以情度情，以类度类，以说度功，（以言说度其功业也。）以道观尽，古今一度也。

凡言不合先王，不顺礼义，谓之奸言，虽辩，君子不听。法先王，顺礼义，党学者，（……然则党学者，犹言晓学者。盖法先王，顺礼义，以晓学者也。荀卿居楚久，故楚言耳。）然而不好言，不乐言，则必非诚士也。（言，讲说也。诚士，谓至诚好善之士。）故君子之于言也，志好之，行安之，乐言之，故君子必辩。（辩，谓能谈说也。○王引之曰：“故君子之于言也”，“言”，当为“善”。）凡人莫不好言其所善，而君子为甚。故赠人以言，重于金石珠玉；观人以言，美于黼黻、文章；（观人以言，谓使人观其言。）听人以言，乐于钟鼓琴瑟。（使人听其言。）故君子之于言无厌。（无厌倦也。）

凡说之难，以至高遇至卑，以至治接至乱。（以先王之至高至治之道，说末世至卑至乱之君，所以为难也。说音税。）

谈说之术：矜庄以莅之，端诚以处之，坚强以持之，分别以喻之，譬称以明之，欣欢芬芗以送之，宝之珍之，贵之神之，如是则说常无不受。（言谈说之法如此，人乃信之。芬芗，言至芳絜也。神之，谓自神异其说，不敢慢也。说，并音税。）……虽不说人，人莫不贵，（不说犹贵，况其说之。）夫是之谓为能贵其所贵。传曰："唯君子为能贵其所贵。"此之谓也。

君子必辩。凡人莫不好言其所善，而君子为甚焉。是以小人辩言险而君子辩言仁也。言而非仁之中也，则其言不若其默也，其辩不若其呐也；（呐与讷同。……）言而仁之中也，则好言者上矣，不好言者下也。故仁言大矣。起于上所以道于下，正令是也；起于下所以忠于上，谋救是也。故君子之行仁也无厌。志好之，行安之，乐言之，故言（所以好言说，由此三者也。）君子必辩。小辩不如见端，见端不如见本分。小辩而察，见端而明，本分而理，圣人士君子之分具矣。（此言能辩说然后圣贤之分具。）有小人之辩者，有士君子之辩者，有圣人之辩者：不先虑，不早谋，发之而当，成文而类，居错迁徙，应变不穷，是圣人之辩者也。先虑之，早谋之，斯须之言而足听，（斯须发言，已可听也。）文而致实，博而党正，是士君子之辩者也。（文，谓辩说之词也。致，至也。党与谠同，谓直言也。凡辩则失于虚诈，博则失于流荡，故致实党正为重也。）听其言则辞辩而无统，用其身则多诈而无功，上不足以顺明王，下不足以和齐百姓，然而口舌之均，噡唯则节，（……先谦案：《说文》："詹，多言也。"《庄子·齐物论》"小言詹詹"，《释文》引李颐注："詹詹，小辩之貌。"俗加"言"作"譫"。《众经音义》十二引《埤苍》云"譫，多言也。"从言之字或从口，故"譫"又为"噡"也。噡唯则节者，或辩或唯，皆中其节也，义自分明，不烦改字。）足以为奇伟偃却之属，夫是之谓奸人之雄，圣王起，所以先诛也。然后盗贼次之。盗贼得变，此不得变也。（变，谓教之使自新也。）

卷三《非十二子篇第六》

假今之世，饰邪说，交奸言，以枭乱天下，矞宇嵬琐，使天下混然不知是非治乱之所存者有人矣。纵情性，安恣睢，禽兽行，不足以合文通治；然而其持之有故，其言之成理，足以欺惑愚众，是它嚻、魏牟也。……尚法而无法，下修而好作，上则取听于上，下则取从于俗，终日言成文典，反紃察之，则倜然无所归宿，（紃与循同。倜然，疏远貌。宿，止也。虽言成文典，若反复紃察，则疏远无所指归也。）不可以经国定分；然而其持之有故，其言之成理，足以欺惑愚众，是慎到、田骈也。不法先王，不是礼义，而好治怪说，玩琦辞，（玩与翫同。琦，读为奇异之奇。）甚察而不惠，辩而无用，多事而寡功，不可以为治纲纪；然而其持之有故，其言之成理，足以欺惑愚众，是惠施、邓析也。略法先王而不知其统，犹然而材剧志大，闻见杂博。案往旧造说，谓之五行，（案前古之事而自造其说，谓之五行。五行，五常，仁义礼智信是也。）甚僻违而无类，幽隐而无说，闭约而无解。（约，结业。解，说也。僻违无类，谓乖僻违戾而不知善类也。幽隐无说，闭约无解，谓其言幽隐闭结而不能自解说，谓但言尧、舜之道而不知其兴作方略也。）案饰其辞而祗敬之曰：此真先君子之言也。（言其自敬其辞说。先君子，孔子也。）子思唱之，孟轲和之，世俗之沟犹瞀儒、嚾嚾然不知其所非也，遂受而传之，以为仲尼、子游为兹厚于后世，是则子思、孟轲之罪也。若夫总方略，齐言行，壹统类，而群天下之英杰而告之以大古，教之以至顺，奥窔之间，簟席之上，敛然圣王之文章具焉，佛然平世之俗起焉，六说者不能入也，十二子者不能亲也，无置锥之地而王公不能与之争名，在一大夫之位则一君不能独畜，一国不能独容，成名况乎诸侯，莫不愿以为臣，是圣人之不得势者也，仲尼、子弓是也。一天下，财万物，长养人民，兼利天下，通达之属，莫不从服，六说者立息，十二子者迁化，则圣人之得势者，舜、禹是也。今夫仁人也，将何务哉？上则法舜、禹之制，下则法仲尼、子弓之义，以务息十二子之说，如是则天下之害除，仁人之事毕，圣王之迹著矣。

信信，信也；疑疑，亦信也。贵贤，仁也；贱不肖，亦仁也。言而当，知也；默而当，亦知也。故知默犹知言也。故多言而类，圣人也；少言而法，君子也；（言虽多而不流湎，皆类于礼义，是圣人制作者也。少言而法，谓不敢自造言说，所言皆守典法也。）多少无法而流湎然，虽辩，小人也。故劳力而不当民务谓之奸事，劳知而不律先王谓之奸心，辩说譬谕、齐给便利而不顺礼义谓之奸说。此三奸者，圣王之所禁也。知而险，贼而神，为诈而巧，言无用而辩，辩不惠而察，治之大殃也。行辟而坚，饰非而好，玩奸而泽，言辩而逆，古之大禁也。知而无法，勇而无惮，察辩而操僻淫，大而用之，好奸而与众，利足而迷，负石而坠，是天下之所弃也。

正其衣冠，齐其颜色，嗛然而终日不言，是子夏氏之贱儒也。（嗛与慊同，快也，谓自得之貌。终日不言，谓务于沉默。）

卷三《仲尼篇第七》

仲尼之门，五尺之竖子言羞称乎五伯。

少事长，贱事贵，不肖事贤，是天下之通义也。有人也，势不在人上而羞为人下，是奸人之心也。志不免乎奸心，行不免乎奸道，而求有君子圣人之名，辟之是犹伏而咶天，救经而引其足也。说必不行矣，俞务而俞远。（俞，读为愈。）故君子时詘则詘，时伸则伸也。

卷四《儒效篇第八》

言必当理，事必当务，是然后君子之所长也。凡事行，有益于理者立之，无益于理者废之，夫是之谓中事。凡知说，有益于理者为之，无益于理者舍之，夫是之谓中说。事行失中谓之奸事，知说失中谓之奸道。奸事奸道，治世之所弃，而乱世之所从服也。若夫充虚之相施易也，坚白、同异之分隔也，是聪耳之所不能听也，明目之所不能见也，辩士之所不能言也，虽有圣人之知，未能偻指也。（偻，疾也。言虽圣人亦不可疾速指陈。）……而狂惑戆陋之人，乃始率其群徒，辩其谈说，明其辟称，老身长子，不知恶也。

故君子无爵而贵，无禄而富，不言而信，不怒而威，穷处而荣，独居而乐，岂不至尊、至富、至重、至严之情举积此哉！……分不乱于上，能不穷于下，治辩之极也。《诗》曰："平平左右，亦是率从。"是言上下之交不相乱也。

行法至坚，好修正其所闻以桥（桥与矫同）饰其情性，其言多当矣而未谕也，其行多当矣而未安也，其知虑多当矣而未周密也，上则能大其所隆，下则能开道不己若者，如是，则可谓笃厚君子矣。

圣人也者，道之管也。天下之道管是矣，百王之道一是矣，故《诗》《书》《礼》《乐》之归是矣。《诗》言是，其志也；《书》言是，其事也；《礼》言是，其行也；《乐》言是，其和也；《春秋》言是，其微也。故《风》之所以为不逐者，取是以节之也；《小雅》之所以为《小雅》者，取是而文之也；《大雅》之所以为《大雅》者，取是而光之也；《颂》之所以为至者，取是而通之也：天下之道毕是矣。

客有道曰："孔子曰：'周公其盛乎！身贵而愈恭，家富而愈俭，胜敌而愈戒。'"应之曰："是殆非周公之行，非孔子之言也。"

其言有类，其行有礼，其举事无悔，其持险应变曲当，与时迁徙，与世偃仰，千举万变，其道一也。是大儒之稽也。其穷也，俗儒笑之；其通也，英杰化之，嵬琐逃之，邪说畏之，众人愧之。通则一天下，穷则独立贵名，天不能死，地不能埋，桀、跖之世不能汙，非大儒莫之能立，仲尼、子弓是也。……逢衣浅带，解果其冠，略法先王而足乱世术，缪学杂举，不知法后王而一制度，不知隆礼义而杀《诗》、《书》；其衣冠行伪已同于世俗矣，然而不知恶；其言议谈说已无异于墨子矣，然而明不能别；呼先王以欺愚者而求衣食焉，得委积足以掩其口则扬扬如也；随其长子，事其便辟，举其上客，亿然若终身之虏而不敢有他志：是俗儒者也。法后王，一制度，隆礼义而杀《诗》《书》，其言行已有大法矣，然而明不能齐法教之所不及，闻见之所未至，则知不能类也，知之曰知之，不知曰不知，内不自以诬，外不自以欺，以是尊贤畏法而不敢怠傲，是雅儒者也。

君子言有坛宇，行有防表，道有一隆。言道德之求，不下于安存；言志意之求，不下于上；言道德之求，不二后王。道过三代谓之荡，法二后王谓之不雅。高之下之，小之臣之，不外是矣，是君子之所以骋志意于坛宇宫庭也。故诸侯问政不及安存，则不告也；匹夫问学不及为士，则不教也；百家之说不及后王，则不听也。夫是之谓君子言有坛宇，行有防表也。

卷五《王制篇第九》

故奸言、奸说、奸事、奸能、遁逃反侧之民，职而教之，须而待之，勉之以庆赏，惩之以刑罚，安职则畜，不安职则弃。……凡听，（论听政也。）威严猛厉而不好假道人，则下畏恐而不亲，周闭而不竭，若是，则大事殆乎弛，小事殆乎遂。和解调通，好假道人而无所凝止之，则奸言并至，尝试之说锋起。（尝试之说，谓假借他事，试为之也。《庄子》曰："尝试论之。"锋起，谓如锋刃齐起，言锐而难拒也。）

卷六《富国篇第十》

凡攻人者，非以为名，则案以为利也，不然，则忿之也。……将修大小强弱之义以持慎之，礼节将甚文，圭璧将甚硕，货赂将甚厚，所以说之者，必将雅文辩慧之君子也。（所使行人往说之者，则用文雅礼让之士。说音税。）

卷七《王霸篇第十一》

仲尼无置锥之地，诚义乎志意，加义乎身行，著之言语，（以义着于言语。谓所论说皆明义也。）济之日，不隐乎天下，名垂乎后世。……及以燕、赵起而攻之，若振槁然，而身死国亡，为天下大戮，后世言恶则必稽焉。

国危则无乐君，国安则无忧民。乱则国危，治则国安。……君人者亦可以察若言矣。（……若言，如此之言，谓已上之说。）……以是县天下，一四海，何故必自为之？为之者，役夫之道也，墨子之说也。（墨子之说，必自劳苦也。）

是故百姓贱之如尪，恶之如鬼，日欲司间而相与投藉之，去逐之。卒有寇难之事，又望百姓之为己死，不可得也，说无以取之焉。（论说之中，无以此事为得也。）

卷八《君道篇第十二》

故君子之于礼，敬而安之；其于事也，径而不失；其于人也，寡怨宽裕而无阿；其为身也，谨修饰而不危；其应变故也，齐给便捷而不惑；其于天地万物也，不务说其所以然而致善用其材；其于百官之事、技艺之人也，不与之争能而致善用其功。

至道大形，隆礼至法则国有常，尚贤使能则民知方，纂论公察则民不疑，赏克罚偷则民不怠，兼听齐明则天下归之。然后明分职，序事业，材技官能，莫不治理，则公道达而私门塞矣，公义明而私事息矣。如是，则德厚者进而佞说者止，贪利者退而廉节者起。

卷九《臣道篇第十三》

事圣君者，有听从，无谏争；事中君者，有谏争，无谄谀；事暴君者，有补削，无挢拂。迫胁于乱时，穷居于暴国，而无所避之，则崇其美，扬其善，违其恶，隐其败，言其所长，不称其所短，以为成俗。

卷九《致士篇第十四》

凡流言、流说、流事、流谋、流誉、流愬，不官而衡至者，君子慎之。闻听而明誉之，（君子闻听流言流说，则明白称誉。谓显露其事，不为隐蔽。如此，则奸人不敢献其谋也。）定其当而当，然后士其刑赏而还与之，（“士”，当为“事”，行也。言当定其当否，既当之后，乃行其刑赏，反与之也。谓其言当于善，则事之以赏；当于恶，则事之以刑。……王引之曰：“士”字义不可通，“士”当为“出”，字之误也。……先谦案：王说是。）如是则奸言、奸说、奸事、奸谋、奸誉、奸愬莫之试也，忠言、忠说、忠事、忠谋、忠誉、忠愬莫不明通，方起以尚尽矣。夫是之谓衡听、显幽、重明、退奸、进良之术。

师术有四，而博习不与焉：尊严而惮，可以为师；耆艾而信，可以为师；诵说而不陵不犯，可以为师；（诵，谓诵经；说，谓解说。谓守其诵说，不自陵突触犯。言行其所学。）知微而论，可以为师。故师术有四，而博习不与焉。水深而回，树落则粪本，弟子通利则思师。《诗》曰：“无言不雠，无德不报。”此之谓也。

卷十一《强国篇第十六》

荀卿子说齐相曰：“处胜人之势，行胜人之道，天下莫忿，汤、武是也；处胜人之势，不以胜人之道，厚于有天下之势，索为匹夫不可得也，桀、纣是也。然则得胜人之势者，其不如胜人之道远矣。夫主相者，胜人以势也，是为是，非为非，能为能，不能为不能，并己之私欲，必以道夫公道通义之可以相兼容者，是胜人之道也。”

卷十一《天论篇第十七》

物之已至者，人妖则可畏也。楛耕伤稼，耘耨失秽，政险失民，田秽稼恶，籴贵民饥，道路有死人，夫是之谓人妖。政令不明，举错不时，本事不理，夫是之谓人妖。礼义不修，内外无别，男女淫乱，则父子相疑，上下乖离，寇难并至，夫是之谓人妖。妖是生于乱，三者错，无安国。其说甚尔，其灾甚惨。（尔，近也。三人妖之说，比星坠、木鸣为浅近，然其灾害人则甚惨毒也。）勉力不时，则牛马相生，六畜作妖，可怪也，而不可畏也。传曰：“万物之怪，书不说。（书，谓《六经》也。可以劝戒则明之，不务广说万物之怪也。）无用之辩，不急之察，弃而不治。”若夫君臣之义，父子之亲，夫妇之别，则日切磋而不舍也。

卷十二《正论篇第十八》

世俗之为说者曰：“主道利周。”是不然。

世俗之为说者曰：“桀、纣有天下，汤、武篡而夺之。”是不然。……今世俗之为说者，以桀、纣为君而以汤、武为弑，然则是诛民之父母而师民之怨贼也，不祥莫大焉。以天下之合为君，则天下未尝合于桀、纣也。然则以汤、武为弑，则天下未尝有说也，直堕之耳。（自古论说，未尝有此，世俗之人堕损汤、武耳。）……禹、汤之后也，而不得一人之与；刳比干，囚箕子，身死国亡，为天下之大戮，后世之言恶者必稽焉；是不容妻子之数也。……今世俗之为说者，以桀、纣为有天下而臣汤、武，岂不过甚矣哉！譬之是犹伛巫、跛匡大自以为有知也。

世俗之为说者曰：“治古无肉刑而有象刑：墨黥；慅婴；（当为‘澡婴’，谓澡濯其布为缨。）共，艾毕；菲，对屦；杀，赭衣而不纯。治古如是。”是不然。

世俗之为说者曰：“汤、武不善禁令，是何也？曰：楚、越不受制。”

是不然。

世俗之为说者曰：“尧、舜擅让。”（擅与禅同，墠亦同义。）是不然。……有擅国，无擅天下，古今一也。夫曰“尧、舜擅让”，是虚言也，是浅者之传，陋者之说也，不知逆顺之理，小大、至不至之变者也，未可与及天下之大理者也。

世俗之为说者曰：“尧、舜不能教化，是何也？曰：朱、象不化。”是不然也。尧、舜，至天下之善教化者也，南面而听天下，生民之属莫不振动从服以化顺之；然而朱、象独不化，是非尧、舜之过，朱、象之罪也。尧、舜者，天下之英也；朱、象者，天下之嵬，一时之琐也。今世俗之为说者不怪朱、象而非尧、舜，岂不过甚矣哉！夫是之谓嵬说。（狂妄之说。）

世俗之为说者曰：“太古薄葬，棺厚三寸，衣衾三领，葬田不妨田，故不掘也。乱今厚葬饰棺，故扫也。”是不及知治道，而不察于扫不扫者之所言也。……夫曰“太古薄葬，故不扫也，乱今厚葬，故扫也”，是特奸人之误于乱说，以欺愚者而潮陷之以偷取利焉，夫是之谓大奸。（言是乃特奸人自误惑于乱说，因以欺愚者，犹于泥潮之中陷之。谓使陷于不仁不孝也。以偷取利，谓背弃死者而苟取其利于生者也。是时墨子之徒说薄葬以惑当世，故以此讥之。○卢文弨曰：“潮”，当作“淖”。）

凡人之斗也，必以其恶之为说，非以其辱之为故也。……夫今子宋子不能解人之恶侮，而务说人以勿辱也，岂不过甚矣哉！金舌弊口，犹将无益也。不知其无益则不知；知其无益也，直以欺人则不仁。不仁不知，辱莫大焉。将以为有益于人，则与无益于人也，则得大辱而退耳。说莫病是矣。……故凡言议期命，是非以圣王为师，而圣王之分，荣辱是也。……今子宋子案不然，独屈容为己，虑一朝而改之，说必不行矣。……子宋子曰：“人之情，欲寡，而皆以己之情为欲多，是过也。”故率其群徒，辨其谈说，明其譬称，将使人知情欲之寡也。……曰：“人之情欲是已。”曰：若是，则说必不行矣。……今子宋子以是之情为欲寡而不欲多也，然则先王以人之所不欲者赏而以人之欲者罚邪？乱莫大焉。今子宋子严然而好说，（严，读为俨。好说，自喜其说也。好，呼报反。）聚人徒，立师学，成文曲，（文曲，文章也。○王念孙曰：成文曲，义不可通，“曲”当为“典”，字之误也。故杨注云：“文曲，文章也。”）然而说不免于以至治为至乱也，岂不过甚矣哉！

卷十三《礼论篇第十九》

本末相顺，终始相应，至文以有别，至察以有说。（言礼之至文，以其有尊卑贵贱之别；至察，以其有是非分别之说。）天下从之者治，不从者乱；从之者安，不从者危；从之者存，不从者亡。小人不能测也。礼之理诚深矣，“坚白”“同异”之察入焉而溺；其理诚大矣，擅作典制辟陋之说入焉而丧；其理诚高矣，暴慢、恣睢、轻俗以为高之属入焉而队。（“对”，古“坠”字，堕也。）

卷十四《乐论篇第二十》

故君子耳不听淫声，目不视女色，口不出恶言。此三者，君子慎之。

降，说屦，升坐，修爵无数。

卷十五《解蔽篇第二十一》

凡人之患，蔽于一曲而暗于大理。（一曲，一端之曲说。是时各蔽于异端曲说，故作此篇以解之。）治则复经，两疑则惑矣。天下无二道，圣人无两心。今诸侯异政，百家异说，则必或是或非，或治或乱。

何谓衡？曰：道。故心不可以不知道。心不知道，则不可道而可非道。人孰欲得恣而守其所不可，以禁其所可？以其不可道之心取人，则必合于不道人，而不合于道人。以其不可道之心，与不道人论道人，乱之本也。夫何以知！曰：心知道，然后可道；可道，然后能守道以禁非道。以其可道之心取人，则合于道人，而不合于不道之人矣。以其可道之心，与道人论非道，治之要也。何患不知？故治之要在于知道。

传曰：“天下有二：非察是，是察非。”谓合王制与不合王制也。天下有不以是为隆正也，然而犹有能分是非、治曲直者邪？若夫非分是非，非治曲直，非辨治乱，非治人道，虽能之无益于人，不能无损于人。案直将治怪说，玩奇辞，以相挠滑也；案强钳而利口，厚颜而忍诟，无正而恣睢，妄辨而几利；不好辞让，不敬礼节，而好相推挤：此乱世奸人之说也，则天下之治说者方多然矣。传曰："析辞而为察，言物而为辨，君子贱之；博闻强志，不合王制，君子贱之。"此之谓也。

周而成，泄而败，明君无之有也；宣而成，隐而败，暗君无之有也。故人君者周则谗言至矣，直言反矣，小人迩而君子远矣。诗云："墨以为明，狐狸而苍。"此言上幽而下险也。君人者宣则直言至矣，而谗言反矣，君子迩而小人远矣。《诗》云："明明在下，赫赫在上。"此言上明而下化也。

卷十六《正名篇第二十二》

五官簿之而不知，心征知而无说，则人莫不然谓之不知，此所缘而以同异也。（五官，耳目鼻口心也。五官能主之，而不能知，心能召而知之，若又无说，则人皆谓之不知也。以其如此，故圣人分别，因立同异之名，使人晓知也。）

凡邪说辟言之离正道而擅作者，无不类于三惑者矣。故明君知其分而不与辨也。夫民易一以道而不可与共故，故明君临之以势，道之以道，申之以命，章之以论，禁之以刑。故民之化道也如神，辨势恶用矣哉！今圣王没，天下乱，奸言起，君子无势以临之，无刑以禁之，故辨说也。（荀卿自述正名及辨说之意也。）实不喻然后命，命不喻然后期，期不喻然后说，说不喻然后辨。故期、命、辨、说也者，用之大文也，而王业之始也。（无期、命、辨、说，则万事不行，故为用之大文饰。王业之始，在于正名，故曰："王业之始也。"）名闻而实喻，名之用也。累而成文，名之丽也。用、丽俱得，谓之知名。名也者，所以期累实也。辞也者，兼异实之名以论一意也。（辞者，说事之言辞。兼异实之名，谓兼数异实之名，以成言辞。）辨说也者，不异实名以喻动静之道也。（动静，是非也。言辨说者不唯兼异常实之名，所以喻是非之理。辞者论一意，辨者明两端也。）期命也者，辨说之用也。（期，谓委曲为名以会物也。期与命，所以为辨说之用。）辨说也者，心之象道也。（辨说所以为心想象之道，故心有所明则辨说也。）心也者，道之工宰也。道也者，治之经理也。心合于道，说合于心，辞合于说。（言经为说，成文为辞。谓心能知道，说能合心，辞能成言也。）正名而期，质请而喻。辨异而不过，推类而不悖，听则合文，辨则尽故。以正道而辨奸，犹引绳以持曲直，是故邪说不能乱，百家无所窜。（……辨异而不过，谓足以别异物，则已不过说也。推类而不悖，谓推同类之物，使共其名，不使乖悖也。听则合文，辨则尽故，谓听他人之说则取其合文理者，自辨说则尽其事实也。）有兼听之明而无奋矜之容，有兼覆之厚而无伐德之色。说行则天下正，说不行则白道而冥穷，是圣人之辨说也。（是时百家曲说，则竞自矜伐，故述圣人辨说虽兼听兼覆，而无奋矜伐德之色也。白道，明道也。冥，幽隐也。冥穷，谓退而穷处也。）《诗》曰："颙颙卬卬，如圭如璋，令闻令望。岂弟君子，四方为纲。"此之谓也。

辞让之节得矣，长少之理顺矣，忌讳不称，妖辞不出，以仁心说，以学心听，以公心辨。（以仁心说，谓务于开导，不骋辞辨也。以学心听，谓悚敬而听它人之说，不争辨也。以公心辨，谓以至公辨它人之说是非也。）不动乎众人之非誉，不治观者之耳目，不赂贵者之权势，不利传辟者之辞，故能处道而不贰，吐而不夺，利而不流，贵公正而贱鄙争，是士君子之辨说也。《诗》曰："长夜漫兮，永思骞兮。大古之不慢兮，礼义之不愆兮，何恤人之言兮！"此之谓也。

君子之言，涉然而精，俛然而类，差差然而齐。彼正其名，当其辞，以务白其志义者也。彼名辞也者，志义之使也，足以相通则舍之矣；苟之，奸也。故名足以指实，辞足以见极，则舍之矣。外是者谓之讱，是君子之所弃，而愚者拾以为己宝。故愚者之言，芴然而粗，啧然而不类，諮諮然而沸。（芴与忽同。忽然，无根本貌。粗，疏略也。啧，争言也。……諮諮，多言也。谓愚者言浅则疏略，深则无统类，又諮諮然沸腾也。）彼诱其名，眩其辞，而无深于其志义者也。故穷藉而无极，甚劳而无功，贪而无名。故知者之言也，虑之易知也，行之易安也，持之易立也，成则必得其所好而不遇其所恶焉。而愚者反是。

卷十七《性恶篇第二十三》

故善言古者必有节于今，善言天者必有征于人。凡论者，贵其有辨合，有符验，故坐而言之，起而可设，张而可施行。

有圣人之智者，有士君子之智者，有小人之智者，有役夫之智者：多言则文而类，终日议其所以，言之千举万变，其统类一也，是圣人之智也。（文，谓言不鄙陋也。类，谓其统类不乖谬也。虽终日议其所以然，其言千举万变，终始条贯如一，是圣人之智也。）少言则径而省，论而法，若佚之以绳，是士君子之智也。其言也谄，其行也悖，其举事多悔，是小人之智也。齐给、便敏而无类，杂能、旁魄而无用，（齐，疾也。给，谓应之速，如供给者也。便，谓轻巧。敏，速也。无类，首尾乖戾。杂能，多异术也。旁魄，广博也。无用，不应于用。……郝懿行曰：类者，善也。“旁魄”，即“旁薄”，皆谓大也。）析速、粹孰而不急，（析，谓析辞，若“坚白”之论者也。速，谓发辞捷速。粹孰，所著论甚精孰也。此皆以言语争胜，故下遂云：“不恤是非，不论曲直，以期胜人为意，是役夫之智也。”）不恤是非，不论曲直，以期胜人为意，是役夫之智也。

卷十七《君子篇第二十四》

天子无妻，告人无匹也。（告，言也。妻者，齐也。天子尊无与二，故无匹也。）四海之内无客礼，告无适也。（适，读为敌。……）足能行，待相者然后进；口能言，待官人然后诏。（官人，掌喉舌之官也。）不视而见，不听而聪，不言而信，不虑而知，不动而功，告至备也。

卷十八《成相篇第二十五》

愿陈辞，世乱恶善不此治。……嗟我何人，独不遇时当乱世！欲衷对，言不从，（衷，诚也。欲诚意以对时君，恐言不从而遇祸也。）恐为子胥身离凶。进谏不听，刭而独鹿弃之江。观往事，以自戒，治乱是非亦可识。托于成相以喻意。

请成相，言治方，（言为治之方术。）君论有五约以明。……言有节，稽其实，（节，谓法度。欲使民言有法及不欺诳，在稽考行实也。）信、诞以分赏罚必。下不欺上，皆以情言明若日。

卷十九《大略篇第二十七》

言语之美，穆穆皇皇。（《尔雅》曰：“穆穆，敬也。”“皇皇，正也。”

郭璞云：“皇皇，自修正貌。”“穆穆，容仪谨敬也。”皆由言语之美，所以威仪修饰。或曰：穆穆，美也。皇皇，有光仪也。《诗》曰：“皇皇者华。”）朝廷之美，济济鎗鎗。（鎗与鎗同，济济，多士貌。鎗鎗，有行列貌。）

坐视膝，立视足，应对言语视面。

口能言之，身能行之，国宝也，口不能言，身能行之，国器也。（如器物虽不言而有行也。）口能言之，身不能行，国用也。（国赖其言而用也。）口言善，身行恶，国妖也。治国者敬其宝，爱其器，任其用，除其妖。

孟子三见宣王不言事。门人曰：“曷为三遇齐王而不言事?”孟子曰：“我先攻其邪心。”（以正色攻去邪心，乃可与言也。）

义与利者，人之所两有也。虽尧、舜不能去民之欲利，然而能使其欲利不克其好义也。虽桀、纣不能去民之好义，然而能使其好义不胜其欲利也。故义胜利者为治世，利克义者为乱世。上重义则义克利，上重利则利克义。故天子不言多少，诸侯不言利害，大夫不言得丧，（皆谓言货财也。）士不通货财，有国之君不息牛羊，错质之臣不息鸡豚。

言而不称师谓之畔，（畔者，倍之半也。）教而不称师谓之倍。（教人不称师，其罪重，故谓之倍。倍者，反逆之名也。郝懿行曰：倍者，反也。畔与叛同。叛者，反之半也。不称师同，而罪异者，言谓自言，教谓传授。……背弃师门，名教罪人，故以反叛坐之。）倍畔之人，明君不纳，朝士大夫遇诸途不与言。

不足于行者说过，（言说大过，故行不能副也。）不足于信者诚言。（数欲诚实其言，故信不能副，君子所以贵行不贵言也。）故《春秋》善胥命，而《诗》非屡盟，其心一也。善为《诗》者不说，善为《易》者不占，善为《礼》者不相，其心同也。（皆言与理冥会者，至于无言说者也。相，谓为人赞相也。）

曾子曰：“孝子言为可闻，行为可见。（发言使人可闻，不妄诈也；立行使人可见，不苟为：斯为孝子也。）言为可闻，所以说远也；行为可见，所以说近也。近者说则亲，远者说则附。亲近而附远，孝子之道也。”（说，皆读为悦。亲近附远，则毁辱无由及亲也。）

曾子行，晏子从于郊，曰：“婴闻之，君子赠人以言，庶人赠人以财。婴贫无财，请假于君子，赠吾子以言：乘舆之轮，太山之木也，示诸隐栝，三月五月，为幬菜敝而不反其常。君子之隐栝不可不谨也。慎之！兰茝、槁本，渐于蜜醴，一佩易之。正君渐于香酒，可谗而得也。君子之所渐不可不慎也。”

君子疑则不言，未问则不立，道远日益矣。（未曾学问，不敢立为议论，所谓“不知为不知”也。为道久远，自日有所益，不必道听途说也。此语出《曾子》。）

《小雅》不以于汙上，自引而居下，疾今之政，以思往者，其言有文焉，其声有哀焉。

不自嗛其行者，言滥过。（嗛，足也。谓行不足也。所以不足其行者，由于言辞泛滥过度也。）

流言灭之，货色远之。祸之所由生也，生自纤纤也，是故君子早绝之。（流言，谓流转之言，不定者也。）

言之信者，在乎区盖之间。（区，藏物处。盖，所以覆物者。凡言之可信者，如物在器皿之间。言有分限，不流溢也。）疑则不言，未问则不立。

语曰：“流丸止于瓯、臾，流言止于知者。”（瓯、臾，皆瓦器也。）此家言邪说之所以恶儒者也。（家言，谓偏见，自成一家之言，若宋、墨者。）是非疑则度之以远事，验之以近物，参之以平心，流言止焉，恶言死焉。（参验之至，则流言息。死，犹尽也。郑康成曰：“死之言澌。”澌，犹消尽也。）

多言而类，圣人也。少言而法，君子也。多言无法而流喆然，虽辩，小人也。（“喆”，当为“湎”。《非十二子篇》有此语，此当同。或曰：当为“楛”也。）

天下之人，唯各特意哉，然而有所共予也。（特意，谓人人殊意。予，读为与。）言味者予易牙，言音者予师旷，言治者予三王。

虞舜、孝己孝而亲不爱，比干、子胥忠而君不用，仲尼、颜渊智而穷于世。劫迫于暴国而无所辟之，则崇其善，扬其美，言其所长而不称其所短也。惟惟而亡者，诽也；博而穷者，訾也；清之而俞浊者，口也。

卷二十《宥坐篇第二十八》

孔子为鲁摄相，朝七日而诛少正卯。门人进问曰："夫少正卯，鲁之闻人也，夫子为政而始诛之，得无失乎?"孔子曰："居！吾语女其故。人有恶者五，而盗窃不与焉：一曰心达而险，二曰行辟而坚，三曰言伪而辩，四曰记丑而博，五曰顺非而泽。此五者有一于人，则不得免于君子之诛，而少正卯兼有之。故居处足以聚徒成群，言谈足饰邪营众，强足以反是独立，此小人之桀雄也，不可不诛也。"

孔子曰："吾有耻也，吾有鄙也，吾有殆也：幼不能强学，老无以教之，吾耻之。去其故乡，事君而达，卒遇故人，曾无旧言，吾鄙之。（旧言，平生之言。）与小人处者，吾殆之也。"

孔子曰："由！居！吾语女。昔晋公子重耳霸心生于曹，越王句践霸心生于会稽，齐桓公小白霸心生于莒。故居不隐者思不远，身不佚者志不广。女庸安知吾不得之桑落之下"！

孔子曰："太庙之堂，亦尝有说，（言旧曾说，今则无也。）官致良工，因丽节文，非无良材也，盖曰贵文也。"

卷二十《子道篇第二十九》

若夫志以礼安，言以类使，则儒道毕矣，（志安于礼，不妄动也；言发于类，不怪说也。如此，则儒者之道毕矣。）虽舜，不能加毫末于是矣。

孔子曰："志之，吾语女。奋于言者华，奋于行者伐，色知而有能者，小人也。故君子知之曰知之，不知曰不知，言之要也；能之曰能之，不能曰不能，行之至矣。言要则知，行至则仁。既知且仁，夫恶有不足矣哉！"

卷二十《哀公篇第三十一》

哀公曰："敢问何如斯可谓庸人矣？"孔子对曰："所谓庸人者，口不能道善言，必不知色色；不知选贤人善士托其身焉以为己忧，勤行不知所务，止交不知所定；日选择于物，不知所贵；从物如流，不知所归；五凿为正，心从而坏：如此，则可谓庸人矣。"……孔子对曰："所谓士者，……言不务多，务审其所谓；行不务多，务审其所由。故知既已知之矣，言既已谓之矣，行既已由之矣，则若性命肌肤之不可易也。……"孔子对曰："所谓君子者，言忠信而心不德，仁义在身而色不伐，思虑明通而辞不争，故犹然如将可及者，君子也。"……孔子对曰："所谓贤人者，行中规绳而不伤于本，言足法于天下而不伤于身，富有天下而无怨财，布施天下而不病贫，如此，则可谓贤人矣。"

鲁哀公问舜冠于孔子，孔子不对。三问，不对。哀公曰："寡人问舜冠于子，何以不言也？"孔子对曰："古之王者，有务而拘领者矣，其政好生而恶杀焉。是以凤在列树，麟在郊野，乌鹊之巢可附而窥也。君不此问而问舜冠，所以不对也。"

卷二十《尧问篇第三十二》

伯禽将归于鲁，周公谓伯禽之傅曰："汝将行，盍志而子美德乎？"对曰："其为人宽，好自用，以慎。此三者，其美德已。"周公曰："……吾语女：我，文王之为子，武王之为弟，成王之为叔父。吾于天下不贱矣，然而吾所执贽而见者十人，还贽而相见者三十人，貌执之士者百有余人，欲言而请毕事者千有余人，于是吾仅得三士焉，以正吾身，以定天下。……"

为说者曰："孙卿不及孔子。"是不然。……今之学者，得孙卿之遗言余教，足以为天下法式表仪，所存者神，所过者化。观其善行，孔子弗过，世不详察，云非圣人，奈何！天下不治，孙卿不遇时也。……今为说者又不察其实，乃信其名。时世不同，誉何由生？不得为政，功安能成？志修德厚，孰谓不贤乎！（自"为说者"已下，荀卿弟子之辞。）

《老子校释》[1]

《老子道经 · 二章》

是以圣人处无为之事，行不言之教。

《老子道经 · 八章》

居善地，心善渊，与善人，言善信，政善治，事善能，动善时。夫唯不争，故无尤。

《老子道经 · 十七章》

信不足，有不信！由其贵言。功成事遂，百姓皆谓我自然。

《老子道经 · 二十二章》

夫唯不争，故天下莫能与之争。古之所谓“曲则全”，岂虚语？故成全而归之。

《老子道经 · 二十三章》

希言自然。

《老子道经 · 二十七章》

善行，无辙迹；善言，无瑕谪；善计，不用筹策；善闭，无关楗不可开；善结，无绳约不可解。

《老子德经 · 四十一章》

上士闻道，勤而行之；中士闻道，若存若亡；下士闻道，大咲之。（谦之案：“咲”，各本作“笑”，遂州本作“咲”，御注本作“噗”。傅、范本作“而大笑之”。）不咲不足以为道。故《建言》有之：明道

① 朱谦之撰《老子校释》，中华书局，1984。

若昧，进道若退，夷道若类，上德若谷，大白若辱，广德若不足，建德若偷，质真若渝，大方无隅，大器晚成，大音希声，大象无形。道隐无名。

夫唯道，善贷且善。

《老子德经·四十三章》

天下之至柔，驰骋天下之至坚。无有入于无间。是以知无为有益。

不言之教，无为之益，天下希及之。

《老子德经·四十五章》

大成若缺，其用不弊。大盈若冲，其用不穷。大直若屈，大巧若拙，大辩若讷。躁胜塞，静胜热，清静为天下正。

《老子德经·五十六章》

智者不言，言者不智。

《老子德经·六十二章》

道者，万物之奥。善，人之宝；不善，人之所不保。美言可以市尊，行可以加人。

《老子德经·六十六章》

江海所以能为百谷王，以其善下之，故能为百谷王。是以圣人欲上人，必以言下之。欲先人，必以身后之。

《老子德经·六十九章》

用兵有言："吾不敢为主而为客；不敢进寸而退尺。"

《老子德经·七十章》

吾言甚易知，甚易行。天下莫能知，莫能行。言有宗，事有君。夫唯无知，是以不我知。知我者希，则我者贵。是以圣人披褐而怀玉。

《老子德经·七十三章》

天之道，不争而善胜，不言而善应，不召而自来，□然而善谋。天网恢恢，疏而不漏。

《老子德经·七十八章》

天下柔弱莫过于水，而攻坚；强莫之能先。其无以易之。故弱胜强，柔胜刚，天下莫能知，莫能行。故圣人云：“受国之垢，是谓社稷主；受国不祥，是谓天下王。”正言若反。

《老子德经·八十一章》

信言不美，美言不信。善者不辩，辩者不善。智者不博，博者不智。圣人不积，既以为人己愈有，既以与人己愈多。天之道，利而不害。圣人之道，为而不争。

《庄子集解》[①]

卷一《逍遥游第一》

《谐》之言曰：“鹏之徙于南冥也……”……肩吾问于连叔曰：“吾闻言于接舆，大而无当，往而不返。吾惊怖其言，犹河汉而无极也，大有径庭，不近人情焉。”连叔曰：“其言谓何哉?”……“是其言也，犹时女也。”

卷一《齐物论第二》

大智闲闲，小智间间；大言炎炎，小言詹詹。（炎炎，有气焰。成云：“詹詹，词费也。”此议、论之异。）……其杀若秋冬，以言其日消也；其溺之所为之，不可使复之也；其厌也如缄。以言其老洫也。

---

① 王先谦撰《庄子集解》，中华书局，1987。

夫言非吹也。言者有言，其所言者特未定也。果有言邪？其未尝有言邪？其以为异于鷇音，亦有辨乎，其无辨乎？（人言非风吹比，人甫有言，未定足据也。果据以为言邪？抑以为无此言邪？抑以为与初生鸟音果有别乎，无别乎？其言之轻重尚不定。）道恶乎隐而有真伪？言恶乎隐而有是非？道恶乎往而不存？言恶乎存而不可？道隐于小成，言隐于荣华。故有儒、墨之是非，以是其所非，而非其所是。欲是其所非而非其所是，则莫若以明。

今且有言于此，不知其与是类乎？其与是不类乎？类与不类，相与为类，则与彼无以异矣。虽然，请尝言之。……天地与我并生，而万物与我为一。既已为一矣，且得有言乎？既已谓之一矣，且得无言乎？一与言为二，二与一为三。自此以往，巧历不能得，而况其凡乎！故自无适有，以至于三，而况自有适有乎！无适焉，因是已。夫道未始有封，言未始有常，为是而有畛也。请言其畛：有左，有右，有伦，有义，有分，有辩，有竞，有争，此之谓八德。六合之外，圣人存而不论；六合之内，圣人论而不议。春秋经世，先王之志，圣人议而不辩。故分也者，有不分也；辩也者，有不辩也。曰：何也？圣人怀之，（存之于心。）众人辩之以相示也。（相夸示。）故曰：辩也者，有不见也。夫大道不称，大辩不言，（使其自悟，不以言屈。）大仁不仁，大廉不嗛，大勇不忮。道昭而不道，言辩而不及，仁常而不成，廉清而不信，勇忮而不成。五者园而几向方矣。（《释文》："园，崔音圆，司马云：'圆也。'"成云："几，近也。"宣云："五者本浑然圆通，今滞于迹而近向方，不可行也。"）故知止其所不知，至矣。孰知不言之辩，不道之道？若有能知，此之谓天府。注焉而不满，酌焉而不竭，而不知其所由来，此之谓葆光。（成云："葆，蔽也。韬蔽而其光弥朗。言藉言以显者非道，反复以明之。"）

瞿鹊子问于长梧子曰："……夫子以为孟浪之言，而我以为妙道之行也。吾子以为奚若？"长梧子曰："……予尝为女妄言之，女亦以妄听之，……丘也，与女皆梦也；予谓女梦，亦梦也。是其言也，其名为吊诡。（苏舆云："言众人闻此言，以为吊诡。遇大圣则知其解也。"）万世之后，而一遇大圣知其解者，是旦暮遇之也。……何谓和之以天倪？曰：是不是，然不然。是若果是也，则是之异乎不是也亦无辩；然若果然也，则然之异乎不然亦无辩。忘年忘义，振于无竟，故寓诸无竟。”

卷一《养生主第三》

文惠君曰：“善哉！吾闻庖丁之言，得养生焉。”

（秦失）曰：“……向吾入而吊焉，有老者哭之，如哭其子；少者哭之，如哭其母。彼其所以会之，必有不蕲言而言，不蕲哭而哭者。……”

卷一《人间世第四》

仲尼曰：“……名也者，相轧也；智也者，争之器也。二者凶器，非所以尽行也。且德厚信矼，未达人气；名闻不争，未达人心。而强以仁义绳墨之言术暴人之前者，是以人恶有其美也，命之曰灾人。灾人者，人必反灾之，若殆为人灾夫！……若殆以不信厚言，必死于暴人之前矣。……”“……与天为徒者，知天子之与己皆天之所子，而独以己言蕲乎而人善之，蕲乎而人不善之邪？若然者，人谓之童子，是之谓与天为徒。外曲者，与人之为徒也。擎、跽、曲拳，人臣之礼也，人皆为之，吾敢不为邪！为人之所为者，人亦无疵焉，是之谓与人为徒。成而上比者，与古为徒。其言虽教，谪之实也。（所陈之言，虽是古教，即有讽责之实也。）古之有也，非吾有也。若然者，虽直而不病，是之谓以古为徒。若是，则可乎？”

仲尼曰：“……凡交，近则必相靡以信，远则必忠之以言，言必或传之。夫传两喜两怒之言，天下之难者也。夫两喜必多溢美之言，两怒必多溢恶之言。凡溢之类妄，妄则其信之也莫，莫则传言者殃。故法言曰：‘传其常情，无传其溢言。’……夫言者，风波也；（如风之来，如波之起。）行者，实丧也。风波易以动，实丧易以危。故忿设无由，巧言偏辞。（忿怒之设端，无他由也，常由巧言过实，偏词失中之故。）兽死不择音，气息茀然，于是并生心厉。克核大至，则必有不肖之心应之，而不知其然也。……且夫乘物以游心，托不得已以养中，至矣。……”

卷二《德充符第五》

闉跂支离无脤，说卫灵公，灵公说之，而视全人，其脰肩肩。（上说言说，下说音悦。其下同。）瓮㼜大瘿说齐桓公，桓公说之，而视全人，其脰肩肩。

庄子曰："是非吾所谓情也。吾所谓无情者，言人之不以好恶内伤其身，常因自然而不益生也。"

卷二《大宗师第六》

屈服者，其嗌言若哇。（屈服，谓议论为人所屈。嗌，喉咽也。嗌，声之未出；言，声之已出。吞吐之际，如欲哇然，以状无养之人。）其耆欲深者，其天机浅。（情欲深重，机神浅钝。）……悗乎忘其言也。

仲尼曰："……不识今之言者，其觉者乎？梦者乎？"

许由曰："噫！未可知也。我为汝言其大略。吾师乎！吾师乎！齑万物而不为义，泽及万世而不为仁，长于上古而不为老，覆载天地、刻雕众形而不为巧。此所游已。"

卷三《在宥第十一》

自三代以下者，匈匈焉终以赏罚为事，彼何暇安其性命之情哉！而且说明邪，是淫于色也；说聪邪，是淫于声也；（说，音悦，下同。）说仁邪，是乱于德也；说义邪，是悖于理也；说礼邪，是相于技也；说乐邪，是相于淫也；说圣邪，是相于艺也；说知邪，是相于疵也。……乃齐戒以言之，跪坐以进之，鼓歌以舞之，吾若是何哉！故君子不得已而临莅天下，莫若无为。

卷三《天地第十二》

以道观言而天下之君正，以道观分而君臣之义明，以道观能而天下之官治，以道泛观而万物之应备。

无为为之之谓天，无为言之之谓德，爱人利物之谓仁，行不崖异之谓宽，有万不同之谓富。

老聃曰："……丘，予告若，而所不能闻与而所不能言。……"

季彻局局然笑曰："若夫子之言，于帝王之德，犹螳螂之怒臂以当车轶，则必不胜任矣。且若是，则其自为处危，其观台多物，将往投迹者众。"将闾菀觑觑然惊曰："菀也汒若于夫子之所言矣。虽然，愿先生之言其风也。”季彻曰：“大圣之治天下也，摇荡民心，使之成教易俗，举灭其贼心而皆进其独志，若性之自为，而民不知其所由然。……”

谆芒曰：“……行言自为而天下化，”（躬行其言，皆以自为，而人化之。）……

亲之所言而然，所行而善，则世俗谓之不肖子；君之所言而然，所行而善，则世俗谓之不肖之臣。……是故高言不止于众人之心，至言不出，俗言胜也。

卷四《天道第十三》

庄子曰：“吾师乎！吾师乎！齑万物而不为戾，泽及万世而不为仁，长于上古而不为寿，覆载天地、刻雕众形而不为朽，此之谓天乐。故曰：知天乐者，其生也天行，其死也物化；静而与阴同德，动而与阳同波。故知天乐者，无天怨，无人非，无物累，无鬼责。故曰：其动也天，其静也地，（动静虽殊，无心则一。）一心定而王天下；其鬼不祟，其魂不疲，一心定而万物服。言以虚静推于天地，通于万物，此之谓天乐。天乐者，圣人之心，以蓄天下也。”

故古之王天下者，智虽落天地，不自虑也；辩虽雕万物，不自说也；（成云：“宏辩如流，雕饰万物，终不自言。”）能虽穷海内，不自为也。天不产而万物化，地不长而万物育，帝王无为而天下功。故曰：莫神于天，莫富于地，莫大于帝王。故曰：帝王之德配天地。此乘天地，驰万物，而用人群之道也。

古之语大道者，五变而形名可举，九变而赏罚可言也。骤而语形名，不知其本也；骤而语赏罚，不知其始也。倒道而言，迕道而说者，（案：言语不循次序。）人之所治也，安能治人！骤而语形名赏罚，此有知治之具，非知治之道；可用于天下，不足以用天下。此之谓辩士，一曲之人也。

孔子曰：“善。”往见老聃，而老聃不许，于是翻十二经以说。（《释文》：“说者云：《诗》《书》《易》《礼》《乐》《春秋》六经，加《六纬》，合为十二经也。一说云：《易》上下经并《十翼》为十二。又一云：

《春秋》十二公经也。”）老聃中其说，（释文：“中，丁仲反。”成云：“许其有理也。”宣云：“语未尽也。”案：下云“太谩”，是未许，成说未晰。中其说者，当是观其说甫及半，故下云然。）曰：“大谩，（成云：‘嫌其繁谩太多。’）愿闻其要。”孔子曰：“要在仁义。”老聃曰：“请问：仁义，人之性邪？”孔子曰：“然。君子不仁则不成，不义则不生。仁义，真人之性也，又将奚为矣？”老聃曰：“请问何谓仁义？”孔子曰：“中心物恺，兼爱无私，此仁义之情也。”老聃曰：“意！（噫同。）几乎后言！（近乎后世迂儒之言。）夫兼爱，不亦迂乎！无私焉，乃私也。夫子若欲使天下无失其牧乎？则天地固有常矣，日月固有明矣，星辰固有列矣，禽兽固有群矣，树木固有立矣。夫子亦放德而行，循道而趋，已至矣，又何偈偈乎揭仁义，若击鼓而求亡子焉？意，夫子乱人之性也！”

世之所贵道者，书也，书不过语，语有贵也。语之所贵者，意也，意有所随。意之所随者，不可以言传也，而世因贵言传书。世虽贵之，我犹不足贵也，为其贵非其贵也。故视而可见者，形与色也；听而可闻者，名与声也。悲夫！世人以形色名声为足以得彼之情！夫形色名声果不足以得彼之情，则知者不言，言者不知。而世岂识之哉！桓公读书于堂上，轮扁斫轮于堂下，释椎凿而上，问桓公曰：“敢问公之所读者何言也？”公曰：“圣人之言也。”曰：“圣人在乎？”公曰：“已死矣。”曰：“然则君之所读者，古人之糟粕已夫！”桓公曰：“寡人读书，轮人安得议乎！有说则可，无说则死。”轮扁曰：“臣也，以臣之事观之。斫轮，徐则甘而不固，疾则苦而不入。不徐不疾，得之于手而应于心，口不能言，有数存焉于其间。臣不能以喻臣之子，臣之子亦不能受之于臣，是以行年七十而老斫轮。古之人与其不可传也死矣，然则君之所读者，古人之糟粕已夫！”

卷四《天运第十四》

商太宰荡问仁于庄子。庄子曰：“虎狼，仁也。”曰：“何谓也？”庄子曰：“父子相亲，何为不仁？”曰：“请问至仁。”庄子曰：“至仁无亲。”太宰曰：“荡闻之：无亲则不爱，不爱则不孝。谓至仁不孝，可乎？”庄子曰：“不然。夫至仁尚矣，孝固不足以言之。此非过孝之言也，不及孝之言也。夫南行者至于郢，北面而不见冥山，是何也？则去之远也。故曰：

以敬孝易，以爱孝难；以爱孝易，以忘亲难；忘亲易，使亲忘我难；使亲忘我易，兼忘天下难；兼忘天下易，使天下兼忘我难。夫德遗尧、舜而不为也，利泽施于万世，天下莫知也，岂直太息而言仁孝乎哉！夫孝悌仁义，忠信贞廉，此皆自勉以役其德者也，不足多也。故曰：至贵，国爵并焉；至富，国财并焉；至愿，名誉并焉。是以道不渝。"

老聃曰："……舜之治天下，使民心竞，民孕妇十月生子，子生五月而能言，不至乎孩而始谁，则人始有夭矣。……何言哉！余语汝：三皇、五帝之治天下，名曰治之，而乱莫甚焉。……"

孔子谓老聃曰："丘治《诗》《书》《礼》《乐》《易》《春秋》六经，自以为久矣，孰知其故矣，（孰同熟。）以奸者七十二君，（《释文》："《三苍》云：'奸，犯也。'"）论先王之道而明周、召之迹，一君无所钩用。（《释文》："钩，取也。"）甚矣夫！人之难说也，道之难明也！"老子曰："幸矣，子之不遇治世之君也！夫《六经》，先王之陈迹也，岂其所以迹哉！今子之所言，犹迹也。……"

卷四《缮性第十六》

古之所谓隐士者，非伏其身而弗见也，非闭其言而不出也，非藏其知而不发也，时命大谬也。

卷四《秋水第十七》

秋水时至，百川灌河，泾流之大，两涘渚崖之间，不辩牛马。于是焉河伯欣然自喜，以天下之美为尽在己。顺流而东行，至于北海，东面而视，不见水端，于是焉河伯始旋其面目，望洋向若而叹，曰："野语有之曰'闻道百，以为莫己若'者，我之谓也。且夫我尝闻少仲尼之闻而轻伯夷之义者，始吾弗信，今我睹子之难穷也，吾非至于子之门则殆矣，吾长见笑于大方之家。"北海若曰："井蛙不可以语于海者，拘于虚也；夏虫不可以语于冰者，笃于时也；曲士不可以语于道者，束于教也。今尔出于崖涘，观于大海，乃知尔丑，尔将可与语大理矣。……伯夷辞之以为名，仲尼语之以为博，此其自多也，不似尔向之自多于水乎？"……北海若曰："夫自细视大者不尽，自大视细者不明。夫精，小之微也，垺，大之殷也，故异便。此势之有也。夫精粗者，期于有形者也；无形者，数之所不能分也；不可围者，数之所不能穷也。可以言论者，物之粗也；可以意致者，物之精也；言之所不能论，意之所不能察致者，不期精粗焉。……”……北海若曰：“……昔者尧、舜让而帝，之、哙让而绝；汤、武争而王，白公争而灭。由此观之，争让之礼，尧、桀之行，贵贱有时，未可以为常也。梁丽可以冲城，而不可以窒穴，言殊器也；骐骥骅骝，一日而驰千里，捕鼠不如狸狌，言殊技也；鸱鸺夜撮蚤，察毫末，昼出瞋目而不见丘山，言殊性也。故曰：盖师是而无非，师治而无乱乎？是未明天地之理，万物之情者也。是犹师天而无地，师阴而无阳，其不可行明矣。然且语而不舍，非愚则诬也。帝王殊禅，三代殊继。差其时，逆其俗者，谓之篡夫；当其时，顺其俗者，谓之义徒。默默乎河伯！女恶知贵贱之门，小大之家！”……北海若曰：“知道者必达于理，达于理者必明于权，明于权者不以物害己。至德者，火弗能热，水弗能溺，寒暑弗能害，禽兽弗能贼。非谓其薄之也，言察乎安危，宁于祸福，谨于去就，莫之能害也。故曰：天在内，人在外，德在乎天。知天人之行，本乎天，位乎德；蹢躅而屈伸，反要而语极。”

公孙龙问于魏牟曰：“龙少学先生之道，长而明仁义之行，合同异，杂坚白，然不然，可不可，困百家之智，穷众口之辩，吾自以为至达已。今吾闻庄子之言，汒焉异之，不知论之不及与，智之弗若与？今吾无所开吾喙，敢问其方。”公子牟隐机太息，仰天而笑曰：“……且夫知不知是非之竟，而犹欲观于庄子之言，是犹使蚊负山，商蚷驰河也，必不胜任矣。且夫知不知论极妙之言，而自适一时之利者，是非坎井之蛙与？且彼方跐黄泉而登大皇，无南无北，奭然四解，沦于不测；无东无西，始于玄冥，返于大通。子乃规规然而求之以察，索之以辩，是直用管窥天，用锥指地也，不亦小乎！子往矣！且子独不闻夫寿陵余子之学行于邯郸与？未得国能，又失其故行矣，直匍匐而归耳。今子不去，将忘子之故，失子之业。”公孙龙口呿而不合，舌举而不下，乃逸而走。

卷五《至乐第十八》

庄子之楚，见空髑髅，髐然有形，撽以马捶，因而问之，曰：“夫子贪生失理，而为此乎？将子有亡国之事，斧钺之诛，而为此乎？将子有不善之行，愧遗父母妻子之丑，而为此乎？将子有冻馁之患，而为此乎？将子之春秋故及此乎？”于是语卒，援髑髅枕而卧。夜半，髑髅见梦曰：“子之谈者似辩士。视子所言，皆生人之累也，死则无此矣。子欲闻死之说乎？”庄子曰：“然。”髑髅曰：“死，无君于上，无臣于下，亦无四时之事，纵然以天地为春秋，虽南面王乐，不能过也。”庄子不信，曰：“吾使司命复生子形，为子骨肉肌肤，返子父母妻子、闾里、知识，子欲之乎？”髑髅深矉蹙頞曰：“吾安能弃南面王乐而复为人间之劳乎！”

卷五《达生第十九》

弟子曰：“不然。孙子之所言是邪，先生之所言非邪？非固不能惑是。孙子所言非邪，先生所言是邪？彼固惑而来矣，又奚罪焉！”

卷五《田子方第二十一》

子方出，文侯傥然终日不言，召前立臣，而语之曰：“远矣全德之君子！始吾以圣知之言、仁义之行为至矣，吾闻子方之师，吾形解而不欲动，口钳而不欲言。吾所学者直土梗耳，夫魏真为我累耳！”

仲尼见之而不言。子路曰：“吾子欲见温伯雪子久矣，见之而不言，何邪？”仲尼曰：“若夫人者，目击而道存矣，亦不可以容声矣。”

颜渊问于仲尼曰：“夫子步亦步，夫子趋亦趋，夫子驰亦驰，夫子奔逸绝尘，而回瞠若乎后矣。”夫子曰：“回，何谓邪？”曰：“夫子步亦步也，夫子言亦言也，夫子趋亦趋也，夫子辩亦辩也，夫子驰亦驰也，夫子言道，回亦言道也。及奔逸绝尘，而回瞠若乎后者，夫子不言而信，不比而周，无器而民滔乎前，而不知所以然而已矣。”

老聃曰：“吾游心于物之初。”孔子曰：“何谓邪？”曰：“心困焉而不能知，口辟焉而不能言，尝为汝议乎其将。……”……孔子曰：“夫子德配天地，而犹假至言以修心，古之君子，孰能脱焉？”（成云：“然则古之君子，谁能遣于言说而免于修为乎？”）

颜渊问于仲尼曰：“文王其犹未邪？又何以梦为乎？”仲尼曰：“默！

汝无言！夫文王尽之也，而又何论刺焉！彼直以循斯须也。”

仲尼闻之曰：“古之真人，智者不得说，美人不得滥，盗人不得劫，伏戏、黄帝不得友。……”

卷六《知北游第二十二》

知北游于玄水之上，登隐弅之丘，而适遭无为谓焉。知谓无为谓曰：“予欲有问乎若：何思何虑则知道？何处何服则安道？何从何道则得道？”三问而无为谓不答也，非不答，不知答也。知不得问，反于白水之南，登狐阕之丘，而睹狂屈焉。知以之言也问乎狂屈。狂屈曰：“唉！予知之，将语若，中欲言而忘其所欲言。”知不得问，反于帝宫，见黄帝而问焉。黄帝曰：“无思无虑始知道，无处无服始安道，无从无道始得道。”知问黄帝曰：“我与若知之，彼与彼不知也，其孰是邪？”黄帝曰：“彼无为谓真是也，狂屈似之，我与汝终不近也。夫知者不言，言者不知，故圣人行不言之教。道不可致，德不可至。仁可为也，义可亏也，礼相伪也。故曰：‘失道而后德，失德而后仁，失仁而后义，失义而后礼。礼者，道之华而乱之首也。’故曰：‘为道者日损，损之又损之，以至于无为，无为而无不为也。’今已为物也，欲复归根，不亦难乎！其易也，其唯大人乎！……”狂屈闻之，以黄帝为知言。

天地有大美而不言，四时有明法而不议，万物有成理而不说。

言未卒，啮缺睡寐。

老聃曰：“……夫道，窅然难言哉！将为汝言其崖略。……中国有人焉，非阴非阳，处于天地之间，直且为人，将返于宗。自本观之，生者，喑醷物也。虽有寿夭，相去几何？须臾之说也。奚足以为尧、桀之是非？”

东郭子问于庄子曰：“所谓道，恶乎在？”庄子曰：“无所不在。”……庄子曰：“……每下愈况。……至道若是，大言亦然。……”

无始曰：“道不可闻，闻而非也；道不可见，见而非也；道不可言，言而非也。知形形之不形乎？道不当名。”

仲尼曰：“……至言去言，至为去为。齐知之所知，则浅也。”

卷六《庚桑楚第二十三》

庚桑子闻之，南面而不释然。弟子异之。庚桑子曰："弟子何异于予？夫春气发而百草生，正得秋而万宝成。夫春与秋，岂无得而然哉？天道已行矣。吾闻至人尸居环堵之室，而百姓猖狂不知所如往。今以畏垒之细民而窃窃欲俎豆予于贤人之间，我其杓之人邪？吾是以不释于老聃之言。"……庚桑子曰："小子来！夫函车之兽，介而离山，则不免于罔罟之患；吞舟之鱼，砀而失水，则蚁能苦之。故鸟兽不厌高，鱼鳖不厌深。夫全其形生之人，藏其身也，不厌深眇而已矣。且夫二子者，又何足以称扬哉！是其于辩也，将妄凿垣墙而殖蓬蒿也。简发而栉，数米而炊，窃窃乎又何足以济世哉！举贤则民相轧，任智则民相盗。之数物者，不足以厚民。民之于利甚勤，子有杀父，臣有杀君，正昼为盗，日中穴阫。吾语汝：大乱之本，必生于尧、舜之间，其末存乎千世之后。千世之后，其必有人与人相食者也。"南荣趎蹴然正坐曰："若趎之年者已长矣，将恶乎托业以及此言邪？"庚桑子曰："全汝形，抱汝生，无使汝思虑营营。若此三年，则可以及此言矣。"……南荣趎曰："不智乎？人谓我朱愚。智乎？反愁我躯。不仁则害人，仁则反愁我身；不义则伤彼，义则反愁我己。我安逃此而可？此三言者，趎之所患也，愿因楚而问之。"老子曰："向吾见若眉睫之间，吾因以得汝矣，今汝又言而信之。若规规然若丧父母，揭竿而求诸海也。汝亡人哉，惘惘乎汝欲反汝情性而无由入，可怜哉！"……南荣趎曰："里人有病，里人问之，病者能言其病，然其病病者犹未病也。……"

有生，黬也，披然曰移是。尝言移是，非所言也。虽然，不可知者也。腊者之有膍胲，可散而不可散也；观室者周于寝庙，又适其偃焉，为是举移是。请尝言移是。是以生为本，以智为师，因以乘是非；果有名实，因以己为质；使人以为己节，因以死偿节。若然者，以用为智，以不用为愚，以彻为名，以穷为辱。移是，今之人也，是蜩与学鸠同于同也。

卷六《徐无鬼第二十四》

徐无鬼出，女商曰："先生独何以说吾君乎？吾所以说吾君者，横说之则以《诗》《书》《礼》《乐》，纵说之则以《金板》、《六弢》，奉事而大有功者不可为数，而吾君未尝启齿。今先生何以说吾君，使吾君悦若此乎？”徐无鬼曰：“吾直告之吾相狗马耳。”女商曰：“若是乎？”曰：“子不闻夫越之流人乎？去国数日，见其所知而喜；去国旬月，见其所尝见于国中者喜；及期年也，见似人者而喜矣。不亦去人滋久，思人滋深乎？夫逃虚空者，藜、藋柱乎鼪、鼬之迳，踉位其空，闻人足音跫然而喜矣，又况乎兄弟亲戚之謦咳其侧者乎！久矣夫！莫以真人之言謦咳吾君之侧乎！”

智士无思虑之变则不乐，辩士无谈说之序则不乐，察士无凌谇之事则不乐，皆囿于物者也。

庄子送葬，过惠子之墓，顾谓从者曰：“郢人垩慢其鼻端若蝇翼，使匠石斫之。匠石运斤成风，听而斫之，尽垩而鼻不伤，郢人立不失容。宋元君闻之，召匠石曰：‘尝试为寡人为之。’匠石曰：‘臣则尝能斫之。虽然，臣之质死久矣。’自夫子之死也，吾无以为质矣，吾无与言之矣。”

仲尼之楚，楚王觞之，孙叔敖执爵而立，市南宜僚受酒而祭曰：“古之人乎！于此言已。”曰：“丘也闻不言之言矣，未之尝言，于此乎言之。市南宜僚弄丸而两家之难解，孙叔敖甘寝秉羽而郢人投兵。丘愿有喙三尺。”彼之谓不道之道，此之谓不言之辩。故德总乎道之所一，而言休乎智之所不知，至矣。道之所一者，德不能同也；智之所不能知者，辩不能举也。名若儒、墨而凶矣。……狗不以善吠为良，人不以善言为贤，而况为大乎！

所谓暖姝者，学一先生之言，则暖暖姝姝而私自说也，（说同悦。）自以为足矣，而未知未始有物也。

卷七《则阳第二十五》

则阳游于楚，夷节言之于王，王未之见，夷节归。……故或不言而饮人以和，与人并立而使人化。

魏莹与田侯牟约，田侯牟背之。魏莹怒，将使人刺之。犀首闻而耻之，曰：“君为万乘之君也，而以匹夫从雠！衍请受甲二十万，为君攻之，虏其人民，系其牛马，使其君内热发于背，然后拔其国。忌也出走，然后抶其背，折其脊。”季子闻而耻之，曰：“筑十仞之城，城者既十仞矣，则又坏之，此胥靡之所苦也。今兵不起七年矣，此王之基也。衍乱人，不可听也。”华子闻而丑之，曰：“善言伐齐者，乱人也；善言勿伐者，亦乱人也；谓伐之与不伐乱人也者，又乱人也。”王曰：“然则若何？”曰：“君求其道而已矣！”惠子闻之而见戴晋人。戴晋人曰：“有所谓蜗者，君知之乎？”曰：“然。”“有国于蜗之左角者曰触氏，有国于蜗之右角者曰蛮氏，时相与争地而战，伏尸数万，逐北旬有五日而后返。”君曰：“噫！其虚言与？”

孔子之楚，舍于蚁丘之浆。其邻有夫妻臣妾登极者，子路曰：“是稯稯何为者邪？”仲尼曰：“是圣人仆也。是自埋于民，自藏于畔。其声销，其志无穷，其口虽言，其心未尝言，方且与世违而心不屑与之俱。是陆沉者也，是其市南宜僚邪？”子路请往召之。孔子曰：“已矣！彼知丘之著于己也，知丘之适楚也，以丘为必使楚王之召己也，彼且以丘为佞人也。夫若然者，其于佞人也羞闻其言，而况亲见其身乎！而何以为存？”子路往视之，其室虚矣。

少知问于大公调曰：“何谓丘里之言？”大公调曰：“丘里者，合十姓百名而以为风俗也。合异以为同，散同以为异。今指马之百体而不得马，而马系于前者，立其百体而谓之马也。是故丘山积卑而为高，江河合水而为大，大人合并而为公。是以自外入者，有主而不执；由中出者，有正而不距。四时殊气，天不赐，故岁成；五官殊职，君不私，故国治；文武大人不赐，故德备；万物殊理，道不私，故无名。无名故无为，无为而无不为。时有终始，世有变化，祸福淳淳，至有所拂者而有所宜；自殉殊面，有所正者有所差。比于大泽，百材皆度；观于大山，木石同坛。此之谓丘里之言。”……大公调曰：“阴阳相照、相盖、相治，四时相代、相生、相杀，欲恶去就于是桥起，雌雄片合于是庸有。安危相易，祸福相生，缓急相摩，聚散以成。此名实之可纪，精微之可志也。随序之相理，桥运之相使，穷则反，终则始。此物之所有，言之所尽，知之所至，极物而已。睹道之人，不随其所废，不原其所起，此议之所止。”……大公调曰：“鸡鸣狗吠，是人之所知，虽有大知，不能以言读其所自化，又不能以意其所将为。……可言可意，言而愈疏……无穷、无止，言之无也，与物同理；或使、莫为、言之本也，与物终始。道不可有，有不可无。道之为名，所假而行。或使莫为，在物一曲，夫胡为于大方？言而足，则终日言而尽道；言而不足，则终日言而尽物。道、物之极，言、默不足以载；非言非默，议其有极。"

卷七《外物第二十六》

庄周家贫，故往贷粟于监河侯……庄周忿然作色曰："……鲋鱼忿然作色曰：'吾失我常与，我无所处。吾得斗升之水然活耳，君乃言此，曾不如早索我于枯鱼之肆！'"

任公子为大钩巨缁，五大犗以为饵，蹲乎会稽，投竿东海，旦旦而钓，期年不得鱼。已而大鱼食之，牵巨钩錎没而下，（《释文》云："錎，《字林》云：'犹陷字。'"）骛扬而奋鬐，白波若山，海水震荡，声侔鬼神，惮赫千里。任公子得若鱼，离而腊之，自制河以东，（制同淛，浙江也。）苍梧以北，莫不厌若鱼者。已而后世辁才讽说之徒，皆惊而相告也。夫揭竿累，趣灌渎，守鲵鲋，其于得大鱼难矣；饰小说以干县令，其于大达亦远矣。是以未尝闻任氏之风俗，其不可与经于世亦远矣。

婴儿生无石师而能言，与能言者处也。（《释文》："石，本又作硕。"案："石"与"硕"古字通用。）

惠子谓庄子曰："子言无用。"庄子曰："知无用而始可与言用矣。夫地非不广且大也，人之所用容足耳。然则厕足而垫之，致黄泉，人尚有用乎？"惠子曰："无用。"庄子曰："然则无用之为用也亦明矣。"

荃者所以在鱼，得鱼而忘荃；蹄者所以在兔，得兔而忘蹄；言者所以在意，得意而忘言。吾安得忘言之人而与之言哉？

卷七《寓言第二十七》

寓言十九，（宣云："寄寓之言，十居其九。"案：意在此而言寄于彼。）重言十七，（宣云："引重之言，十居其七。"）卮言日出，和以天倪。寓言十九，藉外论之。（郭云："言出于己，俗多不受，故借外耳。肩吾、连叔之类。”）亲父不为其子媒。亲父誉之，不若非其父者也；非吾罪也，人之罪也。与已同则应，不与已同则反，同于已为是之，异于已为非之。重言十七，（姚云：“庄生书，凡讬为人言者，十有其九；就寓言中，其托为神农、黄帝、尧、舜、孔、颜之类，言足为世重者，又十有其七。”）所以已言也，（已，止也。止天下淆乱之言。）是为耆艾。（此为长老之言，则称引之。《释诂》：“耆艾，长也。”）年先矣，而无经纬本末以期年耆者，是非先也。人而无以先人，无人道也；人而无人道，是之谓陈人。（郭云：“直是陈久之人耳。”宣云：“犹老朽也。”）卮言日出，和以天倪，因以曼衍，所以穷年。不言则齐，齐与言不齐，言与齐不齐也，故曰无言。（苏舆云：“不言而道存，物论齐矣。言则有正有差，齐与言，言与齐，终无可齐之日，故曰莫若无言。”）言无言，（郭云：“言彼所言，故虽有言而我仍无言也。”）终身言，未尝言；终身不言，未尝不言。有自也而可，有自也而不可；有自也而然，有自也而不然。恶乎然？然于然。恶乎不然？不然于不然。恶乎可？可于可。恶乎不可？不可于不可。物固有所然，物固有所可，无物不然，无物不可。非卮言日出，和以天倪，孰得其久！（非此无言之言，孰能传久？）万物皆种也，以不同形相禅，始卒若环，莫得其伦，是谓天均。天均者，天倪也。（成云：“均，齐也。是谓天然齐等之道。即以齐均之道，亦名自然之分也。”案：《齐物论》亦云：“是以圣人和之以是非，而休乎天均，是之谓两行。”）

庄子谓惠子曰：“孔子行年六十而六十化，始时所是，卒而非之，未知今之所谓是之非五十九年非也。”惠子曰：“孔子勤志服智也。”庄子曰：“孔子谢之矣，而其未之尝言。（宣云：“言孔子已谢去勤劳之迹而进于道，但口未之言耳。”）

颜成子游谓东郭子綦曰：“自吾闻子之言，一年而野，二年而从，三年而通，四年而物，五年而来，六年而鬼入，七年而天成，八年而不知死、不知生，九年而大妙。”

卷八《让王第二十八》

韩、魏相与争侵地。子华子见昭僖侯，昭僖侯有忧色。子华子曰：“今使天下书铭于君之前，书之言曰：‘左手攫之则右手废，（释文：司马云："废，病也。"一云：攫者，援书铭。废者，斩右手。）右手攫之则左手废，然而攫之者必有天下。'君能攫之乎？"昭僖侯曰："寡人不攫也。"子华子曰："甚善！自是观之，两臂重于天下也，身亦重于两臂。韩之轻于天下亦远矣，今之所争者，其轻于韩又远。君固愁身伤生以忧戚不得也！"僖侯曰："善哉！教寡人者众矣，未尝得闻此言也。"子华子可谓知轻重矣。（"僖"上脱"昭"字。）

子列子穷，容貌有饥色。客有言之于郑子阳者曰："列御寇，盖有道之士也，居君之国而穷，君无乃为不好士乎？"郑子阳即令官遗之粟。子列子见使者，再拜而辞。使者去，子列子入，其妻望之而拊心曰："妾闻为有道者之妻子，皆得佚乐，今有饥色。君过而遗先生食，（言相君过听，有此嘉惠。）先生不受，岂不命邪！"子列子笑谓之曰："君非自知我也。以人之言而遗我粟，至其罪我也，又且以人之言。此吾所以不受也。"其卒，民果作难而杀子阳。

屠羊说曰："……臣之爵禄已复矣，又何赏之言？"

孔子穷于陈、蔡之间，七日不火食，藜羹不糁，（成云："藜菜之羹，不加米糁。"）颜色甚惫，而弦歌于室。颜回择菜，子路、子贡相与言曰："夫子再逐于鲁，削迹于卫，伐树于宋，穷于商、周，围于陈、蔡，杀夫子者无罪，藉夫子者无禁。弦歌鼓琴，未尝绝音，君子之无耻也若此乎？"颜回无以应，入告孔子。孔子推琴喟然而叹曰："由与赐，细人也。召而来！吾语之。"子路、子贡入。子路曰："如此者可谓穷矣。"孔子曰："是何言也！君子通于道之谓通，穷于道之谓穷。今丘抱仁义之道，以遭乱世之患，其何穷之为？故内省而不穷于道，临难而不失其德，天寒既至，霜露既降，吾是以知松柏之茂也。陈、蔡之隘，于丘其幸乎！"孔子削然反琴而弦歌，（成云："削然，取琴声。"）子路扢然执干而舞。子贡曰："吾不知天之高也，地之下也。"古之得道者，穷亦乐，通亦乐。所乐非穷通也，道德于此，则穷通为寒暑风雨之序矣。故许由娱于颍阳，而共伯得乎共首。

昔周之兴，有士二人处于孤竹，曰伯夷、叔齐。二人相谓曰："吾闻西方有人，似有道者，试往观焉。"至于岐阳，武王闻之，使叔旦往见之，与盟曰："加富二等，就官一列。"血牲而埋之。二人相视而笑曰："嘻！异哉！此非吾所谓道也。昔者神农之有天下也，时祀尽敬而不祈喜；其于人也，忠信尽治而无求焉。乐与政为政，乐与治为治，不以人之坏自成也，不以人之卑自高也，不以遭时自利也。今周见殷之乱而遽为政，上谋而下行货，阻兵而保威，割牲而盟以为信，扬行以说众，杀伐以要利，是推乱以易暴也。吾闻古之士遭治世不避其任，遇乱世不为苟存。今天下暗，周德衰，其并乎周以涂吾身也，不如避之以洁吾行。"二子北至于首阳之山，遂饿而死焉。若伯夷、叔齐者，其于富贵也，苟可得已，则必不赖。高节戾行，独乐其志，不事于世，此二士之节也。

卷八《盗跖第二十九》

孔子与柳下季为友。柳下季之弟名曰盗跖。盗跖从卒九千人，横行天下，侵暴诸侯，穴室枢户，驱人牛马，取人妇女，贪得忘亲，不顾父母兄弟，不祭先祖。所过之邑，大国守城，小国入保，万民苦之。孔子谓柳下季曰："夫为人父者，必能诏其子；为人兄者，必能教其弟。若父不能诏其子，兄不能教其弟，则无贵父子兄弟之亲矣。今先生，世之才士也，弟为盗跖，为天下害，而弗能教也，丘窃为先生羞之。丘请为先生往说之。"柳下季曰："先生言'为人父者必能诏其子，为人兄者必能教其弟'，若子不听父之诏，弟不受兄之教，虽今先生之辩，将奈之何哉？且跖之为人也，心如涌泉，意如飘风，强足以距敌，辩足以饰非，顺其心则喜，逆其心则怒，易辱人以言。先生必无往。"孔子不听，颜回为御，子贡为右，往见盗跖。……孔子下车而前，见谒者曰："鲁人孔丘，闻将军高义，敬再拜谒者。"谒者入通，盗跖闻之大怒，目如明星，发上指冠，曰："此夫鲁国之巧伪人孔丘非邪？为我告之：'尔作言造语，妄称文、武，冠枝木之冠，（司马云："冠多华饰，如木之枝繁。"）带死牛之胁，（司马云："取牛皮为大革带。"）多辞缪说，不耕而食，不织而衣，摇唇鼓舌，擅生是非，以迷天下之主，使天下学士不返其本，妄作孝弟而儌倖于封侯富贵者也。子之罪大极重，疾走归！不然，我将以子肝益昼哺之膳。'"孔子复通曰："丘得幸于季，愿望履幕下。"（释文："司马本幕作綦，云：'言视不敢望跖面，望履结而还也。'"）谒者复通，盗跖曰："使来前！"孔子趋而进，避席反走，再拜盗跖。盗跖大怒，两展其足，案剑瞋目，声如乳虎，曰："丘来前！若所言，顺吾意则生，逆吾心则死。"……盗跖大怒曰："丘来前！夫可规以利而可谏以言者，皆愚陋恒民之谓耳。……尧、舜作，立群臣，汤放其主，武王杀纣。自是之后，以强陵弱，以众暴寡。汤、武以来，皆乱人之徒也。今子修文、武之道，掌天下之辩，以教后世，（成云："辩说仁义，为后世之教。"）缝衣浅带，矫言伪行，以迷惑天下之主，而欲求富贵焉，盗莫大于子。天下何故不谓子为盗丘而乃谓我为盗跖？子以甘辞说子路而使从之，使子路去其危冠，解其长剑，而受教于子，天下皆曰'孔丘能止暴禁非'。其卒之也，子路欲杀卫君而事不成，身菹于卫东门之上，是子教之不至也。子自谓才士圣人邪！则再逐于鲁，削迹于卫，穷于齐，围于陈、蔡，不容身于天下。子教子路菹此患，（疑有夺文。）上无以为身，下无以为人，子之道岂足贵邪？世之所高，莫若黄帝，黄帝尚不能全德，而战涿鹿之野，流血百里。尧不慈，舜不孝，禹偏枯，汤放其主，武王伐纣，文王拘羑里。此六子者，世之所高也，孰论之，（孰同熟。犹言精熟讨论之。）皆以利惑其真而强反其情性，其行乃甚可羞也！世之所谓贤士，伯夷、叔齐，伯夷、叔齐辞孤竹之君，而饿死于首阳之山，骨肉不葬。鲍焦饰行非世，抱木而死。申徒狄谏而不听，负石自投于河，为鱼鳖所食。介子推至忠也，自割其股以食文公，文公后背之，子推怒而去，抱木而燔死。尾生与女子期于梁下，女子不来，水至不去，抱梁柱而死。此六子者，无异于磔犬、流豕、操瓢而乞者，皆离名轻死，不念本养寿命者也。世之所谓忠臣者，莫若王子比干、伍子胥，子胥沉江，比干剖心。此二子者，世谓忠臣也，然卒为天下笑。自上观之，至于子胥、比干，皆不足贵也。丘之所以说我者，若告我以鬼事，则我不能知也；若告我以人事者，不过此矣，皆吾所闻知也。今吾告子以人之情：目欲视色，耳欲听声，口欲察味，志气欲盈。人上寿百岁，中寿八十，下寿六十，除病瘦、死丧、忧患，其中开口而笑者，一月之中不过四五日而已矣。天与地无穷，人死者有时，操有时之具而托于无穷之间，忽然无异骐骥之驰过隙也。不能悦其志意，养其寿命者，皆非通道者也。丘之所言，皆吾之所弃也，亟去走归，无复言之！子之道，狂狂汲汲，（成云："狂狂，失性也。汲汲，不足也。"）诈巧虚伪事也，非可以全真也，奚足论哉？"孔子再拜趋走，出门上车，执辔三失，目芒然无见，色若死灰，据轼低头，不能出气。归到鲁东门外，适遇柳下季。柳下季曰：“今者阙然数日不见，车马有行色，得微往见跖邪？”（成云：“微，无也。”）孔子仰天而叹曰：“然。”柳下季曰：“跖得无逆汝意若前乎？”孔子曰：“然。丘所谓无病而自灸也，疾走料虎头，（《释文》：‘料音聊。’成云：‘料，触。’）编虎须，几不免虎口哉！”

满苟得曰：“……论则贱之，行则下之，则是言行之情悖战于胸中也，（言行相反而交战。）不亦拂乎！……”……曰：“……此上世之所传，下世之所语，以为士者正其言，必其行，故服其殃，罹其患也。”

卷八《说剑第三十》

昔赵文王喜剑，剑士夹门而客三千余人，日夜相击于前，死伤者岁百余人，好之不厌。如是三年，国衰，诸侯谋之。太子悝患之，募左右曰：“孰能说王之意止剑士者，赐之千金。”左右曰：“庄子当能。”太子乃使人以千金奉庄子。庄子弗受，与使者俱往见太子曰：“太子何以教周，赐周千金？”太子曰：“闻夫子明圣，谨奉千金以币从者。夫子弗受，悝尚何敢言！”庄子曰：“闻太子所欲用周者，欲绝王之喜好也。使臣上说大王而逆王意，下不当太子，则身刑而死，周尚安所事金乎！使臣上说大王，下当太子，赵国何求而不得也？”太子曰：“然。吾王所见，唯剑士也。”庄子曰：“诺。周善为剑。”……曰：“臣之所奉皆可。然臣有三剑，唯王所用，请先言而后试。”

卷八《渔父第三十一》

孔子反走，再拜而进。客曰：“子将何求？”孔子曰：“曩者先生有绪言而去，（俞云：‘绪，余也。未毕而去，故曰绪言。’）丘不肖，未知所谓，窃待于下风，幸闻咳唾之音，以卒相丘也！”客曰：“嘻！甚矣子之好学也！”孔子再拜而起曰：“丘少而修学，以至于今，六十九岁矣，无所得闻至教，敢不虚心！”客曰：“……希意道言，谓之谄；（成云：‘希望意气，导达其言。’）不择是非而言，谓之谀；（成云：‘苟且顺物，不简是非。’）好言人之恶，谓之谗；析交离亲，谓之贼；称誉诈伪以败恶人，谓之慝；（诈伪则称誉之，恶其人则毁败之，是为奸慝。姚云：‘张本恶作德，谓“颠倒是非以败人之德”，意更警。’）不择善否，两容颊适，偷拔其所欲，谓之险。（《释文》：“两容颊适者，善恶皆容，颜貌调适也。颊，或作颜。”宣云：“偷拔，谓潜引人心中之欲。”）此八疵者，外以乱人，内以伤身，君子不友，明君不臣。……子路旁车而问曰：“由得为役久矣，未尝见夫子遇人如此其威也。万乘之主，千乘之君，见夫子未尝不分庭伉礼，夫子犹有倨傲之容。今渔者杖拿逆立，而夫子曲要磬折，言拜而应，（成云：‘受言必拜而应。’）得无太甚乎？”

卷八《列御寇第三十二》

伯昏瞀人北面而立，敦杖蹙之乎颐，（司马云：“敦，竖也。”成云：“以杖柱颐，听其言说。”）立有间，不言而出。（成云：“忘言而归。”）……曰：“……彼所小言，尽人毒也。（张注：‘小言细巧，易以感人，故为人毒害也。’）莫觉莫悟，何相孰也！（郭嵩焘云：‘《汉书·贾谊传》“日夜念此至孰也”，颜注：“孰，审也。”言既无觉悟，又何人相审详乎！’）巧者劳而智者忧，无能者无所求，饱食而遨游，泛若不系之舟，虚而遨游者也。”

庄子曰：“知道易，勿言难。（成云：‘运知则易，忘言则难。’）知而不言，所以之天也；（成云：‘诣于自然之境。’）知而言之，所以之人也。古之人，天而不人。”（成云：“复古真人，知道之士，天然淳素，无复人情。”）

《商君书锥指》[①]

卷一《更法第一》

公孙鞅曰：“子（指甘龙——引者）之所言，世俗之言也。夫常人安于故习，学者溺于所闻。此两者，所以居官守法，非所与论于法之外也。三代不同礼而王，五霸不同法而霸。故智者作法，而愚者制焉；贤

---

① 蒋礼鸿撰《商君书锥指》，中华书局，1986。

者更礼，而不肖者拘焉。拘礼之人，不足与言事；制法之人，不足与论变。君无疑矣。”

卷一《农战第三》

凡人主之所以劝民者，官爵也；国之所以兴者，农战也。今民求官爵皆不以农战，而以巧言虚道，此谓劳民。劳民者，其国必无力；无力，则其国必削。善为国者，其教民也，皆作壹而得官爵。是故不官无爵。国去言，则民朴；民朴则不淫。

善为国者，仓廪虽满，不偷于农；国大民众，不淫于言，则民朴壹。民朴壹，则官爵不可巧而取也。不可巧取，则奸不生，奸不生则主不惑。今境内之民及处官爵者，见朝廷之可以巧言辩说取官爵也，故官爵不可得而常也。是故进则曲主，退则虑私所以实其私，然则下卖权矣。

善为国者，官法明，故不任智虑；上作壹，故民不俭营；则国力抟。（抟，聚而凝也。）国力抟者强，国好言谈者削。故曰：农战之民千人，而有《诗》、《书》辩慧者一人焉，千人者皆怠于农战矣。农战之民百人，而有技艺者一人焉，百人者皆怠于农战矣。国待农战而安，主待农战而尊。夫民之不农战也，上好言而官失常也。常官则国治，壹务则国富。国富而治，王之道也。故曰：王道作外身作壹而已矣。今上论材能智慧而任之，则智慧之人希主好恶，使官制物，以适主心；是以官无常，国乱而不壹。辩说之人而无法也。如此，则民务焉得无多，而地焉得无荒？《诗》《书》，礼、乐、善、修、仁、廉、辩、慧，国有十者，上无使守战。国以十者治，敌至必削，不至必贫。国去此十者，敌不敢至，虽至必却。兴兵而伐，必取；按兵不伐，必富。国好力者以难攻，以难攻者必兴；好辩者以易攻，以易攻者必危。

故圣人明君者，非能尽其万物也，知万物之要也。故其治国也，察要而已矣。今为国者多无要，朝廷之言治也，纷纷焉务相易也，是以其君惛于说，其官乱于言，其民惰而不农。故其境内之民皆化而好辩乐学，事商贾，为技艺，避农战，如此，则不远矣。（言去危亡不远也。）……夫民之亲上死制也，以其旦暮从事于农。夫民之不可用也，见言谈游士事君之可以尊身也，商贾之可以富家也，技艺之足以餬口也。民见此三者之便且利也，则必避农，避农则民轻其居。轻其居，则必不为上守战也。

国危主忧，说者成伍，无益于安危也。……今世主皆忧其国之危而兵之弱也，而强听说者。说者成伍，烦言饰辞而无实用。主好其辩，不求其实，说者得意，道路曲辩，辈辈成群。民见其可以取王公大人也，而皆学之。夫人聚党与说议于国纷纷焉，小民乐之，大臣悦之。故其民农者寡而游食者众，众则农者怠，农者怠则土地荒。学者成俗，则民舍农从事于谈说，高言伪议，舍农游食而以言相高也。故民离上而不臣者成群。此贫国弱兵之教也。夫国庸民以言，则民不畜于农。故惟明君知好言之不可以强兵辟土也，惟圣人之治国，作壹抟之于农而已矣。

卷二《说民第五》

国以难攻，起一取十；国以易攻，起一亡百。国好力，日以难攻；国好言，日以易攻。（两日字皆当作曰，说见前。言，谓诗书辩慧。）民易为言，难为用；国法作民之所难，兵用民之所易，而以力攻者，起一得十；国法作民之所易，兵用民之所难，而以言攻者，出十必百。

卷三《壹言第八》

夫圣人之立法化俗而使民朝夕从事于农也，不可不知也。夫民之从事死制也，以上之设荣名、置赏罚之明也。不用辩说私门，而功立矣。故民之喜农而乐战也，见上之尊农战之士而下辩说技艺之民，而贱游学之人也。故民壹务，其家必富而身显于国。

卷三《靳令第十三》

靳令则治不留，法平则吏无奸。法已定矣，不以善言害法。任功则民少言，任善则民多言。……国贫而务战，毒生于敌，无六虱，必强。国富而不战，偷生于内，有六虱，必弱。国以功授官予爵，此谓以盛智谋，以盛勇战。以盛智谋，以盛勇战，其国必无敌。国以功授官予爵，则治省言寡；此谓以法去法，以言去言。国以六虱授官予爵，则治烦言生，此谓以治致治，以言致言。则君务于悦言，官乱于治邪。邪臣有得志，有功者日退，此谓失。

六虱：曰礼乐，曰《诗》《书》，曰修善，曰孝弟，曰诚信，曰贞廉，曰仁义，曰非兵，曰羞战。国有十二者，上无使农战，必贫至削。……效功而取官爵，虽有辩言，不得以相先也；此谓以数治。

以力攻者，出一取十；以言攻者，出十亡百。国好力，此谓以难攻；国好言，此谓以易攻。

卷三《修权第十四》

故多惠言而克其赏，则下不用。

凡人臣之事君也，多以主所好事君。君好法则臣以法事君，君好言则臣以言事君。君好法则端正之士在前，君好言则毁誉之臣在侧。

卷四《徕民第十五》

其说曰："三晋之所以弱者，其民务乐而复爵轻也。秦之所以强者，其民务苦而复爵重也。今多爵而久复，是释秦之所以强，而为三晋之所以弱也。"此王吏重爵爱复之说也，而臣窃以为不然。夫所以为苦民而强兵者，将以攻敌而成所欲也。兵法曰："敌弱而兵强。"此言不失吾所以攻，而敌失其所守也。……曩者臣言曰：意民之情，其所与者田宅也；……且非直虚言之谓也。……且古有尧、舜，当时而见称；中世有汤、武，在位而民服。此三王者，（王时润曰："三当作四，古字积画，是以致讹。"）万世之所称也，以为圣王也，然其道犹不能取用于后。今复之三世而三晋之民可尽也，是非王贤立今时，而使后世为王用乎？然则非圣别说而听，圣人难也。

卷五《弱民第二十》

法枉，治乱；任善，言多。治众，国乱；言多，兵弱。法明，治省；任力，言息。治省，国治；言息，兵强。故治大，国小；治小，国大。

卷五《君臣第二十三》

瞋目扼腕而语勇者得，垂衣裳而谈说者得，迟日旷久积劳私门者得。尊向三者，无功而皆可以得。民去农战而为之，或谈议而索之，或事便辟而请之，或以勇争之。……故明主慎法制，言不中法者不听也，行不中法者不高也，事不中法者不为也。言中法，则辩之；行中法，则高之；事中法，则为之。故国治而地广，兵强而主尊。此治之至也，人君者不可不察也。

卷五《禁使第二十四》

夫物至则目不得不见，言薄则耳不得不闻；故物至则变，言至则论。故治国之制，民不得避罪如目不能以所见遁心。

卷五《慎法第二十五》

世之所谓贤者，言正也；所以为善正者，党也。听其言也，则以为能；问其党，以为然。……彼言说之势，愚智同学之；士学于言说之人，则民释实事而诵虚词。民释实事而诵虚词，则力少而非多。君人者不察也，以战，必损其将；以守，必卖其城。故有明主忠臣产于今世而散领其国者，不可以须臾忘于法。破胜党任，节去言谈，任法而治矣。使吏非法无以守，则虽巧不得为奸。使民非战无以效其能，则虽险不得为诈。夫以法相治，以数相举者不能相益，訾言者不能相损；民见相誉无益，相管附恶。见訾言无损，习相憎不相害也。夫爱人者不阿，憎人者不害，爱恶各以其正，治之至也。臣故曰：法任而国治矣。

卷五《定分第二十六》

民即以法官之言正告之吏，吏知其如此，故吏不敢以非法遇民，民又不敢犯法。如此，则天下之吏民虽有贤良辩慧，不敢开一言以枉法。虽有千金，不能以用一铢。

夫微妙意志之言，上智之所难也。夫不待法令绳墨而无不正者，千万之一也。故圣人以千万治天下。

《韩非子集解》[①]

卷第一《初见秦第一》

臣闻不知而言，不智；知而不言，不忠。为人臣不忠，当死；言而不当，亦当死。虽然，臣愿悉言所闻，唯大王裁其罪。……臣闻之曰："……今天下之府库不盈，囷仓空虚，悉其士民，张军数十百万，其顿首戴羽为将军，断死于前，不至千人，皆以言死。（王先谦曰：……'千'当为'干'，形近致误。干，犯也。'不至干人，皆以言死'，谓未至犯敌人时，皆言必死。）白刃在前，斧锧在后，而却走不能死也。非其士民不能死也，上不能故也。言赏则不与，言罚则不行，赏罚不信，故士民不死也。……臣敢言之，往者齐南破荆，东破宋，西服秦，北破燕，中使韩、魏，土地广而兵强，战克攻取，诏令天下。……"

臣昧死愿望见大王，言所以破天下之纵，举赵，亡韩，臣荆、魏，亲齐、燕，以成霸王之名，朝四邻诸侯之道。大王诚听其说，一举而天下之纵不破，赵不举，韩不亡，荆、魏不臣，齐、燕不亲，霸王之名不成，四邻诸侯不朝，大王斩臣以殉国，以为王谋不忠者也。

卷第一《存韩第二》

诏以韩客之所上书，书言"韩之未可举"，下臣斯，甚以为不然。……辩说属辞，饰非诈谋，以钓利于秦，而以韩利窥陛下。（"窥陛下"之意，因隙而入说，以求利韩。）夫秦、韩之交亲，则非重矣，此自便之计也。臣视非之言，文其淫说，靡辩才甚。臣恐陛下淫非之辩而听其盗心，因不详察事情。……李斯往诏韩王，未得见，因上书曰："……夫韩尝一背秦而国迫地侵，兵弱至今；所以然者，听奸臣之浮说，不权事实，故虽杀戮奸臣，不能使韩复强。……若臣斯之所言有不应事实者，愿

---

① 王先慎撰《韩非子集解》，钟哲点校，中华书局，1998。

大王幸使得毕辞于前，乃就吏诛不晚也。……”

卷第一《难言第三》

臣非非难言也，所以难言者：言顺比滑泽，洋洋纚纚然，则见以为华而不实；敦厚恭祗，鲠固慎完，则见以为拙而不伦；多言繁称，连类比物，则见以为虚而无用；总微说约，径省而不饰，则见以为刿而不辩；激急亲近，探知人情，则见以为僭而不让；闳大广博，妙远不测，则见以为夸而无用；家计小谈，以具数言，则见以为陋；言而近世，辞不悖逆，则见以为贪生而谀上；言而远俗，诡躁人闲，则见以为诞；捷敏辩给，繁于文采，则见以为史；殊释文学，以质性言，则见以为鄙；时称诗书，道法往古，则见以为诵。（诵说旧事。）此臣非之所以难言而重患也。故度量虽正，未必听也；义理虽全，未必用也。大王若以此不信，则小者以为毁訾诽谤，大者患祸灾害死亡及其身。故子胥善谋而吴戮之，仲尼善说而匡围之，管夷吾实贤而鲁囚之。故此三大夫岂不贤哉：而三君不明也。上古有汤至圣也，伊尹至智也。夫至智说至圣，然且七十说而不受，身执鼎俎为庖宰，昵近习亲，而汤乃仅知其贤而用之。故曰：以至智说至圣未必至而见受，伊尹说汤是也；以智说愚必不听，文王说纣是也。故文王说纣而纣囚之；……公叔痤言国器，反为悖，……此十数人者，皆世之仁贤忠良有道术之士也，不幸而遇悖乱暗惑之主而死。然则虽贤圣不能逃死亡避戮辱者何也？则愚者难说也，故君子难言也。且至言忤于耳而倒于心，非贤圣莫能听，愿大王熟察之也：

卷第一《主道第五》

有言者自为名，有事者自为形，形名参同，君乃无事焉，归之其情。

道在不可见，用在不可知。虚静无事，以暗见疵。见而不见，闻而不闻，知而不知。知其言以往，勿变勿更，以参合阅焉。官有一人，勿令通言，则万物皆尽。……人主之道，静退以为宝。不自操事而知拙与巧，不自计虑而知福与咎。是以不言而善应，不约而善增。言已应则执其契，事已增则操其符。符契之所合，赏罚之所生也。故群臣陈其言，君以其言授其事，事以责其功。功当其事，事当其言则赏；功不当其事，事不当其言则诛。明君之道，臣不得陈言而不当。

卷第二《有度第六》

贤者之为人臣，北面委质，无有二心。朝廷不敢辞贱，军旅不敢辞难，顺上之为，从主之法，虚心以待令而无是非也。故有口不以私言，（为君言也。）有目不以私视，而上尽制之。……诈说逆法，背主强谏，臣不谓忠。……卑主之名以显其身，毁国之厚以利其家，臣不谓智。此数物者，险世之说也，而先王之法所简也。（险世所说，邀取一时之利，先王所简，必令百代常行。）

卷第二《二柄第七》

人主将欲禁奸，则审合刑名者，言与事也。为人臣者陈而言，君以其言授之事，专以其事责其功。功当其事，事当其言，则赏；功不当其事，事不当其言，则罚。故群臣其言大而功小者则罚，非罚小功也，罚功不当名也；群臣其言小而功大者亦罚，非不悦于大功也，以为不当名也，害甚于有大功，故罚。……故明主之畜臣，臣不得越官而有功，不得陈言而不当。越官则死，不当则罪。守业其官，所言者贞也，（守业以当官，守官以当言，如此者贞也。）则群臣不得朋党相为矣。

卷第二《扬权第八》

凡听之道：以其所出，反以为之入；（凡听言之道，或有未审，必出言以难之，彼必反求其理以入于此也。）故审名以定位，明分以辩类。听言之道：溶若甚醉。（“溶”，闲漫之貌。凡听言者，欲暗以招明，愚以求智，故闲然若甚醉者，则言者自尽而敷泰也。）唇乎齿乎，吾不为始乎；齿乎唇乎，愈惛惛乎。（唇、齿可以发言语也，吾不为始，则彼自为始，吾愈惛惛，彼愈昭昭。）

卷第二《八奸第九》

为人臣者事公子侧室以音声子女，收大臣廷吏以辞言，处约言事，事成则进爵益禄以劝其心，使犯其主，此之谓父兄。（“收”，谓收摄其心也。谓臣欲收大臣之心，辞言为作声誉，又更处置，邀共言事于君。其事既成，大臣必益爵禄，用此以劝其心，使之犯忤其主。主犯则君臣有隙，奸臣可以施谋也。）……六曰流行。何谓流行？曰：人主者固壅其言谈，希于听论议，易移以辩说。为人臣者求诸侯之辩士，养国中之能说者，使之以语其私，为巧文之言，流行之辞，（谓其言巧便，听者似若流通而可行。）示之以利势，惧之以患害，施属虚辞以坏其主，（设施缀属浮虚之辞。）此之谓流行。……明君之于内也，娱其色而不行其谒，不使私请。其于左右也，使其身必责其言，不使益辞。其于父兄大臣也，听其言也必使以罚任于后，不令妄举。其于观乐玩好也，必令之有所出，不使擅进，不使擅退，群臣虞其意。其于德施也，纵禁财，发坟仓，利于民者必出于君，不使人臣私其德。其于说议也，称誉者所善，毁疵者所恶，必实其能，察其过，不使群臣相为语。

卷第四《孤愤第十一》

法术之士操五不胜之势，以岁数而又不得见；当途之人乘五胜之资，而旦暮独说于前：故法术之士奚道得进，而人主奚时得悟乎？……朋党比周以弊主，言曲以便私者，必信于重人矣。……今人主不合参验而行诛，不待见功而爵禄，故法术之士安能蒙死亡而进其说，奸邪之臣安肯乘利而退其身！故主上愈卑，私门益尊。……凡法术之难行也，不独万乘，千乘亦然。人主之左右不必智也，人主于人有所智而听之，因与左右论其言，是与愚人论智也。……人主之左右，行非伯夷也，求索不得，货赂不至，则精辩之功息，而毁诬之言起矣。

卷第四《说难第十二》

（夫说者有逆顺之机，顺以招福，逆而制祸。失之毫厘，差之千里，以此说之，所以难也。）

凡说之难，非吾知之有以说之之难也；（不知而说，虽忠见疑，故曰“非吾知之说之难也”。）又非吾辩之能明吾意之难也；（吾虽不自辩数，则能明吾所说之意，如此则万不失一，有所以则为难也。）又非吾敢横失而能尽之难也。（吾说所说，其不可循理，非敢横失，能尽此意亦复难有。）凡说之难：在知所说之心，可以吾说当之。（既知所说之心，则能随心而发唱，故所说能当。）所说出于为名高者也，而说之以厚利，则见下节而遇卑贱，必弃远矣。（所说之人意在名高，今以厚利说之，彼则为己志节凡下，而以卑贱相遇；亦既贱之，必弃遗而疏远矣。）所说出于厚利者也，而说之以名高，则见无心而远事情，必不收矣。所说阴为厚利而显为名高者也，而说之以名高，则阳收其身而实疏之；说之以厚利，则阴用其言显弃其身矣。此不可不察也。夫事以密成，语以泄败。未必其身泄之也，而语及所匿之事，如此者身危。彼显有所出事，而乃以成他故，说者不徒知所出而已矣，又知其所以为，如此者身危。（所说之人，显出其事有所避讳，乃托以他故；而说者深知其事，既所出入知所为，所说既知情露，必有危己之心。）规异事而当，知者揣之外而得之，事泄于外，必以为己也，如此者身危。周泽未渥也，而语极知，说行而有功则德忘；说不行而有败则见疑，如此者身危。贵人有过端，而说者明言礼义以挑其恶，如此者身危。贵人或得计而欲自以为功，说者与知焉，如此者身危。强以其所不能为，止以其所不能已，如此者身危。故与之论大人，则以为间己矣；与之论细人，则以为卖重；论其所爱，则以为藉资；论其所憎，则以为尝己也；（尝，试也。论君所憎则谓为试己也含怒之深。）径省其说，则以为不智而拙之；米盐博辩，则以为多而交之；（米盐之为物，积群萃以成斗斛，谓博明细杂之物，则谓己多合而猥交之也。）略事陈意，则曰怯懦而不尽；虑事广肆，则曰草野而倨侮。（肆，陈也。所说之事广有陈说，不为忌讳，则谓草野凡鄙俗直而侮慢也。）此说之难，不可不知也。凡说之务，在知饰所说之所矜而灭其所耻。（凡欲说彼，要在知其所矜，则随而光饰之；知其所耻，则随而掩灭之。如此，则顺旨而不忤。）彼有私急也，必以公义示而强之。其意有下也，然而不能已，说者因为之饰其美而少其不为也。（所说而成者，或有私事，将欲急为，则示之以公义而勉强之。彼虽下意从己而不能止其私，此则为之饰其背私之义，而以不能顺公为少，也以激彼存公也。）其心有高也，而实不能及，说者为之举其过而见其恶而多其不行也。（若所说心以公义高而其材实不能及，如此者则举简私之过，见背公之恶，以不行私急为多，所以成其高。）有欲矜以智能，则为之举异事之同类者，多为之地；使之资说于我，而佯不知也以资其智。（所说或矜以广智，则多举彼同类之异事，以宽所取之地；令其取说于我而我佯若不知，如此者所以助其智也。）欲内相存之言，则必以美名明之，而微见其合于私利也。欲陈危害之事，则显其毁诽，而微见其合于私患也。誉异人与同行者，规异事与同计者。有与同污者，则必以大饰其无伤也；有与同败者，则必以明饰其无失也。（说者或延誉异人与彼同行，或规谋异事与彼同计。其异人之行若与彼同污，则大文饰之，言此污何所伤；其异事之计若与彼同败者，则明为文饰，言此败何所失。如此必以己为善补过而崇重之也。）彼自多其力，则毋以其难概之也；自勇其断，则无以其谪怒之；自智其计，则毋以其败穷之。大意无所拂悟，辞言无所系縻，然后极骋智辩焉。此道所得亲近不疑而得尽辞也。伊尹为宰，百里奚为虏，皆所以干其上也。此二人者，皆圣人也，然犹不能无役身以进，如此其污也。今以吾言为宰虏，而可以听用而振世，此非能仕之所耻也。夫旷日弥久，而周泽既渥，深计而不疑，引争而不罪，则明割利害以致其功，直指是非以饰其身，以此相持，此说之成也。昔者郑武公欲伐胡，故先以其女妻胡君以娱其意，因问于群臣："吾欲用兵，谁可伐者？"大夫关其思对曰："胡可伐。"武公怒而戮之，曰："胡，兄弟之国也，子言伐之何也？"胡君闻之，以郑为亲己，遂不备郑，郑人袭胡，取之。宋有富人，天雨墙坏，其子曰："不筑，必将有盗。"其邻人之父亦云。暮而果大亡其财。其家甚智其子，而疑邻人之父。此二人说者皆当矣，厚者为戮，薄者见疑，则非知之难也，处之则难也。故绕朝之言当矣，其为圣人于晋而为戮于秦也，此不可不察。昔者弥子瑕有宠于卫君。卫国之法，窃驾君车者罪刖。弥子瑕母病，人闻，有夜告弥子，弥子矫驾君车以出。君闻而贤之，曰："孝哉！为母之故，忘其犯刖罪。"异日，与君游于果园，食桃而甘，不尽，以其半啖君。君曰："爱我哉！忘其口味，以啖寡人。"及弥子色衰爱弛，得罪于君，君曰："是固尝矫驾吾车，又尝啖我以馀桃。"故弥子之行未变于初也，而以前之所以见贤而后获罪者，爱憎之变也。故有爱于主，则智当而加亲；有憎于主，则智不当见罪而加疏。故谏说谈论之士，不可不察爱憎之主而后说焉。夫龙之为虫也，柔可狎而骑也；然其喉下有逆鳞径尺，若人有婴之者，则必杀人。（"婴"，触。）人主亦有逆鳞，说者能无婴人主之逆鳞，则几矣。（先慎曰：《索隐》："几，庶也，谓庶几于善谏说也。"）

卷第四《和氏第十三》

人主非能倍大臣之议，越民萌之诽，独周乎道言也，（先慎曰："周"当为"用"之误。"道言"，谓法术之言也，下同。）则法术之士虽至死亡，道必不论矣。……楚不用吴起而削乱，秦行商君法而富强，二子之言也已当也，然而枝解吴起而车裂商君者何也？大臣苦法而细民恶治也。

卷第四《奸劫臣弑第十四》

夫有术者之为人臣也，得效度数之言，上明主法，下困奸臣，以尊主安国者也。是以度数之言得效于前，则赏罚必用于后矣。人主诚明于圣人之术，而不苟于世俗之言，循名实而定是非，因参验而审言辞。……安危之道若此其明也，左右安能以虚言惑主，而百官安敢以贪渔下！是以臣得陈其忠而不弊，下得守其职而不怨。此管仲之所以治齐，而商君之所以强秦也。……商君说秦孝公以变法易俗而明公道，赏告奸，困末作而利本事。当此之时，秦民习故俗之有罪可以得免，无功可以得尊显也，故轻犯新法。……且夫世之愚学，皆不知治乱之情；讘誺多诵先古之书，以乱当世之治；（先慎曰：《说文》："讘，多言也；唊，妄语也。"此"誺"字当作"唊"。言愚学溺于所闻，妄谈治乱，诵说先古之书，使人主闻之不敢变法而理。）智虑不足以避穽井之陷，又妄非有术之士。听其言者危，用其计者乱，此亦愚之至大而患之至甚者也。俱与有术之士，有谈说之名，而实相去千万也。此夫名同而实有异者也。……处非道之位，被众口之谮，溺于当世之言，而欲当严天子而求安，几不亦难哉！……从是观之，父之爱子也，犹可以毁而害也。君臣之相与也，非有父子之亲也，而群臣之毁言，非特一妾之口也，何怪夫贤圣之戮死哉！此商君之所以车裂于秦，而吴起之所以枝解于楚者也。……世之学术者说人主，不曰："乘威严之势以困奸邪之臣"，而皆曰："仁义惠爱而已矣"。世主美仁义之名而不察其实，是以大者国亡身死，小者地削主卑。……此三人者（编者按：指伊尹、管仲、商君。），皆明于霸王之术，察于治强之数，而不以牵于世俗之言；……若夫豫让为智伯臣也，上不能说人主使之明法术度数之理，以避祸难之患，下不能领御其众，以安其国；及襄子之杀智伯也，豫让乃自黥劓，败其形容，以为智伯报襄子之仇；是虽有残刑杀身以为人主之名，而实无益于智伯，若秋毫之末。此吾之所下也，而世主以为忠而高之。

谚曰："厉怜王。"此不恭之言也。虽然，古无虚谚，不可不察也。此谓劫杀死亡之主言也。

卷第五《亡征第十五》

听以爵不以众言参验，用一人为门户者，可亡也。……喜淫刑而不周于法，好辩说而不求其用，滥于文丽而不顾其功者，可亡也。……婢妾之言听，爱玩之智用，外内悲惋而数行不法者，可亡也。……辞辩而不法，心智而无术，主多能而不以法度从事者，可亡也。……亡征者，非曰必亡，言其可亡也。

卷第五《三守第十六》

人主有三守。三守完，则国安身荣；三守不完，则国危身殆。何谓三守？人臣有议当途之失，用事之过，举臣之情，人主不心藏而漏之近习能人，使人臣之欲有言者，不敢不下适近习能人之心，而乃上以闻人主；然则端言直道之人不得见，而忠直日疏。……鬻宠擅权，矫外以胜内，险言祸福得失之形，以阿主之好恶。人主听之，卑身轻国以资之，事败与主分其祸，而功成则臣独专之。诸用事之人，壹心同辞，以语其美，则主言恶者必不信矣。（顾广圻曰："主"，谓为主首也，与《初见秦篇》"主谋"义同。）

卷第五《备内第十七》

故人主不可以不加心于利己死者。故日月晕围于外，其贼在内，备其所憎，祸在所爱。是故明王不举不参之事，不食非常之食；远听而近视，以审内外之失；省同异之言，以知朋党之分；偶参伍之验，以责陈言之实；执后以应前，按法以治众，众端以参观。……上古之传言，《春秋》所记，犯法为逆以成大奸者，未尝不从尊贵之臣也；而法令之所以备，刑罚之所以诛，常于卑贱，是以其民绝望无所告愬。大臣比周，蔽上为一，阴相善而阳相恶以示无私，相为耳目以候主隙。人主掩蔽，无道得闻，有主名而无实，臣专法而行之，周天子是也。偏借其权势则上下易位矣，此言人臣之不可借权势。

卷第五《南面第十八》

人主之过，在己任在臣矣，又必反与其所不任者备之，此其说必与其所任者为仇，而主反制于其所不任者。今所与备人者，且曩之所备也。人主不能明法而以制大臣之威，无道得小人之信矣。

人主有诱于事者，有壅于言者，二者不可不察也。人臣易言事者，少索资，以事诬主，主诱而不察，因而多之，则是臣反以事制主也；如是者谓之诱，诱于事者困于患。其进言少，其退费多，虽有功，其进言不信；不信者有罪，事有功者必赏，则群臣莫敢饰言以昏主。主道者，使人臣前言不复于后，后言不复于前，事虽有功，必伏其罪，谓之任下。人臣为主设事而恐其非也，则先出说设言曰："议是事者，妒事者也。"人主藏是言，不更听群臣；群臣畏是言，不敢议事。二势者用，则忠臣不听而誉臣独任；如是者谓之壅于言，壅于言者制于臣矣。主道者，使人臣有必言之责，又有不言之责。言无端末，辩无所验者，此言之责也；以不言避责，持重位者，此不言之责也。人主使人臣言者必知其端以责其实，不言者必问其取舍以为之责，则人臣莫敢妄言矣，又不敢默然矣，言、默则皆有责也。

卷第六《解老第二十》

中心怀而不谕，故疾趋卑拜以明之；实心爱而不知，故好言繁辞以信之。

所谓方者，内外相应也，言行相称也。所谓廉者，必生死之命也，轻恬资财也。所谓直者，义必公正，心不偏党也。所谓光者，官爵尊贵，衣裘壮丽也。

卷第六《喻老第二十一》

王寿负书而行，见徐冯于周，涂冯曰：（顾广圻曰：……"涂"字，

《淮南》作“徐”。此文上“徐”下“塗”，未详孰是。先慎曰：依《淮南》作“塗”是也。“涂”为“徐”字形近而误，后人又加土于其下耳。）“事者为也，为生于时，知者无常事。书者言也，言生于智，智者不藏书。今子何独负之而行？”于是王寿因焚其书而儛之。故智者不以言谈教，而慧者不以藏书箧，此世之所过也，而王寿复之，是学不学也。故曰：“学不学，复归众人之所过也。”

白公胜虑乱，罢朝，倒杖而策锐贯颐，血流至于地而不知。郑人闻之曰：“颐之忘，将何为忘哉！”故曰：“其出弥远者，其智弥少。”此言智周乎远，则所遗在近也。是以圣人无常行也。能并智，故曰：“不行而知。”能并视，故曰：“不见而明。”随时以举事，因资而立功，用万物之能而获利其上，故曰：“不为而成。”

卷第七《说林上第二十二》

（先慎曰：《索隐》云：“《说林》者，广说诸事，其多若林，故曰《说林》也。”）

汤以伐桀，而恐天下言己为贪也，因乃让天下于务光。而恐务光之受之也，乃使人说务光曰：“汤杀君而欲传恶声于子，故让天下于子。”务光因自投于河。

有献不死之药于荆王者，谒者操之以入。中射之士问曰：“可食乎？”曰：“可。”因夺而食之。王大怒，使人杀中射之士。中射之士使人说王曰：“臣问谒者，曰‘可食’，臣故食之，是臣无罪而罪在谒者也。且客献不死之药，臣食之而王杀臣，是死药也，是客欺王也。夫杀无罪之臣而明人之欺王也，不如释臣。”王乃不杀。

隰斯弥见田成子，田成子与登台四望，三面皆畅，南望隰子家之树蔽之。田成子亦不言。隰子归，使人伐之；斧离数创，隰子止之。其相室曰：“何变之数也？”“隰子曰：“古者有谚曰：‘知渊中之鱼者不祥。’夫田子将有大事，而我示之知微，我必危矣。不伐树，未有罪也；知人之所不言，其罪大矣。”乃不伐也。

鲁丹三说中山之君而不受也，因散五十金事其左右。复见，未语而君与之食。鲁丹出，不反舍，遂去中山。其御曰："及见，乃始善我。何故去之?"鲁丹曰："夫以人言善我，必以人言罪我。"未出境，而公子恶之曰："为赵来间中山。"君因索而罪之。

卷第八《说林下第二十三》

宋太宰贵而主断。季子将见宋君，梁子闻之曰："语必可与太宰三坐乎，不然，将不免。"季子因说以贵主而轻国。

三虱食彘，相与讼，一虱过之，曰："讼者奚说?"三虱曰："争肥饶之地。"一虱曰："若亦不患腊之至而茅之燥耳，若又奚患?"于是乃相与聚嘬其身而食之。彘臞，人乃弗杀。

靖郭君将城薛，客多以谏者。靖郭君谓谒者曰："毋为客通。"齐人有请见者曰："臣请三言而已，过三言，臣请烹。"靖郭君因见之。客趋进曰："海大鱼。"因返走。靖郭君曰："请闻其说。"客曰："臣不敢以死为戏。"靖郭君曰："愿为寡人言之。"答曰："君闻大鱼乎?网不能止，缴不能絓也，荡而失水，蝼蚁得意焉。今夫齐亦君之海也。君长有齐，奚以薛为?君失齐，虽隆薛城至于天，犹无益也。"靖郭君曰："善。"乃辍，不城薛。

卷第八《用人第二十七》

明主之表易见，故约立；其教易知，故言用；其法易为，故令行。

当今之世为人主忠计者，必无使燕王说鲁人，无使近世慕贤于古，无思越人以救中国溺者。如此则上下亲，内功立，外名成。

卷第八《大体第二十九》

故至安之世，法如朝露，纯朴不散，心无结怨，口无烦言。

卷第九《内储说上七术第三十》

（"储"，聚也。谓聚其所说，皆君之内谋，故曰《内储说》。）

主之所用也七术，所察也六微。七术：一曰众端参观，二曰必罚明威，三曰信赏尽能，四曰一听责下，五曰疑诏诡使，六曰挟智而问，七曰倒言反事。（或倒其言，或反其事，则奸情可得而尽。）此七者，主之所用也。

参观一

观听不参则诚不闻，听有门户则臣壅塞。其说在侏儒之梦见灶，哀公之称“莫众而迷”。故齐人见河伯，与惠子之言“亡其半”也。（惠子言君之谋事，有半疑，有半今皆称不疑，则雷同朋党，故曰“亡其半”。此上五说皆不参门户之听。）其患在竖牛之饿叔孙，而江乙之说荆俗也。嗣公欲治不知，故使有敌。是以明主推积铁之类，而察一市之患。

必罚二

爱多者则法不立，威寡者则下侵上。是以刑罚不必，则禁令不行。其说在董子之行石邑，（董子至石邑，象深涧以立法，故赵国治也。）与子产之教游吉也。故仲尼说陨霜，（仲尼对哀公言陨霜不杀草，则以宜杀而不杀故也。）而殷法刑弃灰；将行去乐池，而公孙鞅重轻罪。

赏誉三

赏誉薄而谩者下不用，赏誉厚而信者下轻死。其说在文子称“若兽鹿”。（兽鹿唯就荐草，犹人臣之归恩厚也。）

一听四

一听则愚智不分，责下则人臣不参。其说在索郑（魏王以郑本梁地，故索郑而合之；不思梁本郑地，郑人亦索梁而合之。此一听之过也。）与吹竽。（混商吹芋，是不责下也，故令得参杂。）其患在申子之以赵绍、韩沓为尝试。故公子汜议割河东，而应侯谋弛上党。

诡使五

数见久待而不任，奸则鹿散；使人问他则不鬻私。是以庞敬还公大夫，而戴讙诏视辒车；周主亡玉簪，商太宰论牛矢。

挟智六

挟智而问，则不智者至；深智一物，众隐皆变。其说在昭侯之握一爪也。（握爪佯亡，以验左右之诚。）故必南门而三乡得。周主索曲杖而群臣惧，卜皮事庶子，西门豹详遗辖。

倒言七右经

倒言反事，以尝所疑，则奸情得。（倒错其言，反为其事，以试其所疑也。）故阳山谩樛竖，淖齿为秦使，齐人欲为乱，子之以白马，子产离讼者，嗣公过关市。

一曰：晏婴子聘鲁，哀公问曰："语曰：'莫三人而迷。'今寡人与一国虑之，鲁不免于乱，何也？"晏子曰："古之所谓'莫三人而迷'者，一人失之，二人得之，三人足以为众矣，故曰'莫三人而迷'。今鲁国之群臣以千百数，一言于季氏之私，人数非不众，所言者一人也，安得三哉！"

张仪欲以秦、韩与魏之势伐齐、荆，而惠施欲以齐、荆偃兵。二人争之。群臣左右皆为张子言，而以攻齐、荆为利，而莫为惠子言。王果听张子，而以惠子言为不可。攻齐、荆事已定，惠子入见。王言曰："先生毋言矣！攻齐、荆之事果利矣，一国尽以为然。"惠子因说："不可不察也。夫齐、荆之事也诚利，一国尽以为利，是何智者之众也？攻齐、荆之事诚不利，一国尽以为利，何愚者之众也？凡谋者，疑也。疑也者，诚疑以为可者半，以为不可者半。今一国尽以为可，是王亡半也。劫主者，固亡其半者也。"

叔孙相鲁，贵而主断。……夫听所信之言而子父为人戮，此不参之患也。

江乙为魏王使荆，谓荆王曰："臣入王之境内，闻王之国俗曰：'君子不蔽人之美，不言人之恶。'诚有之乎？"王曰："有之。""然则若白公之乱，得庶无危乎！诚得如此，臣免死罪矣。"

庞恭与太子质于邯郸，谓魏王曰："今一人言市有虎，王信之乎？"曰："不信。""二人言市有虎，王信之乎？"曰："不信。""三人言市有虎，王信之乎？"王曰："寡人信之。"庞恭曰："夫市之无虎也明矣，然而三人言而成虎。今邯郸之去魏也远于市，议臣者过于三人，愿王察之。"庞恭从邯郸返，竟不得见。

鲁哀公问于仲尼曰："《春秋》之记曰：'冬十二月賈霜不杀菽。'何为记此？"仲尼对曰："此言可以杀而不杀也。夫宜杀而不杀，桃李冬实。天失道，草木犹犯干之，而况于人君乎！"

赵令人因申子于韩请兵，将以攻魏。申子欲言之君，而恐君之疑己外市也，（为外请兵，取其货利，故曰“市”。）不则恐恶于赵，乃令赵绍、韩沓尝试君之动貌而后言之。内则知昭侯之意，外则有得赵之功。

庞敬，县令也，遣市者行，而召公大夫而还之，立有间，无以诏之，卒遣行。市者以为令与公大夫有言，不相信，以至无奸。

子之相燕，坐而佯言：“走出门者何，白马也?”左右皆言不见。有一人走追之，报曰：“有。”子之以此知左右之不诚信。

有相与讼者，子产离之而无使得通辞，倒其言以告而知之。（谓得以此言以告彼，彼言以告此，则知讼者之情实。）

卷第十《内储说下六微第三十一》

权借一

权势不可以借人，上失其一，臣以为百。故臣得借则力多，力多则内外为用，内外为用则人主壅。其说在老聃之言失鱼也。是以人主久语，而左右鬻怀刷。其患在胥僮之谏厉公，与州侯之一言，而燕人浴矢也。

利异二

君臣之利异，故人臣莫忠，故臣利立而主利灭。是以奸臣者，召敌兵以内除，举外事以眩主，苟成其私利，不顾国患。其说在卫人之夫妻祷祝也。故戴歇议子弟，而三桓攻昭公；公叔纳齐军，而翟黄召韩兵；太宰嚭说大夫种，大成牛教申不害；司马喜告赵王，吕仓规秦、楚；宋石遗卫君书，白圭教暴谴。

似类三

似类之事，人主之所以失诛，而大臣之所以成私也。是以门人捐水而夷射诛，济阳自矫而二人罪，司马喜杀爰骞而季辛诛，郑袖言恶臭而新人劓，费无忌教郄宛而令尹诛，陈需杀张寿而犀首走。故烧刍〈广会〉郄而中山罪，杀老儒而济阳赏也。

有反四

事起而有所利，其尸主之；有所害，必反察之。是以明主之论也，国害则省其利者，臣害则察其反者。其说在楚兵至而陈需相，黍种贵而廪吏覆。是以昭奚恤执贩茅，而不僖侯谯其次；文公发绕炙，而穰侯请立帝。

参疑五

参疑之势，乱之所由生也，故明主慎之。是以晋骊姬杀太子申生而郑夫人用毒药；卫州吁杀其君完，公子根取东周；王子职甚有宠而商臣果作乱，严遂、韩廆争而哀驩果遇贼，田常、阚止、戴公、皇喜敌而宋君、简公杀。其说在狐突之称二好，与郑昭之对未生也。

废置六

敌之所务在淫察而就靡，人主不察，则敌废置矣。故文王资费仲，而秦王患楚使；黎且去仲尼，而干象沮甘茂。是以子胥宣言而子常用，内美人而虞、虢亡，佯遗书而苌宏死，用鸡猳而郐桀尽。

庙攻

参疑、废置之事，明主绝之于内而施之于外。资其轻者，辅其弱者，此谓庙攻。参伍既用于内，观听又行于外，则敌伪得。其说在秦侏儒之告惠文君也。故襄疵言袭邺，而嗣公赐令席。

右经

势重者，人主之渊也；臣者，势重之鱼也。鱼失于渊而不可复得也，人主失其势重于臣而不可复收也。古之人难正言，故托之于鱼。

荆王所爱妾有郑袖者，荆王新得美女，郑袖因教之曰："王甚喜人之掩口也，为近王，必掩口。"美女入见，近王，因掩口。王问其故，郑袖曰："此固言恶王之臭。"及王与郑袖、美女三人坐，袖因先诫御者曰："王适有言，必亟听从王言。"美女前，近王甚，数掩口。王悖然怒曰："劓之!"御因揄刀而劓美人。一曰：魏王遗荆王美人，荆王甚悦之。夫人郑袖知王悦爱之也，亦悦爱之，甚于王，衣服玩好择其所欲为之。王曰："夫人知我爱新人也，其悦爱之甚于寡人，此孝子所以养亲，忠臣之所以事君也。"夫人知王之不以己为妒也，因为新人曰："王甚悦爱子，然恶子之鼻，子见王常掩鼻，则王长幸子矣。"于是新人从之，每见王，常掩鼻。王谓夫人曰："新人见寡人常掩鼻何也?"对曰："不己知也。"王强问之，对曰："顷尝言恶闻王臭。"王怒曰："劓之!"夫人先诫御者曰："王适有言，必可从命。"御者因揄刀而劓美人。

卷第十一《外储说左上第三十二》

（先慎曰：《索隐》云：“外储，言明君观听臣下之言行以断其赏罚，赏罚在彼，故曰‘外’也。”）

［一］明主之道，如有若之应密子也。明主之听言也，美其辩；其观行也，贤其远。故群臣士民之道言者迂弘，其行身也离世。其说在田鸠对荆王也。故墨子为木鸢，讴癸筑武宫。夫药酒用言，明君圣主之以独知也。

［二］人主之听言也，不以功用为的，则说者多棘刺白马之说；不以仪的为关，则射者皆如羿也。人主于说也，皆如燕王学道也；而长说者，皆如郑人争年也。是以言有纤察微难而非务也，故李、惠、宋、墨皆画策也；论有迂深闳大非用也，故畏震瞻车状皆鬼魅也；言而拂难坚确非功也，故务、卞、鲍、介、墨翟皆坚瓠也。且虞庆诎匠也而屋坏，范且穷工而弓折。是故求其诚者，非归饷也不可。

［三］挟夫相为则责望，自为则事行。故父子或怨噪，取庸作者进美羹。说在文公之先宣言，与勾践之称如皇也。故桓公藏蔡怒而攻楚，吴起怀瘳实而吮伤。且先王之赋颂，钟鼎之铭，皆播吾之迹，华山之博也。然先王所期者利也，所用者力也。筑社之谚，目辞说也。请许学者而行宛曼于先王，或者不宜今乎。如是，不能更也。郑县人得车厄也，卫人佐弋也，卜子妻象弊袴也，而其少者也。先王之言，有其所为小而世意之大者，有其所为大而世意之小者，未可必知也。说在宋人之解书，与梁人之读记也。故先王有郢书，而后世多燕说。夫不适国事而谋先王，皆归取度者也。

［四］利之所在民归之，名之所彰士死之。是以功外于法而赏加焉，则上不信得所利于下；名外于法而誉加焉，则士劝名而不畜之于君。故中章、胥己仕，而中牟之民弃田圃而随文学者邑之半；平公腓痛足痺而不敢坏坐，晋国之辞仕托者国之锤。此三士者，言袭法则官府之籍也，行中事则如令之民也，二君之礼太甚。若言离法而行远功，则绳外民也，二君又何礼之，礼之当亡。

［六］小信成则大信立，故明主积于信。赏罚不信，则禁令不行。说在文公之攻原与箕郑救饿也。是以吴起须故人而食，文侯会虞人而猎。故明主信，如曾子杀彘也。患在尊厉王击警鼓与李悝谩两和也。

右经

［一］楚人有卖其珠于郑者，为木兰之椟，熏以桂椒，缀以珠玉，饰以玫瑰，辑以羽翠，郑人买其椟而还其珠。此可谓善卖椟矣，未可谓善鬻珠也。今世之谈也，皆道辩说文辞之言，人主览其文而忘有用。墨子之说，传先王之道，论圣人之言以宣告人。若辩其辞，则恐人怀其文忘其直，以文害用也。此与楚人鬻珠，秦伯嫁女同类，故其言多不辩。

夫良药苦于口，而智者劝而饮之，知其入而已己疾也。忠言拂于耳，而明主听之，知其可以致功也。

［二］宋人有请为燕王以棘刺之端为母猴者，必三月斋，然后能观之。燕王因以三乘养之。右御、冶工言王曰："臣闻人主无十日不燕之斋。今知王不能久斋以观无用之器也，故以三月为期。凡刻削者，以其所以削必小。今臣冶人也，无以为之削，此不然物也。王必察之。"王因囚而问之，果妄，乃杀之。冶又谓王曰："计无度量，言谈之士多棘刺之说也。"

儿说，宋人，善辩者也。持"白马非马也"服齐稷下之辩者。乘白马而过关，则顾白马之赋。（先慎曰："顾"，视也。古人马税当别毛色，故过关视马而赋，不能辩也。）故籍之虚辞则能胜一国，考实按形不能谩于一人。

夫新砥砺杀矢，彀弩而射，虽冥而妄发，其端未尝不中秋毫也，然而莫能复其处，不可谓善射，无常仪的也；设五寸之的，引十步之远，非羿、逢蒙不能必全者，有常仪的也。有度难而无度易也。有常仪的，则羿、逢蒙以五寸为巧；无常仪的，则以妄发而中秋毫为拙。故无度而应之，则辩士繁说；设度而持之，虽知者犹畏失也，不敢妄言。今人主听说不应之以度，而说其辩；不度以功，誉其行，而不入关。此人主所以长欺，而说者所以长养也。

范雎、虞庆之言，皆文辩辞胜而反事之情，人主说而不禁，此所以败也。夫不谋治强之功，而艳乎辩说文丽之声，是却有术之士而任坏屋折弓也。故人主之于国事也，皆不达乎工匠之构屋张弓也。然而士穷乎范且、虞庆者，为虚辞，其无用而胜；实事，其无易而穷也。人主多无用之辩，而少无易之言，此所以乱也。今世之为范雎、虞庆者不辍，而人主说之不止，是贵败折之类，而以知术之人为工匠也。不得施其技巧，故屋坏弓折；知治之人不得行其方术，故国乱而主危。

［三］文公伐宋，乃先宣言曰："吾闻宋君无道，蔑侮长老，分财不中，教令不信，余来为民诛之。"

越伐吴，乃先宣言曰："我闻吴王筑如皇之台，掘渊泉之池，疲苦百姓，煎靡财货，以尽民力，余来为民诛之。"

书曰："绅之束之。"宋人有治者，因重带自绅束也。人曰："是何也?"对曰："书言之，固然。"

书曰："既雕既琢，还归其朴。"梁人有治者，动作言学，举事于文，曰难之，顾失其实。人曰："是何也?"对曰："书言之，固然。"

郢人有遗燕相国书者，夜书，火不明，因谓持烛者曰："举烛"，而误书"举烛"。举烛，非书意也，燕相国受书而悦之，曰："举烛者，尚明也，尚明也者，举贤而任之。"燕相白王，王大悦，国以治。治则治矣，非书意也。今世学者，多似此类。

［四］赵主父使李疵视中山可攻不也，还报曰："中山可伐也。君不亟伐，将后齐燕。"主父曰："何故可攻?"李疵对曰："其君见好岩穴之士，所倾盖与车以见穷闾陋巷之士以十数，伉礼下布衣之士以百数矣。"君曰："以子言论，是贤君也，安可攻?"疵曰："不然。夫好显岩穴之士而朝之，则战士怠于行阵；上尊学者，下士居朝，则农夫惰于田。战士怠于行阵者，则兵弱也；农夫惰于田者，则国贫也。兵弱于敌，国贫于内，而不亡者，未之有也。伐之不亦可乎?"主父曰："善。"举兵而伐中山，遂灭也。

［五］一曰：齐王好衣紫，齐人皆好也。齐国五素不得一紫。齐王患紫贵，傅说王曰："诗云：'不躬不亲，庶民不信。'今王欲民无衣紫者，王请自解紫衣而朝，群臣有紫衣进者，曰：'益远！寡人恶臭。'"是日

也，郎中莫衣紫；是月也，国中莫衣紫；是岁也，境内莫衣紫。

［六］有相与讼者，子产离之，而毋使通辞，到至其言以告而知也。

卷第十二《外储说左下第三十三》

［五］臣以卑俭为行，则爵不足以劝赏；宠光无节，则臣下侵逼。说在苗贲皇非献伯，孔子议晏婴。故仲尼论管仲与叔孙敖。而出入之容变，阳虎之言见其臣也；而简主之应人臣也失主术。朋党相和，臣下得欲，则人主孤；群臣公举，下不相和，则人主明。阳虎将为赵武之贤、解狐之公，而简主以为枳棘，非所以教国也。

［六］公室卑则忌直言，私行胜则少公功。说在文子之直言，武子之用杖；子产忠谏，子国谯怒；梁车用法，而成侯收玺；管仲以公，而国人谤怨。

右经

［一］秦、韩攻魏，昭卯西说而秦、韩罢。齐、荆攻魏，卯东说而齐、荆罢。

少室周者，古之贞廉洁悫者也，为赵襄主力士，与中牟徐子角力，不若也，入言之襄主以自代也。襄主曰："子之处，人之所欲也，何为言徐子以自代？"曰："臣以力事君者也，今徐子力多臣，臣不以自代，恐他人言之而为罪也。"一曰："少室周为襄主骖乘，至晋阳，有力士牛子耕与角力而不胜，周言于主曰：'主之所以使臣骑乘者，以臣多力也，今有多力于臣者，愿进之。'"

［三］费仲说纣曰："西伯昌贤，百姓悦之，诸侯附焉，不可不诛；不诛，必为殷祸。"纣曰："子言，义主，何可诛？"费仲曰："冠虽穿弊，必戴于头；履虽五采，必践之于地。今西伯昌，人臣也，修义而人向之，卒为天下患，其必昌乎！人人不以其贤为其主，非可不诛也。且主而诛臣，焉有过！"纣曰："夫仁义者，上所以劝下也，今昌好仁义，诛之不可。"三说不用，故亡。

［四］钜者，齐之居士；孱者，魏之居士。齐、魏之君不明，不能亲照境内，而听左右之言，故二子费金璧而求入仕也。

［五］平公问叔向曰："群臣孰贤？"曰："赵武。"公曰："子党于师人。"曰："武立如不胜衣，言如不出口，然其所举士也数十人，皆令得其意，而公家甚赖之。况武子之生也不利于家，死不托于孤，臣敢以为贤也。"

［六］范文子喜直言，武子击之以杖："夫直议者不为人所容，无所容则危身。非徒危身，又将危父。"

管仲束缚，自鲁之齐，道而饥渴，过绮乌封人而乞食。乌封人跪而食之，甚敬。封人因窃谓仲曰："适幸，及齐不死而用齐，将何报我？"曰："如子之言，我且贤之用，能之使，劳之论，我何以报子？"封人怨之。

卷第十三《外储说右上第三十四》

君所以治臣者有三：［一］势不足以化则除之。师旷之对，晏子之说，皆合势之易也，而道行之难，是与兽逐走也，未知除患。患之可除，在子夏之说《春秋》也："善持势者，早绝其奸萌。"故季孙让仲尼以遇势，而况错之于君乎！是以太公望杀狂矞，而臧获不乘骥。嗣公知之，故不驾鹿。薛公知之，故与二栾博。此皆知同异之反也。故明主之牧臣也，说在畜乌。

右经

［一］如耳说卫嗣公，卫嗣公悦而太息。左右曰："公何为不相也？"公曰："夫马似鹿者，而题之千金。然而有百金之马而无千金之鹿者，何也？马为人用而鹿不为人用也。今如耳万乘之相也，外有大国之意，其心不在卫，虽辩智，亦不为寡人用，吾是以不相也。"

［二］申子曰："慎而言也，人且知汝；慎而行也，人且随汝。而有知见也，人且匿汝；而无知见也，人且意汝。汝有知也，人且臧汝；汝无知也，人且行汝。故曰：惟无为可以规之。"

客有说韩宣王，宣王悦而太息，左右引王之说之以先告客以为德。

一曰：薛公相齐，齐威王夫人死，有十孺子，皆贵于王，薛公欲知王所欲立，而请置一人以为夫人。王听之，则是说行于王而重于置夫人也；王不听，是说不行而轻于置夫人也。欲先知王之所欲置以劝王置之，于是为十玉珥而美其一而献之。王以赋十孺子，明日坐，视美珥之所在而劝王以为夫人。

甘茂相秦惠王，惠王爱公孙衍，与之间有所言，曰："寡人将相子。"甘茂之吏道穴闻之，以告甘茂。甘茂入见王，曰："王得贤相，臣敢再拜贺。"王曰："寡人讬国于子，安更得贤相?"对曰："将相犀首。"王曰："子安闻之?"对曰："犀首告臣。"王怒犀首之泄，乃逐之。……王召樗里疾曰："是何匈匈也，何道出?"樗里疾曰："似犀首也。"王曰："吾无与犀首言也，其犀首何哉?"樗里疾曰："犀首也羁旅，新抵罪，其心孤，是言自嫁于众。"王曰："然。"使人召犀首，已逃诸侯矣。

堂溪公谓昭侯曰："今有千金之玉卮而无当，可以盛水乎?"昭侯曰："不可。""有瓦器而不漏，可以盛酒乎?"昭侯曰："可。"对曰："夫瓦器至贱也，不漏可以盛酒。虽有乎千金之玉卮，至贵而无当，漏不可盛水，则人孰注浆哉！今为人主而漏其群臣之语，是犹无当之玉卮也，虽有圣智，莫尽其术，为其漏也。"昭侯曰："然。"昭侯闻堂溪公之言，自此之后，欲发天下之大事，未尝不独寝，恐梦言而使人知其谋也。

[三] 尧欲传天下于舜，鲧谏曰："不祥哉！孰以天下而传之于匹夫乎?"尧不听，举兵而诛杀鲧于羽山之郊。共工又谏曰："孰以天下而传之于匹夫乎?"尧不听，又举兵而流共工于幽州之都。于是天下莫敢言无传天下于舜。仲尼闻之曰："尧之知舜之贤，非其难者也。夫至乎诛谏者，必传之舜，乃其难也。"一曰："不以其所疑败其所察则难也。"

起曰："使子为组，令之如是，而今也异善何也?"其妻曰："用财若一也，加务善之。"吴起曰："非语也。"使之衣而归。其父往请之，吴起曰："起家无虚言。"

夫痤疽之痛也，非刺骨髓，则烦心不可支也；非如是，不能使人以半寸砥石弹之。今人主之于治亦然，非不知有苦则安；欲治其国，非如是不能听圣知而诛乱臣。乱臣者必重人，重人者必人主所甚亲爱也。人主所甚亲爱也者，是同坚白也。夫以布衣之资，欲以离人主之坚白所爱，是以解左髀说右髀者，是身必死而说不行者也。

卷第十四《外储说右下第三十五》

［三］明主者，鉴于外也，而外事不得不成，故苏代非齐王。人主鉴于上也，而居者不适不显，故潘寿言禹情。（欲媚子之，故谓燕王言禹传位于益，终令启取之。王遂崇子之。）人主无所觉悟，方吾知之，故恐同衣于族，而况借于权乎。吴章知之，故说以佯，而况借于诚乎。赵王恶虎目而壅。明主之道，如周行人之却卫侯也。

［四］人主者，守法责成以立功者也。闻有吏虽乱而有独善之民，不闻有乱民而有独治之吏，故明主治吏不治民。说在摇木之本与引网之纲。故失火之啬夫不可不论也。救火者，吏操壶走火，则一人之用也；操鞭使人，则役万夫。故所遇术者，如造父之遇惊马，牵马推车则不能进，代御执辔持策则马咸骛矣。是以说在椎锻平夷，榜檠矫直。不然，败在淖齿用齐戮闵王，李兑用赵饿主父也。

［五］因事之理则不劳而成，故兹郑之踞辕而歌以上高梁也。其患在赵简主税，吏请轻重；薄疑之言国中饱，简主喜而府库虚，百姓饿而奸吏富也。故桓公巡民，而管仲省腐财怨女。不然，则在延陵乘马不得进，造父过之而为之泣也。

右经

［二］一曰：秦襄王病，百姓为之祷；病愈，杀牛塞祷。郎中阎遏、公孙衍出见之，曰："非社腊之时也，奚自杀牛而祠社？"怪而问之。百姓曰："人主病，为之祷；今病愈，杀牛塞祷。"阎遏、公孙衍悦，见王拜贺曰："过尧、舜矣。"王惊曰："何谓也？"对曰："尧、舜其民未至为之祷也，今王病而民以牛祷，病愈杀牛塞祷，故臣窃以王为过尧、舜也。"王因使人问之，何里为之，訾其里正与伍老屯二甲。阎遏、公孙衍愧不敢言。

［三］赵王游于圃中，左右以菟与虎而辍之，盼然环其眼。王曰："可恶哉，虎目也！"左右曰："平阳君之目可恶过此。见此未有害也，见平阳君之目如此者，则必死矣。"其明日，平阳君闻之，使人杀言者，而王不诛也。

［四］一曰：田婴相齐，人有说王者曰：“终岁之计，王不一以数日之间自听之，则无以知吏之奸邪得失也。”王曰：“善。”田婴闻之，即遽请于王而听其计。王将听之矣，田婴令官具押券斗石参升之计。王自听计，计不胜听，罢食，后复坐，不复暮食矣。田婴复谓曰：“群臣所终岁日夜不敢偷怠之事也，王以一夕听之，则群臣有为劝勉矣。”王曰：“诺。”俄而王已睡矣，吏尽揄刀削其押券升石之计。王自听之，乱乃始生。

卷第十五《难一第三十六》

晋文公将与楚人战，召舅犯问之，……群臣曰：“城濮之事，舅犯谋也。夫用其言而后其身，可乎？”文公曰：“此非君所知也。夫舅犯言，一时之权也；雍季言，万世之利也。”仲尼闻之，曰：“文公之霸也宜哉！既知一时之权，又知万世之利。”

且文公又不知舅犯之言，舅犯所谓“不厌诈伪”者，不谓诈其民，请诈其敌也。敌者，所伐之国也，后虽无复，何伤哉！文公之所以先雍季者，以其功耶？则所以胜楚破军者，舅犯之谋也；以其善言耶？则雍季乃道其后之无复也，此未有善言也。舅犯则以兼之矣。舅犯曰：“繁礼君子不厌忠信”者，忠所以爱其下也，信所以不欺其民也。夫既以爱而不欺矣，言孰善于此！然必曰出于诈伪者，军旅之计也。舅犯前有善言，后有战胜，故舅犯有二功而后论，雍季无一焉而先赏。“文公之霸，不亦宜乎”，仲尼不知善赏也。

管仲有病，桓公往问之，曰：“仲父病，不幸卒于大命，将奚以告寡人？”管仲曰：“微君言，臣故将谒之。愿君去竖刁，除易牙，远卫公子开方。……”管仲卒死，而桓公弗行。及桓公死，虫出尸不葬。

或曰：管仲所以见告桓公者，非有度者之言也。……管仲非明此言于桓公也，使去三子，故曰：“管仲无度矣。”

晋平公与群臣饮，饮酣，乃喟然叹曰：“莫乐为人君！惟其言而莫之违。”师旷侍坐于前，援琴撞之，公披衽而避，琴坏于壁。公曰：“太师谁撞？”师旷曰：“今者有小人言于侧者，故撞之。”公曰：“寡人也。”师旷曰：“哑！是非君人者之言也。”左右请除之。公曰：“释之，以为寡人戒。”

或曰：平公失君道，师旷失臣礼。夫非其行而诛其身，君之于臣也；非其行则陈其言，善谏不听则远其身者，臣之于君也。

或曰：郤子言不可不察也，非分谤也。韩子之所斩也，若罪人则不可救，救罪人，法之所以败也，法败则国乱；若非罪人则劝之以徇，劝之以徇是重不辜也，重不辜民所以起怨者也，民怨则国危。郤子之言非危则乱，不可不察也。且韩子之所斩若罪人，郤子奚分焉？斩若非罪人，则已斩之矣，而郤子乃至，是韩子之谤已成，而郤子且后至也。夫郤子曰“以徇”，不足以分斩人之谤，而又生徇之谤，是子言分谤也？昔者纣为炮烙，崇侯、恶来又曰“斩涉者之胫”也，奚分于纣之谤？且民之望于上也甚矣，韩子弗得，且望郤子之得之也；今郤子俱弗得，则民绝望于上矣。故曰：郤子之言非分谤也，益谤也。

卷第十五《难二第三十七》

或曰：晏子之贵踊，非其诚也，欲便辞以止多刑也。此不察治之患也。夫刑当无多，不当无少；无以不当闻，而以太多说，无术之患也。败军之诛以千百数，犹且不止；即治乱之刑如恐不胜，而奸尚不尽。今晏子不察其当否，而以太多为说，不亦妄乎！夫惜草茅者耗禾穗，惠盗贼者伤良民。今缓刑罚行宽惠，是利奸邪而害善人也，此非所以为治也。

李兑治中山，苦陉令上计而入多。李兑曰：“语言辨，听之说，不度于义，谓之窕言。（苟且也。……盖‘窕’本为空虚不充满之言，引申之，凡虚假不实者通谓之‘窕’。‘窕言’者，虚言不可信以为实。下文‘窕货’者，虚货不可恃以为富也。旧注释为‘苟且’，盖读为‘佻愉’字，于义未切。）无山林泽谷之利而入多者，谓之窕货。君子不听窕言，不受窕货，子姑免矣。”

或曰：李子设辞曰：“夫言语辨，听之说，不度于义者，谓之窕言。”“辩”在言者，“说”在听者，言非听者也。所谓“不度于义”，非谓听者，必谓所听也。听者，非小人则君子也。小人无义，必不能度之义也；君子度之义，必不肯说也。夫曰“言语辨，听之说，不度于义”者，必不诚之言也。入多之为窕货也，未可远行也。李子之奸弗早禁，使至于计，是遂过也。无术以知而入多，入多者穰也，虽倍入将奈何！……夫“无山林泽谷之利入多”，因谓之“窕货”者，无术之言也。

简子曰：“与吾得革车千乘，不如闻行人烛过之一言也。”

或曰：行人未有以说也，乃道惠公以此人是败，文公以此人是霸，未见所以用人也；简子未可以速去楯橹也。

卷第十六《难三第三十八》

或曰：鲁之公室，三世劫于季氏，不亦宜乎！明君求善而赏之，求奸而诛之，其得之一也。故以善闻之者，以悦善同于上者也；以奸闻之者，以恶奸同于上者也。此宜赏誉之所及也。

或曰：齐、晋绝祀，不亦宜乎！桓公能用管仲之功，而忘射钩之怨；文公能听寺人之言，而弃斩袪之罪。桓公、文公能容二子者也……且寺人之言也，直饰君令而不贰者，则是贞于君也。死君后生臣不愧，而后为贞。今惠公朝卒，而暮事文公，寺人之“不贰”何如？

或曰：仲尼之对，亡国之言也。叶民有背心，而说之“悦近而来远”，则是教民怀惠。惠之为政，无功者受赏，则有罪者免，此法之所以败也。法败而政乱，以乱政治败民，未见其可也。……“太上，下智有之。”此言太上之下民无说也，安取怀惠之民？上君之民无利害，说以“悦近来远”，亦可舍已！哀公有臣外障距内比周以愚其君，而说之以“选贤”，此非功伐之论也，选其心之所谓贤者也。使哀公知三子外障距内比周也，则三子不一日立矣。哀公不知选贤，选其心之所谓贤，故三子得任事。燕子哙贤子之而非孙卿，故身死为戮；夫差智太宰嚭而愚子胥，故灭于越。鲁君不必知贤，而说以“选贤”，是使哀公有夫差、燕哙之患也。……景公以百乘之家赐，而说以“节财”，是使景公无术以享厚乐，而独俭于上，未免于贫也。……然则说之以“节财”，非其急者也。夫对三公一言而三公可以无患，知下之谓也。知下明则禁于微，禁于微则奸无积，奸无积则无比周，无比周则公私分，公私分则朋党散，朋党散则无外障距内比周之患。知下明则见精沐，见精沐则诛赏明，诛赏明则国不贫。故曰“一对而三公无患，知下之谓也。”

下众而上寡，寡不胜众者，言君不足以遍知臣也，故因人以知人。

而中期曰“勿易”，此虚言也。……申子曰：“治不逾官，虽知不言。”今中期不知而尚言之，故曰：“昭王之问有失，左右、中期之对皆有过也。”

管子曰：“见其可，说之有证；见其不可，恶之有形。赏罚信于所见，虽所不见，其敢为之乎？见其可，说之无证；见其不可，恶之无形。赏罚不信于所见，而求所不见之外，不可得也。”

管子曰：“言于室满于室，言于堂满于堂，是谓天下王。”

或曰：管仲之所谓言室满室、言堂满堂者，非特谓游戏饮食之言也，必谓大物也。人主之大物，非法则术也。法者，编著之图籍，设之于官府，而布之于百姓者也。术者，藏之于胸中，以偶众端，而潜御群臣者也。故法莫如显，而术不欲见。是以明主言法，则境内卑贱莫不闻知也，不独满于堂；用术，则亲爱近习莫之得闻也，不得满室。而管子犹曰“言于室满室，言于堂满堂”，非法术之言也。

卷第十六《难四第三十九》

桓公，五伯之上也，争国而杀其兄，其利大也。臣主之间，非兄弟之亲也，劫杀之功，制万乘而享大利，则群臣孰非阳虎也。事以微巧成，以疏拙败。群臣之未起难也，其备未具也。群臣皆有阳虎之心，而君上不知，是微而巧也。阳虎贪于天下以欲攻上，是疏而拙也。不使景公加诛于拙虎，是鲍文子之说反也。

今诛鲁之罪乱，以威群臣之有奸心者，而可以得季、孟、叔孙之亲，鲍文之说，何以为反？

或曰：公子圉之言也，不亦反乎！昭公之及于难者，报恶晚也。然则高伯之晚于死者，报恶甚也。明君不悬怒，悬怒则臣罪，轻举以行计，则人主危。

或曰屈到嗜芰，文王嗜菖蒲菹，非正味也，而二贤尚之，所味不必美。晋灵侯说参无恤，燕哙贤子之，非正士也，而二君尊之，所贤不必贤也。非贤而贤用之，与爱而用之同；贤诚贤而举之，与用所爱异状。

卷第十七《难势第四十》

势者，养虎狼之心，而成暴乱之事者也，此天下之大患也。势之于治乱，本末有位也，而语专言势之足以治天下者，则其智之所至者浅矣。……复应之曰：其人以势为足恃以治官。客曰“必待贤乃治”，则不然矣。夫势者，名一而变无数者也。势必于自然，则无为言于势矣；吾所为言势者，言人之所设也。今曰“尧、舜得势而治，桀、纣得势而乱”，吾非以尧、桀为不然也。虽然，非一人之所得设也。夫尧、舜生而在上位，虽有十桀、纣不能乱者，则势治也；桀、纣亦生而在上位，虽有十尧、舜而亦不能治者，则势乱也。故曰：“势治者则不可乱，而势乱者则不可治也。”此自然之势也，非人之所得设也。若吾所言，谓人之所得设也；若吾所言，谓人之所得势也而已矣。贤何事焉！何以明其然也？客曰：“人有鬻矛与楯者，誉其楯之坚：‘物莫能陷也。’俄而又誉其矛曰：‘吾矛之利，物无不陷也。’人应之曰：‘以子之矛，陷子之盾，何如?’其人弗能应也。”以为不可陷之楯与无不陷之矛，为名不可两立也。夫贤之为势不可禁，而势之为道也无不禁，以不可禁之势，此矛楯之说也。夫贤势之不相容亦明矣。且夫尧、舜、桀、纣千世而一出，是比肩随踵而生也；世之治者不绝于中，吾所以为言势者中也。中者，上不及尧、舜而下亦不为桀、纣，抱法处势则治，背法去势则乱。今废势背法而待尧、舜，尧、舜至乃治，是千世乱而一治也；抱法处势而待桀、纣，桀、纣至乃乱，是千世治而一乱也。且夫治千而乱一，与治一而乱千也，是犹乘骥駬而分驰也，相去亦远矣。夫弃隐栝之法，去度量之数，使奚仲为车，不能成一轮；无庆赏之劝，刑罚之威，释势委法，尧、舜户说而人辩之，不能治三家。夫势之足用亦明矣，而曰“必待贤”则亦不然矣。且夫百日不食以待粱肉，饿者不活；今待尧、舜之贤乃治当世之民，是犹待粱肉而救饿之说也。夫曰“良马固车，臧获御之则为人笑，王良御之则日取乎千里”，吾不以为然。夫待越人之善海游者以救中国之溺人，越人善游矣，而溺者不济矣。夫待古之王良以驭今之马，亦犹越人救溺之说也，不可亦明矣。夫良马固车，五十里而一置，使中手御之，追速致远，可以及也，而千里可日致也，何必待古之王良乎！且御非使王良也，则必使臧获败之；治非使尧、舜也，则必使桀、纣乱之。此味非饴蜜也，必苦菜亭历也。此则积辩累辞、离理失术、两末之议也，奚可以难夫道理之言乎哉！客议未及此论也。

卷第十七《问辩第四十一》

或问曰："辩安生乎？"对曰："生于上之不明也。"问者曰："上之不明，因生辩也，何哉？"对曰："明主之国，令者，言最贵者也；法者，事最适者也。言无二贵，法不两适，故言行而不轨于法令者必禁。若其无法令而可以接诈应变、生利揣事者，上必采其言而责其实，言当则有大利，不当则有重罪，是以愚者畏罪而不敢言，智者无以讼，此所以无辩之故也。乱世则不然，主上有令而民以文学非之，官府有法民以私行矫之，人主顾渐其法令而尊学者之智行，此世之所以多文学也。夫言行者，以功用为之的彀者也。夫砥砺杀矢而以妄发，其端未尝不中秋毫也；然而不可谓善射者，无常仪的也。设五寸之的，引十步之远，非羿、逢蒙不能必中者，有常也。故有常则羿、逢蒙以五寸的为巧，无常则以妄发之中秋毫为拙。今听言观行，不以功用为之的彀，言虽至察，行虽至坚，则妄发之说也。是以乱世之听言也，以难知为察，以博文为辩；其观行也，以离群为贤，以犯上为抗。人主者说辩察之言，尊贤抗之行，故夫作法术之人，立取舍之行，别辞争之论，而莫为之正。是以儒服带剑者众，而耕战之士寡；坚白无厚之词章，而宪令之法息。故曰：'上不明则辩生焉。'"

卷第十七《问田第四十二》

徐渠问田鸠曰："臣闻智士不袭下而遇君，圣人不见功而接上。今阳成义渠明将也，而措于毛伯；公孙亶回圣相也，而关于州部，何哉？"田鸠曰："此无他故异物，主有度，上有术之故也。且足下独不闻楚将宋觚而失其政，魏相冯离而亡其国？二君者，驱于声词，眩乎辩说，不试于毛伯，不关乎州部，故有失政亡国之患。由是观之，夫无毛伯之试，州部之关，岂明主之备哉！"

卷第十七《定法第四十三》

问者曰："申不害、公孙鞅，此二家之言孰急于国？"应之曰："是不可程也。人不食，十日则死；大寒之隆，不衣亦死。谓之衣食孰急于人，则是不可一无也，皆养生之具也。今申不害言术，而公孙鞅为法。术者，因任而授官，循名而责实，操杀生之柄，课群臣之能者也，此人主之所执也。法者，宪令著于官府，刑罚必于民心，赏存乎慎法，而罚加乎奸令者也，此臣之所师也。君无术则弊于上，臣无法则乱于下，此不可一无，皆帝王之具也。”

问者曰：“主用申子之术、而官行商君之法，可乎?”对曰：“申子未尽于法也。申子言‘治不逾官，虽知弗言。’‘治不逾官’，谓之守职也可；‘知而弗言’，是谓过也。人主以一国目视，故视莫明焉；以一国耳听，故听莫聪焉。今知而弗言，则人主尚安假借矣!”

卷第十七《说疑第四十四》

昔者有扈氏有失度，讙兜氏有孤男，三苗有成驹，桀有侯侈，纣有崇侯虎，晋有优施，此六人者，亡国之臣也。言是如非，言非如是；内险以贼，其外小谨，以征其善；称道往古，使良事沮；善禅其主，以集精微，乱之以其所好，此夫郎中左右之类者也。往世之主，有得人而身安国存者，有得人而身危国亡者，得人之名一也，而利害相千万也，故人主左右不可不慎也。为人主者诚明于臣之所言，则别贤不肖如黑白矣。……若夫关龙逢、王子比干、随季梁、陈泄冶、楚申胥、吴子胥，此六人者，皆疾争强谏以胜其君。言听事行，则如师徒之势；一言而不听，一事而不行，则陵其主以语，从之以威，虽身死家破，要领不属，手足异处，不难为也。如此臣者，先古圣王皆不能忍也，当今之时，将安用之?……众之所誉，从而悦之；众之所非，从而憎之。……彼又使谲诈之士，外假为诸侯之宠使，假之以舆马，信之以瑞节，镇之以辞令，资之以币帛，使诸侯淫说其主，(……“使诸侯淫说其主”，谓使谲诈之士诵说于主前也。)微挟私而公议。所为使者，异国之主也；所为谈者，左右之人也。主悦其言而辩其辞，以此人者天下之贤士也。内外之于左右，其讽一而语同。大者不难卑身尊位以下之，小者高爵重禄以利之。夫奸人之爵禄重而党与弥众，又有奸邪之意，则奸臣愈反而说之，曰：“古之所谓圣君明王者，非长幼弱也及以次序也。以其构党与，聚巷族，逼上弑君而求其利也。”……为人臣者，诚明于臣之所言，则虽毕弋驰骋，撞钟舞女，国犹且存也；不明臣之所言，虽节俭勤劳，布衣恶食，国犹自亡也。……故曰：人臣有五奸而主不知也。为人臣者，有侈用财货赂以取誉者，有务庆赏赐予以移众者，有务朋党狥智尊士以擅逞者，有务解免赦罪狱以事威者，有务奉下直曲、怪言、伟服、瑰称以眩民耳目者。此五者明君之所疑也，而圣主之所禁也。去此五者，则噪诈之人不敢北面谈立，（……先慎曰："噪"当作"诡"。人君南面，故臣言"北面"。）文言多，实行寡而不当法者，不敢诬情以谈说。是以群臣居则修身，动则任力，非上之令不敢擅作疾言诬事，此圣王之所以牧臣下也。彼圣主明君不适疑物以窥其臣也，见疑物而无反者，天下鲜矣。

卷第十七《诡使第四十五》

今下而听其上，上之所急也。而惇悫纯信，用心怯言，则谓之窭。守法固，听令审，则谓之愚。敬上畏罪，则谓之怯。言时节，行中适，则谓之不肖。无二心私学，听吏从教者，则谓之陋。难致谓之正。难予谓之廉。难禁谓之齐。有令不听从谓之勇。无利于上谓之愿。宽惠行德谓之仁。重厚自尊谓之长者。私学成群谓之师徒。闲静安居谓之有思。损仁逐利谓之疾。险躁佻反覆谓之智。先为人而后自为，类名号言，泛爱天下，谓之圣。言大本称而不可用，行而乖于世者，谓之大人。贱爵禄不挠上者，谓之杰。下渐行如此，入则乱民，出则不便也。上宜禁其欲、灭其迹而不止也，又从而尊之，是教下乱上以为治也。……上握度量，所以擅生杀之柄也；今守度奉量之士，欲以忠婴上而不得见，巧言利辞行奸轨以幸偷世者数御。据法直言，名刑相当，循绳墨诛奸人，所以为上治也而愈疏远；谄施顺意从欲以危世者近习。……凡乱上反世者，常士有二心私学者也。故《本言》曰："所以治者，法也；所以乱者，私也。法立，则莫得为私矣。"故曰："道私者乱，道法者治。"上无其道，则智者有私词，贤者有私意。上有私惠，下有私欲，圣智成群，造言作辞，以非法措于上；上不禁塞，又从而尊之，是教下不听上，不从法也。是以贤者显名而居，奸人赖赏而富。贤者显名而居，奸人赖赏而富，是以上不胜下也。

卷第十八《六反第四十六》

今学者之说人主也，皆去求利之心，出相爱之道，是求人主之过于父母之亲也，此不熟于论恩诈而诬也，故明主不受也。

圣人权其轻重，出其大利，故用法之相忍，而弃仁人之相怜也。学者之言，皆曰轻刑，此乱亡之术也。

今学者皆道书策之颂语，不察当世之实事，曰：“上不爱民，赋敛常重，则用不足而下恐上，故天下大乱。”此以为足其财用以加爱焉，虽轻刑罚可以治也。此言不然矣。凡人之取重赏罚，固已足之之后也。虽财用足而厚爱之，然而轻刑犹之乱也。

人皆寐则盲者不知，皆嘿则喑者不知；觉而使之视，问而使之对，则喑盲者穷矣。不听其言也则无术者不知，不任其身也则不肖者不知；听其言而求其当，任其身而责其功，则无术不肖者穷矣。夫欲得力士而听其自言，虽庸人与乌获不可别也；授之以鼎俎，则罢健效矣。故官职者，能士之鼎俎也，任之以事而愚智分矣。故无术者得于不用，不肖者得于不任。言不用而自文以为辩，身不任而自饰以为高，世主眩其辩，滥其高而尊贵之，是不须视而定明也，不待对而定辩也，喑盲者不得矣。明主听其言必责其用，观其行必求其功，然则虚旧之学不谈，矜诬之行不饰矣。

卷第十八《八说第四十七》

法所以制事，事所以名功也。法有立而有难，权其难而事成则立之；事成而有害，权其害而功多则为之。无难之法，无害之功，天下无有也。是以拔千丈之都，败十万之众，死伤者军之乘，甲兵折挫，士卒死伤，而贺战胜得地者，出其小害计其大利也。夫沐者有弃发，除者伤血肉。为人见其难，因释其业，是无术之事也。先圣有言曰：“规有摩而水有波，我欲更之，无奈之何。”此通权之言也。是以说有必立而旷于实者，言有辞拙而急于用者，故圣人不求无害之言，而务无易之事。人之不事衡石者，非贞廉而远利也，石不能为人多少，衡不能为人轻重，求索不能得，故人不事也。明主之国，官不敢枉法，吏不敢为私，货赂不行，是境内之事尽如衡石也。此其臣有奸者必知，知者必诛。是以有道之主不求清洁之吏，而务必知之术也。

不能具美食而劝饿人饭，不为能活饿者也；不能辟草生粟而劝贷施赏赐，不为能富民者也。今学者之言也，不务本作而好末事，知道虚圣以说民，此劝饭之说，劝饭之说，明主不受也。

书约而弟子辩，法省而民讼简，是以圣人之书必著论，明主之法必详事。尽思虑，揣得失，智者之所难也；无思无虑，挈前言而责后功，愚者之所易也。明主虑愚者之所易，以责智者之所难，故智虑不用而国治也。

今生杀之柄在大臣，而主令得行者，未尝有也。虎豹必不用其爪牙，而与鼷鼠同威；万金之家必不用其富厚，而与监门同资。有土之君，说人不能利，恶人不能害，索人欲畏重己，不可得也。

明主之国，有贵臣，无重臣。贵臣者，爵尊而官大也；重臣者，言听而力多者也。明主之国，迁官袭级，官爵受功，故有贵臣；言不度行，而有伪必诛，故无重臣也。

卷第十八《八经第四十八》

因情

［一］凡治天下，必因人情。人情者有好恶，故赏罚可用；赏罚可用则禁令可立，而治道具矣。君执柄以处势，故令行禁止。柄者，杀生之制也；势者，胜众之资也。废置无度则权渎，赏罚下共则威分。是以明主不怀爱而听，不留说而计。故听言不参则权分乎奸，智力不用则君穷乎臣。故明主之行制也天，其用人也鬼。天则不非，鬼则不困。

主道

［二］力不敌众，智不尽物。与其用一人，不如用一国。故智力敌而群物胜，揣中则私劳，不中则在过。下君尽己之能，中君尽人之力，上君尽人之智。是以事至而结智，一听而公会。听不一则后悖于前，后悖于前则愚智不分；不公会则犹豫而不断，不断则事留。自取一听，则毋堕壑之累，故使之讽，讽定而怒。是以言陈之日必有策籍，结智者事发而验，结能者功见而谋。

起乱

［三］知臣主之异利者王，以为同者劫，与共事者杀。……乱臣有二因，谓外内也。外曰畏，内曰爱。所畏之求得，所爱之言听，此乱臣之所因也。……翳曰诡，诡曰易。易功而赏，见罪而罚，而诡乃止；是非不

泄，说谏不通，而易乃不用。

立道

［四］参伍之道：行参以谋多，揆伍以责失；行参必拆，揆伍必怒。不折则渎上，不怒则相和。折之微足以知多寡，怒之前不及其众。观听之势，其征在比周而赏异也，诛毋谒而罪同。言会众端，必揆之以地，谋之以天，验之以物，参之以人。四征者符，乃可以观矣。参言以知其诚，易视以改其泽。执见以得非常，一用以务近习，重言以惧远使，举往以悉其前，即迩以知其内，疏置以知其外。握明以问所暗，诡使以绝黩泄，倒言以尝所疑，论反以得阴奸，设谏以纲独为，举错以观奸动，明说以诱避过，卑适以观直谄，宣闻以通未见，作斗以散朋党，深一以警众心，泄异以易其虑。似类则合其参，陈过则明其固，知辟罪以止威，阴使时循以省衰，渐更以离通比，下约以侵其上，相室约其廷臣，廷臣约其官属，兵士约其军吏，遣使约其行介，县令约其辟吏，郎中约其左右，后姬约其宫媛。此之谓条达之道。言通事泄则术不行。

参言

［五］明主，其务在周密。是以喜见则德偿，怒见则威分。故明主之言隔塞而不通，周密而不见。故以一得十者下道也，以十得一者上道也。明主兼行上下，故奸无所失。

听法

［六］听不参则无以责下，言不督乎用则邪说当上。言之为物也以多信，不然之物十人云疑，百人然乎，千人不可解也。呐者言之疑，辩者言之信。奸之食上也，取资乎众，籍信乎辩，而以类饰其私。人主不餍忿而待合参，其势资下也。有道之主，听言督其用，课其功，功课而赏罚生焉。故无用之辩不留朝，任事者知不足以治职则放官收。说大而夸则穷端，故奸得而怒。无故而不当为诬，诬而罪臣。言必有报，说必责用也，故朋党之言不上闻。凡听之道，人臣忠论以闻奸，博论以内一；人主不智，则奸得资。明主之道，己喜则求其所纳，己怒则察其所构，论于已变之后以得毁誉公私之征。众谏以效智，使君自取一以避罪。故众之谏也，败君之取也。无副言于上以设将然，今符言于后以知谩诚语。明主之道，臣不得两谏，必任其一；语不得擅行，必合其参。故奸无道进矣。

卷第十九《五蠹第四十九》

上古竞于道德，中世逐于智谋，当今争于气力。齐将攻鲁，鲁使子贡说之，齐人曰："子言非不辩也，吾所欲者土地也，非斯言所谓也。"遂举兵伐鲁，去门十里以为界。故偃王仁义而徐亡，子贡辩智而鲁削。以是言之，夫仁义辩智非所以持国也。去偃王之仁，息子贡之智，循徐、鲁之力，使敌万乘，则齐、荆之欲不得行于二国矣。

夫以君臣为如父子则必治，推是言之，是无乱父子也。……今学者之说人主也，不乘必胜之势，而务行仁义则可以王。是求人主之必及仲尼，而以世之凡民皆如列徒，此必不得之数也。

拔城者受爵禄，而信廉爱之说；……且世之所谓贤者，贞信之行也；所谓智者，微妙之言也。微妙之言，上智之所难知也。今为众人法，而以上智之所难知，则民无从识之矣。故糟糠不饱者不务粱肉，短褐不完者不待文绣。夫治世之事，急者不得，则缓者非所务也。今所治之政，民间之事，夫妇所明知者不用，而慕上智之论，则其于治反矣。故微妙之言，非民务也。若夫贤良贞信之行者，必将贵不欺之士；贵不欺之士者，亦无不欺之术也。布衣相与交，无富厚以相利，无威势以相惧也，故求不欺之士。……今人主之于言也，说其辩而不求其当焉；其用于行也，美其声而不责其功焉。是以天下之众，其谈言者务为辩而不周于用，故举先王言仁义者盈廷，而政不免于乱；行身者竞于为高而不合于功，故智士退处岩穴，归禄不受，而兵不免于弱。政不免于乱，此其故何也？民之所誉，上之所礼，乱国之术也。今境内之民皆言治，藏商、管之法者家有之，而国愈贫，言耕者众，执耒者寡也；境内皆言兵，藏孙、吴之书者家有之，而兵愈弱，言战者多，被甲者少也。故明主用其力不听其言，赏其功必禁无用，故民尽死力以从其上。夫耕之用力也劳，而民为之者，曰："可得以富也。"战之为事也危，而民为之者，曰："可得以贵也。"今修文学，习言谈，则无耕之劳而有富之实，无战之危而有贵之尊，则人孰不为也！是以百人事智而一人用力。事智者众则法败，用力者寡则国贫，此世之所以乱也。故明主之国，无书简之文，以法为教；无先王之语，以吏为师；无私剑之捍，以斩首为勇。是境内之民，其言谈者必轨于法，动作者归之于功，为勇者尽之于军。是故无事则国富，有事则兵强，此之谓王资。既畜王资而承敌国之亹，超五帝侔三王者，必此法也。今则不然，士民纵恣于内，言谈者为势于外，外内称恶，以待强敌，不亦殆乎！故群臣之言外事者，非有分于纵衡之党，则有仇雠之忠，而借力于国也。纵者，合众弱以攻一强也；而衡者，事一强以攻众弱也。皆非所以持国也。今人臣之言衡者，皆曰："不事大则遇敌受祸矣。"事大未必有实，则举图而委，效玺而请兵矣。献图则地削，效玺则名卑；地削则国削，名卑则政乱矣。事大为衡未见其利也，而亡地乱政矣。人臣之言纵者，皆曰："不救小而伐大则失天下，失天下则国危，国危而主卑。"救小未必有实，则起兵而敌大矣。救小未必能存，而交大未必不有疏，有疏则为强国制矣。出兵则军败，退守则城拔。救小为纵未见其利，而亡地败军矣。是故事强则以外权士官于内，救小则以内重求利于外。国利未立，封土厚禄至矣；主上虽卑，人臣尊矣；国地虽削，私家富矣。事成则以权长重，事败则以富退处。人主之听说于其臣，事未成则爵禄已尊矣；事败而弗诛，则游说之士孰不为用矰缴之说而徼幸其后？故破国亡主以听言谈者之浮说，此其故何也？是人君不明乎公私之利，不察当否之言，而诛罚不必其后也。皆曰："外事，大可以王，小可以安。"夫王者，能攻人者也；而安，则不可攻也。强，则能攻人者也；治，则不可攻也。治强不可责于外，内政之有也。今不行法术于内，而事智于外，则不至于治强矣。鄙谚曰："长袖善舞，多钱善贾。"此言多资之易为工也。……是故乱国之俗，其学者，则称先王之道以籍仁义，盛容服而饰辩说，以疑当世之法而贰人主之心。其言古者，为设诈称，借于外力，以成其私而遗社稷之利。其带剑者，聚徒属，立节操，以显其名而犯五官之禁。其患御者，积于私门，尽货赂而用重人之谒，退汗马之劳。其商工之民，修治苦窳之器，聚弗靡之财，蓄积待时而侔农夫之利。此五者，邦之蠹也。人主不除此五蠹之民，不养耿介之士，则海内虽有破亡之国，削灭之朝，亦勿怪矣。

卷第十九《显学第五十》

自愚诬之学、杂反之辞争，而人主俱听之，故海内之士言无定术，行无常议。夫冰炭不同器而久，寒暑不兼时而至，杂反之学不两立而治。今兼听杂学谬行同异之辞，安得无乱乎？听行如此，其于治人，又必然矣。……藏书策，习谈论，聚徒役，服文学而议说，世主必从而礼之，曰："敬贤士，先王之道也。"夫吏之所税，耕者也；而上之所养，学士也。耕者则重税，学士则多赏，而索民之疾作而少言谈，不可得也。立节参民，执操不侵，怨言过于耳，必随之以剑，世主必从而礼之，以为自好之士。夫斩首之劳不赏，而家斗之勇尊显，而索民之疾战距敌而无私斗，不可得也。国平则养儒侠，难至则用介士，所养者非所用，所用者非所养，此所以乱也。且夫人主于听学也，若是其言，宜布之官而用其身；若非其言，宜去其身而息其端。今以为是也而弗布于官，以为非也而不息其端。是而不用，非而不息，乱亡之道也。……故孔子曰："以容取人乎，失之子羽；以言取人乎，失之宰予。"故以仲尼之智而有失实之声。今之新辩滥乎宰予，而世主之听眩乎仲尼，为悦其言，因任其身，则焉得无失乎？……观容服，听辞言，仲尼不能以必士；……故敌国之君王虽悦吾义，吾弗入贡而臣；关内之侯虽非吾行，吾必使执禽而朝。……今或谓人曰："使子必智而寿。"则世必以为狂。夫智，性也；寿，命也。性命者，非所学于人也，而以人之所不能为说人，此世之所以谓之为狂也。谓之不能然，则是谕也。夫谕，性也。以仁义教人，是以智与寿说人也，有度之主弗受也。故善毛嗇、西施之美，无益吾面；用脂泽粉黛，则倍其初。言先王之仁义，无益于治；明吾法度，必吾赏罚者，亦国之脂泽粉黛也。故明主急其助而缓其颂，故不道仁义。……今世儒者之说人主，不言今之所以为治，而语已治之功；不审官法之事，不察奸邪之情，而皆道上古之传誉，先王之成功。儒者饰辞曰："听吾言则可以霸王。"此说者之巫祝，有度之主不受也。故明主举实事，去无用，不道仁义者故，不听学者之言。

卷第二十《忠孝第五十一》

世之所为烈士者，虽众独行，取异于人，为恬淡之学，而理恍惚之言。臣以为恬淡，无用之教也；恍惚，无法之言也。言出于无法，教出于无用者，天下谓之察。臣以为人生必事君养亲，事君养亲不可以恬淡；之人必以言论忠信法术，言论忠信法术不可以恍惚。恍惚之言，恬淡之学，天下之惑术也。……故人臣毋称尧、舜之贤，毋誉汤、武之伐，毋言烈士之高，尽力守法，专心于事主者为忠臣。……治也者，治常者也；道也者，道常者也。殆物妙言，治之害也。天下太平之士，不可以赏劝也；天下太平之士，不可以刑禁也。然为太上士不设赏，为太下士不设刑，则治国用民之道失矣。故世人多不言国法而言纵横。诸侯言纵者曰“纵成必霸”，而言横者曰“横成必王”，山东之言从横未尝一日而止也，然而功名不成，霸王不立者，虚言非所以成治也。王者独行谓之王，是以三王不务离合，而止五霸不待纵横，察治内以裁外而已矣。

卷第二十《人主第五十二》

故君人者非能退大臣之议而背左右之讼，独合乎道言也，则法术之士安能蒙死亡之危而进说乎！此世之所以不治也。……今近习者不必智，人主之于人也或有所知而听之，入因与近习论其言，听近习而不计其智，是与愚论智也。其当途者不必贤，人主之于人或有所贤而礼之，入因与当途者论其行，听其言而不用贤，是与不肖论贤也。故智者决策于愚人，贤士程行于不肖，则贤智之士奚时得用，而人主之明塞矣。昔关龙逢说桀而伤其四肢，王子比干谏纣而剖其心，子胥忠直夫差而诛于属镂。此三子者，为人臣非不忠，而说非不当也。然不免于死亡之患者，主不察贤智之言，而蔽于愚不肖之患也。今人主非肯用法术之士，听愚不肖之臣，则贤智之士孰敢当三子之危而进其智能者乎！此世之所以乱也。

卷第二十《饬令第五十三》

饬令则法不迁，法平则吏无奸。法已定矣，不以善言售法。任功则民少言，任善则民多言。行法曲断，以五里断者王，以九里断者强，宿治者削。……国以功授官与爵，则治见者省，言有塞，此谓以治去治，以言去言。以功与爵者也，故国多力而天下莫之能侵也。……国好力，此谓以难攻；国好言，此谓以易攻。其能胜其害，轻其任，而道坏余力于心，莫负乘宫之责于君，内无伏怨，使明者不相干，故莫讼；使士不兼官，故技长；使人不同功，故莫争。言此谓易攻。

卷第二十《制分第五十五》

夫治法之至明者，任数不任人。是以有术之国，不用誉则毋过，境内必治，任数也；亡国使兵公行乎其地，而弗能圉禁者，任人而无数也。自攻者人也，攻人者数也。故有术之国，去言而任法。凡畸功之循约者难知，过刑之于言者难见也，是以刑赏惑乎贰。所谓循约难知者，奸功也；臣过之难见者，失根也。循理不见虚功，度情诡乎奸根，则二者安得无两失也！是以虚士立名于内，而谈者为略于外，故愚怯勇慧相连，而以虚道属俗而容乎世，故其法不用，而刑罚不加乎戮人。如此，则刑赏安得不容其二！实故有所至，而理失其量；量之失，非法使然也，法定而任慧也。释法而任慧者，则受事者安得其务！务不与事相得，则法安得无失，而刑安得无烦！是以赏罚扰乱，邦道差误，刑赏之不分白也。

《墨子集诂》[①]

卷一《修身第二》

谮慝之言，无入之耳；批扞之声，无出之口；杀伤人之孩，无存之心，虽有诋讦之民，无所依矣。故君子力事日强，愿欲日逾，设壮日盛。君子之道也，贫则见廉，富则见义，生则见爱，死则见哀。四行者不可虚假，反之身者也。藏于心者，无以竭爱；动于身者，无以竭恭；出于口者，无以竭驯。（《间诂》……案：驯、训字通。……谓出口者皆典雅之言。……张纯一云：驯，善也。见《广雅·释诂》。此谓善言不竭于口。……焕镳案：……“无以竭爱”，“无以竭恭”，“无以竭驯”，犹言“惟以竭爱”，“惟以竭恭”，“惟以竭驯”也。此谓心主爱，身主恭，口主顺耳。）畅之四支（《间诂》……支即肢之省。），接之肌肤，华发隳颠，而犹弗舍者，其唯圣人乎！志不强者智不达，言不信者行不果，据财不能以分人者，不足与友。守道不笃、遍物不博，辩是非不察者，不足与游。本不固者末必几，雄而不修者，其后必惰。原浊者流不清，行不信者名必秏。（《间诂》……又云：“耗，正作秏。”曹耀湘云：耗，败也。尹桐阳云：秏。损也。焕镳案：“秏”当为“抎”之形讹。《说文》：“抎，有所失也。”）名不徒生而誉不自长，功成名遂，名誉不可虚假，反之身者也。务言而缓行，虽辩必不听；多力而伐功，虽劳必不图。慧者心辩而不繁说，多力而不伐功，此以名誉扬天下。言无务为多而务为智，无务为文而

① 王焕镳撰《墨子集诂》，上海古籍出版社，2005。

务为察，故彼智无察，在身而情（《间诂》当为“惰”，形近而误。），反其路者也。善无主于心者不留，行莫辩于身者不立。名不可简而成也，誉不可巧而立也。君子以身戴行者也。（《间诂》“戴”、“载”古通。……《释名·释姿容》云：“戴，载也。”）

思利寻焉，忘名忽焉，可以为士于天下者，未尝有也。

卷一《所染第三》

子墨子言见染丝者而叹曰：（《间诂》“言”字疑衍。）染于苍则苍，染于黄则黄。所入者变，其色亦变，五入必，而已则为五色矣。故染不可不慎也！

卷一《法仪第四》

天苟兼而有食之，夫奚说以不欲人之相爱相利也。故曰：爱人利人者，天必福之；恶人贼人者，天必祸之。曰：杀不辜者，得不祥焉。夫奚说人为其相杀而天与祸乎？（王树枏云：“与祸”上当脱“不”字。焕镳案：王树楠说“天”下捝“不”字，是。此言人之相杀，违天之志，何说天不与之以祸乎？）是以知天欲人相爱相利，而不欲人相恶相贼也。

卷二《尚贤上第八》

子墨子言曰：譬若欲众其国之善射御之士者，必将富之、贵之、敬之、誉之，然后国之善射御之士，将可得而众也。况又有贤良之士，厚乎德行，辩乎言谈，博乎道术者乎？此固国家之珍而社稷之佐也。亦必且富之、贵之、敬之、誉之，然后国之良士，亦将可得而众也。是故古者圣王之为政也，言曰：不义不富，不义不贵，不义不亲，不义不近。……故官无常贵，而民无终贱。有能则举之，无能则下之。举公义，辟私怨，此若言之谓也。（《间诂》王云：“若，亦此也。古人自有复语。”）……是故子墨子言曰：得意，贤士不可不举；不得意，贤士不可不举。尚欲祖述尧舜禹汤之道，将不可以不尚贤。夫尚贤者，政之本也。

卷二《尚贤中第九》

子墨子言曰：今王公大人之君人民、主社稷、治国家，欲修保而勿失，故不察尚贤为政之本也。……然后圣人听其言，迹其行，察其所能，而慎予官，此谓事能。故可使治国者使治国，可使长官者使长官，可使治邑者使治邑。凡所使治国家、官府、邑里，此皆国之贤者也。……故先王言曰：贪于政者，不能分人以事；厚于货者，不能分人以禄。……故以尚贤使能为政而治者，夫若言之谓也；以下贤为政而乱者，若吾言之谓也。今王公大人中实将欲治其国家，欲修保而勿失，胡不察尚贤为政之本也！且以尚贤为政之本者，亦岂独子墨子之言哉！此圣王之道，先王之书，距年之言也。传曰：求圣君哲人，以裨辅而身。汤誓曰：聿求元圣，与之戮力同心，以治天下。则此言圣之不失以尚贤使能为政也。……先王之书《吕刑》道之。曰：皇帝清问下民，有辞有苗。（《间诂》……孔疏引郑康成说，亦以此皇帝为尧。……简朝亮云：皇帝，谓舜也。……尹桐阳云：此亦以皇帝为天帝者。……焕镳案：皇帝云云，所以答上“天之所使能者谁也”句。则此之皇帝即上所谓天。此言皇帝清询下民有讼有苗之君者，故下历数天之尚贤使能之事，使苗民从而向化也。）曰：群后之肆在下，明明不常，鳏寡不盖，德威维威，德明维明，乃名三后，恤功于民，伯夷降典，哲民维刑；禹平水土，主名山川。稷隆播种，农殖嘉谷。三后成功，维假于民。则此言三圣人者，谨其言，慎其行，精其思虑，索天下之隐事遗利，以上事天，则天向其德；下施之万民，万民被其利，终身无已。故先王之言曰：此道也，大用之天下则不窕，小用之则不困，修用之则万民被其利，终身无已。《周颂》道之曰：圣人之德，若天之高，若地之普；其有昭于天下也，若地之固，若山之承，不坼不崩；若日之光，若月之明，与天地同常。则此言圣人之德，章明博大，埴固以修久也。故圣人之德，盖总乎天地者也。

今王公大人欲王天下、正诸侯，夫无德义，将何以哉？其说将必挟震威强，今王公大人将焉取挟震威强哉！倾者民之死也。民生为甚欲，死为甚憎。所欲不得，而所憎屡至。自古及今，未有尝能有以此王天下、正诸侯者也。今大人欲王天下、正诸侯，将欲使意得乎天下，名成乎后世，故不察尚贤为政之本也。此圣人之厚行也。

卷二《尚贤下第十》

而今天下之士君子居处言语皆尚贤，逮至其临众发政而治民，莫知尚贤而使能。我以此知天下之士君子，明于小而不明于大也。……惟法其言，用其谋，行其道，上可而利天，中可而利鬼，下可而利人。……有国之土，告汝讼刑，在今而安百姓，女何择言人？……能择人而敬为刑，尧、舜、禹、汤、文、武之道可及也。是何也？则以尚贤及之，于先王之书，竖年之言然，曰：（《间诂》毕云："竖，'距'字假音。"）晞夫！圣武知人，以屏辅而身。此言先王之治天下也，必选择贤者，以为其群属辅佐。……且今天下之王公大人士君子，中实将欲为仁义，求为上士，上欲中圣王之道，下欲中国家百姓之利。故尚贤之为说而不可不察此者也。尚贤者，天、鬼百姓之利而政事之本也。

卷三《上同上第十一》

是故里长者，里之仁人也。里长发政里之百姓，言曰：闻善而不善，必以告其乡长。乡长之所是，必皆是之；乡长之所非，必皆非之。去若不善言，学乡长之善言；去若不善行，学乡长之善行。则乡何说以乱哉？察乡之所治何也？乡长唯能壹同乡之义，是以乡治也。乡长者，乡之仁人也。乡长发政乡之百姓，言曰：闻善而不善者，必以告国君。国君之所是，必皆是之；国君之所非，必皆非之。去若不善言，学国君之善言；去若不善行，学国君之善行，则国何说以乱哉？察国之所以治者何也？国君唯能壹同（其）国之义，是以国治也。国君者，国之仁人也。国君发政国之百姓，言曰：闻善而不善，必以告天子。天子之所是皆是之，天子之所非皆非之。去若不善言，学天子之善言；去若不善行，学天子之善行，则天下何说以乱哉？察天下之所以治者何也？天子唯能壹同天下之义，是以天下治也。天下之百姓皆上同于天子，而不上同于天，则灾犹未去也。今若天飘风苦雨，溱溱而至者，此天之所以罚百姓之不上同于天者也。是故子墨子言曰：古者圣王为五刑，请以治其民。譬若丝缕之有纪，罔罟之有纲，所连收天下之百姓不尚同其上者也。

卷三《上同中第十二》

是以举天下之人皆欲得上之赏誉而畏上之毁罚，是故里长顺天子政而一同其里之义。里长既同其里之义，率其里之万民以尚同乎乡长，曰：凡里之万民皆尚同乎乡长而不敢下比，乡长之所是，必亦是之；乡长之所非，必亦非之。去而不善言，学乡长之善言；去而不善行，学乡长之善行。乡长固乡之贤者也，举乡人以法乡长，夫乡何说而不治哉！察乡长之所以治乡者，何故之以也？曰：唯以其能一同其乡之义，是以乡治。乡长治其乡而乡既以治矣，有率其乡万民，以尚同乎国君，曰：凡乡之万民皆上同乎国君而不敢下比，国君之所是，必亦是之；国君之所非，必亦非之。去而不善言，学国君之善言；去而不善行，学国君之善行。国君固国之贤者也，举国人以法国君，夫国何说而不治哉！察国君之所以治国而国治者，何故之以也？曰：唯以其能一同其国之义，是以国治。国君治其国而国既已治矣，有率其国之万民以尚同乎天子，曰：凡国之万民上同乎天子而不敢下比，天子之所是，必亦是之；天子之所非，必亦非之。去而不善言，学天子之善言；去而不善行，学天子之善行。天子者，固天下之仁人也，举天下之万民以法天子，夫天下何说而不治哉！察天子之所以治天下者，何故之以也？曰：唯以其能一同天下之义，是以天下治。……是以先王之书，《吕刑》之道，曰：苗民否用练，折则刑。唯作五杀之刑，曰法。则此言善用刑者以治民，不善用刑者以为五杀，则此岂刑不善哉？用刑则不善，故遂以为五杀。是以先王之书，《术令》之道曰：唯口出好兴戎，则此言善用口者出好，不善用口者以为谗贼寇戎，则此岂口不善哉？用口则不善也，故遂以为谗贼寇戎。……先王之言曰，非神也。夫唯能使人之耳目助己视听，使人之吻助己言谈，使人之心助己思虑，使人之股肱助己动作。助之视听者众，则其所闻见者远矣。助之言谈者众，则其德音之所抚循者博矣。助之思虑者众，则其谈谋度速得矣。助之动作者众，即其举事速成矣。

卷三《上同下第十三》

故古者建国设都，乃立后王君公，奉以卿士师长，此非欲用说也。唯辩而使助治天明也。……是以善言之，不善言之。家君得善人而赏之，得暴人而罚之。善人之赏而暴人之罚，则家必治矣。然计若家之所以治者何也？唯以尚同一义为政故也。……是以民见善者言之，见不善者言之。国君得善人而赏之，得暴人而罚之。善人赏而暴人罚，则国必治矣。然计若国之所以治者何也？唯能以尚同一义为政故也。……天下既已治，天子又总天下之义以尚同于天。故当尚同之为说也，尚用之天子，可以治天下矣；中用之诸侯，可而治其国矣；小用之家君，可而治其家矣。是故大用之治天下不窕，小用之治一国、一家而不横者，若道之谓也。故曰：治天下之国若治一家，使天下之民若使一夫。意独子墨子有此，而先王无此其有邪？则亦然也。圣王皆以尚同为政，故天下治。何以知其然也？于先王之书也，《大誓》之言然。曰：小人见奸巧，乃闻不言也，发罪钧。此言见淫辟不以告者，其罪亦犹淫辟者也。……是以子墨子曰：今天下王公大人士君子，中情将欲为仁义，求为上士，上欲中圣王之道，下欲中国家百姓之利，故当尚同之说而不可不察，尚同——为政之本而治要也。

卷四《兼爱下第十六》

子墨子曰：非人者必有以易之。若非人而无以易之，譬之犹以水救火也，其说将必无可焉。……是故子墨子曰：兼是也。且向吾本言曰：仁人之事者，必务求兴天下之利，除天下之害。今吾本原兼之所生，天下之大利者也；吾本原别之所生，天下之大害者也。……然而天下之士非兼者之言犹未止也。……姑尝两而进之。谁以为二士，使其一士者执别，使其一士者执兼。是故别士之言曰：吾恶能为吾友之身，若为吾身，为吾友之亲，若为吾亲。是故退睹其友，饥即不食，寒即不衣，疾病不侍养，死丧不葬埋。别士之言若此，行若此。兼士之言不然，行亦不然。曰：吾闻为高士于天下者，必为其友之身若为其身，为其友之亲若为其亲，然后可以为高士于天下。是故退睹其友，饥则食之，寒则衣之，疾病侍养之，死丧葬埋之。兼士之言若此，行若此。若之二士者，言相非而行相反与。常使若二士者，言必信，行必果，使言行之合犹合符节也，无言而不行也。……天下无愚夫愚妇，虽非兼之人，必寄托之于兼之有是也。此言而非兼，择即取兼，即此言行费也。不识天下之士所以皆闻兼而非之者，其故何也？然而天下之士非兼者之言犹未止也，曰：意可以择士，而不可以择君乎？……是故别君之言曰：吾恶能为吾万民之身，若为吾身，此泰非天下之情也。……别君之言若此，行若此。兼君之言不然，行亦不然。曰：吾闻为明君于天下者，必先万民之身，后为其身，然后可以为明君于天下。是故退睹其万民，饥即食之，寒即衣之，疾病侍养之，死丧葬埋之。兼君之言若此，行若此。然即交若之二君者，言相非而行相反与，常使若二君者，言必信，行必果，使言行之合犹合符节也。无言而不行也。然即敢问今岁有疠疫，万民多有勤苦冻馁，转死沟壑中者，既已众矣，不识将择之二君者，将何从也？我以为当其于此也，天下无愚夫愚妇，虽非兼者，必从兼君是也。言而非兼，择即取兼，此言行拂也。不识天下所以皆闻兼而非之者，其故何也！然而天下之士非兼者之言也犹未止也。曰：兼即仁矣，义矣。虽然，岂可为哉！吾譬兼之不可为也，犹挈泰山以超江河也。故兼者直愿之也，夫岂可为之物哉！子墨子曰：夫挈泰山以超江河，自古之及今，生民而来，未尝有也。今若夫兼相爱，交相利，此自先圣六王者亲行之。何知先圣六王之亲行之也？子墨子曰：吾非与之并世同时，亲闻其声，见其色也。以其所书于竹帛、镂于金石，琢于盘盂，传遗后世子孙者知之。《泰誓》曰：文王若日若月乍照，光于四方、于西土。即此言文王之兼爱天下之博大也。譬之日月兼照天下之无有私也。即此文王兼也。虽子墨子之所谓兼者，于文王取法焉。且不唯《泰誓》为然，虽《禹誓》即亦犹是也。禹曰：济济有众，咸听朕言：非惟小子，敢行称乱，蠢兹有苗，用天之罚，若予既率尔群对诸群，以征有苗。禹之征有苗也，非以求以重富贵，干福禄，乐耳目也。以求兴天下之利，除天下之害，即此禹兼也。虽子墨子之所谓兼者，于禹求焉。且不唯《禹誓》为然，虽《汤说》即亦犹是也。汤曰：惟予小子履，敢用玄牡告于上天后，曰：今天大旱，即当朕身履，未知得罪于上下，有善不敢蔽，有罪不敢赦，简在帝心。万方有罪，即当朕身，朕身有罪，无及万方。即此言汤贵为天子，富有天下，然且不惮以身为牺牲，以祠说于上帝鬼神，即此汤兼也。虽子墨子之所谓兼者，于汤取法焉。且不惟《誓命》与《汤说》为然，《周诗》即亦犹是也。《周诗》曰：王道荡荡，不偏不党，王道平平，不党不偏。其直若矢，其易若底，君子之所履，小人之所视。若吾言非语道之谓也。古者文武为正，均分、赏贤、罚暴，勿有亲戚弟兄之所阿。即此文武兼也。虽子墨子之所谓兼者，于文武取法焉。不识天下之人所以皆闻兼而非之者，其故何也？然而天下之非兼者之言犹未止，曰：意不忠亲之利而害为孝乎？子墨子曰：姑尝本原之，孝子之为亲度者，吾不识孝子之为亲度者，亦欲人爱利其亲与？意欲人之恶贼其亲与？以说观之，（吴汝纶云：说，当作“我”。尹桐阳云：说通“阅”。谓其所阅历者。焕镳案：此犹言“以理论观之”。吴改“说”为

“我”；尹以“说”为“阅历”，皆非是。）即欲人之爱利其亲也。然即吾恶先从事即得此，若我先从事乎爱利人之亲，然后人报我爱利吾亲乎？意我先从事乎恶人之亲，然后人报我以爱利吾亲乎？即必吾先从事乎爱利人之亲，然后人报我以爱利吾亲也！然即之交孝子者，果不得已乎毋先从事爱利人之亲者与？意以天下之孝子为遇，而不足以为正乎？姑尝本原之，先王之所书，《大雅》之所道曰：无言而不仇，无德而不报；投我以桃，报之以李。即此言爱人者必见爱也，而恶人者必见恶也。不识天下之士所以皆闻兼而非之者，其故何也？意以为难而不可为邪？尝有难此而可为者。昔荆灵王好小要，当灵王之身，荆国之士，饭不逾乎一固，据而后兴，扶垣而后行，故约食为其难为也，然后为而灵王说之，未逾于世，而民可移也，即求以乡其上也。昔者越王句践好勇，教其士臣三年，以其知为未足以知之也，焚舟失火，鼓而进之。其士偃前列，伏水火而死有不可胜数也。当此之时，不鼓而退也，越国之士可谓颤矣！故焚身为其难为也，然后为之，越王说之，未逾于世，而民可移也，即求以乡上也。昔者晋文公好苴服，当文公之时，晋国之士，大布之衣，牂羊之裘，练帛之冠，且苴之屦，入见文公，出以践之朝。故苴服为其难为也，然后为而文公说之。未逾于世，而民可移也，即求以乡其上也。是故约食、焚舟、苴服，此天下之至难为也，然后为而上说之，未逾于世，而民可移也。何故也？即求以乡其上也。今若夫兼相爱，交相利，此其有利且易为也，不可胜计也。我以为则无有上说之者而已矣！苟有上说之者，劝之以赏誉，威之以刑罚，我以为人之于就兼相爱、交相利也，譬之犹火之就上，水之就下也，不可防止于天下。故兼者，圣王之道也，王公大人之所以安也。万民衣食之所以足也。故君子莫若审兼而务行之：为人君必惠，为人臣必忠，为人父必慈，为人子必孝，为人兄必友，为人弟必悌。故君子莫若欲为惠君、忠臣、慈父、孝子、友兄、悌弟，当若兼之不可不行也，此圣王之道而万民之大利也。

卷五《非攻上第十七》

杀一人谓之不义，必有一死罪矣。若以此说往，杀十人，十重不义，必有十死罪矣。杀百人，百重不义，必有百死罪矣。当此天下之君子皆知而非之，谓之不义。今至大为不义攻国，则弗知非。从而誉之谓之义。情不知其不义也，故书其言以遗后世。若知其不义也，夫奚说书其不义以遗后世哉！今有人于此，少见黑曰黑，多见黑曰白，则以此人不知白黑之辩矣。少尝苦曰苦，多尝苦曰甘，则必以此人为不知甘苦之辩矣。今小为非，则知而非之；大为非攻国，则不知非。从而誉之谓之义。此可谓知义与不义之辩乎？是以知天下之君子也（《间诂》“也”疑衍。）辩义与不义之乱也。

卷五《非攻下第十九》

子墨子言曰：今天下之所誉善者，其说将何哉？为其上中天之利，而中中鬼之利，而下中人之利，故誉之与？意亡非为其上中天之利，而中中鬼之利，而下中人之利，故誉之与？虽使下愚之人，必曰：将为其上中天之利，而中中鬼之利，而下中人之利，故誉之。今天下之所同义者，圣王之法也。今天下之诸侯将犹多皆免攻伐并兼，则是有誉义之名，而不察其实也。……是故古之仁人有天下者，必反大国之说，一天下之和，总四海之内。焉率天下之百姓以农，臣事上帝山川鬼神，利人多，功故又大。是以天赏之，鬼富之，人誉之。使贵为天子，富有天下，名参乎天地，至今不废。此则知者之道也。先王之所以有天下者也。……今夫师者之相为不利者也，曰：将不勇，士不分，兵不利，教不习，师不众，率不利和，威不圉，害之不久，争之不疾，逊之不强，植心不坚，与国诸侯疑。与国诸侯疑，则敌生虑而意羸矣。偏具此物，而致从事焉，则是国家失卒，而百姓易务也。今不尝观其说好攻伐之国，若使中兴师，君子，庶人也必且数千，徒倍十万，然后足以师而动矣。……今逮夫好攻伐之君，又饰其说以非子墨子曰：以攻伐之为不义，非利物与？昔者，禹征有苗，汤伐桀，武王伐纣，此皆立为圣王，是何故也？子墨子曰：子未察吾言之类，未明其故者也。彼非所谓攻，谓诛也。……是故子墨子曰：今且天下之王公大人士君子，中情将欲求兴天下之利，除天下之害，当若繁为攻伐，此实天下之巨害也。今欲为仁义，求为上士，尚欲中圣王之道，下欲中国家百姓之利，故当若非攻之为说而将不可不察者此也。

卷六《节葬下第二十五》

今逮至昔者三代圣王既没，天下失义。后世之君子，或以厚葬久丧以为仁也，义也，孝子之事也；或以厚葬久丧以为非仁义，非孝子之事也。曰二子者，言则相非，行即相反，皆曰：吾上祖述尧、舜、禹、汤、文、武之通者也。而言即相非，行即相反。于此乎后世之君子皆疑惑乎二子者言也。若苟疑惑乎之二子者言，然则姑尝传而为政乎国家万民而观之，计厚葬久丧奚当此三利者我意若使法其言，用其谋，厚葬久丧，实可以富贫众寡，定危治乱乎？此仁也，义也，孝子之事也。为人谋者不可不劝也。仁者将兴之天下，谁贾而使民誉之，终勿废也。意亦使法其言，用其谋，厚葬久丧，实不可以富贫众寡，定危理乱乎！此非仁非义，非孝子之事也。为人谋者不可不沮也。……若法若言，行若道，使王公大人行此，则必不能早朝，五官六府，辟草木，实仓廪。使农夫行此，则必不能早出夜入，耕稼树艺。使百工行此，则必不能修舟车、为器皿矣。使妇人行此，则必不能夙兴夜寐，纺绩织纴，细计厚葬为多埋赋之财者也。计久丧为久禁从事者也。财以成者，扶而埋之；后得生者，而久禁之。以此求富，此譬犹禁耕而求获也。富之说无可得焉。是故求以富家，而既已不可矣。欲以众人民，意者可邪？其说又不可矣。……若法若言，行若道，苟其饥约，又若此矣。是故百姓冬不仞寒，（《间诂》毕云：“仞，‘忍’字假音。”）夏不仞暑，作疾病死者，不可胜计也。此其为败男女之交多矣。以此求众，譬犹使人负剑而求其寿也。众之说无可得焉。是故求以众人民，而既以不可矣。欲以治刑政，意者可乎？其说又不可矣。今唯无以厚葬久丧者为政，国家必贫，人民必寡，刑政必乱。若法若言，行若道，使为上者行此，则不能听治；使为下者行此，则不能从事。……夫众盗贼而寡治者，以此求治，譬犹使人三睘而毋负己也。治之说无可得焉。是故求以治刑政而既已不可矣。欲以禁止大国之攻小国也，意者可邪？其说又不可矣。……此求禁止大国之攻小国也，而既已不可矣。欲以干上帝鬼神之福，意者可邪？其说又不可矣。……今王公大人之为葬埋，则异于此。必大棺、中棺，革阓三操，璧玉即具，戈剑鼎鼓壶滥，文绣素练，大鞅万领，舆马女乐皆具，曰必捶垛差通，垄虽凡山陵，（焕镳案：“虽”为“雄”之形讹。“凡”当为“如”。）此为辍民之事，靡民之财，不可胜计也。其为毋用若此矣。是故子墨子曰：向者，吾本言曰：意亦使法其言，用其谋，计厚葬久丧，请可以富贫众寡，定危治乱乎！则仁也、义也、孝子之事也。为人谋者不可不劝也。意亦使法其言，用其谋，若人厚葬久丧，实不可以富贫众寡、定危治乱乎！则非仁也，非义也，非孝子之事也。为人谋者不可不沮也。……今执厚葬久丧者言曰：厚葬久丧，果非圣王之道，夫胡说中国之君子为而不已，操而不择哉？

卷七《天志上第二十六》

且语言有之曰：焉而晏日，焉而得罪，将恶避逃之？曰：无所避逃之。夫天不可为林谷幽门无人，明必见之。然而天下之士君子之于天也，忽然不知以相儆戒，此我所以知天下士君子知小而不知大也。……故昔三代圣王禹、汤、文、武，欲以天之为政于天子，明说天下之百姓，故莫不刍牛羊，豢犬彘，洁为粢盛酒醴，以祭祀上帝鬼神，而求祈福于天；我未尝闻天下之所求祈福于天子者也。我所以知天之为政于天子者也。……且吾言杀一不辜者，必有一不祥。杀不辜者谁也？则人也。予之不祥者谁也？则天也。若以天为不爱天下之百姓，则何故以人与人相杀而天予之不祥？此我所以知天之爱天下之百姓也。顺天意者义政也，反天意者力政也。然义政将奈何哉？子墨子言曰：处大国不攻小国，处大家不篡小家；强者不劫弱，贵者不傲贱，多诈者不欺愚。此必上利于天，中利于鬼，下利于人。三利，无所不利。故举天下美名加之，谓之圣王。力政者则与此异。言非此，行反此，犹幸驰也。处大国攻小国，处大家篡小家；强者劫弱，贵者傲贱，多诈欺愚。此上不利于天，中不利于鬼，下不利于人。三不利，无所利。故举天下恶名加之，谓之暴王。子墨子言曰：我有天志，譬若轮人之有规，匠人之有矩。轮匠执其规矩，以度天下之方圆。曰：中者是也，不中者非也。今天下之士君子之书，不可胜载，言语不可尽计。上说诸侯，下说列士，其于仁义，则大相远也。何以知之？曰：我得天下之明法以度之。

卷七《天志中第二十七》

且吾所以知天爱民之厚者，不止此而足矣。曰：杀不辜者，天予不祥。不辜者谁也？曰：人也。予之不祥者谁也？曰：天也。若天不爱民之厚，夫胡说人杀不辜而天予之不祥哉！此吾之所以知天之爱民之厚也。……故子墨子之有天之意也，上将以度天下之王公大人为刑政也，下将以量天下之万民为文学、出言谈也。观其行：顺天之意，谓之善意行；反天之意，谓之不善意行。观其言谈：顺天之意，谓之善言谈；反天之意，谓之不善言谈。观其刑政：顺天之意，谓之善刑政；反天之意，谓之不善刑政。故置此以为法，立此以为仪，将以量度天下之王公大人卿大夫之仁与不仁，譬之犹分黑白也。是故子墨子曰：今天下之王公大人士君子，中实将欲遵道利民，本察仁义之本，天之意不可不顺也。顺天之意者，义之法也。

卷七《天志下第二十八》

子墨子言曰：天下之所以乱者，其说将何哉？则是天下士君子皆明于小而不明于大。……今天下之士君子皆明于天子之正天下也，而不明于天之正天子也，是故古者圣人明以此说人。曰：天子有善，天能赏之；天子有过，天能罚之。天子赏善不当，听狱不中，天下疾病祸福，霜露不时。天子必且刍豢其牛羊犬彘，洁为粢盛酒醴，以祷祠祈福于天。我未尝闻天之祷祈福于天子也。吾以此知天之重且贵于天子也。是故义者，不自愚且贱者出，必自贵且智者出。曰：谁为智？天为智。然则义果自天出也。

卷八《明鬼第三十一》

既以鬼神有无之别以为不可不察已，然则吾为明察此其说将奈何而可？子墨子曰："是与天下之所以察知有与无之道者，必以众之耳目之实，知有与亡为仪者也。"

今执无鬼者言曰：夫天下之为闻见鬼神之物者，不可胜计也。亦孰为闻见鬼神有无之物哉？子墨子言曰：若以众之所同见与众之所同闻，则若昔者杜伯是也。周宣王杀其臣杜伯而不辜，杜伯曰：吾君杀我而不辜。若以死者为无知，则止矣；若死而有知，不出三年，必使吾君知之。其三年，周宣王合诸侯而田于圃，田车数百乘，从数千，人满野。日中，杜伯乘白马素车，朱衣冠，执朱弓，挟朱矢，追周宣王射之车上，中心折脊，殪车中，伏弢而死。当是之时，周人从者莫不见，远者莫不闻，著在周之《春秋》。为君者以教其臣，为父者以警其子，曰：戒之！慎之！凡杀不辜者，其得不祥，鬼神之诛，若此之惨速也！以若书之说观之，则鬼神之有，岂可疑哉！非惟若书之说为然也，昔者郑穆公，当昼日中处乎庙，有神入门而左，鸟身，素服三绝，面状正方。郑穆公见之，乃恐惧犇。神曰：无惧！帝享女明德，使予锡女寿十年有九，使若国家蕃昌，子孙茂，毋失郑。穆公再拜稽首曰：问神名？曰：予为句芒。若以郑穆公之所身见为仪，则鬼神之有，岂可疑哉？非惟若书之说为然也，昔者，燕简公，杀其臣庄子仪而不辜。……当是时，燕人从者莫不见，远者莫不闻，著在燕之《春秋》。诸侯传而语之曰：凡杀不辜者，其得不祥，鬼神之诛，若此其惨速也！以若书之说观之，则鬼神之有，岂可疑哉？非惟若书之说为然也，昔者，宋文君鲍之时，……当是时，宋人从者莫不见，远者莫不闻，著在宋之《春秋》。诸侯传而语之曰：诸不敬慎祭祀者，鬼神之诛，至若此其惨速也！以若书之说观之，鬼神之有，岂可疑哉？非惟若书之说为然也。昔者宋文君鲍之时，有臣曰祩观辜，固尝从事于厉，袾子杖揖出，与言曰："观辜！是何珪璧之不满度量？酒醴粢盛之不净洁也？……"……袾子举揖而槁之，殪之坛上。当是时，宋人从者莫不见，远者莫不闻，著在宋之《春秋》。诸侯传而语之曰："诸不敬慎祭祀者，鬼神之诛至，若此其惨速也！"以若书之说观之，鬼神之有，岂可疑哉！非惟若书之说为然也，昔者齐庄君之臣，有所谓王里国、中里徼者，此二子者，讼三年而狱不断。齐君由谦杀之，恐不辜，犹谦释之，恐失有罪。……读中里徼之辞未半也，羊起而触之，折其脚，祧神之，而槁之，殪之盟所。当是时，齐人从者莫不见，远者莫不闻，著在齐之《春秋》。诸侯传而语之曰：请品先不以其请者，鬼神之诛，至若此其惨速也。以若书之说观之，鬼神之有，岂可疑哉？是故子墨子言曰：虽有深溪博林幽涧毋人之所，施行不可以不董，见有鬼神视之。……故圣王其赏也必于祖，其戮也必于社。赏于祖者何也？告分之均也；戮于社者何也？告听之中也。非惟若书之说为然也。……是以赏于祖而戮于社。赏于祖者何也？言分命之均也。戮于社者何也？言听狱之事也。故古圣王必以鬼神为赏贤而罚暴，是故赏必于祖而戮必于社，此吾所以知夏书之鬼也。故尚者夏书，其次商、周之书，语数鬼神之有也，重有重之，此其故何也？则圣王务之。以若书之说观之，则鬼神之有，岂可疑哉？于古曰吉日丁卯，周代祝社方，岁于社者考，以延年寿。若无鬼神，彼岂有所延年寿哉？

卷九《非命上第三十五》

子墨子言曰：执有命者以集于民闲者众。执有命者之言曰：命富则富，命贫则贫，命众则众，命寡则寡，命治则治，命乱则乱，命寿则寿，命夭则夭，命虽强劲何益哉？以上说王公大人，下以驵百姓之从事，故执有命者不仁。故当执有命者之言，不可不明辨。然则明辨此之说将奈何哉？子墨子言曰：必立仪。言而毋仪，譬犹运钧之上而立朝夕者也。是非利害之辨，不可得而明知也。故言必有三表。何谓三表？子墨子言曰：有本之者，有原之者，有用之者。于何本之？上本之于古者圣王之事。于何原之？下原察百姓耳目之实。于何用之？废以为刑政，观其中国家百姓人民之利。此所谓言有三表也。……是故子墨子言曰：吾当未盐数（焕镳案：……是则“吾当未盐数”者，谓吾尚未暇数也。），天下之良书，不可尽计数。大方论数，而五者是也。今虽毋求执有命者之言不必得，不亦可错乎？今用执有命者之言，是覆天下之义。覆天下之义者，是立命者也，百姓之谇也。说百姓之谇者，是灭天下之人也。……执有命者言曰：上之所罚，命固且罚，不暴故罚也；上之所赏，命固且赏，非贤故赏也。以此为君则不义，为臣则不忠，为父则不慈，为子则不孝，为兄则不良，为弟则不弟，而强执此者，此特凶言之所自生而暴人之道也。

卷九《非命中第三十六》

子墨子言曰：凡出言谈，由文学之为道也，则不可而不先立义法。若言而无义，譬犹立朝夕于员钧之上也，（《间诂》……员，上篇作“运”。声义相近。）则虽有巧工，必不能得正焉。然今天下之情伪，未可得而识也。故使言有三法。三法者何也？有本之者，有原之者，有用之者。于其本之也？考之天鬼之志，圣王之事。于其原之也？征以先王之书。用之奈何？发而为刑。此言之三法也。……若以百姓为愚不肖，耳目之情不足因而为法，然则胡不尝考之诸侯之传言流语乎？……今夫有命者言曰：我非作之后世也，自昔三代，有若言以传流矣。今故先生对之。曰：夫有命者，不志昔也三代之圣善人与？意亡昔三代之暴不肖人也？何以知之？初之列士桀大夫，慎言知行，此上有以规谏其君长，下有以教顺其百姓。故上得其君长之赏，下得其百姓之誉，列士桀大夫声闻不废，流传至今。而天下皆曰：其力也。必不能曰：我见命焉。……先王之书、《太誓》之言然。曰：纣夷之居，而不肯事上帝，弃缺其先神而不祀也，曰：我民有命，毋戮其务。天不亦弃纵而不葆。此言纣之执有命也。武王以《太誓》非之。有于三代不国有之，曰：女毋崇天之有命也，命三不国亦言命之无也。于召公之执令于然：且，敬哉！无天命，惟予二人，而无造言（《间诂》:《周礼·大司徒》有"造言之刑"，郑玄注云"造言，讹言惑众。"），不自降天之哉得之。在于商、夏之《诗》《书》曰：命者，暴王作之。且今天下之士君子，将欲辩是非利害之故，当天有命者，不可不疾非也。执有命者，此天下之厚害也，是故子墨子非也。

卷九《非命下第三十七》

子墨子言曰：凡出言谈，则必可而不先立仪而言。若不先立仪而言，譬之犹运钧之上而立朝夕焉也。我以为虽有朝夕之辩，必将终未可得而从定也。是故言有三法。何谓三法？曰：有考之者，有原之者，有用之者。恶乎考之？考先圣大王之事。恶乎原之？察众之耳目之请？恶乎用之？发而为政乎国察万民而观之。此谓三法也。……然今夫有命者，不识昔也三代之圣善人与？意亡昔三代之暴不肖人与？若以说观之，则必非昔三代圣善人也，必暴不肖人也。然今以命为有者，昔三代暴王桀、纣、幽、厉，贵为天子，富有天下，于此乎不而矫其耳目之欲，而从其心意之辟。外之驱骋田猎毕弋，内耽于酒乐，而不顾其国家百姓之政，繁为无用，暴逆百姓，遂失其宗庙。其言不曰吾罢不肖，吾听治不强。必曰吾命固将失之。虽昔也三代罢不肖之民亦犹此也，不能善事亲戚君长，甚恶恭俭而好简易，贪饮食而惰从事，衣食之财不足，是以身有陷乎饥寒冻馁之忧。其言不曰吾罢不肖，吾从事不强。又曰吾命固将穷。昔三代伪民亦犹此也。……是故子墨子曰：今天下之君子之为文学、出言谈也，非将勤劳其惟舌，而利其唇吻也。中实将欲其国家邑里万民刑政者也。今也王公大人之所以早朝晏退，听狱治政，终朝均分而不敢怠倦者，何也？……是故子墨子言曰：今天下之士君子，中实将欲求兴天下之利、除天下之害，当若有命者之言，不可不强非也。曰：命者，暴王所作，穷人所术，非仁者之言也。今之为仁义者，将不可不察而强非者此也。

卷九《非儒下第三十九》

儒者曰：亲亲有术，尊贤有等。言亲疏尊卑之异也。……儒者迎妻，妻之奉祭祀，子将守宗庙，故重之。应之曰：此诬言也。其宗兄守其先宗庙数十年，死丧之其。（《间诂》毕云：“同‘期’。”）兄弟之妻奉其先之祭祀弗散，则丧妻子三年，必非以守奉祭祀也。夫忧妻子以大负累，有曰，所以重亲也，为欲厚所至私，轻所至重，岂非大奸（奸）也哉！有强执有命以说议曰：寿夭贫富，安危治乱，固有天命，不可损益。穷达赏罚，幸否有极，人之智力，不能为焉。群吏信之，则怠于分职；庶人信之，则怠于从事。吏不治则乱，农事缓则贫，贫且乱政之本，而儒者以为导教，是贼天下之人者也。……儒者曰：君子必服古言然后仁。应之曰：所谓古之言服者，皆尝新矣，而古人言之服之，则非君子也。然则必服非君子之服，言非君子之言，而后仁乎？……应之曰：若皆仁人也，则无说而相与。……又曰：君子若钟，击之则鸣，弗击不鸣。应之曰：夫仁人事上竭忠，事亲得孝，务善则美，有过则谏，此为人臣之道也。今击之则鸣，弗击不鸣，隐知豫力，恬漠待问而后对。虽有君亲之大利，弗问不言。若将有大寇乱，盗贼将作，若机辟将发也，他人不知，己独知之。虽其君亲皆在，不问不言，是夫大乱之贼也。以是为人臣：不忠；为子：不孝；事兄：不弟；交遇人：不贞良。夫执后不言，之朝物见利使己，虽恐后言。君若言而未有利焉，则高拱下视，会噎为深。曰：其唯未之学也，用谁急，遗行远矣。……婴闻贤人得上不虚，得下不危。言听于君，必利人。教行下必于上。是以言明而易知也，行明而易从也。行义可明乎民，谋虑可通乎君。……三年之内，齐、吴破国之难，伏尸以言术数，孔某之诛也。……夫为弟子后生，其师必修其言，法其行，力不足知弗及而后已。今孔某之行如此，儒士则可以疑矣。

《墨子间诂》

卷十《经上第四十》[1]

信，言合于意也。……说，所以明也。……言，出举也。闻，传、亲。且，言然也。言，口之利也。始，当时也。执所言而意得见，心之辩也。

卷十《经下第四十一》

止，类以行人，说在同。所存与者，于存与孰存。驷异说，推类之难，说在之大小。（“之”上疑脱“名”字。凡总名为大，散名为小。）五行毋常胜，说在宜。（言视其生克之宜。）物尽同名，二与斗，爱，食与招，白与视，丽与，夫与履。一，偏弃之。谓而固是也，说在因。不可偏去而二，说在见与俱、一与二、广与修。无欲恶之为益损也，说在宜。不能而不害，说在害。损而不害，说在余。异类不比，说在量。知而不以五路，说在久。偏去莫加少，说在故。必热，说在顿。假必悖，说在不然。知其所以不知，说在以名取。物之所以然，与所以知之，与所以使人知之，不必同，说在病。无不必待有，说在所谓。疑，说在逢、循、遇、过。擢虑不疑，说在有无。合与一，或复否，说在拒。且然，不可正，而不害用工，说在宜欧。物一体也，说在俱一、惟是。均之绝不，说在所均。宇或徙，说在长宇久。尧之义也，生于今而处于古，而异时，说在所义。临鉴而立，景到，多而若少，说在寡区。狗，犬也，而杀狗非杀犬也，可，说在重。鉴位，景一小而易，一大而缶，说在中之外内。说在使。鉴团，景一，不坚白，说在。（张云：“此有脱。”）荆之大，其沉浅也，说在具。无久与宇，坚白，说在因。以楹为抟，于以为无知也，说在意。在诸其所然，未者然，说在于是推之。意未可知，说在可用、过仵。景不徙，说在改为。一少于二，而多于五，说在建。住景二，（“住”疑当

① 清·孙诒让撰《墨子间诂》，孙启志点校，中华书局，2001。（自此篇至卷十一第四十五篇《小取》，及卷十五《迎敌祠第六十八》皆依此本。）

作“位”，与立字同。）说在重。非半弗斫，则不动，说在端。景到，在午有端与景长，说在端。可无也，有之而不可去，说在尝然。景迎日，说在抟。泾而不可担，说在抟。景之小大，说在地泾远近。宇进无近，说在敷。天而必泾，说在得。行循以久，说在先后。贞而不挠，说在胜。一法者之相与也尽，若方之相合也，说在方。契与枝板，说在薄。狂举不可以知异，说在有不可。牛马之非牛，与可之同，说在兼。倚者不可正，说在剃。循此循此与彼此同，说在异。推之必往，说在废材。唱和同患，说在功。买无贵，说在反其贾。闻所不知若所知，则两知之，说在告。贾宜则仇，说在尽。以言为尽悖，悖，说在其言。无说而惧，说在弗心。唯吾谓，非名也则不可，说在反。或，过名也，说在实。无穷不害兼，说在盈否知。知之否之，足用也，谆，说在无以也。不知其数而知其尽也，说在明者。谓辩无胜，必不当，说在辩。不知其所处，不害爱之，说在丧子者。无不让也，不可，说在始。仁义之为内外也，内，说在仵颜。于一有知焉，有不知焉，说在存。学之益也，说在诽者。有指于二，而不可逃，说在以二累。诽之可否，不以众寡，说在可非。所知而弗能指，说在春也、逃臣、狗犬、贵者。非诽者谆，说在弗非。知狗而自谓不知犬，过也，说在重。物甚不甚，说在若是。通意后对，说在不知其谁谓也。取下以求上也，说在泽。是是与是同，说在不州。（此有讹字，说亦难通。）

卷十《经说上第四十二》

信，必以其言之当也，使人视城得金。（言告人以城上有金，视而果得之，明言必信也。）……誉之，必其行也，其言之忻，使人督之。必其行也，其言之欣。举（举），告以文名，举（举）彼实也。故言也者，诸口能之出民者也。（案：……“民”当为“名”之误。……）民若画俿也。（“民”疑亦“名”之误。盖言名与实不同。……“俿”，“虎”字异文。）言也，谓言犹石致也。……知，传受之，闻也；方不障，说也；身观焉，亲也。……诺，超城员止也。相从、相去、先知、是、可，五色。长短、前后、轻重援。执服难成，言务成之，九则求执之。……正五诺，皆人于知有说。过五诺，若负，无直无说。用五诺，若自然矣。

卷十《经说下第四十三》

止，彼以此其然也，说是其然也；我以此其不然也，疑是其然也。……此然是必然，则俱。……出入之言可，是不悖，则是有可也。之人之言不可，以当，必不审。……学也，以为不知学之无益也，故告之也，是。使智学之无益也，是教也，以学为无益也教，悖。论诽，诽之可不可，以理之可诽，虽多诽，其诽是也；其理不可非，虽少诽，非也。今也谓多诽者不可，是犹以长论短。不诽，非己之诽也。不非诽，非可非也。不可非也，是不非诽也。物，甚长甚短，莫长于是，莫短于是，是之是也，非是也者，莫甚于是。取高下以善不善为度，不若山泽。处下善与处上，下所请上也。不是，是则且是焉。今是文于是，而不于是，故是不文。是不文则是而不文焉。今是不文于是，而文与是，故文与是不文同说也。

卷十一《大取第四十四》

语经：语经也，非白马焉，执驹焉说求之，无说非也。渔大之舞大，非也。三物必具，然后足以生。

爱众众世，与爱寡世相若。兼爱之有相若。爱尚世与爱后世，一若今之世人也。鬼，非人也；兄之鬼，兄也。天下之利欢。圣人有爱而无利，伣日之言也，乃客之言也。天下无人，子墨子之言也。犹在。

卷十一《小取第四十五》

夫辩者，将以明是非之分，审治乱之纪，明同异之处，察名实之理，处利害，决嫌疑。焉摹略万物之然，论求群言之比。以名举实，以辞抒意，以说出故。以类取，以类予。有诸己不非诸人，无诸己不求诸人。

是故辟、侔、援、推之辞，行而异，转而危，远而失，流而离本，则不可不审也，不可常用也。故言多方，殊类异故，则不可偏观也。

卷十五《迎敌祠第六十八》

凡望气，有大将气，有小将气，有往气，有来气，有败气，能得明此者可知成败吉凶。举巫、医、卜有所，长具药，宫之，善为舍。巫必近公社，必敬神之。巫卜以请守，守独智巫、卜望气之请而已。其出入为流言，惊骇恐吏民，谨微察之，断，罪不赦。

《墨子集诂》

卷十《耕柱第四十六》[①]

治徒娱、县子硕问于子墨子曰：为义孰为大务？子墨子曰：譬若筑墙然。能筑者筑，能实壤者实壤，能欣者欣，（焕镳案：欣，读若“掀”，谓掘土而运之于版筑之所也。）然后墙成也。为义犹是也。能谈辩者谈辩，能说书者说书，能从事者从事，然后义事成也。……子墨子曰：言足以复行者，常之；不足以举行者，勿常。不足以举行而常之，是荡口也。……子墨子使管黔敖游高石子于卫，卫君致禄甚厚，设之于卿。高石子三朝必尽言，而言无行者。去而之齐。见子墨子，曰：卫君以夫子之故，致禄甚厚，设我于卿。石三朝必尽言，而言无行，是以去之也。卫君无乃以石为狂乎？子墨子曰：去之苟道，受狂何伤！古者周公旦非关叔，辞三公，东处于商盖。（焕镳案：“商盖”即“商奄”，诸家俱同。惟语有详略，故备录之。）人皆谓之狂，后世称其德，扬其名，至今不息。且翟闻之：为义非避毁就誉，去之苟道，受狂何伤！高石子曰：石去之，焉敢不道也。昔者夫子有言曰：天下无道，仁士不处厚焉。今卫君无道，而贪其禄爵，则是我为苟陷人长也。子墨子说，而召子禽子曰：姑听此乎？夫背义而向禄者，我常闻之矣；背禄而向义者，于高石子焉见之也。子墨子曰：世俗之君子，贫而谓之富则怒，无义而谓之有义则喜，岂不悖哉！……子墨子曰：子之义将匿邪？意将以告人乎？巫马子曰：我何故匿我义？吾将以告人。子墨子曰：然则一人说子，（《间诂》谓说其义而从之。曹耀湘云：说子，谓说其所言也。）一人欲杀子以利己；十人说子，十人欲杀子以利己；天下说子，天下欲杀子以利己。一人不说子，一人欲杀子，以子为施不祥

① 此篇以下至《公输盘》第五十用王焕镳撰《墨子集诂》，上海古籍出版社 2005。此版《耕柱》第四十六在卷十，卷数与《墨子间诂》有异。

言者也；十人不说子，十人欲杀子，以子为施不祥言者也；天下不说子，天下欲杀子，以子为施不祥言者也。说子亦欲杀子，不说子亦欲杀子。是所谓经者口也，杀常之身者也。子墨子曰：子之言，恶利也？（《间诂》言恶所利。曹耀湘云：恶。读为“乌”。言子何所利而为此言也。焕镳案：“恶”为“爱恶”之“恶”。此言巫马子以利己致杀身之祸，故墨子以为巫马子之言非真能爱利者，实恶利也。）若无所利而不言，是荡口也。

卷十《贵义第四十七》

子墨子曰：万事莫贵于义。今谓人曰：予子冠履而断子之手足，子为之乎？必不为。何故？则冠履不若手足之贵也。又曰：予子天下，而杀子之身，子为之乎？必不为。何故？则天下不若身之贵也。争一言以相杀，是贵义于其身也。故曰：万事莫贵于义也。……墨子南游于楚，见楚献惠王，献惠王以老辞。使穆贺见子墨子。子墨子说穆贺，穆贺大悦，谓子墨子曰，子之言则成善矣，而君王，天下之大王也，毋乃曰贱人之所为而不用乎？子墨子曰：唯其可行。……且主君亦尝闻汤之说乎？昔者汤将往见伊尹，令彭氏之子御。彭氏之子半道而问曰：君将何之？汤曰：将往见伊尹。彭氏之子曰：伊尹，天下之贱人也。若君欲见之，亦令召问焉，彼受赐矣。汤曰：非女所知也。今有药此，食之，则耳加聪，目加明，则吾必悦而强食之。今夫伊尹之于我国也，譬之良医善药也。而子不欲我见伊尹，是子不欲吾善也。因下彭氏之子不使御。彼苟然，然后可也。子墨子曰：凡言凡动，利于天鬼百姓者为之；凡言凡动，害于天鬼百姓者舍之。凡言凡动，合于三代圣王尧、舜、禹、汤、文、武者为之；凡言凡动，合于三代暴王桀、纣、幽、厉者舍之。子墨子曰：言足以迁行者常之；不足以迁行者勿常。不足以迁行而常之，是荡口也。子墨子曰：必去六辟。嘿则思，言则诲，动则事，使三者代御，必为圣人。必去喜，去怒，去乐，去悲，去爱，而用仁义。手足口鼻耳，从事于义，必为圣人。

子墨子曰：何故返？对曰：与我言而不当。……子墨子曰：商人之四方，市贾信徙，虽有关梁之难，盗贼之危，必为之。今士坐而言义，无关梁之难，盗贼之危，此为信徙，不可胜计，然而不为。则士之计利，不若商人之察也。子墨子北之齐，遇日者。日者曰：帝以今日杀黑龙于北方，而先生之色黑，不可以北。子墨子不听，遂北。至淄水，不遂而返焉。日者曰：我谓先生不可以北。子墨子曰：南之人不得北，北之人不得南。其色有黑者，有白者，何故皆不遂也？且帝以甲乙杀青龙于东方，以丙丁杀赤龙于南方，以庚辛杀白龙于西方，以壬癸杀黑龙于北方，若用子之言，则是禁天下之行者也。是围心而虚天下也。（《间诂》苏云："围心"未详。围，或当作"违"。吴玉搢云："围心"即"违心"。古"围""违"字通。吴毓江云：苏、吴说近是。心欲行而忌讳不敢行，是围心也。……焕镳案："围"有"囿""蔽"之义。此言若用子之言，则是自蔽其心，动则疑阻，路绝行人，天下成虚空矣。）子之言不可用也。子墨子曰：吾言足用矣，舍言革思者，是犹舍获而捃粟也。以其言非吾言者，是犹以卵投石也。尽天下之卵，其石犹是也，不可毁也。

卷十《公孟第四十八》

公孟子谓子墨子曰：君子共己以待，问焉则言，不问焉则止。譬若钟然，扣则鸣，不扣则不鸣。子墨子曰：是言有三物焉，子乃今知其一身也，又未知其所谓也。若大人行淫暴于国家，进而谏，则谓之不逊；因左右而献谏，则谓之言议。此君子之所疑惑也。若大人为政，将因于国家之难，譬若机之将发也然，君子之必以谏。然而大人之利，若此者，虽不扣必鸣者也。若大人举不义之异行，虽得大巧之经，可行于军旅之事，欲攻伐无罪之国有之也。君得之，则必用之矣。以广辟土地，着税伪材，出必见辱。所攻者不利，而攻者亦不利，是两不利也。若此者，虽不扣必鸣者也。且子曰：君子共己，待问焉则言，不问焉则止。譬若钟然：扣则鸣，不扣则不鸣。今未有扣子而言，是子之谓不扣而鸣邪？是子之所谓非君子邪？公孟子谓子墨子曰：实为善人孰不知？譬若良玉处而不出，有余糈。譬若美女处而不出，人争求之；行而自炫，人莫之取也。今子遍从人而说之，何其劳也！子墨子曰：今夫世乱求美女者众，美女虽不出，人多求之。今求善者寡，不强说人，人莫之知也。且有二生于此，善筮，一行为人筮者，一处而不出者。行为人筮者，与处而不出者，其糈孰多？公孟子曰：行为人筮者其糈多。子墨子曰：仁义钧。行说人者其功善亦多。何故不行说人也！……公孟子曰：君子必古言服，然后仁。子墨子曰：昔者商王纣卿士费仲，为天下之暴人；箕子、微子为天下之圣人，此同言而或仁不仁也。周公旦为天下之圣人；关叔为天下之暴人，此同服或仁或不仁。然则不在古服与古言矣。且子法周而未法夏也，子之古，非古也。……公孟子谓子墨子曰：有义不义，无祥不祥。子墨子曰：古圣王，皆以鬼神为神明，而为祸福，执有祥不祥，是以政治而国安也。自桀纣以下，皆以鬼神为不神明，不能为祸福，执无祥不祥，是以政乱而国危也。故先王之书，《子亦》有之曰：亓傲也，出于子不祥。此言为不善之有罚，为善之有赏。子墨子谓公孟子曰：丧礼，君与父母、妻、后子死，三年丧服。伯父、叔父、兄弟期。族人五月。姑姊舅甥，皆有数月之丧。或以不丧之间，诵诗三百，弦诗三百，歌诗三百，舞诗三百。若用子之言，则君子何日以听治？庶人何日以从事？……程子曰：甚矣！先生之毁儒也。子墨子曰：儒固无此若四政者，而我言之，则是毁也；今儒固有此四政者，而我言之，则非毁也，告闻也。程子无辞而出。子墨子曰：迷之！返，后坐，进复曰：向者先生之言有可闻者焉。若先生之言，则是不誉禹，不毁桀、纣也。子墨子曰：不然。夫应孰辞，称议而为之。敏也。厚攻则厚吾，薄攻则薄吾。应孰辞而称议，是犹荷辕而击蛾也。……有游于子墨子之门者，身体强良，思虑徇通，欲使随而学。子墨子曰：姑学乎！吾将仕子。劝于善言而学。其年，而责仕于子墨子。……劝于善言而葬。……今先生圣人也，何故有疾？意者先生之言有不善乎？……二三子有复于子墨子曰：告子曰：言义而行甚恶。请弃之。子墨子曰：不可。称我言以毁我行，愈于亡。有人于此，翟甚不仁，尊天事鬼爱人，甚不仁，犹愈于亡也。今告子言谈甚辩，言仁义而不吾毁。告子毁，犹愈亡也。……告子谓子墨子曰：我治国为政。子墨子曰：政者，口言之，身必行之。今子口言之而身不行，是子之身乱也。子不能治子之身，恶能治国政？子姑亡，子之身乱之矣！

卷十《鲁问第四十九》

鲁君谓子墨子曰：吾恐齐之攻我也，可救乎？子墨子曰：可。昔者三代之圣王禹、汤、文、武，百里之诸侯也，说忠行义取天下。三代之暴王桀、纣、幽、厉，仇怨行暴失天下。吾愿主君之上者尊天事鬼，下者爱利百姓，厚为皮币，卑辞令，亟遍礼四邻诸侯，驱国而以事齐，患可救也。非此，顾无可为者。……鲁阳文君曰：然；吾以子之言观之，则天下之所谓可者，未必然也。子墨子为鲁阳文君曰：世俗之君子，皆知小物而不知大物。今有人于此，窃一犬一彘，则谓之不仁；窃一国一都，则以为义。譬犹小视白谓之白，大视白则谓之黑。是故世俗之君子知小物而不知大物者，此若言之谓也。……鲁君之嬖人死，鲁君为之诔。鲁人因说而用之。子墨子闻之，曰：诔者，道死人之志也。今因说而用之，是犹以来首从服也。……鲁阳文君谓子墨子曰：有语我以忠臣者，就、令之俯则俯，令之仰则仰。处则静，呼则应，可谓忠臣乎？……吴虑谓子墨子，义耳义耳！焉用言之哉！子墨子曰：子之所谓义者，亦有力以劳人，有财以分人乎？吴虑曰：有。子墨子曰：……翟以为不若诵先王之道而求其说，通圣人之言而察其辞。上说王公大人，次匹夫徒步之士。王公大人用吾言，国必治；匹夫徒步之士用吾言，行必修。故翟以为虽不耕织乎，而功贤于耕织也。吴虑谓子墨子曰：义耳义耳！焉用言之哉?!……子墨子游公尚过于越。公尚过说越王。越王大悦，谓公尚过曰：先生苟能使子墨子于越而教寡人，请裂故吴之地方五百里，以封子墨子。公尚过许诺。遂为公尚过束车五十乘，以迎子墨子于鲁，曰：吾以夫子之道说越王，越王大悦；谓过曰：苟能使子墨子至于越而教寡人，请裂故吴之地方五百里以封子。子墨子谓公尚过曰：子观越王之志何若？意越王将听吾言，用我道，则翟将往，量腹而食，度身而衣，自比于群臣，奚能以封为哉！抑越不听吾言，不用吾道，而吾往焉，则是我以义粜也。钧之粜，亦于中国耳，何必于越哉！……翟闻之，言义而弗行，是犯明也。绰非弗之知也，禄胜义也。

卷十《公输第五十》

公输盘为楚造云梯之械成，将以攻宋。子墨子闻之，起于齐，行十日十夜而至于郢，见公输盘。公输盘曰：夫子何命焉为？子墨子曰：北方有侮臣，愿藉子杀之。公输盘不悦。子墨子曰：请献十金。公输盘曰：吾义固不杀人。子墨子起，再拜曰：请说之。吾从北方闻子为梯，将以攻宋。宋何罪之有？荆国有余于地，而不足于民，杀所不足而争所有余，不可谓智；宋无罪而攻之，不可谓仁；智而不争，不可谓忠；争而不得，不可谓强；义不杀少而杀众，不可谓智类。公输盘服。子墨子曰：然乎不已乎？公轮盘曰：不可。吾既已言之王矣。……公输盘屈，而曰：吾知所以距子矣，吾不言。子墨子亦曰：吾知子之所以距我，吾不言。

《公孙龙子形名发微》[①]

《迹府第二》

公孙龙，六国时辩士也，疾名实之散乱，因资材之所长，为“守白之论”。假物取譬，以“守白”辩，谓“白马为非马”也。白马为非马者，言白所以名“色”，言马所以名“形”也。色形，非形，非色也。夫言色则形不当与，言形则色不宜从；今合以为物，非也。如求白马于厩中，无有，而有骊色之马；然不可以应有白马也。不可以应有白马，则所求之马亡矣。亡则白马竟非马。欲推是辩以正名实而化天下焉。

公孙龙，赵平原君之客也。孔穿，孔子之叶也。穿与龙会，穿谓龙曰：“臣居鲁，侧闻下风，高先生之智，悦先生之行，愿受业之日久矣；乃今得见。然所不取先生者，独不取先生之以白马为非马耳。请去白马非马之学，穿请为弟子。”公孙龙曰：“先生之言悖。龙之学，以白马为非马著也；使龙去之，则龙无以教。……”

王曰：“寡人理国，信若先生之言，人虽不理，寡人不敢怨也。意未至然与?”尹文曰：“言之，敢无说乎？王之令曰：‘杀人者死，伤人者刑。’人有畏王之令者，见侮而终不敢斗，是全王之令也；而王曰：‘见侮而不斗者辱也。’谓之辱，非之也。无非而王辱之，故因除其籍不以为臣也。不以为臣者，罚之也。此无罪而王罚之也。且王辱不敢斗者，必荣敢斗者也。荣敢斗者，无是而王是之，必以为臣矣。必以为臣者，赏之也。被无功而王赏之。王之所赏，吏之所诛也；上之所是，而法之所非也。赏罚是非，相与四谬，虽十黄帝不能理也。”齐王无以应焉。故龙以子之言有似齐王。子知难白马之非马，不知所以难之说。以此，犹知好士之名，而不知察士之类。

---

① 谭戒甫撰《公孙龙子形名发微》，中华书局，1963。

《论释第三 · 白马论第二》

曰："以有白马为有马；谓有马为有黄马，可乎?"曰："未可。"曰："以有马为异有黄马，是异黄马于马也。异黄马于马，是以黄马为非马。以黄马为非马，而以白马为有马；此飞者入池，而棺椁异处：——此天下之悖言乱辞也。"

曰："白者不定所白，忘之而可也。白马者言白，定所白也。定所白者非白也。马者无去取于色，故'黄''黑马'皆所以应。白马者有去取于色，'黄''黑'马皆以所色去，故唯白马独可以应耳。无去者非有去也。故曰：白马非马。"

《慎子》①

《内篇》

百工之子，不学而能者，非生巧也。言有常事也。今也国无常道，官无常法，是以国家日缪，教虽成，官不足，官不足则道理匮矣。

故官无常贵，民无终贱，有能则举之，无能则下之，举公义，辟私怨，若此言之谓也。

故孔子言于鲁哀公曰："人之所以生，礼为大，非礼无以辨君臣之位。"

故以为不若诵先王之道，而求其说，通圣人之言，而究其旨。上说王公大人，次匹夫徒步之士。王公大人用吾言，国必治；匹夫徒步之士用吾言，行必修。

驺忌以鼓琴见齐王，齐王善之。驺忌子曰："夫琴，所以象政也。"遂以为王言霸王之事，宣王大悦，舍之右室，与语三日，拜以为相。稷下先生皆轻忌，……淳于髡、慎到之属礼倨，驺忌之礼卑，谓驺忌子曰："善

① 慎到撰《慎子》，王斯睿校正，黄曙辉点校，华东师范大学出版社，2010。

说哉。窃有愚志，愿陈诸前。”……淳于髡等说毕，趋出，至门，而面其友曰：“是人也，吾辈语之微言五，其应我若响之应声，是人必封不久矣。”居期年，封以邳，号曰成侯。

郑同因抚手仰天而笑之曰：“……臣亦尝以兵说魏昭王，……今有强贪之国，临王之境，索王之地，告以理则不可，说以义则不听，王非战御守备之具，其何以当之？王若无兵，邻国得志矣。”

《外篇》

心无结怨，口无烦言。

禹让天下于奇子，奇子曰：“君言佐舜劳矣，凿龙门，斩荆山，导熊耳，通鸟鼠，首无发，股无毛，故舜也以劳报子。我生而逸，逸不能为君之劳也。”于是负妻携子，以入于海，终身不返也。

孟子舆说齐宣王而不悦，谓慎子曰：“今日说公之君，公之君不悦，意者其未知善之为善乎？”

慎子曰：“……先生之说秦王也，是未覩（睹）夫石梁之险者也。故过巴峡而不栗，未尝惊于水也；视狴犴而不惴，未尝中于法也。使先生还而复之，则无余以教到矣。”

为人君者不多听，据法倚数，以观得失。无法之言，不听于耳；无法之劳，不图于功；无劳之亲，不任于官。官不私亲，法不遗爱，上下无事，唯法所在。

《管子校注》①

卷一《权修第三》

厚爱利足以亲之，明智礼足以教之。上身服以先之，（服，行也。凡所欲教之人，在上必身自行之，所以率先于下也。）审度量以闲之，（使用

① 黎翔凤撰《管子校注》，梁运华整理，中华书局，2004。

防闲其奸伪也。）乡置师以说道之，然后申之以宪令，劝之以庆赏，振之以刑罚，故百姓皆悦为善，则暴乱之行无由至矣。

卷一《立政第四》

右九败

寝兵之说胜，则险阻不守。兼爱之说胜，则士卒不战。全生之说胜，则廉耻不立。私议自贵之说胜，则上令不行。群徒比周之说胜，则贤不肖不分。金玉货财之说胜，则爵服下流。观乐玩好之说胜，则奸民在上位。请谒任举之说胜，则绳墨不正。谄谀饰过之说胜，则巧佞者用。

卷二《七法第六》

言是而不能立，言非而不能废，有功而不能赏，有罪而不能诛，若是而能治民者，未之有也。

右选陈

一体之治者，去奇说，禁雕俗也。（奇说，谓谲诳之言。雕俗，谓浮伪之俗。）不远道里，故能威绝域之民。不险山河，故能服恃固之国。

卷三《幼官图第九》

右中方本图

通之以道，畜之以惠，亲之以仁，养之以义，报之以德，结之以信，接之以礼，和之以乐，期之以事，攻之以言，发之以力，威之以诚。

右中方副图

收天下之豪杰，有天下之称材。说行若风雨，发如雷电，此居于图方中。

卷四《宙合第十一》

毒而无怒，怨而无言，欲而无谋。

左操五音，右执五味，此言君臣之分也。君出令佚，故立于左；臣任力劳，故立于右。夫五音不同声而能调，此言君之所出令无妄也，而无所不顺，顺而令行政成。

怀绳与准钩，多备规轴，减溜大成，是唯时德之节。夫绳扶拨以为正，准坏险以为平，钩入枉而出直。此言圣君贤佐之治举也，博而不失，因以备能而无遗。

春采生，秋采蓏，夏处阴，冬处阳，此言圣人之动静、开合、屈信、澄儒，取与之必因于时也。时则动，不时则静，是以古之士有意而未可阳也，故愁其治言，含愁而藏之也。……夫强言以为戮，而功泽不加，进伤为人君严之义，退害为人臣者之生，其为不利弥甚。

明乃哲，哲乃明，奋乃苓，明哲乃大行，此言擅美主盛自奋也。

毒而无怒，此言止忿速，济没法也。怨而无言，言不可不慎也。言不周密，反伤其身。故曰：欲而无谋。言谋不可以泄，谋泄灾极。夫行忿速，遂没法，贼发言，轻谋泄，灾必及于身。故曰：毒而无怒，怨而无言，欲而无谋。大揆度仪，若觉卧，若晦明，言渊色以自诘也。

毋访于佞，言毋用佞人也，用佞人则私多行。毋蓄于谄，言毋听谄，听谄则欺上。毋育于凶，言毋使暴，使暴则伤民。毋监于谗，言毋听谗，听谗则失士。

鸟飞准绳，此言大人之义也。……言大人之行，不必以先，帝常义立之谓贤。故为上者之论其下也，不可以失此术也。

譩充，言心也，心欲忠。末衡，言耳目也，耳目欲端。中正者，治之本也。耳司听，听必顺闻，闻审谓之聪。目司视，视必顺见，见察谓之明。心司虑，虑必顺言，言得谓之知。聪明以知则博，博而不昏，所以易政也。政易民利，利乃劝，劝则告。听不慎不审不聪，不审不聪则谬。视不察不明，不察不明则过。虑不得不知，不得不知则昏。谬过以昏则忧，忧则所以伎苛，伎苛所以险政，政险民害，害乃怨。怨则凶。故曰：譩充末衡，言易政利民也。

毋犯其凶，言中正以蓄慎也。毋迩其求，言上之败常贪于金玉马女，而吝爱于粟米货财也。厚藉敛于百姓，则万民怼怨。远其忧，言上之亡其国也。常迩其乐立优美，而外淫于驰骋田猎，内纵于美色淫声，下乃解怠惰失，百吏皆失其端，则烦乱以亡其国家矣。高为其居，危颠莫之救，此言尊高满大，而好矜人以丽，主盛处贤而自予雄也。故盛必失而雄必败。夫上既主盛处贤以操士民，国家烦乱，万民心怨，此其必亡也。犹自万仞之山，播而入深渊，其死而不振也必矣。故曰：毋迩其求，而远其忧，高为其居，危颠莫之救也。可浅可深，可沈可浮，可曲可直，可言可默。此言指意要功之谓也。

天不一时，地不一利，人不一事，是以着业不得不多，人之名位不得不殊。方明者察于事，故不官于物而旁通于道。道也者，通乎无上，详乎无穷，运乎诸生。是故辩于一言，察于一治，攻于一事者，可以曲说，而不可以广举。圣人由此知言之不可兼也，故博为之治而计其意；知事之不可兼也，故名为之说而况其功。岁有春秋冬夏，月有上下中旬，日有朝暮，夜有昏晨半，星辰序各有其司，故曰：天不一时。山陵岑岩，渊泉闳流，泉逾瀷而不尽，薄承瀷而不满，高下肥硗，物有所宜，故曰：地不一利。乡有俗，国有法，食饮不同味，衣服异采，世用器械，规矩绳准，称量数度，品有所成，故曰：人不一事。此各事之仪，其详不可尽也。

可正而视，言察美恶，审别良苦，不可以不审。操分不杂，故政治不悔。定而履，言处其位，行其路，为其事，则民守其职而不乱，故葆统而好终。深而迹，言明墨章书，道德有常，则后世人人修理而不迷，故名声不息。

卷四《枢言第十二》

先王之书，心之敬执也，而众人不知也。故有事事也，毋事亦事也。吾畏事，不欲为事；吾畏言，不欲为言，故行年六十而老吃也。

卷五《法禁第十四》

饰于贫穷，而发于勤劳，权于贫贱，身无职事，家无常姓，列上下之闲，议言为民者，圣王之禁也。壹士以为亡资，修田以为亡本，则生之养私不死，然后失矫以深，与上为市者，圣王之禁也。审饰小节以示民，时言大事以动上，远交以逾群，假爵以临朝者，圣王之禁也。卑身杂处，隐行辟倚，侧入迎远，遁上而遁民者，圣王之禁也。诡俗异礼，大言法行，难其所为而高自错者，圣王之禁也。守委闲居，博分以致，勤身遂行，说人以货财，济人以买誉，其身甚静而使人求者，圣王之禁也。行辟而坚，言诡而辩，术非而博，顺恶而泽者，圣王之禁也。以朋党为友，以蔽恶为仁，以数变为智，以重敛为忠，以遂忿为勇者，圣王之禁也。固国之本，其身务往于上，深附于诸侯者，圣王之禁也。

卷六《法法第十六》

人主不周密，则正言直行之士危；正言直行之士危，则人主孤而毋内；人主孤而毋内，则人臣党而成群。使人主孤而毋内，人臣党而成群者，此非人臣之罪也，人主之过也。

明君在上位，民毋敢立私议自贵者。国毋怪严，毋杂俗，毋异礼，士毋私议，倨傲易令，错仪画制，作议者尽诛。故强者折，锐者挫，坚者破，引之以绳墨，绳之以诛戮，故万民之心皆服而从上。推之而往，引之而来，彼下有立其私议自贵，分争而退者，则令自此不行矣。故曰：私议立则主道卑矣。况主倨傲易令，错仪画制，变易风俗，诡服殊说犹立。

卷七《大匡第十八》

管仲曰："为人臣者，不尽力于君，则不亲信，不亲信，则言不听。言不听，则社稷不定。夫事君者无二心。"鲍叔许诺。……竖曼曰："……今彭生二于君，无尽言而谀行，以戏我君，使我君失亲戚之礼命又力成吾君之祸，以构二国之怨，彭生其得免乎，祸理属焉。……鲁若有诛，必以彭生为说。"

卷九《霸形第二十二》

桓公曰："仲父胡为然？盍不当言，寡人其有乡乎？（何不陈当言，令寡人有所归向。）寡人之有仲父也，犹飞槛之有羽翼也，若济大水有舟楫也，仲父不一言教寡人，寡人之有耳，将安闻道而得度哉？"管子对曰："君若将欲霸王举大事乎，则必从其本事矣。"

桓公曰："寡人闻仲父之言，此三者，闻命矣。不敢擅也，将荐之先君。"

桓公曰："善。"于是伐钟磬之县，并歌舞之乐，宫中虚无人。

管子对曰："此臣之所谓哀，非乐也。臣闻之，古者之言乐于钟磬之间者，不如此。言脱于口，而令行乎天下，游钟磬之间，而无四面兵革之忧。今君之事，言脱于口，令不得行于天下，在钟磬之间，而有四面兵革之忧。此臣之所谓哀，非乐也。"

管子对曰："请兴兵而南存宋、郑，而令曰：无攻楚。言与楚王遇，至于遇上，而以郑城与宋水为请。楚若许，则是我以文令也。楚若不许，则遂以武令焉。"桓公曰："善。"

卷九《霸言第二十三》

夫一言而寿国，不听而国亡。若此者，大圣之言也。

卷十《君臣上第三十》

为人君者，修官上之道，而不言其中。为人臣者，比官中之事，而不言其外。君道不明，则受令者疑。权度不一，则修义者惑。民有疑惑贰豫之心，而上不能匡，则百姓之与间，犹揭表而令之止也。是故能象其道于国家，加之于百姓，而足以饰官化下者，明君也。能上尽言于主，下致力于民，而足以修义从令者，忠臣也。上惠其道，下敦其业，上下相希，若望参表，则邪者可知也。吏穑夫任事，人穑夫任教。教在百姓，论在不挠，（谓百姓有不从教者，论其罪罚，不挠法以行私。）赏在信诚。体之以君臣，其诚也以守战，如此则人穑夫之事究也矣。

是故君人者，无贵如其言。人臣者，无爱如其力。言下力上，而臣主之道毕业矣。……是以不言智能，而顺事治，国患解，大臣之任也。不言于聪明，而善人举，奸伪诛，视听者众也。

卷十一《君臣下第三十一》

古者有二言，墙有耳，伏寇在侧。墙有耳者，微谋外泄之谓也。伏寇在侧者，沈疑得民之道也。微谋之泄也，狡妇袭主之请而资游慝也，沈疑者，得民者也。前贵而后贱者，为之驱也。明君在上，便僻不能食其意，刑罚亟近也。大臣不能侵其势，比党者诛，明也。

讹言于外者，胁其君者也。（假说妖妄之言惑众，如此者，欲胁君也。）

卷十一《四称第三十三》

管子对曰："夷吾闻之于徐伯曰：'昔者无道之臣，委质为臣，宾事左右。执说以进，不祈亡已。（执佞说以进于君，专固宠位，无求去也。）……。'……"

卷十二《侈靡第三十五》

不称而祀谭次祖，犯诅渝盟伤言。

应言待感，与物俱长。

开其国门者，玩之以善言，奈其斝。知其神次，操牺牲与其圭璧，以执其斝。

"大有臣甚大，将反为害。吾欲优患除害，将小能察大。为之奈何?""潭根之，毋伐。（潭，深也。此以大树喻恶也。譬若大树，深根包括伐。大臣根党盘，亦未可卒诛。）固事之，毋入。深（黝）之，毋涸。不仪之，毋助。章明之，毋灭。生荣之，毋失。十言者不胜此一，（谓令他事有十言之善，不如此一言也。）虽凶必吉。故平以满。"

功未成者，不可以独名。事未道者，不可以言名。功成然后可以独名，事道然后可以言名，然后可以承致酢，先其士者之为自犯，后其民者之为自赡。

实，取而言让，（谓实取彼物，于言更成逊让。）行阴而言阳。（于行实为阴，密在言，更成显阳。）利人之有祸，言人之无患（人虽实祸，于言乃为无患。），吾欲独有是，若何！

从无封始，王事者上。王者上事，霸者生功，言重本，是为十禺，分免而不争，言先人而自后也。（禺，犹区也。十禺，谓十里之地。每里为一禺，故曰十禺。……）

公曰："吾不欲与汝及若，女言至焉，不得毋与女及若言。吾欲致诸侯，诸侯不至，若何哉?”

人君重之，故至贞生至信，至言往至绞，生至自有道。不务以文胜情，不务以多胜少。

不方之政，不可以为国。(不方之政，谓邪也。) 曲静之言，不可以为道。节时于政，与时往矣。不动以为道，齐以为行。避世之道，不可以进取，阳者进谋，几者应感。再杀则齐，然后运，可请也。

卷十三《心术上第三十六》

大道可安而不可说。直人之言，不义不顾。不出于口，不见于色，四海之人，又庸知其则。

洁其宫，开其门，去私毋言，神明若存。……故必知不言无为之事，然后知道之纪。

无代马走，无代鸟飞，此言不夺能能，不与下诚也。

德者，道之舍，物得以生生，知得以职道之精。故德者，得也。得也者，其谓所得以然也。以无为之谓道，舍之之谓德。故道之与德无间。故言之者不别也。间之理者，谓其所以舍也。义者，谓各处其宜也。礼者，因人之情，缘义之理，而为之节文者也。……故曰：可以安而不可说也。莫人言，至也。不宜言，应也。应也者，非吾所设，故能无宜也。不顾言，因也。因也者，非吾所所顾，故无顾也。不出于口，不见于色，言无形也。……姑形以形，以形务名，督言正名，故曰圣人。不言之言，应也。应也者，以其为之人者也。

故曰：君子恬愉无为。去智与故，言虚素也。其应，非所设也。其动，非所取也。此言因也。因也者，舍己而以物为法者也。感而后应，非所设也，缘理而动，非所取也。过在自用，罪在变化。自用则不虚，不虚则仵于物矣。变化则为生，为生则乱矣。故道贵因。因者，因其能者，言所用也。君子之处也，若无知，言至虚也。其应物也，若偶之，言时适也。若影之象形，响之应声也。故物至则应，过则舍矣。舍矣者，言复所于虚也。

卷十三《心术下第三十七》

心安，是国安也。心治，是国治也。治也者，心也。安也者，心也。治心在中，治言出于口，治事加于民。故功作而民从，则百姓治矣。

不言之言，闻于雷鼓。金心之形，明于日月，察于父母。

外敬而内静者，必反其性。岂无利事哉？我无利心。岂无安处哉？我无安心。心之中又有心，（动乱之心中，又有静正之心也。）意以先言，（意感而得言。）意然后刑，（意感其事，然后呈形。）刑然后思，思然后知。凡心之形，过知先王，是故内聚以为泉原。泉之不竭，表里遂通；泉之不涸，四支坚固。能令用之，被服四固。是故圣人一言解之，上察于天，下察于地。

卷十三《白心第三十八》

故其言也不废，其事也不随。

去善之言，为善之事，事成而顾反无名。

人言善亦勿听，人言恶亦勿听。持而待之，空然勿两之，淑然自清，无以旁言为事成。察而征之无听辩，（无以旁誉之言以为事成功，无听其利口之辩言悦之也。）万物归之，美恶乃自见。……言有西有东，各死其乡。

置常立仪，能守贞乎？常事通道，能官人乎？故书其恶者，言其薄者。

难言宪术，须同而出。无益言，无损言，近可以免。故曰：知何知乎？谋何谋乎？审而出者彼自来。（审而出者，必同于彼，故自来。）

卷十三《水地第三十九》

是以圣人之化世也，其解在水。故水一则人心正，水清则民心易。一则欲不污，民心易则行无邪。是以圣人之治于世也，不人告也，不户说也，其枢在水。

卷十四《五行第四十一》

大扬惠言，（言大举仁惠之事也。）宽死刑，缓罪人。

卷十五《任法第四十五》

圣君任法而不任智，任数而不任说，任公而不任私，任大道而不任小物，后身佚而天下治。……是故人主有能用其道者，不事心，不劳意，不动力，而土地自辟，囷仓自实，蓄积自多，甲兵自强；群臣无诈伪，百官无奸邪，奇术技艺之人，莫敢高言孟行，以过其情，以遇其主矣。

故曰：法者，不可恒也。存亡治乱之所从出，圣君所以为天下大仪也。君臣上下贵贱皆发焉。故曰：法古之法也。世无请谒任举之人，无间识博学辩说之士，无伟服，无奇行，皆囊于法，以事其主。

美者以巧言令色请其主，主因离法而听之，此所谓美而淫之也。（言美者能以言色淫动于君，故君亦听之。）治世则不然，不知亲疏远近贵贱美恶，以度量断之，其杀戮人者不怨也，其赏赐人者不德也。以法制行之，如天地之无私也，是以官无私论，士无私议，民无私说，皆虚其胸以听其上。……夫私者，壅蔽失位之道也。上舍公法而听私说，故群臣百姓皆设私立方以教于国。群党比周以立其私，请谒任举以乱公法，人用其心以幸于上，上无度量以禁之，是以私说日益，而公法日损，国之不治，从此产矣。

卷十六《内业第四十九》

修心静音，道乃可得。道也者，口之所不能言也，目之所不能视也，耳之所不能听也，所以修心而正形也。

执一不失，能君万物。君子使物，不为物使。得一之理，治心在于中，治言出于口，治事加于人，然则天下治矣。一言得而天下服，一言定而天下听，公之谓也。

正心在中，万物得度。道满天下，普在民所，民不能知也。一言之解，上察于天，下极于地，蟠满九州岛。何谓解之？在于心安。我心治，官乃治。我心安，官乃安。治之者心也，安之者心也，心以藏心，心之中又有心焉。彼心之心，音以先言，音然后形，形然后言，言然后使，使然后治。不治必乱，乱乃死。

善气迎人，亲于弟兄。恶气迎人，害于戎兵。不言之声，疾于雷鼓。心气之形，明于日月，察于父母。

卷十七《七臣七主第五十二》

呜呼美哉！名断言泽。（依名而断，则其言顺而泽。）

奸臣痛言人情以惊主，开罪党以为雠。除雠则罪不辜，罪不辜则与雠居。故善言可恶以自信，而主失亲。（好言可恶之事以告于君，此求君之信己也。君果信之，则失其所亲也。）

卷十八《度地第五十七》

故善为国者，必先除其五害，人乃终身无患害而孝慈焉。桓公曰："愿闻五害之说。"管仲对曰："水一害也，旱一害也，风雾雹霜一害也，厉一害也，虫一害也。此谓五害。五害之属，水最为大。五害已除，人乃可治。"

桓公曰："请问备五害之道。"管子对曰："请除五害之说，以水为始。……"

卷二十《形势解第六十四》

人主出言，顺于理，合于民情，则民受其辞。民受其辞，则民声章。故曰：受辞者，名之运也。

人主立其度量，陈其分职，明其法式，以莅其民，而不以言先之，则民循正。所谓抱蜀者，祠器也。故曰：抱蜀不言，而庙堂既修。

无仪法程序，蜚摇而无所定，谓之蜚蓬之问。蜚蓬之问，明主不听也。无度之言，明主不许也。故曰：蜚蓬之问，不在所宾。

奚仲之为车器也，方圆曲直，皆中规矩钩绳。故机旋相得，用之牢利，成器坚固。明主犹奚仲也，言辞动作皆中术数，故众理相当，上下相亲。巧者，奚仲之所以为器也，主之所以为治也。斲削者，斤刀也。故曰："奚仲之巧，非斲削也。"

莅民如父母，则民亲爱之。道之纯厚，遇之有实。虽不言曰吾亲民，而民亲矣。莅民如雠仇，则民疏之；道之不厚，遇之无实，诈伪并起，虽言曰吾亲民，民不亲也。故曰："亲近者，言无事焉。"

毁訾贤者之谓訾，推誉不肖之谓伪。訾、伪之人得用，则人主之明蔽，而毁誉之言起。任之大事，则事不成而祸患至。故曰：訾伪之人，勿与任大。

圣人择可言而后言，择可行而后行。偷得利而后有害，偷得乐而后有忧者，圣人不为也。故圣人择言必顾其累，择行必顾其忧。故曰：顾忧者，可与致道。

小人者，枉道而取容，适主意而偷说，备利而偷得。如此者，其得之虽速，祸患之至亦急，故圣人去而不用也。

圣人之诺已也，先论其理义，计其可否。义则诺，不义则已。可则诺，不可则已。故其诺未尝不信也。小人不义亦诺，不可亦诺。言而必诺，故其诺未必信也。故曰：必诺之言，不足信也。

言而语道德忠信孝弟者，此言无弃者。天公平而无私，故美恶莫不覆。地公平而无私，故小大莫不载。无弃之言，公平而无私，故贤不肖莫不用。故无弃之言者，参伍于天地之无私也。故曰：有无弃之言者，必参之于天地矣。

言辞信，动作庄，衣冠正，则臣下肃。言辞慢，动作亏，衣冠惰，则臣下轻之。故曰：衣冠不正，则宾者不肃。

道者，所以变化身而之正理者也。故道在身，则言自顺，行自正，事君自忠，事父自孝，遇人自理。故曰：道之所设，身之所化也。

人主出言，不逆于民心，不悖于理义。其所言足以安天下者也，人唯恐其不复言也。出言而离父子之亲，疏君臣之道，害天下之众，此言之不可复者也，故明主不言也。故曰：言而不可复者，君不言也。

言之不可复者，其言不信也。行之不可再者，其行贼暴也。故言而不信则民不附，行而贼暴则天下怨。民不附，天下怨，此灭亡之所从生也，故明主禁之。故曰：凡言之不可复，行之不可再者，有国者之大禁也。

卷二十一《立政九败解第六十五》

人君唯毋听寝兵，则群臣宾客莫敢言兵。然则内之不知国之治乱，外之不知诸侯强弱，如是则城郭毁坏，莫之筑补，甲弊兵雕，（“雕”借为“凋”）莫之修缮。如是则守圉之备毁矣。辽远之地谋，边境之士修，百姓无圉敌之心。故曰：寝兵之说胜，则险阻不守。

人君唯毋听兼爱之说，则视天下之民如其民，视国如吾国，如是则无并兼攘夺之心，无覆军败将之事。然则射御勇力之士不厚禄，覆军杀将之臣不贵爵，如是则射御勇力之士出在外矣。我能毋攻人，可也，不能令人毋攻我。彼求地而予之，非吾所欲也。不予而与战，必不胜也。彼以教士，我以驱众；彼以良将，我以无能，其败必覆军杀将。故曰：兼爱之说胜，则士卒不战。

人君唯无好全生，则群臣皆全其生，而生又养生。养何也？曰：滋味也，声色也，然后为养生。然则从欲妄行，男女无别，反于禽兽。然则礼义廉耻不立，人君无以自守也。故曰：全生之说胜，则廉耻不立。

人君唯无听私议自贵，则民退静隐伏，窟穴就山，非世间上，轻爵禄而贱有司。然则令不行，禁不止。故曰：私议自贵之说胜，则上令不行。

人君唯无好金玉货财，必欲得其所好，然则必有以易之。所以易之者何也？大官尊位，不然则尊爵重禄也。如是则不肖者在上位矣。然则贤者不为下，智者不为谋，信者不为约，勇者不为死。如是则驱国而捐之也。故曰：金玉货财之说胜，则爵服下流。

人君唯毋听群徒比周，则群臣朋党，蔽美扬恶，然则国之情伪不见于上。如是则朋党者处前，寡党者处后。夫朋党者处前，贤不肖不分，则争夺之乱起，而君在危殆之中矣。故曰：群徒比周之说胜，则贤不肖不分。

人君唯毋听观乐玩好则败。凡观乐者，宫室台池，珠玉声乐也。此皆费财尽力，伤国之道也。而以此事君者，皆奸人也。而人君听之，焉得毋败！然则府仓虚，蓄积竭，且奸人在上，则壅遏贤者而不进也。然则国适有患，则优倡侏儒起而议国事矣，是驱国而捐之也。故曰：观乐玩好之说胜，则奸人在上位。

人君唯毋听请谒任誉，则群臣皆相为请，然则请谒得于上，党与成于乡。如是则货财行于国，法制毁于官，群臣务佼而求用，然则无爵而贵，无禄而富。故曰：请谒任誉之说胜，则绳墨不正。

人君唯无听谄谀饰过之言则败。奚以知其然也？夫谄臣者，常使其主不悔其过，不更其失者也，故主惑而不自知也。如是则谋臣死，而谄臣尊矣。故曰：谄谗饰过之说胜，则巧佞者用。

卷二十一《版法解第六十六》

凡众者，爱之则亲，利之则至。是故明君设利以致之，明爱以亲之。徒利而不爱，则众至而不亲。徒爱而不利，则众亲而不至。爱施俱行，则说君臣，说朋友、说兄弟、说父子。爱施所设四，固不能守。故曰：四说在爱施。

卷二十一《明法解第六十七》

国之所以乱者，废事情而任非誉也。故明主之听也，言者责之以其实，誉人者试之以其官。言而无实者诛，吏而乱官者诛。是故虚言不敢进，不肖者不敢受官。乱主则不然，听言而不督其实，故群臣以虚誉进其党；任官而不责其功，故愚污之吏在庭。

人主不参验其罪过，以无实之言诛之，则奸臣不能无事而贵重而求推誉，以避刑法而受禄赏焉。

明主之择贤人也，言勇者试之以军，言智者试之以官。试于军而有功者则举之，试于官而事治者则用之。故以战功之事定勇怯，以官职之治定愚智。故勇怯愚智之见也，如白黑之分。乱主则不然，听言而不试，故妄言者得用；任人而不言，故不肖者不困。故明主以法案其言而求其实，以官任其身而课其功，专任法，不自举焉。

明主之治也，审是非，察事情，以度量案之。合于法则行，不合于法则止。功充其言则赏，不充其言则诛。故言智能者，必有见功而后举之。言恶败者，必有见过而后废之。如此，则士上通而莫之能妒，不肖者困废而莫之能举。

卷二十二《山至数第七十六》

桓公又问于管子曰："有人教我，谓之请士。曰：'何不官百能？'"管子对曰："何谓百能？"桓公曰："'使智者尽其智，谋士尽其谋，百工尽其巧。'若此则可以为国乎？"管子对曰："请士之言非也。禄肥则士不死，币轻则士简赏，万物轻则士偷幸。三怠在国，何数之有？彼谷十藏于上，三游于下。谋士尽其虑，智士尽其知，勇士轻其死，请士所谓妄言也。不通于轻重，谓之妄言。"

卷二十三《揆度第七十八》

轻重之法曰："自言能为司马不能为司马者，杀其身以衅其鼓。自言能治田土不能治田土者，杀其身以衅其社。自言能为官不能为官者，劓以为门父。故无敢奸能诬禄至于君者矣。故相任寅为官都，重门击拆不能去，亦随之以法。"

卷二十三《轻重甲第八十》

桓公曰："何谓致天下之民？"管子对曰："……故圣人善用非其有，使非其人。动言摇辞，万民可得而亲。"桓公曰："善。"

管子曰："阴王之国有三，而齐与在焉。"桓公曰："若此言可得闻乎？"管子对曰："楚有汝、汉之黄金，而齐有渠展之盐，燕有辽东之煮，此阴王之国也。且楚之有黄金，中齐有蔷石也。苟有操之不工，用之不善，天下倪而是耳。使夷吾得居楚之黄金，吾能令农毋耕而食，女毋织而衣。今齐有渠展之盐，请君伐菹薪，煮沸火为盐，正而积之。"桓公曰："诺。"

《吕氏春秋集释》[1]

卷第三《先己》

昔者，先圣王成其身而天下成，治其身而天下治。故善响者不于响于声，善影者不于影于形，为天下者不于天下于身。诗曰："淑人君子，其仪不忒。其仪不忒，正是四国。"言正诸身也。

诗曰："执辔如组。"孔子曰："审此言也可以为天下。"……孔子见鲁哀公，哀公曰："有语寡人曰：'为国家者，为之堂上而已矣。'寡人以为迂言也。"孔子曰："此非迂言也。丘闻之：'得之于身者得之人，失之于身者失之人。'不出于门户而天下治者，其唯知反于己身者乎！"

卷第三《论人》

言无遗者，集肌肤，不可革也。谗人困穷，贤者遂兴，不可匿也。故知知一则若天地然，则何事之不胜，何物之不应！譬之若御者，反诸己则车轻马利，致远复食而不倦。昔上世之亡主，以罪为在人，故日杀戮而不止，以至于亡而不悟。三代之兴王，以罪为在己，故日功而不衰，以至于王。

何谓求诸人？人同类而智殊，贤不肖异，皆巧言辩辞以自防御，此不肖主之所以乱也。凡论人，通则观其所礼，贵则观其所进，富则观其所养，听则观其所行，止则观其所好，习则观其所言，穷则观其所不受，贱则观其所不为，喜之以验其守，乐之以验其僻，怒之以验其节，惧之以验其特，哀之以验其人，苦之以验其志，八观六验，此贤主之所以论人也。

卷第三《圆道》

五曰：天道圆，地道方，圣王法之，所以立上下。何以说天道之圆也？精气一上一下，圆周复杂，无所稽留，故曰天道圆。何以说地道之方

---

① 许维遹撰《吕氏春秋集释》，梁运华整理，中华书局，2009。

也？万物殊类殊形，皆有分职，不能相为，故曰地道方。主执圆，臣处方，方圆不易，其国乃昌。

黄帝曰："帝无常处也。有处者乃无处也。"以言不刑蹇，圆道也。人之窍九，一有所居则八虚，八虚甚久则身毙。故唯而听，唯止。听而视，听止。以言说一，一不欲留，留运为败，圆道也。一也齐至贵，莫知其原，莫知其端，莫知其始，莫知其终，而万物以为宗。

卷第四《劝学》

凡说者，兑之也，非说之也。（……凌曙曰：《易·序卦》："巽者入也，入而后说之，故受之以兑。"《释名》："兑，物得备足，皆喜悦也。"《文心雕龙》："说者悦也。兑为口舌，故言咨悦怿。"据此，知为师者必先得学者之欢心，而后其说乃可行也，故《易·象》曰："丽泽兑，君子以朋友讲习。"）今世之说者，多弗能兑，而反说之。夫弗能兑而反说，是拯溺而缒之以石也，（硾，沉也，能杀没人，何拯之有？）是救病而饮之以堇也，（救，治也。堇，毒药也，能杀毒人，何治之有？））使世益乱，不肖主重惑者从此生矣。故为师之务，在于胜理，在于行义。理胜义立则位尊矣，王公大人弗敢骄也，上至于天子朝之而不惭。凡遇合也，合不可必，遗理释义以要不可必，而欲人之尊之也，不亦难乎！故师必胜理行义然后尊。

卷第四《尊师》

且天生人也，而使其耳可以闻，不学，其闻不若聋；使其目可以见，不学，其见不若盲；使其口可以言，不学，其言不若爽；使其心可以知，不学，其知不若狂。故凡学，非能益也，达天性也。能全天之所生而勿败之，是谓善学。

凡学，必务进业，心则无营；疾讽诵，谨司闻，观欢愉，问书意；顺耳目，不逆志，退思虑，求所谓；时辨说，以论道；不苟辨，必中法，得之无矜，失之无惭，必反其本。

君子之学也，说义必称师以论道，听从必尽力以光明。听从不尽力命之曰背，说义不称师命之曰叛，背叛之人，贤主弗纳之于朝，君子不与交友。故教也者，义之大者也；学也者，知之盛者也。义之大者莫大于利人，利人莫大于教。知之盛者莫大于成身，成身莫大于学。

卷第四《用众》

故学士曰："辩议不可不为。"辩议而苟可为，是教也，教大议也。辩议而不可为，是披褐而出，衣锦而入。

戎人生乎戎、长乎戎，而戎言不知其所受之。楚人生乎楚、长乎楚，而楚言不知其所受之。今使楚人长乎戎，戎人长乎楚，则楚人戎言，戎人楚言矣。由是观之，吾未知亡国之主不可以为贤主也，其所生长者不可耳，故所生长不可不察也。

田骈谓齐王曰："孟贲庶乎患术，而边境弗患；楚、魏之王，辞言不说，（不以言辞为说。）而境内已修备矣，兵士已修用矣，得之众也。"

卷第六《音初》

凡音者，产乎人心者也。感于心则荡乎音，音成于外而化乎内，是故闻其声而知其风，察其风而知其志，观其志而知其德。盛衰、贤不肖、君子小人皆形于乐，不可隐匿，故曰乐之为观也深矣。土弊则草木不长，水烦则鱼鳖不大，世浊则礼烦而乐淫。郑、卫之声，桑间之音，此乱国之所好，衰德之所说。（说，乐。）流辟佻越慆滥之音出，则滔荡之气、邪慢之心感矣，感则百奸众辟从此产矣。故君子反道以修德，正德以出乐，和乐以成顺。乐和而民乡方矣。

卷第六《制乐》

宋景公之时，荧惑在心，（荧惑，五星之一，火中精也。心，东方宿，宋之分野。）公惧，召子韦而问焉，曰："荧惑在心，何也？"子韦曰："荧惑者，天罚也；心者，宋之分野也；祸当于君。虽然，可移于宰相。"公曰："宰相所与治国家也，而移死焉，不祥。"子韦曰："可移于民。"公曰："民死，寡人将谁为君乎？宁独死。"子韦曰："可移于岁。"公曰："岁害则民饥，民饥必死。为人君而杀其民以自活也，其谁以我为君乎？是寡人之命固尽已，子无复言矣。"子韦还走，北面载拜曰："臣敢贺君。

天之处高而听卑。君有至德之言三，天必三赏君。今夕荧惑其徙三舍，君延年二十一岁。”公曰：“子何以知之？”对曰：“有三善言，必有三赏，荧惑有三徙舍，舍行七星，星一徙当一年，三七二十一，臣故曰君延年二十一岁矣。臣请伏于陛下以伺候之，荧惑不徙，臣请死。”公曰：“可。”是夕荧惑果徙三舍。

卷第七《荡兵》

且兵之所自来者远矣，未尝少选不用，贵贱长少贤者不肖相与同，有巨有微而已矣。察兵之微，在心而未发，兵也；疾视，兵也；作色，兵也；傲言，兵也；援推，兵也；连反，兵也；侈斗，兵也；三军攻战，兵也。此八者皆兵也，微巨之争也。今世之以偃兵疾说者，终身用兵而不自知，悖，故说虽强，谈虽辨，文学虽博，犹不见听。故古之圣王有义兵而无有偃兵。兵诚义，以诛暴君而振苦民，民之说也，若孝子之见慈亲也，若饥者之见美食也，民之号呼而走之，若强弩之射于深溪也，若积大水而失其壅堤也。中主犹若不能有其民，而况于暴君乎！

卷第七《振乱》

今之世，学者多非乎攻伐。非攻伐而取救守，取救守则乡之所谓长有道而息无道、赏有义而罚不义之术不行矣。天下之长民，其利害在察此论也。攻伐之与救守一实也，而取舍人异，以辨说去之，终无所定论。固不知，悖也。知而欺心，诬也。（论说事情，固不知之，是为悖。实知之而自欺其心，是为诬。）诬悖之士，虽辨无用矣。（辨无所能施，故谓之“无用”。〇毕沅曰：“赵云：‘言说虽若可听，而断不可用也。下文申言其故。’”）是非其所取而取其所非也，是利之而反害之也，安之而反危之也。为天下之长患、致黔首之大害者，若说为深。（说若是者，为天下之患，为黔首之害深而大也。〇陶鸿庆曰：“若说者，此说也。”）夫以利天下之民为心者，不可以不熟察此论也。

卷第七《禁塞》

凡救守者，太上以说，（说，说言也。）其次以兵。以说则承从多群，日夜思之，事心任精，起则诵之，卧则梦之，自今单唇干肺，费神伤魂，上称三皇五帝之业以愉其意，下称五伯名士之谋以信其事。早朝晏罢，以告制兵者，行说语众，以明其道。道毕说单而不行，则必反之兵矣。反之于兵则必斗争，之情必且杀人，是杀无罪之民以兴无道与不义者也。无道不义者存，是长天下之害，而止天下之利，虽欲幸而胜，祸且始长。

夫无道者之恣行，幸矣。故世之患不在救守，而在于不肖者之幸也。救守之说出，则不肖者益幸也，贤者益疑矣。故大乱天下者，在于不论其义，而疾取救守。

卷第七《怀宠》

五曰：凡君子之说也非苟辨也，士之议也非苟语也，必中理然后说，必当义然后议。故说义而王公大人益好理矣，士民黔首益行义矣。

卷第九《顺民》

二曰：先王先顺民心，故功名成。夫以德得民心以立大功名者，上世多有之矣。失民心而立功名者，未之曾有也。得民必有道，万乘之国，百户之邑，民无有不说。（说其仁与义也。）取民之所说而民取矣，民之所说岂众哉！此取民之要也。

卷第九《精通》

钟子期叹嗟曰："悲夫，悲夫！心非臂也，臂非椎非石也。悲存乎心而木石应之，故君子诚乎此而谕乎彼，感乎己而发乎人，岂必强说乎哉？"周有申喜者，亡其母，闻乞人歌于门下而悲之，动于颜色，谓门者内乞人之歌者，自觉而问焉，曰："何故而乞？"与之语，盖其母也。故父母之于子也，子之于父母也，一体而两分，同气而异息。若草莽之有华实也，若树木之有根心也，虽异处而相通，隐志相及，痛疾相救，忧思相感，生则相欢，死则相哀，此之谓骨肉之亲。神出于忠，而应乎心，两精相得，岂待言哉！

卷第十《异宝》

今以百金与抟黍以示儿子，儿子必取抟黍矣。以和氏之璧与百金以示鄙人，鄙人必取百金矣。以和氏之璧、道德之至言以示贤者，贤者必取至言矣。其知弥精，其所取弥精。其知弥粗，其所取弥粗。

卷第十一《当务》

跖之徒问于跖曰："盗有道乎？"跖曰："奚啻其有道也！夫妄意关内，中藏，圣也。入先，勇也。出后，义也。知时，智也。分均，仁也。不通此五者，而能成大盗者，天下无有。"备说非六王五伯，以为"尧有不慈之名，舜有不孝之行，禹有淫湎之意，汤、武有放杀之事，五伯有暴乱之谋，世皆誉之，人皆讳之，惑也。"故死而操金椎以葬曰："下见六王五伯，将敲其头矣。"（段云：《说文》："敲，击头也。口卓切。"）辨若此，不如无辨。

卷第十二《士节》

齐有北郭骚者，结罘罔，捆蒲苇，织萉屦，以养其母犹不足，踵门见晏子曰："愿乞所以养母。"晏子之仆谓晏子曰："此齐国之贤者也，其义不臣乎天子，不友乎诸侯，于利不苟取，于害不苟免。今乞所以养母，是说夫子之义也，必与之。"……北郭子召其友而告之曰："说晏子之义，而尝乞所以养母焉。吾闻之曰：'养及亲者，身抗其难。'今晏子见疑，吾将以身死白之。"

卷第十二《序意》

赵襄子游于囿中，至于梁，马却不肯进，青荓为参乘，襄子曰："进视梁下，类有人。"青荓进视梁下。豫让却寝，佯为死人，叱青荓曰："去！长者吾且有事。"青荓曰："少而与子友，子且为大事，而我言之，是失相与友之道。子将贼吾君，而我不言之，是失为人臣之道。如我者，惟死为可。"乃退而自杀。青荓非乐死也，重失人臣之节，恶废交友之道也。青荓、豫让可谓之友也。

卷第十三《去尤》

公息忌谓邾君曰："不若以组。凡甲之所以为固者，以满窍也。今窍满矣，而任力者半耳。且组则不然，窍满则尽任力矣。"邾君以为然，曰：

“将何所以得组也？”公息忌对曰：“上用之则民为之矣。”郑君曰：“善。”下令，令官为甲必以组。公息忌知说之行也，因令其家皆为组。人有伤之者曰：“公息忌之所以欲用组者，其家多为组也。”郑君不悦，于是复下令，令官为甲无以组。此郑君之有所尤也。为甲以组而便，公息忌虽多为组何伤也？以组不便，公息忌虽无组亦何益也？为组与不为组不足以累公息忌之说，用组之心不可不察也。

卷第十三《听言》

四曰：听言不可不察，不察则善不善不分，善不善不分，乱莫大焉。

功先名，事先功，言先事。不知事恶能听言？不知情恶能当言？其与人谷言也，其有辩乎？其无辩乎？造父始习于大豆，逢蒙始习于甘蝇，御大豆，射甘蝇，而不徙人以为性者也。不徙之，所以致远追急也，所以除害禁暴也。凡人亦必有所习其心，然后能听说。不习其心，习之于学问。不学而能听说者，古今无有也。解在乎白圭之非惠子也，公孙龙之说燕昭王以偃兵及应空洛之遇也，孔穿之议公孙龙，翟翦之难惠子之法。此四士者之议皆多故矣，不可不独论。

卷第十三《谨听》

五曰：昔者禹一沐而三捉发，一食而三起，以礼有道之士，通乎己之不足也。通乎己之不足，则不与物争矣。愉易平静以待之，使夫自得之。因然而然之，使夫自言之。亡国之主反此，乃自贤而少人，少人则说者持容而不极，听者自多而不得，虽有天下何益焉！……文王，千乘也。纣，天子也。天子失之，而千乘得之，知之与不知也。诸众齐民，不待知而使，不待礼而令。若夫有道之士，必礼必知，然后其智能可尽。解在乎胜书之说周公，可谓能听矣。齐桓公之见小臣稷、魏文侯之见田子方也，皆可谓能礼士矣。

卷第十三《务本》

安危荣辱之本在于主，主之本在于宗庙，宗庙之本在于民，民之治乱在于有司。《易》曰：“复自道，何其咎，吉。”以言本无异则动卒有喜。

今处官则荒乱，临财则贪得，列近则持谏，将众则罢怯，以此厚望于主，岂不难哉！

卷第十三《谕大》

“故曰：‘天下大乱，无有安国。一国尽乱，无有安家。一家皆乱，无有安身。’此之谓也。故小之定也必恃大，大之安也必恃小，小大贵贱交相为恃，然后皆得其乐。”定贱小在于贵大，解在乎薄疑说卫嗣君以王术，杜赫说周昭文君以安天下，及匡章之难惠子以王齐王也。

卷第十四《孝行览》

养有五道：修宫室，安床笫，节饮食，养体之道也。树五色，施五采，列文章，养目之道也。正六律，和五声，杂八音，养耳之道也。熟五谷，烹六畜，和煎调，养口之道也。和颜色，说言语，敬进退，养志之道也。此五者，代进而厚用之，可谓善养矣。

卷第十四《首时》

伍子胥欲见吴王而不得，客有言之于王子光者，见之而恶其貌，不听其说而辞之。客请之王子光，王子光曰：“其貌适吾所甚恶也。”客以闻伍子胥，伍子胥曰：“此易故也。愿令王子居于堂上，重帷而见其衣若手，请因说之。”王子许。伍子胥说之半，王子光举帷，搏其手而与之坐。说毕，王子光大悦。

卷第十四《义赏》

昔晋文公将与楚人战于城濮，召咎犯而问曰：“楚众我寡，奈何而可？”咎犯对曰：“臣闻繁礼之君不足于文；繁战之君不足于诈，君亦诈之而已。”文公以咎犯言告雍季，雍季曰：“竭泽而渔，岂不获得？而明年无鱼。焚薮而田，岂不获得？而明年无兽。诈伪之道，虽今偷可，后将无复，非长术也。”文公用咎犯之言，（言，谋也。）而败楚人于城濮。反而为赏，雍季在上。左右谏曰：“城濮之功，咎犯之谋也。君用其言，而赏后其身，或者不可乎！”文公曰：“雍季之言，百世之利也。咎犯之言，一时之务也。焉有以一时之务先百世之利者乎？”

卷第十四《遇合》

凡能听说者，必达乎论议者也。世主之能识论议者寡，所遇恶得不苟？凡能听音者，必达于五声。人之能知五声者寡，所善恶得不苟？客有以吹籁见越王者，羽角宫徵商不谬，越王不善，为野音而反善之。说之道亦有如此者也。（说贤人而不用，言不孝而归之，故曰“亦有如此者也”。）

卷第十四《必己》

孔子行道而息，马逸，食人之稼，野人取其马。子贡请往说之，毕辞，野人不听。有鄙人始事孔子者曰：“请往说之。”因谓野人曰：“子不耕于东海，吾不耕于西海也，吾马何得不食子之禾？”其野人大悦，相谓曰：“说亦皆如此其辩也，独如向之人？”解马而与之。说如此其无方也而犹行，外物岂可必哉？

君子之自行也，敬人而不必见敬，爱人而不必见爱。敬爱人者己也，见敬爱者人也。君子必在己者，不必在人者也，必在己，无不遇矣。

卷第十五《慎大览》

周书曰：“若临深渊，若履薄冰。”以言慎事也。

桀为无道，暴戾顽贪，天下颤恐而患之，言者不同，纷纷分分，其情难得。（纷纷，淆乱也。分分，恐恨也。其情难得而知也。）干辛任威，凌轹诸侯，以及兆民，贤良郁怨。杀彼龙逢，以服群凶，众庶泯泯，皆有远志，莫敢直言，其生若惊。

武王胜殷，得二虏而问焉，曰：“若国有妖乎？”一虏对曰：“吾国有妖。昼见星而天雨血，此吾国之妖也。”一虏对曰：“此则妖也。虽然，非其大者也。吾国之妖甚大者，子不听父，弟不听兄，君令不行，此妖之大者也。”武王避席再拜之。此非贵虏也，贵其言也。故《易》曰：“愬愬履虎尾，终吉。”

卷第十五《权勋》

中山之国有厹繇者，智伯欲攻之而无道也，为铸大钟，方车二轨以遗之。厹繇之君将斩岸堙溪以迎钟。赤章蔓枝谏曰："诗云：'唯则定国。'我胡以得是于智伯？夫智伯之为人也贪而无信，必欲攻我而无道也，故为大钟，方车二轨以遗君。君因斩岸堙溪以迎钟，师必随之。"弗听。有顷，谏之，君曰："大国为懽，而子逆之，不祥。子释之。"赤章蔓枝曰："为人臣不忠贞，罪也。忠贞不用，远身可也。"断毂而行，至卫七日而厹繇亡。欲钟之心胜也，欲钟之心胜则安厹繇之说塞矣。凡听说，所胜不可不审也，故太上先胜。（先犹上也。〇陶鸿庆曰："上文云'欲钟之心胜则安厹繇之说塞矣'，言人君之心术不可有所胜也。此云'太上先胜'，文义乖违。'先'当为'无'字之误。无胜者，无有所胜也。注文'上'乃'止'之误，高氏读无为毋，故云'无犹止也'，言止其胜心也。因'无'误为'先'，后人复改注以牵合正文耳。"）

卷第十五《报更》

故善说者，陈其势，言其方，见人之急也，若自在危厄之中，岂用强力哉？强力则鄙矣。说之不听也，任不独在所说，亦在说者。

卷第十五《顺说》

五曰：善说者若巧士，因人之力以自为力，因其来而与来，因其往而与往；不设形象。与生与长，而言之与响；与盛与衰，以之所归。力虽多，材虽劲，以制其命。顺风而呼，声不加疾也；际高而望，目不加明也，所因便也。（〇王念孙曰："'际'疑'登'之讹。"）

宋王谓左右曰："辨矣，客之以说服寡人也！"

荆王无以应。说虽未大行，田赞可谓能立其方矣。若夫偃息之义，则未之识也。

卷第十五《察今》

八曰：上胡不法先王之法，非不贤也，为其不可得而法。先王之法，经乎上世而来者也，人或益之，人或损之，胡可得而法？虽人弗损益，犹若不可得而法。东夏之命，古今之法，言异而典殊，（东夏，东方也。命，令也。）故古之命多不通乎今之言者，今之法多不合乎古之法者。殊俗之民，有似于此。其所为欲同，其所为异。口昏之命不愉，若舟车衣冠滋味声色之不同，人以自是，反以相诽。天下之学者多辩，言利辞倒，不求其实，务以相毁，以胜为故。

卷第十六《先识览》

晋太史屠黍见晋之乱也，见晋公之骄而无德义也，以其图法归周。周威公见而问焉，曰："天下之国孰先亡？"对曰："晋先亡。"威公问其故。对曰："臣比在晋也，不敢直言。……"……曰："臣闻之：国之兴也，天遗之贤人与极言之士；国之亡也，天遗之乱人与善谀之士。"威公薨，肂，九月不得葬，周乃分为二。（下棺置地中谓之肂。）故有道者之言也，不可不重也。

卷第十六《观世》

子列子穷，容貌有饥色。客有言之于郑子阳者，曰："列御寇，盖有道之士也，居君之国而穷，君无乃为不好士乎？"郑子阳令官遗之粟数十秉。子列子出见使者，再拜而辞。使者去，子列子入，其妻望而拊心，曰："闻为有道者妻子皆得逸乐，今妻子有饥色矣，君过而遗先生食，先生又弗受也，岂非命也哉！"子列子笑而谓之曰："君非自知我也，以人之言而遗我粟也，至已而罪我也，有罪且以人言，此吾所以不受也。"

卷第十六《知接》

无由接而言见，諓。智亦然，其所以接智、所以接不智同，其所能接、所不能接异。智者其所能接远也，愚者其所能接近也。所能接近而告之以远化，奚由相得？无由相得，说者虽工，不能喻矣。

蒙衣袂而绝乎寿宫。虫流出于户，上盖以杨门之扇，三月不葬。此不卒听管仲之言也。桓公非轻难而恶管子也，无由接见也。无由接，固却其忠言，而爱其所尊贵也。

卷第十六《悔过》

四曰：穴深寻，则人之臂必不能极矣。是何也？不至故也。智亦有所不至。所不至，说者虽辩，为道虽精，不能见矣。

先轸遏秦师于殽而击之，大败之，获其三帅以归。缪公闻之，素服庙临，以说于众曰："天不为秦国，使寡人不用蹇叔之谏，以至于此患。"此缪公非欲败于殽也，智不至也。智不至则不信。言之不信，师之不返也从此生，故不至之为害大矣。

卷第十六《去宥》

七曰：东方之墨者谢子，将西见秦惠王。惠王问秦之墨者唐姑果，唐姑果恐王之亲谢子贤于己也，对曰："谢子，东方之辩士也，其为人甚险，将奋于说，以取少主也。"王因藏怒以待之。谢子至，说王，王弗听。谢子不说，遂辞而行。凡听言以求善也，所言苟善，虽奋于取少主，何损？所言不善，不奋于取少主，何益？不以善为之悫，而徒以取少主为之悖，惠王失所以为听矣。

卷第十六《正名》

八曰：名正则治，名丧则乱。使名丧者，淫说也。说淫则可不可而然不然，是不是而非不非。故君子之说也，足以言贤者之实，不肖者之充而已矣；足以喻治之所悖、乱之所由起而已矣；足以知物之情，人之所获以生而已矣。

凡乱者，刑名不当也。人主虽不肖，犹若用贤，犹若听善，犹若为可者，其患在乎所谓贤从不肖也，所为善而从邪辟，所谓可从悖逆也。是刑名异充，而声实异谓也。夫贤不肖，善邪辟，可悖逆，国不乱，身不危，奚待也？齐愍王是以知说士而不知所谓士也，故尹文问其故，而王无以应，此公玉丹之所以见信而卓齿之所以见任也。

尹文曰："言之不敢无说。请言其说。王之令曰：'杀人者死，伤人者刑。'民有畏王之令，深见侮而不敢斗者，是全王之令也，而王曰'见侮而不敢斗，是辱也。'夫谓之辱者，非此之谓也？以为臣不以为臣者罪之也，此无罪而王罚之也。"齐王无以应。论皆若此，故国残身危，走而之谷，如卫。齐愍王，周室之孟侯也，太公之所以老也。桓公尝以此霸矣，管仲之辩名实审也。

卷第十七《君守》

故曰："天无形而万物以成，至精无象而万物以化，大圣无事而千官尽能。"此乃谓不教之教，无言之诏。故有以知君之狂也，以其言之当也；有以知君之惑也，以其言之得也。

卷第十七《任数》

不至则不知，不知则不信。无骨者不可令知冰。有土之君能察此言也，则灾无由至矣。

韩昭厘侯视所以祠庙之牲，其豕小，昭厘侯令官更之。官以是豕来也，昭厘侯曰："是非向者之豕邪？"官无以对。命吏罪之。从者曰："君王何以知之？"君曰："吾以其耳也。"申不害闻之，曰："何以知其聋？以其耳之聪也。何以知其盲？以其目之明也。何以知其狂？以其言之当也。故曰：去听无以闻则聪，去视无以见则明，去智无以知则公。去三者不任则治，三者任则乱。"以此言耳目心智之不足恃也。耳目心智，其所以知识甚缺，其所以闻见甚浅。以浅缺博居天下，安殊俗，治万民，其说固不行。十里之间而耳不能闻，帷墙之外而目不能见，三亩之宫而心不能知，其以东至开梧、南抚多颿、西服寿靡、北怀儋耳，若之何哉？故君人者，不可不察此言也。治乱安危存亡，其道固无二也。故至智弃智，至仁忘仁，至德不德，无言无思，静以待时，时至而应，心暇者胜。凡应之理，清净公素，而正始卒，焉此治纪，无唱有和，无先有随。古之王者，其所为少，其所因多。因者，君术也。为者，臣道也。为则扰矣，因则静矣。因冬为寒，因夏为暑，君奚事哉！故曰：君道无知无为，而贤于有知有为，则得之矣。

卷第十七《知度》

五曰：明君者，非遍见万物也，明于人主之所执也。有术之主者，非一自行之也，知百官之要也。知百官之要，故事省而国治也。明于人主之所执，故权专而奸止。奸止则说者不来，而情谕矣。情者不饰，而事实见矣。此谓之至治。至治之世，其民不好空言虚辞，不好淫学流说，贤不肖各反其质，行其情不雕其素，蒙厚纯朴以事其上。若此，则工拙愚智勇惧可得以故易官，易官则各当其任矣。故有职者安其职不听其议，无职者责其实以验其辞。此二者审，则无用之言不入于朝矣。君服性命之情，去爱恶之心，用虚无为本，以听有用之言，谓之朝。

故有道之主，因而不为，责而不诏，去想去意，静虚以待，不伐之言，不夺之事，督名审实，官使自司，以不知为道，以柰何为实。

卷第十七《执一》

田骈以道术说齐。齐王应之曰："寡人所有者，齐国也，愿闻齐国之政。"田骈对曰："臣之言，无政而可以得政。譬之若林木，无材而可以得材。愿王之自取齐国之政也。骈犹浅言之也，博言之，岂独齐国之政哉！变化应求而皆有章，因性任物而莫不宜当，彭祖以寿，三代以昌，五帝以昭，神农以鸿。"

卷第十八《审应览》

一曰：人主出声应容，不可不审。凡主有识，言不欲先。人唱我和，人先我随，以其出为之入，以其言为之名，取其实以责其名，则说者不敢妄言，而人主之所执其要矣。

卷第十八《重言》

二曰：人主之言，不可不慎。高宗，天子也，即位谅暗，三年不言。卿大夫恐惧，患之。高宗乃言曰："以余一人正四方，余唯恐言之不类也，兹故不言。"古之天子，其重言如此，故言无遗者。

成王与唐叔虞燕居，援梧叶以为珪，而授唐叔虞曰："余以此封汝。"叔虞喜，以告周公。周公以请曰："天子其封虞邪?"成王曰："余一人与虞戏也。"周公对曰："臣闻之，天子无戏言。天子言，则史书之，工诵之，士称之。"于是遂封叔虞于晋。周公旦可谓善说矣，一称而令成王益重言，明爱弟之义，有辅王室之固。

成公贾之讔也，贤于太宰嚭之说也。太宰嚭之说，听乎夫差而吴国为墟；成公贾之讔，喻乎荆王而荆国以霸。

卷第十八《精谕》

三曰：圣人相谕不待言，有先言言者也。海上之人有好蜻者，每居海上，从蜻游，蜻之至者百数而不止，前后左右尽蜻也，终日玩之而不去。其父告之曰："闻蜻皆从汝居，取而来，吾将玩之。"明日之海上，而蜻无至者矣。

胜书说周公旦曰："廷小人众，徐言则不闻，疾言则人知之，徐言乎？疾言乎？"周公旦曰："徐言。"胜书曰："有事于此，而精言之而不明，勿言之而不成，精言乎？勿言乎？"周公旦曰："勿言。"故胜书能以不言说，而周公旦能以不言听，此之谓不言之听。不言之谋，不闻之事，殷虽恶周，不能疵矣。口吻不言，以精相告，纣虽多心，弗能知矣。目视于无形，耳听于无声，商闻虽众，弗能窥矣。同恶同好，志皆有欲，虽为天子，弗能离矣。

孔子见温伯雪子，不言而出。子贡曰："夫子之欲见温伯雪子好矣，今也见之而不言，其故何也？"孔子曰："若夫人者，目击而道存矣，不可以容声矣。"故未见其人而知其志，见其人而心与志皆见，天符同也。圣人之相知，岂待言哉！

白公问于孔子曰："人可与微言乎？"孔子不应。白公曰："若以石投水奚若？"孔子曰："没人能取之。"白公曰："若以水投水奚若？"孔子曰："淄、渑之合者，易牙尝而知之。"白公曰："然则人不可与微言乎？"孔子曰："胡为不可？唯知言之谓者为可耳。"白公弗得也。知谓则不以言矣。言者，谓之属也。求鱼者濡，争兽者趋，非乐之也。故至言去言，至为无为。浅智者之所争则末矣，此白公之所以死于法室。

齐桓公合诸侯，卫人后至。公朝而与管仲谋伐卫，退朝而入，卫姬望见君，下堂再拜，请卫君之罪。公曰："吾于卫无故，子曷为请？"对曰："妾望君之入也，足高气强，有伐国之志也。见妾而有动色，伐卫也。"明日君朝，揖管仲而进之。管仲曰："君舍卫乎？"公曰："仲父安识之？"管仲曰："君之揖朝也恭，而言也徐，见臣而有惭色，臣是以知之。"君曰："善。仲父治外，夫人治内，寡人知终不为诸侯笑矣。"桓公之所以匿者不言也，今管子乃以容貌音声，夫人乃以行步气志，桓公虽不言，若暗夜而烛燎也。

晋襄公使人于周曰："弊邑寡君寝疾，卜以守龟曰：'三涂为祟。'弊邑寡君使下臣愿藉途而祈福焉。"天子许之。朝，礼使者事毕，客出。苌弘谓刘康公曰："夫祈福于三途，而受礼于天子，此柔嘉之事也，而客武色，殆有他事，愿公备之也。"刘康公乃儆戎车卒士以待之。晋果使祭事先，因令杨子将卒十二万而随之，涉于棘津，袭聊阮、梁、蛮氏，灭三国焉。此形名不相当，圣人之所察也，苌弘则审矣。故言不足以断小事，唯知言之谓者可为。

卷第十八《离谓》

四曰：言者，以谕意也。言意相离，凶也。乱国之俗，甚多流言，而不顾其实，务以相毁，务以相誉，毁誉成党，众口熏天，贤不肖不分，以此治国，贤主犹惑之也，又况乎不肖者乎？惑者之患，不自以为惑，故惑惑之中有晓焉，冥冥之中有昭焉。亡国之主，不自以为惑，故与桀、纣、幽、厉皆也。然有亡者国，无二道矣。

齐有事人者，所事有难而弗死也，遇故人于途，故人曰："固不死乎？"对曰："然。凡事人以为利也，死不利，故不死。"故人曰："子尚可以见人乎？"对曰："子以死为顾可以见人乎？"是者数传。不死于其君长，大不义也，其辞犹不可服，辞之不足以断事也明矣。夫辞者，意之表也。鉴其表而弃其意，悖，故古之人得其意则舍其言矣。听言者，以言观意也，听言而意不可知，其与桥言无择。

齐人有淳于髡者，以从说魏王。魏王辩之，约车十乘，将使之荆。辞而行，有以横说魏王，魏王乃止其行。失纵之意，又失横之事。夫其多能不若寡能，其有辩不若无辩，周鼎着倕而龁其指，先王有以见大巧之不可为也。

卷第十八《淫词》

五曰：非辞无以相期，从辞则乱。乱辞之中，又有辞焉，心之谓也。言不欺心，则近之矣。凡言者，以谕心也。言心相离，而上无以参之，则下多所言非所行也，所行非所言也。言行相诡，不祥莫大焉。

卷第十八《不屈》

仲父，大名也。让国，大实也。说以不听、不信。听而若此，不可谓工矣。不工而治，贼天下莫大焉，幸而独听于魏也。（言惠子之言独见听用于魏者，幸也。）以贼天下为实，以治之为名，匡章之非，不亦可乎？

白圭新与惠子相见也，惠子说之以强，白圭无以应。惠子出。白圭告人曰："人有新取妇者，妇至，宜安矜烟视媚行。竖子操蕉火而巨，新妇曰：'蕉火大巨。'入于门，门中有敛陷，新妇曰：'塞之，将伤人之足。'此非不便之家氏也，然而有大甚者。今惠子之遇我尚新，其说我有大甚者。"惠子闻之曰："不然。诗曰：'恺悌君子，民之父母。'恺者，大也。悌者，长也。君子之德，长且大者，则为民父母。父母之教子也，岂待久哉？何事比我于新妇乎？诗岂曰'恺悌新妇'哉！"诽污因污，诽辟因辟，是诽者与所非同也。白圭曰"惠子之遇我尚新，其说我有大甚者"，惠子闻而诽之，因自以为为之父母，其非有甚于白圭，亦"有大甚者"。

卷第十八《应言》

以惠子之言"蝺焉美无所可用"，是魏王以言无所可用者为仲父也，是以言无所用者为美也。

公孙龙说燕昭王以偃兵，昭王曰："甚善。寡人愿与客计之"公孙龙曰："窃意大王之弗为也。"王曰："何故？"公孙龙曰："日者，大王欲破齐，诸天下之士其欲破齐者大王尽养之，知齐之险阻要塞君臣之际者大王尽养之，虽知而弗欲破者大王犹若弗养，其卒果破齐以为功。今大王曰'我甚取偃兵。'诸侯之士在大王之本朝者，尽善用兵者也，臣是以知大王之弗为也。"王无以应。

司马喜难墨者师于中山王前以非攻，曰："先生之所术非攻夫？"墨者师曰："然。"曰："今王兴兵而攻燕，先生将非王乎？"墨者师对曰："然则相国是攻之乎？"司马喜曰："然。"墨者师曰："今赵兴兵而攻中山，相国将是之乎？"司马喜无以应。

卷第十八《具备》

故凡说与治之务莫若诚。（以诚说则信著之，以诚治则化行之。）听言哀者不若见其哭也，听言怒者不若见其斗也，说与治不诚，其动人心不神。

卷第十九《高义》

子墨子游公上过于越，公上过语墨子之义，越王说之，谓公上过曰："子之师苟肯至越，请以故吴之地阴江之浦书社三百以封夫子。"公上过往复于子墨子。子墨子曰："子之观越王也，能听吾言、用吾道乎？"公上过曰："殆未能也。"墨子曰："不唯越王不知翟之意，虽子亦不知翟之意。若越王听吾言、用吾道，翟度身而衣，量腹而食，比于宾萌，未敢求仕。越王不听吾言、不用吾道，虽全越以与我，吾无所用之。越王不听吾言、不用吾道，而受其国，是以义翟也，义翟何必越，虽于中国亦可。"

卷第十九《上德》

故古之人身隐而功著，形息而名彰，说通而化奋，利行乎天下而民不识，岂必以严罚厚赏哉？严罚厚赏，此衰世之政也。

今世之言治，多以严罚厚赏，此上世这若客也。

卷第十九《贵信》

七曰：凡人主必信。信而又信，谁人不亲？故《周书》曰："允哉允哉！"以言非信，则百事不满也，故信之为功大矣。信立，则虚言可以赏矣。虚言可以赏，则六合之内皆为己府矣。信之所及，尽制之矣。制之而不用，人之有也。制之而用之，己之有也。己有之，则天地之物毕为用矣。人主有见此论者，其王不久矣。人臣有知此论者，可以为王者佐矣。

卷第十九《举难》

季孙氏劫公家，孔子欲谕术则见外，于是受养而便说，鲁国以訾。孔子曰："龙食乎清而游乎清，螭食乎清而游乎浊，鱼食乎浊而游乎浊。今丘上不及龙，下不若鱼，丘其螭邪?”夫欲立功者，岂得中绳哉？救溺者濡，追逃者趋。

凡听于主，言人不可不慎。

卷第二十《长利》

辛宽出。南宫括入见，公曰：“今者，宽也非周公，其辞若是也。”南宫括对曰：“宽，少者，弗识也。君独不闻成王之定成周之说乎？其辞曰：‘惟余一人，营居于成周。惟余一人，有善易得而见也，有不善易得而诛也。’故曰善者得之，不善者失之，古之道也。……”

卷第二十《达郁》

故圣王之贵豪士与忠臣也，为其敢直言而决郁塞也。

周厉王虐民，国人皆谤。召公以告曰：“民不堪命矣。”王使卫巫监谤者，得则杀之。国莫敢言，道路以目。王喜，以告召公曰：“吾能弭谤矣。”召公曰：“是障之也，非弭之也。防民之口，甚于防川，川壅而溃，败人必多。夫民犹是也。是故治川者决之使导，治民者宣之使言。是故天子听政，使公卿列士正谏，好学博闻献诗，矇箴师诵，庶人传语，近臣尽规，亲戚补察，而后王斟酌焉。是以下无遗善，上无过举。今王塞下之口，而遂上之过，恐为社稷忧。”王弗听也。三年，国人流王于彘。此郁之败也。郁者，不阳也。周鼎著鼠，令马履之，为其不阳也。不阳者，亡国之俗也。

卷第二十一《开春论》

一曰：开春始雷则蛰虫动矣，时雨降则草木育矣，饮食居处适则九窍百节千脉皆通利矣。王者厚其德，积众善，而凤凰圣人皆来至矣。共伯和修其行，好贤仁，而海内皆以来为稽矣。周厉之难，天子旷绝，而天下皆来谓矣。以此言物之相应也，故曰行也成也。善说者亦然，言尽理而得失利害定矣，岂为一人言哉！（善说者，大言天下之事，得其分理，爱之不助，憎之不枉。故曰“岂为一人言哉”。）

魏惠王死，葬有日矣。天大雨雪，至于牛目。群臣多谏于太子者曰：

“雪甚如此而行葬，民必甚疾之，官费又恐不给。请弛期更日。”太子曰：“为人子者，以民劳与官费用之故，而不行先王之葬，不义也。子勿复言。”群臣皆莫敢谏，而以告犀首。犀首曰：“吾未有以言之。是其唯惠公乎？请告惠公。”……惠子不徒行说也，又令魏太子未葬其先君，而因有说文王之义。说文王之义以示天下，岂小功也哉！

韩氏城新城，期十五日而成。段乔为司空。有一县后二日，段乔执其吏而囚之。囚者之子走告封人子高曰：“唯先生能活臣父之死，愿委之先生。”封人子高曰：“诺。”乃见段乔，自扶而上城。封人子高左右望曰：“美哉城乎！一大功矣。子必有厚赏矣。自古及今，功若此其大也，而能无有罪戮者，未尝有也。”封人子高出，段乔使人夜解其吏之束缚也而出之。故曰：封人子高为之言也，而匿己之为而为也。段乔听而行之也，匿己之行而行也。说之行若此其精也。封人子高可谓善说矣。

叔向之弟羊舌虎善栾盈，栾盈有罪于晋，晋诛羊舌虎，叔向为之奴而朡。祈奚曰：“吾闻小人得位，不争不祥。君子在忧，不救不祥。”乃往见范宣子而说也，曰：“闻善为国者，赏不过而刑不慢。赏过则惧及淫人，刑慢则惧及君子。与其不幸而过，宁过而赏淫人，毋过而刑君子。故尧之刑也殛鲧于虞而用禹，周之刑也戮管、蔡而相周公。不慢刑也。”宣子乃命吏出叔向。救人之患者，行危苦，不避烦辱，犹不能免。今祈奚论先王之德，而叔向得免焉。学岂可以已哉！类多若此。

卷第二十二《慎行论》

一曰：行不可不孰。不孰，如赴深溪，虽悔无及。君子计行虑义。小人计行其利，乃不利。有知不利之利者，则可与言理矣。

卷第二十二《疑似》

三曰：使人大迷惑者，必物之相似也。玉人之所患，患石之似玉者。相剑者之所患，患剑之似吴干者。贤主之所患，患人之博闻辩言而似通者。亡国之主似智，亡国之臣似忠。相似之物，此愚者之所大惑，而圣人之所加虑也，故墨子见歧道而哭之。

卷第二十二《察传》

六曰：夫得言不可以不察，数传而白为黑，黑为白，故狗似玃，玃似母猴，母猴似人。人之与狗则远矣。此愚者之所以大过也。

凡闻言必熟论，其于人必验之以理。

卷第二十三《贵直论》

一曰：贤主所贵莫如士。所以贵士，为其直言也。言直则枉者见矣。人主之患，欲闻枉而恶直言，是障其源而欲其水也，水奚自至？是贱其所欲而贵其所恶也，所欲奚自来？

狐援说齐愍王曰……狐援曰："曷为昏哉！"于是乃言曰："有人自南方来，鲋入而鲵居，使人之朝为草而国为墟。殷有比干，吴有子胥，齐有狐援。已不用若言，（若言犹直言也。……杨注：'若言，如此之言。'是也。）又斫之东闾。每斫者以吾参夫二子者乎！"狐援非乐斫也，国已乱矣，上已悖矣，哀社稷与民人，故出若言。出若言非平论也，将以救败也，固嫌于危。此触子之所以去之也，达子之所以死之也。

行人烛过免胄横戈而进曰："亦有君不能耳，士何弊之有？"简子佛然作色曰："寡人之无使，而身自将是众也，子亲谓寡人之无能，有说则可，无说则死。"对曰："昔吾先君献公即位五年，兼国十九，用此士也。惠公即位二年，淫色暴慢，身好玉女，秦人袭我，逊去绛七十，用此士也。文公即位二年，厎之以勇，（孙锵鸣曰：'厎，砥同。'）故三年而士尽果敢，城濮之战，五败荆人，围卫取曹，拔石社；定天子之位，成尊名于天下，用此士也。亦有君不能耳，士何弊之有！"简子乃去犀蔽屏橹而立于矢石之所及，一鼓而士毕乘之。简子曰："与吾得革车千乘也，不如闻行人烛过之一言。"行人烛过可谓能谏其君矣，战斗之上，枹鼓方用，赏不加厚，罚不加重，一言而士皆乐为其上死。

卷第二十三《直谏》

二曰：言极则怒，怒则说者危，非贤者孰肯犯危？而非贤者也，将以要利矣。要利之人，犯危何益？故不肖主无贤者。无贤则不闻极言，不闻极言则奸人比周，百邪悉起，若此则无以存矣。凡国之存也，主之安也，必有以也。不知所以，虽存必亡，虽安必危，所以不可不论也。

齐桓公、管仲、鲍叔、宁戚相与饮酒酣，桓公谓鲍叔曰："何不起为寿？"鲍叔奉杯而进曰："使公毋忘出奔在于莒也。使管仲毋忘束缚而在于鲁也。使宁戚毋忘其饭牛而居于车下。"桓公避席再拜曰："寡人与大夫能皆毋忘夫子之言，则齐国之社稷幸于不殆矣。"当此时也，桓公可与言极言矣。可与言极言，故可与为霸。

卷第二十三《知化》

三曰：夫以勇事人者，以死也。未死而言死，不论。（诈言已死，不可为人论说。）以，虽知之，与勿知同。

吴王夫差将伐齐，子胥曰："不可。夫齐之与吴也，习俗不同，言语不通，我得其地不能处，得其民不得使。夫吴之与越也，接土邻境，壤交通属，习俗同，言语通，我得其地能处之，得其民能使之。……"

卷第二十三《壅塞》

五曰：亡国之主，不可以直言。不可以直言，则过无道闻，而善无自至矣。无自至，则壅。

秦缪公时，戎强大，秦缪公遗之女乐二八与良宰焉。戎王大喜，以其故，数饮食，日夜不休。左右有言秦寇之至者，因扜弓而射之。秦寇果至，戎王醉而卧于樽下，卒生缚而擒之。未擒则不可知，已擒则又不知。虽善说者犹若此，何哉？

齐王欲以淳于髡傅太子，髡辞曰："臣不肖，不足以当此大任也。王不若择国之长者而使之。"齐王曰："子无辞也。寡人岂责子之令太子必如寡人也哉？寡人固生而有之也。子为寡人令太子如尧乎，其如舜也？"凡说之行也，道不智听智，从自非受是也。今自以贤过于尧、舜，彼且胡可以开说哉！说必不入，不闻存君。（不纳忠言之说，鲜不危亡，故曰"不闻存君"也。）

卷第二十四《赞能》

沈尹茎谓孙叔敖曰："说义以听，方术信行，能令人主上至于王，下至于霸，我不若子也。偶世接俗，说义调均，以适主心，子不若我也。子何以不归耕乎？吾将为子游。"

卷第二十五《别类》

相剑者曰："白所以为坚也，黄所以为韧也，黄白杂则坚且韧，良剑也。"难者曰："白所以为不韧也，黄所以为不坚也，黄白杂则不坚且不韧也。又柔则锩，坚则折。剑折且锩，焉得为利剑？"剑之情未革，而或以为良，或以为恶，说使之也。故有以聪明听说则妄说者止，无以聪明听说则尧、桀无别矣。此忠臣之所患也，贤者之所以废也。

骥骜绿耳背日而西走，至乎夕则日在其前矣。目固有不见也，智固有不知也，数固有不及也。不知其说所以然而然，圣人因而兴制，不事心焉。

卷第二十六《士容论》

夫骥骜之气，鸿鹄之志，有谕乎人心者，诚也。人亦然，诚有之，则神应乎人矣，言岂足以谕之哉？此谓不言之言也。（不言之言，以道化也。）

卷第二十六《务大》

薄疑说卫嗣君以王术，嗣君应之曰："所有者，千乘也，愿以受教。"薄疑对曰："乌获举千钧，又况一斤？"杜赫以安天下说周昭文君。昭文君谓杜赫曰："愿学所以安周。"杜赫对曰："臣之所言者不可，则不能安周矣。臣之所言者可，则周自安矣。"此所谓以弗安而安者也。

郑君问于被瞻曰："闻先生之义，不死君，不亡君，信有之乎？"被瞻对曰："有之。夫言不听，道不行，则固不事君也。若言听道行，又何死亡哉？"（言从贤臣之言，不死亡也。）故被瞻之不死亡也，贤乎其死亡者也。

《六韬》[①]

卷一《文韬·文师第一》

太公曰："源深而水流，水流而鱼生之，情也。根深而木长，木长而实生之，情也。君子情同而亲合，亲合而事生之，情也。言语应对者，情之饰也。言至情者，事之极也。今臣言至情不讳，君其恶之乎？"

《司马法》[②]

《仁本第一》

故仁见亲，义见说，智见恃，勇见方，信见信。内得爱焉，所以守也；外得威焉，所以战也。

王霸之所以治诸侯者六：以土地形诸侯，以政令平诸侯，以礼信亲诸侯，以材力说诸侯，以谋人维诸侯，及兵革服诸侯。同患同利以合诸侯，比小事大，以和诸侯。

《尉缭子》[③]

《制谈第三》

试听臣言，其术足使三军之众，诛一人无失刑，父不敢舍子，子不敢舍父，况国人乎！

民言有可以胜敌者，毋许其空言，必试其能战也。

① 太公望撰《六韬》，《百子全书》（上），浙江古籍出版社，1998。

② 司马穰苴撰《司马法》，《百子全书》（上），浙江古籍出版社，1998。

③ 尉缭撰《尉缭子》，《百子全书》（上），浙江古籍出版社，1998。

《攻权第五》

兵以静胜，国以专胜。力分者弱，心疑者背。夫力弱故进退不豪，纵敌不擒，将吏士卒，动静一身。心既疑背，则计决而不动，动决而不禁。异口虚言，将无修容，卒无常试，发攻必衄，是谓疾陵之兵，无足与斗。……战不必胜，不可以言战；攻不必拔，不可以言攻。……其有胜于朝廷，有胜于原野，有胜于市井，斗则得，服则失，幸以不败，此不意彼惊懼而曲胜之也。曲胜，言非全也。非全胜者无权名。故明主战攻之日，合鼓合角，节以兵刃，不求胜而胜也。

《治本第十一》

野物不为牺牲，杂学不为通儒。今说者曰："百里之海，不能饮一夫。三尺之泉，足止三军渴。"臣谓："欲生于无度，邪生于无禁。"

《将令第十九》

将军入营，即闭门清道，有敢行者，诛。有敢高言者，诛。有敢不从令者，诛。

《邓子》[①]

《无厚篇》

夫游而不见敬，不恭也。居而不见爱，不仁也。言而不见用，不信也。求而不能得，无始也。谋而不见喜，无理也。计而不见从，遗道也。因势而发誉，则行等而名殊。人齐而得时，则力敌而功倍。其所以然者，乘势之在外推。辩说，非所听也。虚言，向非所应也。无益乱非举也。故谈者别殊类，使不相害。序异端，使不相乱。论志通意，非务相乖也。若饰词以相乱，匿词以相移，非古之辩也。

---

① 邓析撰《邓子》，《百子全书》（上），浙江古籍出版社，1998。

夫言荣不若辱，非诚辞也。得不若失，非实谈也。不进则退，不喜则忧，不得则亡。此世人之常，真人危斯十者而为一矣。所谓大辩者，别天下之行，具天下之物。选善退恶，时措其宜，而功立德至矣。小辩则不然，别言异道，以言相射，以行相伐，使民不知具要。无他故焉，故浅知也。君子并物而措之，兼途而用之。五味未尝而辨于口。五行在身而布于人。故何方之道不从，面从之义不行，治乱之法不用？惔然宽裕，荡然简易，略而无失，精详入纤微也。

《转辞篇》

世间悲哀喜乐，嗔怒忧愁，久惑于此。今转之，在己为哀，在他为悲；在己为乐，在他为喜；在己为嗔，在他为怒；在己为愁，在他为忧；在己若扶之与携，谢之与议。故之与右，诺之与已，相去千里也。夫言之术：与智者言，依于博；与博者言，依于辩；与辩者言，依于安；与贵者言，依于势；与富者言，依于豪；与贫者言，依于利；与勇者言，依于敢；与愚者言，依于说。此言之术也。不用在早图，不穷在早稼。非所宜言，勿言。非所宜为，勿为，以避其危。非所宜取，勿取，以避其咎。非所宜争，勿争，以避其声。一声而非，驷马勿追。一言而急，驷马不及。故恶言不出口，苟语不留耳，此谓君子也。

言有信而不为信，言有善而不为善者，不可不察也。

夫人情发言欲胜，举事欲成。故明者不以其短疾人之长，不以其拙病人之工。言有善者，则而赏之。言有非者，显则罚之。塞邪枉之路，荡浮辞之端。臣下悯之，左右结舌，可谓明君。

《鬼谷子集校集注》①

《捭阖第一》

微排其所言而捭反之。以求其实，贵得其指；合而捭之，以求其利。

① 许富宏撰《鬼谷子集校集注》，中华书局，2010。

捭合者，道之大化，说之变也，必豫审其变化。吉凶大命系焉。口者，心之门户也；心者，神之主也。志意、喜欲、思虑、智谋，皆由门户出入。故关之以捭合，制之以出入。

捭之者，开也，言也，阳也；合之者，闭也，默也，阴也。阴阳其和，终始其义。故言长生、安乐、富贵、尊荣、显名、爱好、财利、得意、喜欲，为“阳”，曰始。故言死亡、忧患、贫贱、苦辱、弃损、亡利、失意、有害、刑戮、诛罚，为“阴”，曰终。诸言法阳之类者，皆曰始，言善以始其事。诸言法阴之类者，皆曰终，言恶以终其谋。

捭合之道，以阴阳试之。故与阳言者，依崇高；与阴言者，依卑小。以下求小，以高求大。由此言之，无所不出，无所不入，无所不可。可以说人，可以说家，可以说国，可以说天下。为小无内，为大无外。益损、去就、背反，皆以阴阳御其事。

阳动而行，阴止而藏，阳动而出，阴隐而入。阳还终阴，阴极反阳。以阳动者，德相生也；以阴静者，形相成也。以阳求阴，苞以德也；以阴结阳，施以力也。阴阳相求，由捭合也。此天地阴阳之道，而说人之法也。为万事之先，是谓圆方之门户。

《反应第二》

人言者，动也；己默者，静也。因其言，听其辞。言有不合者，反而求之，其应必出。言有象，事有比，其有象比，以观其次。

《内楗第三》

内者，进说辞也；楗者，楗所谋也。欲说者，务隐度；计事者，务循顺。阴虑可否，明言得失，以御其志。方来应时，以合其谋。详思来楗，往应时当也。

夫内有不合者，不可施行也。乃揣切时宜，从便所为，以求其变。以变求内者，若管取楗。言往者，先顺辞也；说来者，以变言也。善变者，审知地势，乃通于天；以化四时，使鬼神；合于阴阳，而牧人民。见其谋事，知其志意。事有不合者，有所未知也。合而不结者，阳亲而阴疏。事有不合者，圣人不为谋也。

故曰：不见其类而为之者，见逆；不得其情而说之者，见非。得其情，乃制其术。此用可出可入，可楗可开。故圣人立事，以此先知而楗万物。

由夫道德、仁义、礼乐、忠信、计谋，先取《诗》《书》，混说损益，议论去就。欲合者用内，欲去者用外。外内者必明道数。揣策来事，见疑决之。策而无失计，立功建德。

治名入产业，曰：楗而内合。上暗不治，下乱不寤，楗而反之。内自得而外不留，说而飞之。若命自来，己迎而御之；若欲去之，因危异之。环转因化，莫知所为，退为大仪。

《抵巇第四》

事之危也，圣人知之，独保其身。因化说事，通达计谋，以识细微。

《飞钳第五》

引钩箝之辞，飞而箝之；钩箝之语，其说辞也，乍同乍异。

心意之虑怀，审其意，知其所好恶，乃就说其所重，以飞箝之辞，钩其所好，（乃）以箝求之。

用之于人，则量智能、权材力、料气势，为之枢机。以迎之随之，以箝和之，以意宣之，此飞箝之缀也。用之于人，则空往而实来，缀而不失，以究其辞。可箝可纵，可箝可横；可引而东，可引而西；可引而南，可引而北；可引而反，可引而覆。虽覆能复，不失其度。

《揣篇第七》

故计国事者，则当审权量；说人主，则当审揣情，谋虑情欲必出于此。乃可贵，乃可贱；乃可重，乃可轻；乃可利，乃可害；乃可成，乃可败。其数一也。故虽有先王之道，圣智之谋，非揣情，隐匿无可索之。此谋之大本也，而说之法也。

常有事于人，人莫能先，先事而生，此最难为。故曰揣情最难守司，言必时其谋虑。故观蜎飞蠕动，无不有利害，可以生事。美生事者，几之势也。此揣情饰言成文章，而后论之也。

《摩篇第八》

故谋莫难于周密，说莫难于悉听，事莫难于必成。此三者，唯圣人然后能任之。故谋必欲周密，必择其所与通者说也，故曰或结而无隙也。夫事成必合于数，故曰道数与时相偶者也。

说者听必合于情，故曰情合者听。故物归类，抱薪趋火，燥者先燃；平地注水，湿者先濡。此物类相应，于势譬犹是也。此言内符之应外摩也如是。故曰摩之以其类焉，有不相应者，乃摩之以其欲焉；有不听者，故曰独行之道。夫几者不晚，成而不拘，久而化成。

《权篇第九》

说者，说之也；说之者，资之也。饰言者，假之也，假之者，益损也；应对者，利辞也，利辞者，轻论也；成义者，明之也，明之者，符验也。言或反复，欲相却也。难言者，却论也，却论者，钓几也。

佞言者，谄而干忠；谀言者，博而干智；平言者，决而干勇；戚言者，权而干信；静言者，反而干胜。先意承欲者，谄也；繁称文辞者，博也；纵舍不疑者，决也；策选进谋者，权也；（他）［先］分不足以窒非者，反也。

故口者，机关也，所以关闭情意也；耳目者，心之佐助也，所以窥瞷奸邪。故曰参调而应，利道而动。故繁言而不乱，翱翔而不迷，变易而不危者，覩要得理。故无目者，不可示以五色；无耳者，不可告以五音。故不可以往者，无所开之也；不可以来者，无所受之也。物有不通者，圣人故不事也。古人有言曰："口可以食，不可以言。""言"者，有讳忌也；"众口烁金"，言有曲故也。

人之情，出言则欲听，举事则欲成。……言其有利者，从其所长也；言其有害者，避其所短也。

故曰辞言有五：曰病、曰恐、曰忧、曰怒、曰喜。病者，感衰气而不神也；……故与智者言，依于博；与博者言，依于辨；与辨者言，依于要；与贵者言，依于势；与富者言，依于高；与贫者言，依于利；与贱者言，依于谦；与勇者言，依于敢；与愚者言，依于锐。此其术也，而人常反之。

是故与智者言，将以此明之；与不智者言，将以此教之，而甚难为也。故言多类，事多变。故终日言，不失其类而事不乱。终日不变而不失其主。故智贵不（忘）［妄］，听贵聪，智贵明，辞贵奇。

《谋篇第十》

故变生事，事生谋，谋生计，计生议，议生说，说生进，进生退，退生制。因以制于事，故百事一道而百度一数也。

故外亲而内疏者，说内；内亲而外疏者，说外。故因其疑以变之，因其见以然之，因其说以要之，因其势以成之，因其恶以权之，因其患以斥之。摩而恐之，高而动之，微而证之，符而应之，拥而塞之，乱而惑之，是谓计谋。

计谋之用，公不如私，私不如结，结（比）而无隙者也。正不如奇，奇流而不止者也。故说人主者，必与之言奇；说人臣者，必与之言私。其身内，其言外者疏；其身外，其言深者危。

两汉部分

经

《周礼注疏》[①]

《春官宗伯・大司乐》

发端曰言，答述曰语。

《礼记正义》[②]

《曲礼上》

史载笔，士载言。（○郑玄注：笔谓书具之属；言谓会同盟要之辞。）

《大戴礼记解诂》[③]

《哀公问五义》

何如则可谓庸人矣？孔子对曰："所谓庸人者，口不能道善言，而志

① 东汉・郑玄注，唐・贾公彦疏，《十三经注疏》，上海古籍出版社，1997。

② 东汉・郑玄注，唐・孔颖达疏，《十三经注疏》，上海古籍出版社，1997。

③ 汉・戴德撰《大戴礼记解诂》，清・王聘珍解诂，中华书局，1983。

不邑邑，不能选贤人善士而托其身焉，以为已忧……是故知不务多，而务审其所知；行不务多，而务审其所由；言不务多，而务审其所谓；知既知之，行既由之，言既顺之，若夫性命肌肤之不可易也，富贵不足以益，贫贱不足以损。若此，则可谓士矣。”

《曾子立事》

人言不善而不违，近于说其言；说其言，殆于以身近之也；殆于以身近之，殆于身之矣。人言善而色葸焉，近于不说其言；不说其言，殆于以身近之也；殆于以身近之，殆于身之矣。故目者，心之浮也；言者，行之指也；作于中则播于外也。故曰：以其见者，占其隐者。故曰：听其言也，可以知其所好矣。观说之流，可以知其术也。久而复之，可以知其信矣；观其所爱亲，可以知其人矣。

《曾子制言中》

是以君子直言直行，不宛言而取富，不屈行而取位；仁之见逐，智之见杀，固不难；诎身而为不仁，宛言而为不智，则君子弗为也。君子虽言不受必忠，曰道；虽行不受必忠，曰仁；虽谏不受必忠，曰智。

《曾子疾病》

言不远身，言之主也；行不远身，行之本也；言有主，行有本，谓之有闻矣。君子尊其所闻，则高明矣；行其所闻，则广大矣，高明广大，不在于他，在加之志而已矣。

《文王官人》

其貌直而不侮，其言正而不私，不饰其美，不隐其恶，不防其过，曰有质者也。其貌固呕，其言工巧，饰其见物，务其小徵，以故自说，曰无质者也。

事变而能治，物善而能说，浚穷而能达，错身立方而能遂，曰广知者也。（〇王聘珍注：说，述也。传述其善也。）

《小辨》

公曰："不辨则何以为政？"子曰："辨而不小。夫小辨破言，小言破义，小义破道。道小不通，通道必简。是故循弦以观于乐，足以辨风矣；《尔雅》以观于古，足以辨言矣。传言以象，反舌皆至，可谓简矣。夫道不简则不行，不行则不乐。夫亦固十棋之变，由不可既也，而况天下之言乎？"曰："微子之言，吾壹乐辨言。"子曰："辨言之乐，不若治政之乐。辨言之乐不下席，治政之乐皇于四海。夫政善则民悦，民悦则归之如流水，亲之如父母。诸侯初入，而后臣之，安用辨言？"

《春秋繁露义证》[①]

卷三《玉英第四》

然则说《春秋》者，入则诡辞，随其委曲而后得之。今纪季受命乎君而经书专，无善一名而文见贤，此皆诡辞，不可不察。《春秋》之于所贤也，固顺其志而一其辞，章其义而褒其美。今纪侯《春秋》之所贵也，是以听其入齐之志，而诡其服罪之辞也，移之纪季。故告籴于齐者，实庄公为之，而《春秋》诡其辞，以予臧孙辰；以酅入于齐者，实纪侯为之，而《春秋》诡其辞，以与纪季；所以诡之不同，其实一也。

卷三《精华第五》

春秋慎辞，谨于名伦等物者也。是故小夷言伐而不得言战，大夷言战而不得言获，中国言获而不得言执，各有辞也。有小夷避大夷而不得言战，大夷避中国而不得言获，中国避天子而不得言执，名伦弗予，嫌于相臣之辞也。是故大小不逾等，贵贱如其伦，义之正也。

卷五《正贯第十一》

如是则言虽约，说必布矣；事虽小，功必大矣。声响盛化运于物，散

① 苏舆撰《春秋繁露义证》，钟哲点校，中华书局，1992。

入于理；德在天地，神明休集，并行而不竭，盈于四海而讼咏。

卷五《重政第十三》

能说鸟兽之类者，非圣人所欲说也；圣人所欲说，在于说仁义而理之，知其分科条别，贯所附，明其义之所审，勿使嫌疑，是乃圣人所贵而已矣。不然，传于众辞，观于众物，说不急之言，而以惑后进者，君子之所甚恶也。

卷六《离合根第十八》

故为人主者，以无为为道，以不私为宝。立无为之位而乘备具之官，足不自动而相者导进，口不自言而摈者赞辞，心不自虑而群臣效当，故莫见其为之而功成矣，此人主所以法天之行也。

卷六《立元神第十九》

君人者，国之元，发言动作，万物之枢机。枢机之发，荣辱之端也，失之豪厘，驷不及追。故为人君者，谨本详始，敬小慎微，志如死灰，形如委衣，安精养神，寂莫无为。

卷八《必仁且智第三十》

何谓之智？先言而后当。凡人欲舍行为，皆以其智先规而后为之。其规是者，其所为得，其所事当，其行遂，其名荣，其身故利而无患，福及子孙，德加万民，汤武是也。其规非者，其所为不得，其所事不当，其行不遂，其名辱，害及其身，绝世无复，残类灭宗亡国是也。故曰：莫急于智。智者见祸福远，其知利害早，物动而知其化，事兴而知其归，见始而知其终，言之而无敢哗，立之而不可废，取之而不可舍，前后不相悖，终始有类，思之而有复，及之而不可厌。其言寡而足，约而喻，简而达，省而具，少而不可益，多而不可损。其动中伦，其言当务，如是者，谓之智。

卷九《身之养重于义第三十一》

先王显德以示民，民乐而歌之以为诗，说而化之以为俗。故不令而自行，不禁而自止，从上之意，不待使之，若自然矣。

卷十一《为人者天第四十一》

衣服容貌者，所以悦目也；声音应对者，所以悦耳也；好恶去就者，所以悦心也。故君子衣服中而容貌恭，则目悦矣；言理应对逊，则耳悦矣；好仁厚而恶浅薄，就善人而远僻鄙，则心悦矣。故曰："行思可乐，容止可观。"此之谓也。

卷十五《郊祀第六十九》

郊祝曰："皇皇上天，照临下土，集地之灵，降甘风雨，庶物群生，各得其所，靡今靡古，维予一人，某敬拜皇天之祜。"夫不自为言，而为庶物群生言，以人心庶天无尤焉。天无尤焉，而辞恭顺，宜可喜也。

卷十七《天地施第八十二》

名者，所以别物也，亲者重，疏者轻，尊者文，卑者质，近者详，远者略，文辞不隐情，明情不遗文，人心从之而不逆，古今通贯而不乱，名之义也。男女犹道也，人生别言礼义，名号之由人事起也。不顺天道，谓之不义，察天人之分，观道命之异，可以知礼之说矣。

《说文解字》[①]

《说文解字第三·言部》

言，直言曰言，论难曰语。从口辛声，凡言之属皆从言。

说，说释也。从言兑，一曰谈说。

《释名》[②]

言，宣也，宣彼此之意也。语，叙也，叙已所欲说也。说，述也，宣述人意也。

---

① 东汉·许慎撰《说文解字》，《说文解字四种》，中华书局，1998。
② 东汉·刘熙撰《释名·释言语》，《丛书集成初编》，中华书局，1985。

史

《史记》[1]

卷一《五帝本纪第一》

太史公曰："学者多称五帝，尚矣。然《尚书》独载尧以来；而百家言黄帝，其文不雅驯，荐绅先生难言之……"

卷四《周本纪第四》

王行暴虐侈傲，国人谤王。召公谏曰："民不堪命矣。"王怒，得卫巫，使监谤者，以告则杀之。其谤鲜矣，诸侯不朝。三十四年，王益严，国人莫敢言，道路以目。厉王喜，告召公曰："吾能弭谤矣，乃不敢言。"召公曰："是鄣之也。防民之口，甚于防水。水壅而溃，伤人必多，民亦如之。是故为水者决之使导，为民者宣之使言……口之宣言也，善败于是乎兴。行善而备败，所以产财用衣食者也。夫民虑之于心而宣之于口，成而行之。若壅其口，其与能几何？"

卷六《秦始皇本纪第六》

丞相臣斯昧死言：古者天下散乱，莫之能一，是以诸侯并作，语皆道古以害今，饰虚言以乱实，人善其所私学，以非上之所建立。

---

① 司马迁：《史记》，中华书局，1959。

二世入内，谓曰："公何不早告我？乃至于此！"宦者曰："臣不敢言，故得全。使臣早言，皆已诛，安得至今？"

阎乐曰："臣受命于丞相，为天下诛足下，足下虽多言，臣不敢报。"

卷一二《孝武本纪第十二》

天子既诛文成，后悔恨其早死，惜其方不尽，及见栾大，大悦。大为人长美，言多方略，而敢为大言，处之不疑。大言曰："臣尝往来海中，见安期、羡门之属。顾以为臣贱，不信臣。又以为康王诸侯耳，不足予方。臣数言康王，康王又不用臣。臣之师曰：'黄金可成，而河决可塞，不死之药可得，仙人可致也。'臣恐效文成，则方士皆掩口，恶敢言方哉！"

上遂东巡海上，行礼祠八神。齐人之上疏言神怪奇方者以万数，然无验者。乃益发船，令言海中神山者数千人求蓬莱神人……

卷十四《十二诸侯年表第二》

太史公曰：儒者断其义，驰说者骋其辞，不务综其终始。

卷十八《高祖功臣侯者年表第六》

太史公曰：古者人臣功有五品，以德立宗庙定社稷曰勋，以言曰劳，用力曰功，明其等曰伐，积日曰阅。封爵之誓曰："使河如带，泰山若厉。国以永宁，爰及苗裔。"

卷二四《乐书第二》

是故不知声者不可与言音，不知音者不可与言乐，知乐则几于礼矣。礼乐皆得，谓之有德。

诗，言其志也；歌，咏其声也；舞，动其容也：三者本乎心，然后乐气从之。

故歌之为言也，长言之也。说之，故言之；言之不足，故长言之；长言之不足，故嗟叹之；嗟叹之不足，故不知手之舞之足之蹈之。

故圣王使人耳闻《雅》、《颂》之音，目视威仪之礼，足行恭敬之容，口言仁义之道。故君子终日言而邪辟无由入也。

卷二八《封禅书第六》

其后十四年，秦缪公立，病卧五日不寤；寤，乃言梦见上帝，上帝命缪公平晋乱。史书而记藏之府。而后世皆曰秦缪公上天。

其后百有余年，而孔子论述六艺，传略言易姓而王，封泰山禅乎梁父者七十余王矣。夫俎豆之礼不章，盖难言之。或问禘之说，孔子曰："不知。知禘之说，其于天下也视其掌。"

卷四十三《赵世家第十三》

赵简子疾，五日不知人，大夫皆惧。医扁鹊视之，出，董安于问。扁鹊曰："血脉治也，而何怪！在昔秦缪公尝如此，七日而寤，寤之日，告公孙支与子舆曰：'我之帝所，甚乐。吾所以久者，适有学也。帝告我，晋国将大乱，五世不安，其后将霸，未老而死。霸者之子且令而国男女无别。'公孙支书而藏之，秦谶于是出矣。献公之乱，文公之霸，而襄公败秦师于殽而归纵淫，此子之所闻。今主君之疾与之同，不出三日，疾必间，间必有言也。"居二日半，简子寤，语大夫曰："我之帝所，甚乐，与百神游于钧天，广乐九奏万舞，不类三代之乐，其声动人心。有一熊欲来援我，帝命我射之，中熊，熊死。又有一罴来，我又射之，中罴，罴死。帝甚喜，赐我二笥，皆有副。吾见儿在帝侧，帝属我一翟犬，曰：'及而子之壮也，以赐之。'帝告我'晋国且世衰，七世而亡。嬴姓将大败周人于范魁之西，而亦不能有也。今余思虞舜之勋，适余将以其胄女孟姚配而七世之孙。'"董安于受言而书藏之，以扁鹊言告简子，简子赐扁鹊田四万亩。

卷四十四《魏世家第十四》

如耳出，成陵君入，以其言见魏王。魏王听其说，罢其兵，免成陵君，终身不见。

卷四十九《外戚世家第十九》

窦太后好黄帝、老子言，帝及太子诸窦不得不读《黄帝》、《老子》，尊其术。

卷五十四《曹相国世家第二十四》

……闻胶西有盖公，善治黄老言，使人厚币请之。既见盖公，盖公为言治道贵清静而民自定，推此类具言之。

……卿大夫已下吏及宾客见参不事事，来者皆欲有言。至者，参辄饮以醇酒，间之，欲有所言，复饮之，醉而后去，终莫得开说，以为常。

卷五十六《陈丞相世家第二十六》

平遂至修武降汉，因魏无知求见汉王……平曰："臣为事来，所言不可以过今日。"于是汉王与语而悦之。

卷五十八《梁孝王世家二十八》

周公曰："人主无过举，不当有戏言，言之必行之。"于是乃封小弟以应县。是后成王没齿不敢有戏言，言必行之。《孝经》曰："非法不言，非道不行。"此圣人之法言也。今主上不宜出好言于梁王。

卷六十二《管晏列传第二》

其在朝，君语及之，即危言；语不及之，即危行。国有道，即顺命；无道，即衡命。以此三世显名于诸侯。

方晏子伏庄公尸哭之，成礼然后去，岂所谓"见义不为无勇"者邪？至其谏说，犯君之颜，此所谓"进思尽忠，退思补过"者哉！假令晏子而在，余虽为之执鞭，所欣慕焉。

卷六十三《老子韩非列传第三》

孔子适周，将问礼于老子。老子曰："子所言者，其人与骨皆已朽矣，独其言在耳。且君子得其时则驾，不得其时则蓬累而行。"……于是老子乃著书上下篇，言道德之意五千余言而去。莫知其所终。

庄子者……其学无所不窥，然其要本归于老子之言。故其著书十余万言，大抵率寓言也。作《渔父》《盗跖》《胠箧》，以诋訾孔子之徒，以明老子之术。畏累虚、亢桑子之属，皆空语无事实。然善属书离辞，指事类情，用剽剥儒、墨，虽当世宿学不能自解免也。其言洸洋自恣以适己，故自王公大人不能器之。

韩非者，韩之诸公子也。喜刑名法术之学，而其归本于黄老。非为人口吃，不能道说，而善著书。……故作《孤愤》《五蠹》《内外储》《说林》《说难》十余万言。然韩非知说之难，为《说难》书甚具，终死于秦，不能自脱。

卷六十五《孙子吴起列传第五》

太史公曰：世俗所称师旅，皆道《孙子》十三篇，《吴起兵法》世多有，故弗论，论其行事所施设者。语曰："能行之者未必能言，能言之者未必能行。"

卷六十七《仲尼弟子列传第七》

孔子曰："片言可以折狱者，其由也与！"

子贡利口巧辞，孔子常黜其辩。

孔子曰："商始可与言诗已矣。"

子张问干禄，孔子曰："多闻阙疑，慎言其余，则寡尤；多见阙殆，慎行其余，则寡悔。言寡尤，行寡悔，禄在其中矣。"

孔子闻之，曰："吾以言取人，失之宰予；以貌取人，失之子羽。"

司马耕字子牛。牛多言而躁。问仁于孔子，孔子曰："仁者其言也讱。"曰："其言也讱，斯可谓之仁乎？"子曰："为之难，言之得无讱乎！"

卷六十八《商君列传第八》

商君曰："语有之也。貌言华也，至言实也，苦言药也，甘言疾也。夫子果肯终日正言，鞅之药也。鞅将事子，子又何辞焉！"

太史公曰：商君，其天资刻薄人也。迹其欲干孝公以帝王术，挟持浮说，非其质矣。且所因由嬖臣，及得用，刑公子虔，欺魏将印，不师赵良之言，亦足发明商君之少恩矣。余尝读商君《开塞》《耕战》书，与其人行事相类。卒受恶名于秦，有以也夫！

卷六十九《苏秦列传第九》

太史公曰：苏秦兄弟三人，皆游说诸侯以显名，其术长于权变。而苏秦被反间以死，天下共笑之，讳学其术。然世言苏秦多异，异时事有类之者皆附之苏秦。夫苏秦起闾阎，连六国从亲，此其智有过人者。吾故列其行事，次其时序，毋令独蒙恶声焉。

卷七十《张仪列传第十》

且夫从人多奋辞而少可信，说一诸侯而成封侯，是故天下之游谈士莫不日夜扼腕瞋目切齿以言从之便，以说人主。人主贤其辩而牵其说，岂得无眩哉。

臣闻之，兵不如者勿与挑战，粟不如者勿与持久。夫从人饰辩虚辞，高主之节，言其利不言其害，卒有秦祸。无及为已。是故愿大王之孰计之。

夫群臣诸侯不料地之寡，而听从人之甘言好辞，比周以相饰也，皆奋曰“听吾计可以强霸天下”。夫不顾社稷之长利而听须臾之说，诖误人主，无过此者。

太史公曰：三晋多权变之士，夫言从衡强秦者大抵皆三晋之人也。夫张仪之行事甚于苏秦，然世恶苏秦者，以其先死，而仪振暴其短以扶其说，成其衡道。要之，此两人真倾危之士哉！

卷七十九《范雎蔡泽列传第十九》

臣非有畏而不敢言也。臣知今日言之于前而明日伏诛于后，然臣不敢避也。大王信行臣之言，死不足以为臣患，亡不足以为臣忧，漆身为厉被发为狂不足以为臣耻。

太史公曰：韩子称“长袖善舞，多钱善贾”，信哉是言也！范睢、蔡泽世所谓一切辩士，然游说诸侯至白首无所遇者，非计策之拙，所为说力少也。及二人羁旅入秦，继踵取卿相，垂功于天下者，固强弱之势异也。然士亦有偶合，贤者多如此二子，不得尽意，岂可胜道哉！然二子不困厄，恶能激乎？

卷八十四《屈原贾生列传第二十四》

是时贾生年二十余，最为少。每诏令议下，诸老先生不能言，贾生尽为之对，人人各如其意所欲出。诸生于是乃以为能，不及也。孝文帝悦之，超迁，一岁中至太中大夫……诸律令所更定，及列侯悉就国，其说皆自贾生发之。

卷九十二《淮阴侯列传第三十二》

滕公奇其言，壮其貌，释而不斩。与语，大悦之。言于上，上拜以为治粟都尉，上未之奇也。

后数日，蒯通复说曰：“夫听者事之候也，计者事之机也，听过计失而能久安者，鲜矣。听不失一二者，不可乱以言；计不失本末者，不可纷以辞。夫随厮养之役者，失万乘之权；守担石之禄者，阙卿相之位。故知者决之断也，疑者事之害也。”

卷九十七《郦生陆贾列传第三十七》

沛公曰：“为我谢之，言我方以天下为事，未暇见儒人也。”使者出谢曰：“沛公敬谢先生，方以天下为事，未暇见儒人也。”郦生瞋目案剑叱使者曰：“走！复入言沛公，吾高阳酒徒也，非儒人也。”使者惧而失谒，跪拾谒，还走，复入报曰：“客，天下壮士也，叱臣，臣恐，至失谒。曰‘走！复入言，而公高阳酒徒也’。”沛公遽雪足杖矛曰：“延客入！”

卷一百四《田叔列传第四十四》

田仁数上书言之。杜大夫及石氏使人谢，谓田少卿曰：“吾非敢有语言也，原少卿无相诬污也。”仁已刺三河，三河太守皆下吏诛死。仁还奏事，武帝悦，以仁为能不畏强御，拜仁为丞相司直，威振天下。

卷一百九《李将军列传第四十九》

太史公曰：传曰“其身正，不令而行；其身不正，虽令不从”。其李将军之谓也？余睹李将军悛悛如鄙人，口不能道辞。及死之日，天下知与不知，皆为尽哀。彼其忠实心诚信于士大夫也？谚曰“桃李不言，下自成蹊”。此言虽小，可以谕大也。

卷一百一十七《司马相如列传第五十七》

相如以“子虚”，虚言也，为楚称；“乌有先生”者，乌有此事也，为齐难；“无是公”者，无是人也，明天子之义。故空藉此三人为辞，以推天子诸侯之苑囿。其卒章归之于节俭，因以风谏。奏之天子，天子大悦。

太史公曰：《春秋》推见至隐，《易》本隐之以显，《大雅》言王公大人而德逮黎庶，《小雅》讥小己之得失，其流及上。所以言虽外殊，其合德一也。相如虽多虚辞滥说，然其要归引之节俭，此与诗之风谏何异。扬雄以为靡丽之赋，劝百讽一，犹驰骋郑卫之声，曲终而奏雅，不已亏乎？余采其语可论者著于篇。

卷一百二十《汲郑列传第六十》

（郑庄）每朝，候上之间，说未尝不言天下之长者。其推毂士及官属丞史，诚有味其言之也，常引以为贤于己。未尝名吏，与官属言，若恐伤之。闻人之善言，进之上，唯恐后。山东士诸公以此翕然称郑庄。

卷一百二十四《游侠列传第六十七》

太史公曰：吾视郭解，状貌不及中人，言语不足采者。然天下无贤与不肖，知与不知，皆慕其声，言侠者皆引以为名。谚曰：“人貌荣名，岂有既乎！”

卷一百二十六《滑稽列传第六十六》

褚先生曰：臣幸得以经术为郎，而好读外家传语。窃不逊让，复作故事滑稽之语六章，编之于左。可以览观扬意，以示后世好事者读之，以游心骇耳，以附益上方太史公之三章。

卷一百二十七《日者列传第六十七》

二君曰："尊官厚禄，世之所高也，贤才处之。今所处非其地，故谓之卑。言不信，行不验，取不当，故谓之污。夫卜筮者，世俗之所贱简也。世皆言曰：'夫卜者多言夸严以得人情，虚高人禄命以说人志，擅言祸灾以伤人心，矫言鬼神以尽人财，厚求拜谢以私于己。'此吾之所耻，故谓之卑污也。"

公见夫谈士辩人乎？虑事定计，必是人也，然不能以一言说人主意，故言必称先王，语必道上古。虑事定计，饰先王之成功，语其败害，以恐喜人主之志，以求其欲。多言夸严，莫大于此矣。然欲强国成功，尽忠于上，非此不立。今夫卜者，导惑教愚也。夫愚惑之人，岂能以一言而知之哉！言不厌多。

卷一百三十《太史公自序第七十》

子曰："我欲载之空言，不如见之于行事之深切著明也。"

子虚之事，大人赋说，靡丽多夸，然其指风谏，归于无为。作《司马相如列传》第五十七。

正衣冠立于朝廷，而群臣莫敢言浮说，长孺矜焉。好荐人，称长者，壮有溉。作《汲郑列传》第六十。

《汉书》[①]

卷二十七《五行志》

经曰"羞用五事。五事：一曰貌，二曰言，三曰视，四曰听，五曰思。貌曰恭，言曰从，视曰明，听曰聪，思曰睿。"……是以金木之气易

---

① 班固：《汉书》，中华书局，1962。

以相变，故貌伤则致秋阴常雨，言伤则致春阳常旱也。

卷三十《艺文志》

昔仲尼没而微言绝，七十子丧而大义乖。（○李奇曰：“隐微不显之言也。”师古曰：“精微要妙之言耳。”）

《书》曰：“诗言志，歌咏言。”故哀乐之心感，而歌咏之声发。诵其言谓之诗，咏其声谓之歌。

古之王者世有史官，君举必书，所以慎言行，昭法式也。左史记言，右史记事，事为《春秋》，言为《尚书》，帝王靡不同之。周室既微，载籍残缺，仲尼思存前圣之业，乃称曰：“夏礼吾能言之，杞不足征也；殷礼吾能言之，宋不足征也。文献不足故也，足则吾能征之矣。”以鲁周公之国，礼文备物，史官有法，故与左丘明观其史记，据行事，仍人道，因兴以立功，就败以成罚，假日月以定历数，藉朝聘以正礼乐。有所褒讳贬损，不可书见，口授弟子，弟子退而异言。丘明恐弟子各安其意，以失其真，故论本事而作传，明夫子不以空言说经也。《春秋》所贬损大人当世君臣，有威权势力，其事实皆形于传，是以隐其书而不宣，所以免时难也。及末世口说流行，故有《公羊》《穀梁》《邹》《夹》之《传》。

《论语》者，孔子应答弟子时人及弟子相与言而接闻于夫子之语也。当时弟子各有所记。夫子既卒，门人相与辑而论纂，故谓之《论语》。汉兴，有齐、鲁之说。

古之学者耕且养，三年而通一艺，存其大体，玩经文而已，是故用日少而畜德多，三十而五经立也。后世经传既已乖离，博学者又不思多闻阙疑之义，而务碎义逃难，便辞巧说，破坏形体；说五字之文，至于二三万言。后进弥以驰逐，故幼童而守一艺，白首而后能言；安其所习，毁所不见，终以自蔽。此学者之大患也。序六艺为九种。

儒家者流，盖出于司徒之官。助人君顺阴阳明教化者也。游文于六经之中，留意于仁义之际。祖述尧、舜，宪章文、武，宗师仲尼，以重其言，于道最为高。

《汉书·艺文志》著录小说十五家

《伊尹说》二十七篇。(〇颜师古注：其语浅薄，似依托也。)

《鬻子说》十九篇。(〇颜师古注：后世所加。)

《周考》七十六篇。(〇颜师古注：其周事也。)

《青史子》五十七篇。(〇颜师古注：古史官记事也。)

《师旷》六篇。(〇颜师古注：见《春秋》，其言浅薄，本与此同，似因托之。)

《务成子》十一篇。(〇颜师古注：称尧问，非古语。)

《宋子》十八篇。(〇颜师古注：孙卿道宋子，其言黄老意。)

《天乙》三篇。(〇颜师古注：天乙谓汤，其言殷时者，皆依托也。)

《黄帝说》四十篇。(〇颜师古注：迂诞依托。)

《封禅方说》十八篇。(〇颜师古注：武帝时。)

《待诏臣饶心术》二十五篇。(〇颜师古注：武帝时。)

《待诏臣安成未央术》一篇。

《臣寿周纪》七篇。(〇颜师古注：项国圉人，宣帝时。)

《虞初周说》九百四十三篇。(〇颜师古注：虞初，河南人，武帝时以方士侍郎，号黄车使者。)

右小说十五家，千三百八十篇。

小说家者流，盖出于稗官。街谈巷语，道听途说者之所造也。孔子曰："虽小道，必有可观者焉。致远恐泥，是以君子弗为也。"然亦弗灭也。闾里小知者之所及，亦使缀而不忘。如或一言可采，此亦刍荛狂夫之议也。

传曰："不歌而诵谓之赋，登高能赋可以为大夫。"言感物造端，材知深美，可与图事，故可以为列大夫也。古者诸侯卿大夫交接邻国，以微言相感，当揖让之时，必称《诗》以谕其志，盖以别贤不肖而观盛衰焉。故孔子曰"不学《诗》，无以言"也。

卷三十六《刘歆传》

往者缀学之士不思废绝之阙，苟因陋就寡，分文析字，烦言碎辞，学者罢老且不能究其一艺。信口说而背传记，是末师而非往古，至于国家将有大事，若立辟雍、封禅、巡狩之仪，则幽冥而莫知其原……

赞曰：仲尼称“材虽不其然与!”自孔子后，缀文之士众矣，唯孟轲、孙况、董仲舒、司马迁、刘向、扬雄。此数公者，皆博物洽闻，通达古今，其言有补于世。

卷五十六《董仲舒传》

至秦则不然。师申商之法，行韩非之说，憎帝王之道，以贪狼为俗，非有文德以教训于下也。诛名而不察实，为善者不必免，而犯恶者未必刑也，是以百官皆饰虚辞而不顾实……

臣愚以为诸不在六艺之科孔子之术者，皆绝其道，勿使并进。邪辟之说灭息，然后统纪可一而法度可明，民知所从矣。

卷六十二《司马迁传》

仆窃不逊，近自托于无能之辞，网罗天下放失旧闻，考之行事，稽其成败兴坏之理，凡百三十篇，亦欲以究天人之际，通古今之变，成一家之言。草创未就，适会此祸，惜其不成，是以就极刑而无愠色。仆诚已著此书，藏之名山，传之其人通邑大都，则仆偿前辱之责，虽万被戮，岂有悔哉！然此可为智者道，难为俗人言也。

卷六十四《朱买臣传》

……会邑子严助贵幸，荐买臣，召见，说《春秋》，言《楚词》，帝甚悦之，拜买臣为中大夫，与严助俱侍中。

卷六十五《东方朔传》

十六学《诗》《书》，诵二十二万言。十九学《孙吴兵法》，战阵之具，钲鼓之教，亦诵二十二万言。凡臣朔固已诵四十四万言。又常服子路之言。

久之，朔上书陈农战强国之计，因自讼独不得大官，欲求试用。其言专商鞅、韩非之语也，指意放荡，颇复诙谐，辞数万言，终不见用。朔因著论，设客难己，用位卑以自慰谕。

赞曰：刘向言少时数问长老贤人通于事及朔时者，皆曰朔口谐倡辩，不能持论，喜为庸人诵说，故令后世多传闻者。而扬雄亦以为朔言不纯师，行不纯德，其流风遗书蔑如也。然朔名过实者，以其诙达多端，不名一行，应谐似优，不穷似智，正谏似直，秽德似隐。非夷齐而是柳下惠，戒其子以上容："首阳为拙，柱下为工。饱食安步，以仕易农。依隐玩世，诡时不逢。"其滑稽之雄乎！朔之诙谐，逢占射覆，其事浮浅，行于众庶，童儿牧竖莫不眩耀。而后世好事者因取奇言怪语附着之朔，故详录焉。

卷七十二《王贡两龚鲍传》

君平卜筮于成都市，以为"卜筮者贱业，而可以惠众人。有邪恶非正之问，则依蓍龟为言利害。与人子言依于孝，与人弟言依于顺，与人臣言依于忠，各因势导之以善，从吾言者，已过半矣。"裁日阅数人，得百钱足自养，则闭肆下帘而授《老子》。博览亡不通，依老子、严周之指著书十余万言……

卷七十六《赵尹韩张两王传》

（张）敞闻之，上封事曰："……夫心之精微口不能言也，言之微眇书不能文也。"

卷八十五《谷永杜邺传》

永对曰：臣闻王天下有国家者，患在上有危亡之事，而危亡之言不得上闻。如使危亡之言辄上闻，则商周不易姓而迭兴，三正不变改而更用。夏商之将亡也，行道之人皆知之，晏然自以若天有日莫能危，是故恶日广而不自知，大命倾而不寤。《易》曰"危者有其安者也，亡者保其存者也。"陛下诚垂宽明之听，无忌讳之诛，使刍荛之臣得尽所闻于前，不惧于后患，直言之路开，则四方众贤不远千里，辐凑陈忠，群臣之上愿，社稷之长福也……臣闻事君之义，有言责者尽其忠，有官守者修其职。臣永幸得免于言责之辜，有官守之任，当毕力遵职，养绥百姓而已，不宜复关得失之辞。

卷八十七《扬雄传》

雄以为赋者，将以风也，必推类而言，极丽靡之辞，闳侈巨衍，竞于使人不能加也，既乃归之于正，然览者已过矣。往时武帝好神仙，相如上《大人赋》，欲以风，帝反缥缥有陵云之志。由是言之，赋劝而不止，明矣。

客难扬子曰“凡著书者，为众人之所好也，美味期乎合口，工声调于比耳。今吾子乃抗辞幽说，闳意眇指，独驰骋于有亡之际，而陶冶大炉，旁薄群生，历览者兹年矣，而殊不寤。”

卷八十八《儒林传》

汉兴，言《易》自淄川田生；言《书》自济南伏生；言《诗》，于鲁则申培公，于齐则辕固生，燕则韩太傅；言《礼》，则鲁高堂生；言《春秋》，于齐则胡毋生，于赵则董仲舒。及窦太后崩，武安君田蚡为丞相，黜黄老、刑名百家之言，延文学儒者以百数，而公孙弘以治《春秋》为丞相封侯，天下学士靡然乡风矣。

赞曰：自武帝立《五经》博士，开弟子员，设科射策，劝以官禄，讫于元始，百有于年，传业者浸盛，枝叶蕃滋，一经说至百余万言，大师众至千余人，盖禄利之路然也。

《后汉书》[①]

卷二《显宗孝明帝纪第二》

于是在位者皆上封事，各言得失。帝览章，深自引咎，乃以所上班示百官。诏曰：“群僚所言，皆朕之过。人冤不能理，吏黠不能禁；而轻用人力，缮修宫宇，出入无节，喜怒过差。昔应门失守，《关雎》刺世；飞蓬随风，微子所叹。永览前戒，竦然兢惧。徒恐薄德，久而致怠耳。”

① 范晔：《后汉书》，唐·李贤注，中华书局，1965。

卷五《孝安帝纪第五》

壬戌，沛国言甘露降丰县。……冯翊言甘露降频阳、衙。颍川上言木连理。……戊子，颍川上言麒麟一、白虎二见阳翟。……壬午，新丰上言凤皇集西界亭。……四年春正月壬午，东郡言黄龙二、麒麟一见濮阳。

卷十五《李王邓来列传第五》

歙为人有信义，言行不违，及往来游说，皆可案复，西州士大夫皆信重之，多为其言，故得免而东归。

卷二十四《马援列传第十四》

援前在交阯，还书诫之曰："吾欲汝曹闻人过失，如闻父母之名，耳可得闻，口不可得言也。好论议人长短，妄是非正法，此吾所大恶也，宁死不愿闻子孙有此行也。汝曹知吾恶之甚矣，所以复言者，施衿结褵，申父母之戒，欲使汝曹不忘之耳。龙伯高敦厚周慎，口无择言，谦约节俭，廉公有威，吾爱之重之，愿汝曹效之……"

卷二十七《宣张二王杜郭吴承郑赵列传第十七》

语曰："同言而信，则信在言前；同令而行，则诚在令外。"不其然乎！（〇李贤注：真伪之迹既殊，人之信否亦异，同言而信，谓体仁与利仁，二人同出言，而人信服其真者，不信其伪者，则知信不由言，故言信在言前也。同令而行，意亦同也。）

卷二十八《桓谭冯衍列传第十八》

谭复上疏曰："臣前献瞽言，未蒙诏报，不胜愤懑，冒死复陈。愚夫策谋，有益于政道者，以合人心而得事理也。凡人情忽于见事而贵于异闻，观先王之所记述，咸以仁义正道为本，非有奇怪虚诞之事。盖天道性命，圣人所难言也……陛下诚能轻爵重赏，与士共之，则何招而不至，何说而不释，何向而不开，何征而不克。"

卷三十五《张曹郑列传第二十五》

论曰：自秦焚《六经》，圣文埃灭。汉兴，诸儒颇修艺文；及东京，学者亦各名家。而守文之徒，滞固所禀，异端纷纭，互相诡激，遂令经有数家，家有数说，章句多者或乃百余万言，学徒劳而少功，后生疑而莫正。郑玄括囊大典，网罗众家，删裁繁诬，刊改漏失，自是学者略知所归。

卷三十六《郑范陈贾张列传第二十六》

臣元窃见博士范升等所议奏《左氏春秋》不可立，及太史公违戾凡四十五事。案升等所言，前后相违，皆断截小文，媟黩微辞，以年数小差，掇为巨谬，遗脱纤微，指为大尤。抉瑕擿衅，掩其弘美，所谓“小辩破言，小言破道”者也。

卷四十《班彪列传第三十》

论曰：司马迁、班固父子，其言史官载籍之作，大义粲然著矣。议者咸称二子有良史之才。迁文直而事核，固文赡而事详。若固之序事，不激诡，不抑抗，赡而不秽，详而有体，使读之者亹亹而不厌，信哉其能成名也。

卷四十一《第五钟离宋寒列传第三十一》

论曰：左丘明有言：“仁人之言，其利博哉！”晏子一言，齐侯省刑。若钟离意之就格请过，寒朗之廷争冤狱，笃矣乎，仁者之情也！夫正直本于忠诚则不诡，本于谏争则绞切。彼二子之所本得乎天，故言信而志行也。

卷四十五《袁张韩周列传第三十五》

（周）兴少有名誉，永宁中，尚书陈忠上疏荐兴曰：“臣伏惟古者帝王有所号令，言必弘雅，辞必温丽，垂于后世，列于典经。故仲尼嘉唐、虞之文章，从周室之郁郁。臣窃见光禄郎周兴，孝友之行，著于闺门，清厉之志，闻于州里。蕴椟古今，博物多闻，《三坟》之篇，

《五典》之策，无所不览。属文著辞，有可观采。尚书出纳帝命，为王喉舌。臣等既愚暗，而诸郎多文俗吏，鲜有雅才，每为诏文，宣示内外，转相求请，或以不能而专己自由，辞多鄙固。兴抱奇怀能，随辈栖迟，诚可叹惜。"

卷四十九《王充王符仲长统列传第三十九》

王充字仲任，会稽上虞人也，其先自魏郡元城徙焉。充少孤，乡里称孝。后到京师，受业太学，师事扶风班彪。好博览而不守章句。家贫无书，常游洛阳市肆，阅所卖书，一见辄能诵忆，遂博通众流百家之言。后归乡里，屏居教授。仕郡为功曹，以数谏争不合去。充好论说，始若诡异，终有理实。以为俗儒守文，多失其真，乃闭门潜思，绝庆吊之礼，户牖墙壁各置刀笔。著《论衡》八十五篇，二十余万言，释物类同异，正时俗嫌疑。

统性俶傥，敢直言，不矜小节，默语无常，时人或谓之狂生……每论说古今及时俗行事，恒发愤叹息，因著论，名曰《昌言》，凡三十四篇，十余万言。

卷七十《郑孔荀列传第六十》

（孔）融闻人之善，若出诸己，言有可采，必演而成之，面告其短，而退称所长，荐达贤士，多所奖进，知而未言，以为己过，故海内英俊皆信服之。

卷七十九上《儒林列传第六十九上》

杨政字子行，京兆人也。少好学，从代郡范升受《梁丘易》，善说经书。京师为之语曰："说经铿铿杨子行。"

时，诏公卿大会，群臣皆就席，凭独立。光武问其意。凭对曰："博士说经皆不如臣，而坐居臣上，是以不得就席。"帝即召上殿，令与诸儒难说，凭多所解释。帝善之，拜为侍中，数进见问得失。……正旦朝贺，百僚毕会，帝令群臣能说经者更相难诘，义有不通，辄夺其席以益通者，凭遂重坐五十余席。故京师为之语曰："解经不穷戴侍中。"

卷八十下《文苑列传第七十下》

（边让）心通性达，口辩辞长。非礼不动，非法不言。若处狐疑之论，定嫌审之分，经典交至，捡括参合，众夫寂焉，莫之能夺也。……传曰“函牛之鼎以亨鸡，多汁则淡而不可食，少计则熬而不可熟”此言大器之于小用，固有所不宜也。

卷八十一《独行列传第七十一》

王忳字少林，广汉新都人也。忳尝诣京师，于空舍中见一书生疾困，愍而视之。书生谓忳曰：“我当到洛阳，而被病，命在须臾，腰下有金十斤，愿以相赠，死后乞藏骸骨。”未及问姓名而绝。忳即鬻金一斤，营其殡葬，余金悉置棺下，人无知者。后归数年，县署忳大度亭长。初到之日，有马驰入亭中而止。其日，大风飘一绣被，复堕忳前，即言之于县，县以归忳。忳后乘马到雒县，马遂奔走，牵忳入它舍。主人见之喜曰：“今禽盗矣。”问忳所由得马，忳具说其状，并及绣被。主人怅然良久，乃曰“被随旋风与马俱亡，卿何阴德而致此二物?”忳自念有葬书生之事，因说之，并道书生形貌及埋金处。主人大惊，号曰：“是我子也。姓金名彦。前往京师，不知所在，何意卿乃葬之。大恩久不报，天以此章卿德耳。”忳悉以被马还之，彦父不取，又厚遗忳。忳辞让而去。时彦父为州从事，因告新都令，假忳休，自与俱迎彦丧，余金俱存。忳由是显名。

向栩字甫兴，河内朝歌人，向长之后也。少为书生，性卓诡不伦。恒读《老子》，状如学道。又似狂生，好披发，著绛绡头。常于灶北坐板床上，如是积久，板乃有膝踝足指之处。不好语言而喜长啸。宾客从就，辄伏而不视。有弟子，名为“颜渊”“子贡”“季路”“冉有”之辈。或骑驴入市，乞丐于人。或悉要诸乞儿俱归止宿，为设酒食。时人莫能测之。

卷八十四《列女传第七十四》

妇行第四：女有四行，一曰妇德，二曰妇言，三曰妇容，四曰妇功。夫云妇德，不必才明绝异也。妇言，不必辩口利辞也。妇容，不必颜色美丽也。妇功，不必工巧过人也。清闲贞静，守节整齐，行己有耻，动静有法，是谓妇德。择辞而说，不道恶语，时然后言，不厌于人，是谓妇言。盥浣尘秽，服饰鲜洁，沐浴以时，身不垢辱，是谓妇容。专心纺绩，不好戏笑，洁齐酒食，以奉宾客，是谓妇功。此四者，女人之大德，而不可乏之者也。

《列女传》[①]

卷之一《母仪传》

大任者，文王之母，挚任氏中女也。王季娶为妃。大任之性，端一诚庄，惟德之行。及其有娠，目不视恶色，耳不听淫声，口不出敖言，能以胎教。

卷之二《贤明传》

周宣姜后者，齐侯之女也。贤而有德，事非礼不言，行非礼不动。宣王尝早卧晏起，后夫人不出房。姜后脱簪珥，待罪于永巷，使其傅母通言于王曰："妾不才，妾之淫心见矣，至使君王失礼而晏朝，以见君王乐色而忘德也。夫苟乐色，必好奢穷欲，乱之所兴也。原乱之兴，从婢子起。敢请婢子之罪。"王曰："寡人不德，实自生过，非夫人之罪也。"遂复姜后而勤于政事。

卷之三《仁智传》

伯宗贤，而好以直辩凌人。每朝，其妻常戒之曰："盗憎主人，民爱其上。有爱好人者，必有憎妒人者。夫子好直言，枉者恶之，祸必及身矣。"伯宗不听，朝而以喜色归。其妻曰："子貌有喜色，何也？"伯宗曰："吾言于朝，诸大夫皆谓我知似阳子。"妻曰："实谷不华，至言不饰，今阳子华而不实，言而无谋，是以祸及其身，子何喜焉！"

---

① 汉·刘向撰《列女传》，中国书店出版社，2013。

卷之五《节义传》

齐义继母者，齐二子之母也。当宣王时，有人斗死于道者，吏讯之，被一创，二子兄弟立其傍，吏问之，兄曰："我杀之。"弟曰："非兄也，乃我杀之。"期年，吏不能决，言之于相，相不能决，言之于王，王曰："今皆赦之，是纵有罪也。皆杀之，是诛无辜也。寡人度其母，能知子善恶，试问其母，听其所欲杀活。"相召其母问之曰："母之子杀人，兄弟欲相代死，吏不能决，言之于王。王有仁惠，故问母何所欲杀活。"其母泣而对曰："杀其少者。"相受其言，因而问之曰："夫少子者，人之所爱也。今欲杀之，何也?"其母对曰："少者，妾之子也。长者，前妻之子也。其父疾且死之时，属之于妾曰：'善养视之。'妾曰：'诺。'今既受人之托，许人以诺，岂可以忘人之托而不信其诺邪！且杀兄活弟，是以私爱废公义也；背言忘信，是欺死者也。夫言不约束，已诺不分，何以居于世哉！子虽痛乎，独谓行何！"泣下沾襟。相入言于王，王美其义，高其行，皆赦不杀，而尊其母，号曰义母。

《吴越春秋辑校汇考》①

《夫差内传第五》

越王勾践再拜稽首，曰："孤闻祸与福为邻，今大夫之吊，孤之福矣。孤敢不问其说。"……子贡曰："臣观吴王为数战伐，士卒不恩，大臣内引，谗人益众。夫子胥为人精诚，中廉外明而知时，不以身死隐君之过。正言以忠君，直行以为国，其身死而不听。太宰嚭为人智而愚，强而弱，巧言利辞以内其身，善为诡诈以事其君，知其前而不知其后，顺君之过以安其私，是残国伤君之佞臣也。"越王大悦。

《勾践入臣外传第七》

曰："今君王国于会稽，穷于入吴，言悲辞苦，群臣泣之。虽则恨惊之心，莫不感动。而君王何为谩辞哗说，用而相欺？臣诚不取。"

① 周生春：《吴越春秋辑校汇考》，上海古籍出版社，1997。

明日，伍子胥入谏，曰："昨日大王何见乎？臣闻内怀虎狼之心，外执美词之说，但为外情，以存其身。豺不可谓廉，狼不可亲。今大王好听须臾之说，不虑万岁之患。放弃忠直之言，听用谗夫之语；不灭沥血之仇，不绝怀毒之怨。犹纵毛炉炭之上，幸其焦。投卵千钧之下，望必全。岂不殆哉？臣闻桀登高，自知危，然不知所以自安也；前据白刃，自知死，而不知所以自存也。惑者知返，迷道不远。愿大王察之。"

《勾践伐吴外传第十》

二十五年丙午平旦，越王召相国大夫种而问之："吾闻知人易，自知难。其知相国何如人也？"种曰："哀哉！大王知臣勇也，不知臣仁也；知臣忠也，不知臣信也。臣诚数以损声色，灭淫乐奇说怪论，尽言竭忠，以犯大王，逆心拂耳，必以获罪。臣非敢爱死不言。言而后死，昔子胥于吴矣，夫差之诛也。谓臣曰：'狡兔死，良犬烹，敌国灭，谋臣亡。'范蠡也有斯言。"

子

《新语校注》[①]

《术事第二》

善言古者合之于今，能述远者考之于近。故说事者上陈五帝之功，而思之于身，下列桀纣之败，而戒之于己，则德可以配日月，行可以合神灵。

《辨惑第五》

夫举事者或为善而不称善，或不善而称善者何？视之者谬而论之者误也。故行或合于世，言或顺于耳，斯乃阿上之意，从上之旨，操直而乖方，怀曲而合邪，因其刚柔之势，为作纵横之术，故无忤逆之言，无不合之义者。

夫君子直道而行，知必屈辱而不避也。故行不敢苟合，言不为苟容，虽无功于世，而名足称也；虽言不用于国家，而举措之言可法也。

《慎微第六》

夫目不能别黑白，耳不能别清浊，口不能言善恶，则所谓不能也。故

① 王利器撰《新语校注》，中华书局，1986。

设道者易见晓，所以通凡人之心，而达不能之行。道者，人之所行也。夫大道履之而行，则无不能，故谓之道。故孔子曰“道之不行也。”言人不能行之。

……

故隐之则为道，布之则为文，诗在心为志，出口为辞，矫以雅僻，砥砺钝才，雕琢文彩，抑定狐疑，通塞理顺，分别然否，而情得以利，而性得以治，绵绵漠漠，以道制之，察之无兆，遁之恢恢，不见其行，不睹其仁，湛然未悟，久之乃殊，论思天地，动应枢机，俯仰进退，与道为依，藏之于身，优游待时。故道无废而不兴，器无毁而不治。孔子曰：“有至德要道以顺天下。”言德行而其下顺之矣。

《怀虑第九》

夫世人不学《诗》《书》，存仁义，尊圣人之道，极经艺之深，乃论不验之语，学不然之事，图天地之形，说灾变之异，乖先王之法，异圣人之意，惑学者之心，移众人之志，指天画地，是非世事，动人以邪变，惊人以奇怪，听之者若神，视之者如异；然犹不可以济于厄而度其身，或触罪□□法，不免于辜戮。故事不生于法度，道不本于天地，可言而不可行也，可听而不可传也，可□玩而不可大用也。

《明诫第十一》

君明于德，可以及于远；臣笃于义，可以至于大。何以言之？昔汤以七十里之封，升帝王之位；周公自立三公之官，比德于五帝三王；斯乃口出善言，身行善道之所致也。

《思务第十二》

夫长于变者，不可穷以诈。通于道者，不可惊以怪。审于辞者，不可惑以言。达于义者，不可动以利。

夫口诵圣人之言，身学贤者之行，久而不弊，劳而不废……无人者，非无人也，言无圣贤以治之耳。

《淮南子注》[①]

高诱《淮南子叙》

其旨近老子，淡泊无为。蹈虚守静，出入经道。言其大也，则焘天载地；说其细也，则沦于无垠；及古今治乱、存亡祸福、世间诡异瑰奇之事，其义也著，其文也富，物事之类无所不载。然其大较，归之于道。号曰鸿烈。鸿，大也；烈，明也。以为大明道之言也。

卷一《原道训》

无为为之而合于道，无为言之而通乎德。（○高诱注：言二三之化无为为之也，而自合于道也，无所为言之，而适自通于德也。）

故圣人不以人滑天，不以欲乱情，不谋而当，不言而信，不虑而得，不为而成，精通于灵府，与造化者为人。……当此之时，口不设言，手不指麾。执玄德于心，而化驰若神。使舜无其志，虽口辩而户说之，不能化一人。（○高诱注：口不设不信之言也，手不指麾不妄，有所规拟也。）

故听善言便计，虽愚者知说之；称至德高行，虽不肖者知慕之。说之者众，而用之者鲜；慕之者多，而行之者寡。所以然者何也？不能反诸性也。

卷二《俶真训》

是故神越者其言华，德荡者其行伪，至精亡于中，而言行观于外，此不免以身役物矣。（○高诱注：越，散也，言不守也，故华而不实。）

虚寂以待，势利不能诱也，辩者不能说也，声色不能淫也，美者不能滥也，智者不能动也，勇者不能恐也，此真人之道也。

① 《淮南子注》，东汉·高诱注，上海书店，1986。

卷六《览冥训》

故圣人在位，怀道而不言，泽及万民。

所谓不言之辩，不道之道也。

夫道者，无私就也，无私去也，能者有余，拙者不足。顺之者利，逆之者凶。譬如隋侯之珠，和氏之璧，得之者富，失之者贫。得失之度，深微窃冥，难以知论，不可以辩说也。

是以至德灭而不扬，帝道掩而不兴；举事戾苍天，发号逆四时；春秋缩其和，天地除其德。仁君处位而不安，大夫隐道而不言。

卷七《精神训》

故不观大义者，不知生之不足贪也；不闻大言者，不知天下之不足利也。

卷八《本经训》

太清之始也，和顺以寂漠，质真而素朴，闲静而不躁，推而无故，在内而合乎道，出外而调于义。发动而成于文，行快而便于物。其言略而循理，其行侻而顺情，其心愉而不伪，其事素而不饰。

故德之所总，道弗能害也。智之所不知，辩弗能解也。不言之辩，不道之道，若或通焉，谓之天府。（〇高诱注：有能通不言之辩不道之道者，入天之府藏。）

今至人生乱世之中，含德怀道，拘无穷之智，钳口寝说，遂不言而死者众矣。然天下莫知贵其不言也。

卷九《主术训》

人主之术，处无为之事，而行不言之教。清静而不动，一度而不摇，因循而任下，责成而不劳。是故心知规而师傅谕导，口能言而行人称辞，足能行而相者先导，耳能听而执正进谏。是故虑无失策，谋无过事，言为文章，行为仪表于天下。……夫目妄视则淫，耳妄听则惑，口妄言则乱。

夫三关者，不可不慎守也。

夫人主之情，莫不欲总海内之智，尽众人之力。然而群臣志达效忠者，希不困其身。使言之而是，虽在褐夫刍荛，犹不可弃也；使言之而非也，虽在卿相人君，揄策于庙堂之上，未必可用。是非之所在，不可以贵贱尊卑论也。是明主之听于群臣，其计乃可用，不羞其位；其言可行，而不责其辩。暗主则不然。所爱习亲近者，虽邪枉不正，不见能也；疏远卑贱者，竭力尽忠，不能知也。有言者穷之以辞，有谏者诛之以罪。如此而欲照海内，存万方，是犹塞耳而听清浊，掩目而视青黄也，其离聪明则亦远矣！

卷十《缪称训》

……凡人各贤其所说，而说其所快。世莫不举贤，或以治，或以乱，非自遁，求同乎己者也。己未必得贤，而求与己同者，而欲得贤，亦不几矣！

同言而民信，信在言前也；同令而民化，诚在令外也。圣人在上，民迁而化，情以先之也。动于上不应于下者，情与令殊也。故《易》曰“亢龙有悔”。三月婴儿，未知利害也，而慈母之爱谕焉者，情也。故言之用者，昭昭乎小哉；不言之用者，旷旷乎大哉。身君子之言，信也；中君子之意，忠也。

天有四时，人有四用。何谓四用？视而形之，莫明于目；听而精之，莫聪于耳；重而闭之，莫固于口；含而藏之，莫深于心。目见其形，耳听其声，口言其诚，而心致之精，则万物之化咸有极矣……察一曲者，不可与言化；审一时者，不可与言大。

卷十一《齐俗训》

古者，民童蒙不知东西，貌不羡乎情，而言不溢乎行。

故不通于物者，难与言化。

故《易》曰：“履霜坚冰至”，圣人之见，终始微言。

乱国则不然，言与行相悖，情与貌相反，礼饰以烦，乐优以淫，崇死以害生，久丧以招行，是以风俗浊于世，而诽誉萌于朝。

道之得也，以视则明，以听则聪，以言则公，以行则从。

圣人之法可观也，其所以作法，不可原也；辩士之言可听也，其所以言，不可形也。

谈语而不称师，是通也。交浅而言深，是忠也。……是故农与农言力，士与士言行，工与工言巧，商与商言数。是以士无遗行，农无废功，工无苦事，商无折货。各安其性，不得相干。

卷十二《道应训》

道不可闻，闻而非也。道不可见，见而非也。道不可言，言而非也。白公问于孔子曰："人可以微言？"孔子不应。白公曰："若以石投水中，何如？"曰："吴越之善没者能取之矣。"曰："若以水投水，何如？"孔子曰："菑、渑之水合，易牙尝而知之。"白公曰："然则人固不可以微言乎？"孔子曰："何谓不可？谁知言之谓者乎？夫知言之谓者，不以言言也。争鱼者濡，逐兽者趋，非乐之也。故至言去言，至为无为，夫浅知之所争者，末矣。"白公不得也，故死于浴室。故老子曰："言有宗，事有君。夫唯无知，是以不吾知也。"

……王寿负书而行，见徐冯于周，徐冯曰："事者，应变而动，变生于时，故知时者无常行。书者，言之所出也。言出于智者，智者藏书。"于是王寿乃焚书而舞之。故老子曰："多言数穷，不如守中。"

卷十三《汜论训》

诵先王之《诗》《书》，不若闻得其言，闻得其言，不若得其所以言，得其所以言者，言弗能言也。（〇高诱注：闻圣人之言不如得其未言时之本意。圣人所言微妙，凡人虽得之口不耐以言。）

昔者，《周书》有言曰：上言者，下用也；下言者，上用也。上言者，常也；下言者，权也。此存亡之术。唯圣人为能知权，言而必信，期而必当。

卷十四《诠言训》

公孙龙粲于辞而贸名，邓析巧辩而乱法，苏秦善说而亡。

事以玉帛，则货殚而欲不餍；卑体婉辞，则论说而交不结；约束誓盟，则约定而反无日。

圣人无屈奇之服，无瑰异之行，服不视，行不观，言不议，通而不华，穷而不慑，荣而不显，隐而不穷，异而不见怪，容而与众同；无以名之，此之谓大通。

故不忧天下之乱，而乐其身之治者，可与言道矣。

卷十六《说山训》

人无言而神，有言者则伤。无言而神者载无，有言则伤其神之神者。（○高诱注：无言者，道不言也，道能化故神。道贵不言，故言有伤。道贵无言能致于神载，行也常行其无言也。道贱有言而多反有言，故曰伤其神。）

圣人终身言治，所用者非其言也，用所以言也。歌者有诗，然使人善之者，非其诗也。鹦鹉能言，而不可使长，是何则？得其所言而不得其所以言。（○高诱注：非其言，非其所常言也。用所以言者，用当所治之言。善之者，善其音之清和也，不善其诗故曰非其诗也。得其言者，知效人言也，不知所以长言，教令之言也，故曰不得其所以言。）

人有多言者，犹百舌之声；人有少言者，犹不脂之户也。（○高诱注：百舌，鸟名，能易其舌效百鸟之声，故曰百舌，以喻人虽事多言无益于事。言其不鸣，故不脂之喻无声也。）

灭非者户告之曰“我实不与”，我谀乱，谤乃愈起。止言以言，止事以事，譬犹扬堁而弭尘，抱薪而救火。流言雪污，譬犹以涅拭素也。

卷十七《说林训》

至味不慊，至言不文，至乐不笑，至音不叫，大匠不斫，大豆不具，大勇不斗，得道而德从之矣。

卷十八《人间训》

夫言出于口者，不可止于人；行发于迩者，不可禁于远。

义者，人之大本也，虽有战胜存亡之功，不如行义之隆。故君子曰："美言可以市尊，美行可以加人。"

孔子行游，马失，食农夫之稼，野人怒，取马而系之。子贡往说之，卑辞而不能得也。孔子曰："夫以人之所不能听说人，譬以太牢享野兽，以《九韶》乐飞鸟也。予之罪也，非彼人之过也。"乃使马圉往说之。至，见野人曰："予耕于东海，至于西海，吾马之失，安得不食子之苗?"野人大喜，解而与之。说若此其无方也，而反行。

铅之与丹，异类殊色，而可以为丹者，得其数也。故繁称文辞，无益于说，审其所由而已矣……

卷十九《修务训》

所谓言者，齐于众而同于俗。今不称九天之顶，则言黄泉之底，是两末之端议，何可以公论乎！

世俗之人，多尊古而贱今，故为道者必托之于神农、黄帝而后能入说。(○高诱注：说，言也。言为二圣所作乃能入其说于人，人乃用之。)

是故钟子期死而伯牙绝弦破琴，知世莫赏也；惠施死而庄子寝说言，见世莫可为语者也。夫项托七岁为孔子师，孔子有以听其言也。以年之少，为闾丈人说，救敲不给，何道之能明也?昔者，谢子见于秦惠王，惠王说之，以问唐姑梁，唐姑梁曰："谢子，山东辩士，固权说以取少主。"惠王因藏怒而待之。后日复见，逆而弗听也。非其说异也，所以听者易。

卷二十《泰族训》

故不言而信，不施而仁，不怒而威，是以天心动化者也。施而仁，言而信，怒而威，是以精诚感之者也。施而不仁，言而不信，怒而不威，是以外貌为之者也。故有道以统之，法虽少，足以化矣；无道以行之，法虽众，足以乱矣。

故事不本于道德者，不可以为仪；言不合乎先王者，不可以为道；音不调乎《雅》《颂》者，不可以为乐。故五子之言，所以便说掇取也，非天下之通义也。

卷二十一《要略》

夫作为书论者，所以纪纲道德，经纬人事，上考之天，下揆之地，中通诸理，虽未能抽引玄妙之中才，繁然足以观终始矣。总要举凡，而语不剖判纯朴，靡散大宗，惧为人之惽惽然弗能知也；故多为之辞，博为之说，又恐人之离本就末也。故言道而不言事，则无以与世浮沉；言事而不言道，则无以与化游息。

故言道而不明终始，则不知所仿依；言终始而不明天地四时，则不知所避讳；言天地四时而不引譬援类，则不知精微；言至精而不原人之神气，则不知养生之机；原人情而不言大圣之德，则不知五行之差；言帝道而不言君事，则不知小大之衰；言君事而不为称喻，则不知动静之宜；言称喻而不言俗变，则不知合同大指；言俗变而不言往事，则不知道德之应；知道德而不知世曲，则无以耦万方；知汜论而不知诠言，则无以从容；通书文而不知兵指，则无以应卒；已知大略而不知譬喻，则无以推明事；知公道而不知人间，则无以应祸福；知人间而不知修务，则无以使学者劝力。欲强省其辞，览总其要，弗曲行区人，则不足以穷道德之意。故著书二十篇，则天地之理究矣，人间之事接矣，帝王之道备矣！其言有小有巨，有微有粗，指奏卷异，各有为语。今专言道，则无不在焉，然而能得本知末者，其唯圣人也。今学者无圣人之才，而不为详说，则终身颠顿乎混溟之中，而不知觉寤乎昭明之术矣。……今谓之道则多，谓之物则少，谓之术则博，谓之事则浅，推之以论，则无可言者，所以为学者，固欲致之不言而已也。夫道论至深，故多为之辞，以抒其情；万物至众，故博为之说，以通其意。

《盐铁论校注》[1]

卷一《本议第一》

文学曰："孔子曰：'有国有家者，不患贫而患不均，不患寡而患不安。'故天子不言多少，诸侯不言利害，大夫不言得丧。畜仁义以风之，广德行以怀之。是以近者亲附而远者悦服。"

卷二《非鞅第七》

大夫曰："言之非难，行之为难。故贤者处实而效功，亦非徒陈空文而已。"

卷二《论儒第十一》

御史曰："伊尹以割烹事汤，百里以饭牛要穆公，始为苟合，信然与之霸王。如此，何言不从？何道不行？故商君以王道说孝公，不用，即以强国之道，卒以就功。邹子以儒术干世主，不用，即以变化始终之论，卒以显名。故马效千里，不必胡、代；士贵成功，不必文辞。孟轲守旧术，不知世务，故困于梁宋。孔子能方不能圆，故饥于黎丘。今晚世之儒勤德，时有乏匮，言以为非，困此不行。自周室以来，千有余岁，独有文，武、成、康，如言必参一焉，取所不能及而称之，犹躄者能言远不能行也。圣人异涂同归，或行或止，其趣一也。"

卷四《毁学第十八》

大夫曰："夫怀枉而言正，自托于无欲而实不从，此非士之情也？"……大夫曰："学者所以防固辞，礼者所以文鄙行也。故学以辅德，礼以文质。言思可道，行思可乐。恶言不出于口，邪行不及于己。动作应礼，从容中道。故礼以行之，孙以出之。是以终日言，无口过；终身行，无冤尤。"

---

① 王利器撰《盐铁论校注》，中华书局，1992。

卷五《相刺第二十》

大夫曰："文学言治尚于唐虞，言义高于秋天，有华言矣，未见其实也。"

大夫曰："歌者不期于利声，而贵在中节；论者不期于丽辞，而务在事实。善声而不知转，未可为能歌也；善言而不知变，未可谓能说也。"

文学曰："日月之光，而盲者不能见，雷电之声，而聋人不能闻。夫为不知音者言，若语于喑聋，何特蝉之不知重雪耶？夫以伊尹之智，太公之贤，而不能开辞于桀、纣，非说者非，听者过也。"

今文学言治则称尧、舜，道行则言孔、墨，授之政则不达，怀古道而不能行，言直而行枉，道是而情非，衣冠有以殊于乡曲，而实无以异于凡人。

卷五《遵道第二十三》

文学结发学语，服膺不舍，辞若循环，转若陶钧。文繁如春华，无效如抱风。饰虚言以乱实，道古以害今。从之，则县官用废，虚言不可实而行之；不从，文学以为非也，众口嚣嚣，不可胜听。诸卿都大府日久矣，通先古，明当世，今将何从而可矣？

丞相史曰："说西施之美无益于容，道尧、舜之德无益于治。今文学不言所为治，而言以治之无功，犹不言耕田之方，美富人之囷仓也。"

卷五《论诽第二十四》

丞相史曰："晏子有言：'儒者华于言而寡于实，繁于乐而舒于民，久丧以害生，厚葬以伤业，礼烦而难行，道迂而难遵，称往古而訾当世，贱所见而贵所闻。'"

卷五《孝养第二十五》

文学曰："言而不诚，期而不信，临难不勇，事君不忠，不孝之大者也。孟子曰：'今之世，今之大夫，皆罪人也。皆逢其意以顺其恶。'今子不忠不信，巧言以乱政，导谀以求合。若此者，不容于世。春秋曰：‘士守一不移，循理不外援，共其职而已。’故卑位而言高者，罪也，言不及而言者，傲也。有诏公卿与斯议，而空战口也？”

卷五《利议第二十七》

……言者不必有德何者？言之易而行之难。有舍其车而识其牛，贵其不言而多成事也。吴铎以其舌自破，主父偃以其舌自杀。鹖鴠夜鸣，无益于明；主父鸣鸱，无益于死。非有司欲成利，文学桎梏于旧术，牵于间言者也。”

文学曰：“能言之，能行之者，汤、武也。能言，不能行者，有司也。”

卷五《国疾第二十八》

贤良、文学皆离席曰：“鄙人固陋，希涉大庭，狂言多不称，以逆执事。夫药酒苦于口而利于病，忠言逆于耳而利于行。故愕愕者福也，諓諓者贼也。林中多疾风，富贵多谀言。万里之朝，日闻唯唯，而后闻诸生之愕愕，此乃公卿之良药针石。”

卷六《箴石第三十一》

丞相曰：“吾闻诸郑长者曰：‘君子正颜色，则远暴慢；出辞气，则远鄙倍矣。’故言可述，行可则。此有司夙昔所愿睹也。……”

贤良曰：“贾生有言：‘恳言则辞浅而不入，深言则逆耳而失指。’故曰：谈何容易。谈且不易，而况行之乎？”

卷六《水旱第三十六》

大夫曰：“议者贵其辞约而旨明，可于众人之听，不至繁文稠辞，多言害有司化俗之计，而家人语。”

卷七《能言第四十》

大夫曰：“盲者口能言白黑，而无目以别之。儒者口能言治乱，而无能以行之。夫坐言不行，则牧童兼乌获之力，蓬头包尧、舜之德。故使言而近，则儒者何患于治乱，而盲人何患于白黑哉？言之不出，耻躬之不逮。故卑而言高，能言而不能行者，君子耻之矣。”

贤良曰：“能言而不能行者，国之宝也。能行而不能言者，国之用也。兼此二者，君子也。无一者，牧童、蓬头也。言满天下，德覆四海，周公是也。口言之，躬行之，岂若默然载施其行而已。则执事亦何患何耻之有？今道不举而务小利，慕于不急以乱群意，君子虽贫，勿为可也。药酒，病之利也；正言，治之药也。公卿诚能自强自忍，食文学之至言，去权诡，罢利官，一归之于民，亲以周公之道，则天下治而颂声作。儒者安得治乱而患之乎？”

《法言》[①]

卷第一《学行》

学，行之上也，言之次也，教人，又其次也，咸无焉，为众人……天之道不在仲尼乎？仲尼驾说者也，不在兹儒乎？如将复驾其所说，则莫若使诸儒金口而木舌……学者，所以修性也。视、听、言、貌、思，性所有也。学则正，否则邪。师哉，师哉，桐子之命也。务学不如务求师，师者，人之模范也。模不模，范不范，为不少也。一哄之市，不胜异意焉；一卷之书，不胜异说焉。一哄之市，必立之平；一卷之书，必立之师……或曰：“焉知是而习之？”曰：“视日月而知众星之蔑也，仰圣人而知众说之小也。”

卷第二《吾子》

或问：“君子尚辞乎？”曰：“君子事之为尚。事胜辞则伉，辞胜事则赋，事辞称则经。足言足容，德之藻矣。”（〇李轨注：贵事实，贱虚辞。夫事功多而辞美少，则听声者伉其动也。事功省而辞美多，则赋颂者虚过也。事辞相称，乃合经典。足言，夸毗之辞；足容，戚施之面。言皆藻饰之伪，非笃实之真。）

---

① 西汉・扬雄撰《法言》，东晋・李轨注，上海书店，1986。

好书而不要诸仲尼，书肆也；好说而不要诸仲尼，说铃也。君子言也无择，听也无淫。择则乱，淫则辟。述正道而稍邪哆者有矣，未有述邪哆而稍正也。（〇李轨注：铃以谕小声，犹小说不合大雅。非正不听，何有择乎？非正不听，何所淫乎？言有可择则秽乱，听有淫侈则邪僻。）

君子之道有四易：简而易用也；要而易守也；炳而易见也；法而易言也……或曰："人各是其所是，而非其所非，将谁使正之？"曰："万物纷错则悬诸天，众言淆乱则折诸圣。"

卷第三《修身》

或问："何如斯谓之人？"曰："取四重，去四轻，则可谓之人。"曰："何谓四重？"曰："重言，重行，重貌，重好。言重则有法，行重则有德，貌重则有威，好重则有观。""敢问四轻。"曰："言轻则招忧，行轻则招辜，貌轻则招辱，好轻则招淫。"……言不惭行不耻者，孔子惮焉。（〇李轨注：言不违理，故形不惭；行不邪僻，故心不耻。言行能如此，仲尼所敬惮，难也。）

卷第四《问道》

大哉圣人，言之至也！开之，廓然见四海；闭之，閛然不睹墙之里。圣人之言，似于水火。或问"水火"。曰："水，测之而益深，穷之而益远；火，用之而弥明，宿之而弥壮。（〇李轨注：日月齐明，视其文者，不下堂知四方。）

圣人之治天下也，碍诸以礼乐。无则禽，异则貉。吾见诸子之小礼乐也，不见圣人之小礼乐也。孰有书不由笔，言不由舌？吾见天常为帝王之笔舌也。

卷第五《问神》

君子之言，幽必有验乎明，远必有验乎近，大必有验乎小，微必有验乎著。无验而言之谓妄。君子妄乎？不妄。言不能达其心，书不能达其言，难矣哉！惟圣人得言之解，得书之体。白日以照之，江、河以涤之，灏灏乎其莫之御也！面相之辞，相适抒中心之所欲，通诸人之嚍嚍者，莫如言。弥纶天下之事，记久明远，著古昔之㖧㖧，传千里之忞忞者，莫如书。故言，心声也；书，心画也。声画形，君子小人见矣。声画者，君子小人之所以动情乎？（〇李轨注：言必有中。有所发明，如白日所照；有所荡除，如江河所涤，灏灏洪盛，无能当之者。嚧嚧，犹愦愦也；㖧㖧，目所不见；忞忞，心所不了。声发成言，画纸成书。书有文质，言有史野，二者之来，皆由于心。察言观书，断可识也。）

书不经，非书也；言不经，非言也。言、书不经，多多赘矣。

卷第六《问明》

或问："韩非作《说难》之书，而卒死乎说难，敢问何反也？"曰："说难盖其所以死乎？"曰："何也？"曰："君子以礼动，以义止，合则进，否则退，确乎不忧其不合也。夫说人而忧其不合，则亦无所不至矣。"或曰："说之不合，非忧邪？"曰："说不由道，忧也；由道而不合，非忧也。"

卷第七《寡见》

吾寡见人之好假者也。迩文之视，迩言之听，假则偭焉……（〇李轨注：叹人皆好视听诸子近言近说，至于圣人远言远义，则偭然而不视听。）

或问："五经有辩乎？"曰："惟五经为辩。说天者莫辩乎《易》，说事者莫辩乎《书》，说体者莫辩乎《礼》，说志者莫辩乎《诗》，说理者莫辩乎《春秋》。舍斯，辩亦小矣。"

或曰："良玉不雕，美言不文，何谓也？"曰："玉不雕，玙璠不作器；言不文，典谟不作经。"

或曰："学者之说可约邪？"曰："可约，解科。"（〇李轨注：疾夫说学繁多，故欲约省之也。言自可令约省尔，但当使得其意旨不失其科条。）

卷第八《五百》

圣人之言远如天，贤人之言近如地。珑玲其声者，其质玉乎？圣人矢口而成言，肆笔而成书，言可闻而不可殚，书可观而不可尽。

（〇李轨注天悬象著明，而人不能察；圣人设教施令，而人不能究。玉之珑玲，其声亦犹君子，清泠其德音。）

卷第十二《君子》

或问："君子言则成文，动则成德，何以也？"曰："以其弸中而彪外也。般之挥斤，羿之激矢，君子不言，言必有中也；不行，行必有称也。"（〇李轨注：积行内满，文辞外发。）

卷第十三《孝至》

或问"忠言嘉谟"。曰："言合稷契之谓忠，谟合皋陶之谓嘉。"

或问"群言之长，群行之宗"。曰："群言之长，德言也；群行之宗，德行也。"

《新序校释》[①]

卷第一《杂事一》

曾子曰："鸟之将死，其鸣也哀；人之将死，其言也善。"言反其本性，共王之谓也。

卷第三《杂事三》

邹阳客游见谗自冤，乃从狱中上书。其辞曰："臣闻忠无不报，信不见疑。臣常以为然，徒虚语耳……故偏听生奸，独任成乱。昔鲁听季孙之说逐孔子，宋信子冉之计逐墨翟，夫以孔墨之辩，而不能自免，何则？众口铄金，积毁销骨……"

卷第五《杂事五》

且夫天生人而使其耳可以闻，不学，其闻则不若聋；使其目可以见，

---

① 石光瑛撰《新序校释》，中华书局，2001。

不学，其见则不若盲；使其口可以言，不学，其言则不若喑；使其心可以智，不学，其智则不若狂。故凡学非能益之也，达天性也，能全天之所生，而勿败之，可谓善学者矣。

晋平公问于叔向曰："国家之患孰为大?"对曰："大臣重禄而不极谏，近臣畏罚而不敢言，下情不上通，此患之大者也。"公曰："善。"于是令国曰："欲进善言，谒者不通，罪当死。"

卷第七《节士》

延陵季子将西聘晋，带宝剑以过徐君，徐君观剑，不言而色欲之。延陵季子为有上国之使，未献也，然其心已许之矣。致使于晋，顾返，则徐君死于楚，于是脱剑致之嗣君。从者止之曰："此吴国之宝，非所以赠也。"延陵季子曰："吾非赠之也，先日吾来，徐君观吾剑，不言而其色欲之，吾为上国之使，未献也。虽然，吾心许之矣。今死而不进，是欺心也。爱剑伪心，廉者不为也。"遂脱剑致之嗣君。嗣君曰："先君无命，孤不敢受剑。"于是季子以剑带徐君墓树而去。徐人嘉而歌之曰："延陵季子兮不忘故，脱千金之剑兮带丘墓。"

《说苑校证》[①]

卷一《君道》

陈灵公行僻而言失，泄冶曰："陈其亡矣！吾骤谏君，君不吾听而愈失威仪。夫上之化下，犹风靡草，东风则草靡而西，西风则草靡而东，在风所由而草为之靡，是故人君之动不可不慎也。夫树曲木者恶得直景，人君不直其行，不敬其言者，未有能保帝王之号，垂显令之名者也。《易》曰：'夫君子居其室，出其言善，则千里之外应之，况其迩者乎？居其室，出其言不善，则千里之外违之，况其迩者乎？言出于身，加于民；行发乎迩，见乎远。言行，君子之枢机，枢机之发，荣辱之主，君子之所以动天

---

① 向宗鲁撰《说苑校证》，中华书局，1987。

地，可不慎乎？’天地动而万物变化。《诗》曰‘慎尔出话，敬尔威仪，无不柔嘉。’此之谓也。今君不是之慎而纵恣焉，不亡必弑。”灵公闻之，以泄冶为妖言而杀之，后果弑于征舒。

武王问太公曰：“得贤敬士，或不能以为治者，何也？”太公对曰：“不能独断，以人言断者，殃也。”武王曰：“何为以人言断？”太公对曰：“不能定所去，以人言去；不能定所取，以人言取；不能定所为，以人言为；不能定所罚，以人言罚；不能定所赏，以人言赏。贤者不必用，不肖者不必退，而士不必敬。”武王曰：“善。”

卷六《复恩》

鲍叔死，管仲举上衽而哭之，泣下如雨，从者曰：“非君父子也，此亦有说乎？”管仲曰：“非夫子所知也，吾尝与鲍子负贩于南阳，吾三辱于市，鲍子不以我为怯，知我之欲有所明也；鲍子尝与我有所说王者，而三不见听，鲍子不以我为不肖，知我之不遇明君也；鲍子尝与我临财分货，吾自取多者三，鲍子不以我为贪，知我之不足于财也。生我者父母，知我者鲍子也。士为知己者死，而况为之哀乎！”

卷七《政理》

匿人之善者，是谓蔽贤也；扬人之恶者，是谓小人也；不内相教而外相谤者，是谓不足亲也。言人之善者，有所得而无所伤也；言人之恶者，无所得而有所伤也。故君子慎言语矣，毋先己而后人，择言出之，令口如耳。

齐侯问于晏子曰：“为政何患？”对曰：“患善恶之不分。”公曰：“何以察之？”对曰：“审择左右，左右善，则百僚各得其所宜而善恶分。”孔子闻之曰：“此言也信矣，善言进，则不善无由入矣；不进善言，则善无由入矣。”

卷八《尊贤》

夫取人之术也，观其言而察其行，夫言者所以抒其胸而发其情者也，能行之士，必能言之，是故先观其言而揆其行，夫以言揆其行，虽有奸宄之人，无以逃其情矣。

卷九《正谏》

晏子复于景公曰："朝居严乎？"公曰："朝居严，则曷害于国家哉？"晏子对曰："朝居严，则下无言，下无言，则上无闻矣。下无言则谓之喑，上无闻则谓之聋；聋喑则非害治国家如何也？"

卷十一《善说》

孙卿曰："夫谈说之术，齐庄以立之，端诚以处之，坚强以持之，譬称以谕之，分别以明之，欢欣愤满以送之，宝之，珍之，贵之，神之，如是则说常无不行矣。"夫是之谓能贵其所贵。《传》曰："唯君子为能贵其所贵也。"《诗》云："无易由言，无曰苟矣。"鬼谷子曰："人之不善而能矫之者难矣。说之不行，言之不从者，其辩之不明也；既明而不行者，持之不固也；既固而不行者，未中其心之所善也。辩之，明之，持之，固之，又中其人之所善，其言神而珍，白而分，能入于人之心，如此而说不行者，天下未尝闻也。此之谓善说。"子贡曰："出言陈辞，身之得失，国之安危也。"《诗》云："辞之绎矣，民之莫矣。"夫辞者人之所以通也。主父偃曰："人而无辞，安所用之。"昔子产修其辞而赵武致其敬；王孙满明其言而楚庄以惭；苏秦行其说而六国以安；蒯通陈其说而身得以全。夫辞者乃所以尊君、重身、安国、全性者也。故辞不可不修而说不可不善。

卷十四《至公》

孔子生于乱世，莫之能容也。故言行于君，泽加于民，然后仕；言不行于君，泽不加于民，则处。孔子怀天覆之心，挟仁圣之德，悯时俗之污泥，伤纪纲之废坏，服重历远，周流应聘，乃俟幸施道，以子百姓，而当世诸侯莫能任用，是以德积而不肆，大道屈而不伸，海内不蒙其化，群生不被其恩，故喟然而叹曰："而有用我者，则吾其为东周乎！"故孔子行说，非欲身运德于一城，将欲舒之于天下，而建之于群生者耳。

卷十六《谈丛》

谒问析辞勿应，怪言虚说勿称；谋先事则昌，事先谋则亡。

穷乡多曲学：小辩害大智，巧言使信废，小惠妨大义。不困在于早虑，不穷在于早豫。欲人勿知，莫若勿为；欲人勿闻，莫若勿言。非所言勿言，以避其患；非所为勿为，以避其危；非所取勿取，以避其诡；非所争勿争，以避其声。

知命者不怨天，知己者不怨人；人而不爱则不能仁，佞而不巧则不能信；言善毋及身，言恶毋及人；上清而无欲，则下正而民朴。来事可追也，往事不可及。无思虑之心则不达，无谈说之辞则不乐。

曾子曰："入是国也，言信乎群臣，则留可也；忠行乎群臣，则仕可也；泽施乎百姓，则安可也。"口者，关也；舌者，机也。出言不当，四马不能追也。口者，关也；舌者，兵也；出言不当，反自伤也。言出于己，不可止于人；行发于迩，不可止于远。夫言行者君子之枢机，枢机之发，荣辱之本也，可不慎乎？故蒯子羽曰："言犹射也。栝既离弦，虽有所悔焉，不可从而退已。"《诗》曰："白圭之玷，尚可磨也，斯言之玷，不可为也。"

百行之本，一言也。一言而适，可以却敌；一言而得，可以保国。响不能独为声，影不能倍曲为直，物必以其类及，故君子慎言出己。

君子之言寡而实，小人之言多而虚；君子之学也，入于耳，藏于心，行之以身；君子之治也，始于不足见，终于不可及也。君子虑福弗及，虑祸百之，君子择人而取，不择人而与，君子实如虚，有如无。

卷十七《杂言》

孔子曰："由，记之，吾语若：贲于言者，华也，奋于行者，伐也。夫色智而有能者，小人也。故君子知之为知之，不知为不知，言之要也；能之为能，不能为不能，行之至也。言要则知，行要则仁；既知且仁，夫有何加矣哉？由，《诗》云：'汤降不迟，圣教日跻。'此之谓也。"

卷二十《反质》

仲尼问老聃曰："甚矣！道之于今难行也！吾比执道委质以当世之君，而不我受也。道之于今难行也。"老子曰："夫说者流于听，言者乱于辞，如此二者，则道不可委矣。”

《西京杂记》[1]

卷二

扬雄读书。有人语之曰无为自苦，玄故难传，忽然不见。雄著《太玄经》，梦吐凤凰集元之上，顷而灭。司马相如为《上林》《子虚》赋，意思萧散不复与外事相关，控引天地，错综古今，忽然如睡，跃然而兴，几百日而后成。其友人盛览，字长通，牂柯名士，尝问以作赋。相如曰：“合綦组以成文，列锦绣而为质，一经一纬，一宫一商，此赋之迹也。赋家之心，苞括宇宙，总览人物，斯乃得之于内不可得而传。”览乃作合组歌列锦赋而退。终身不复敢言作赋之心矣。

卷六

广川王去疾，好聚无赖少年，游猎毕弋无度，国内冢藏一皆发掘。余所知爰猛说其大父为广川王中尉，每谏王不听，病免归家。说王所发掘冢墓，不可胜数，其奇异者百数焉。为余说十许事，今记之如左。

《论衡》[2]

《逢遇篇》

故至言弃捐，圣贤距逆。非憎圣贤，不甘至言也。圣贤务高，至言难行也。夫以大才干小才，小才不能受，不遇固宜。

商鞅三说秦孝公，前二说不听，后一说用者，前二，帝王之论；后一，霸者之议也。夫持帝王之论，说霸者之主，虽精见拒；更调霸说，虽粗见受。何则？精遇孝公所不得，粗遇孝公所欲行也。故说者不在善，在

① 西汉·刘歆撰《西京杂记》，晋·葛洪辑，上海古籍出版社，1991。

② 东汉·王充撰《论衡》，《诸子集成》第七册，上海书店，1986。

所说者善之；才不待贤，在所事者贤之。马圄之说无方，而野人说之；子贡之说有义，野人不听。

世俗之议曰："贤人可遇，不遇亦自其咎也。生不希世准主，观鉴治内，调能定说，审词际会，能进有补赡，士何不遇之有？今则不然，作无益之能，纳无补之说，以夏进炉，以冬奏扇，为所不欲得之事，献所不欲闻之语，其不遇祸，幸矣！何福佑之有乎？"进能有益，纳说有补，人之所知也。或以不补而得佑，或以有益而获罪；且夏时炉以炙湿，冬时扇以羽火，世可希，主不可准也。说可转，能不可易也。世主好文，己为文则遇；主好武，己则不遇。主好辩，有口则遇；主不好辩，己则不遇。文主不好武，武主不好文，辩主不好行，行主不好辩。文与言，尚可暴习；行与能，不可卒成。学不宿习，无以明名；名不素著，无以遇主。仓猝之业，须臾之名，日力不足不预闻，何以准主而纳其说，进身而托其能哉？

《书虚篇》

世信虚妄之书，以为载于竹帛上者，皆贤圣所传，无不然之事，故信而是之，讽而读之；睹真是之传，与虚妄之书相违，则并谓短书不可信用。夫幽冥之实尚可知，沉隐之情尚可定，显文露书，是非易见，笼总并传，非实事，用精不专，无思于事也。夫世间传书，诸子之语，多欲立奇异，作惊目之论，以骇世俗之人，为谲诡之书，以著殊异之名。

《变虚篇》

人君有善言善行，善行动于心，善言出于意，同由共本，一气不异。宋景公出三善言，则其先三善言之前，必有善行也。有善行，必有善政。政善，则嘉瑞臻，福祥至，荧惑之星，无为守心也。使景公有失误之行，以致恶政，恶政发，则妖异见，荧惑之守心，桑谷之生朝。高宗消桑谷之变，以政不以言；景公却荧惑之异，亦宜以行。景公有恶行，故荧惑守心。不改政修行，坐出三善言，安能动天？天安肯应？何以效之？使景公出三恶言，能使荧惑守心乎？夫三恶言不能使荧惑守心，三善言安能使荧惑退徙三舍？以三善言获二十一年，如有百善言，得千岁之寿乎？非天佑善之意，应诚为福之实也。

《儒增篇》

言事者好增巧美，数十中之，则言其百中矣。百与千，数之大者也。实欲言“十”则言“百”，“百”则言“千”矣。

儒书言：“楚熊渠子出，见寝石，以为伏虎，将弓射之，矢没其卫。”或曰：“养由基见寝石，以为兕也，射之，矢饮羽。”或言：“李广。”便是熊渠、养由基、李广主名不审，无实也。或以为“虎”，或以为“兕”，兕、虎俱猛，一实也。或言“没卫”，或言“饮羽”，羽则卫，言不同耳。要取以寝石似虎、兕，畏惧加精，射之入深也。夫言以寝石为虎，射之矢入，可也；言其没卫，增之也。

《艺增篇》

世俗所患，患言事增其实，著文垂辞，辞出溢其真，称美过其善，进恶没其罪。何则？俗人好奇，不奇，言不用也。故誉人不增其美，则闻者不快其意；毁人不益其恶，则听者不惬于心。闻一增以为十，见百益以为千，使夫纯朴之事，十剖百判；审然之语，千反万畔。墨子哭于练丝，杨子哭于歧道，盖伤失本，悲离其实也。蜚流之言，百传之语，出小人之口，驰闾巷之间，其犹是也。诸子之文，笔墨之疏，人贤所著，妙思所集，宜如其实，犹或增之。傥经艺之言，如其实乎？言审莫过圣人，经艺万世不易，犹或出溢，增过其实。增过其实，皆有事为，不妄乱语，以少为多也。然而必论之者，方言经艺之增，与传语异也。经增非一，略举较著，令恍惑之人，观览采择，得以开心通意，晓解觉悟。

《效力篇》

问曰：“说一经之儒，可谓有力者？”曰：“非有力者也。”陈留庞少都，每荐诸生之吏，常曰：“王甲某子，才能百人。”太守非其能，不答。少都更曰：“言之尚少。王甲某子，才能百万人。”太守怒曰：“亲吏妄言！”少都曰：“文吏不通一经一文，不调师一言；诸生能说百万章句，非才知百万人乎？”太守无以应。夫少都之言，实也，然犹未也。何则？诸生能传百万言，不能览古今，守信师法，虽辞说多，终不为博。殷、周以前，颇载《六经》，儒生所不能说也。秦、汉之事，儒生不见，力劣不能览也。

《别通篇》

夫富人不如儒生，儒生不如通人。通人积文，十箧以上，圣人之言，贤者之语，上自黄帝，下至秦汉，治国肥家之术，刺世讥俗之言备矣。使人通明博见，其为可荣，非徒缣布丝帛也。

《超奇篇》

通书千篇以上，万卷以下，弘畅雅言，审定文读，而以教授为人师者，通人也。杼其义旨，损益其文句，而以上书奏记，或兴论立说，结连篇章者，文人、鸿儒也。好学勤力，博闻强识，世间多有；著书表文，论说古今，万不耐一。然则著书表文，博通所能用之者也。入山见木，长短无所不知；入野见草，大小无所不识，然而不能伐木以作室屋，采草以和方药，此知草木所不能用也。夫通人览见广博，不能掇以论说，此为匿生书主人，孔子所谓“诵诗三百，授之以政不达”者也，与彼草木不能伐采，一实也。孔子得《史记》以作《春秋》，及其立义创意，褒贬赏诛，不复因《史记》者，眇思自出于胸中也。凡贵通者，贵其能用之也。即徒诵读，读诗讽术，虽千篇以上，鹦鹉能言之类也。衍传书之意，出膏腴之辞，非俶傥之才，不能任也。夫通览者，世间比有；著文者，历世希然。

儒生说名于儒门，过俗之远也。或不能说一经，教诲后生，或带徒聚众，说论洞溢，称为经明；或不能成牍治一说，或不能陈得失，奏便宜，言应经传，文如星月。其高第若谷子云、唐子高者，说书于牍奏之上，不能连结篇章。或抽列古今，纪著行事，若司马子长、刘子政之徒，累积篇第，文以万数，其过子云、子高远矣；然而因成纪前，无胸中之造。若夫陆贾、董仲舒，论说世事，由意而出，不假取于外，然而浅露易见，观读之者犹曰传记。

王公子问于桓君山以扬子云。君山对曰：“汉兴以来，未有此人。”君山差才，可谓得高下之实矣。采玉者心羡于玉，钻龟者知神于龟。能差众儒之才，累其高下，贤于所累。又作《新论》，论世间事，辩照然否，虚妄之言，伪饰之辞，莫不证定。彼子长、子云，论说之徒，君山为甲。自君山以来，皆为鸿眇之才，故有嘉令之文。笔能著文，则心能谋论，文由胸中而出，心以文为表。观见其文，奇伟俶傥，可谓得论也。由此言之，繁文之人，人之杰也。

论说之出，犹弓矢之发也。论之应理，犹矢之中的。夫射以矢中效巧，论以文墨验奇。奇巧俱发于心，其实一也。

周有郁郁之文者，在百世之末也。汉在百世之后，文论辞说，安得不茂？喻大以小，推民家事，以睹王廷之义。

《谴告篇》

孝武皇帝好仙，司马长卿献《大人赋》，上乃仙仙有凌云之气。孝成皇帝好广宫室，扬子云上《甘泉颂》，妙称神怪，若曰非人力所能为，鬼神力乃可成。皇帝不觉，为之不止。长卿之赋，如言仙无实效；子云之颂，言奢有害，孝武岂有仙仙之气者，孝成岂有不觉之惑哉？然则天之不为他气以谴告人君，反顺人心以非应之，犹二子为赋颂，令两帝惑而不悟也。

《商虫篇》

《诗》云："营营青蝇，止于藩。恺悌君子，无信谗言。"谗言伤善，青蝇污白，同一祸败，诗以为兴。

《须颂篇》

龙无云雨，不能参天；鸿笔之人，国之云雨也。载国德于传书之上，宣昭名于万世之后，厥高非徒参天也。城墙之土，平地之壤也，人加筑蹈之力，树立临池。国之功德，崇于城墙；文人之笔，劲于筑蹈。圣主德盛功立，莫不褒颂纪载，奚得传驰流去无疆乎？人有高行，或誉得其实，或欲称之不能言，或谓不善，不肯陈一。断此三者，孰者为贤？五三之际，于斯为盛。孝明之时，众瑞并至，百官臣子，不为少矣，唯班固之徒，称颂国德，可谓誉得其实矣。颂文谲以奇，彰汉德于百代，使帝名如日月，孰与不能言，言之不美善哉？

《订鬼篇》

夫精念存想，或泄于目，或泄于口，或泄于耳。泄于目，目见其形；泄于耳，耳闻其声；泄于口，口言其事。

《定贤篇》

以辩于口，言甘辞巧为贤乎？则夫子子贡之徒是也。子贡之辩胜颜渊，孔子序置于下。实才不能高，口辩机利，人决能称之。夫自文帝尚多虎圈啬夫，少上林尉。张释之称周勃张相如，文帝乃悟。夫辩于口，虎圈啬夫之徒也，难以观贤。以敏于笔文墨丽集为贤乎？夫笔之于口一实也。口出以为言，笔书以为文。口辩才未必高，然则笔敏，知未必多也。

何以观心？必以言。有善心则必有善言。以言而察行，有善言则有善行矣。言行无非，治家亲戚有伦，治国则尊卑有序，无善心者，白黑不分，善恶同伦，政治错乱，法度失平。故心善无不善也，心不善无能善，心善则能辩然否。然否之义定，心善之效明，虽贫贱困穷，功不成而效不立，犹为贤矣。故治不谋功，要所用者是；行不责效，期所为者正，正是审明，则言不须繁，事不须多。故曰：言不务多，务审所谓；行不务远，务审所由。言得道理之心，口虽讷不辩，辩在胸臆之内矣。故人欲心辩，不欲口辩，心辩则言丑而不违，口辩则辞好而无成。

孔子称少正卯之恶曰："言非而博，顺非而泽。内非而外以才能饰之，众不能见则以为贤。"夫内非外饰，是世以为贤，则夫内是外无以自表者，众亦以为不肖矣。是非乱而不治，圣人独知之。人言行多若少正卯之类，贤者独识之。世有是非错谬之言，亦有审误纷乱之事。决错谬之言，定纷乱之事，惟贤圣之人为能任之。圣心明而不暗，贤心理而不乱。用明察非，非无不见；用理铨疑，疑无不定。与世殊指，虽言正是，众不晓见。何则？沉溺俗言之日久，不能自还以从实也。是故正是之言，为众所非；离俗之礼，为世所讥。管子曰："君子言堂满堂，言室满室。"怪此之言何以得满？如正是之言出，堂之人皆有正是之知，然后乃满。如非正是，人之乖剌异，安得为满？夫歌曲妙者，和者则寡；言得实者，然者则鲜。和歌与听言，同一实也。曲妙则人不能尽和，言是则人不能皆信。

《正说篇》

儒者说五经，多失其实。前儒不见本末，空生虚说；后儒信前师之言，随趣述故，滑习辞语，苟名一师之学趋，为师教授，及时早仕，汲汲竞进，不暇留精用心，考实根核。故虚说传而不绝，实事没而不见，《五经》并失其实。《尚书》《春秋》事较易，略正题目粗粗之说，以照篇中微妙之文。

《书解篇》

或曰："士之论高，何必以文?"答曰：夫人有文质乃成，物有华而不实，有实而不华者。《易》曰："圣人之情见乎辞。"出口为言，集札为文，文辞施设，实情敷烈。夫文德世服也，空书为文，实行为德，著之于衣为服，故曰："德弥盛者文弥缛，德弥彰者人弥明。大人德扩其文炳，小人德炽其文斑，官尊而文繁，德高而文积。"

《对作篇》

是故《论衡》之造也，起众书并失实，虚妄之言胜真美也。故虚妄之语不黜，则华文不见息；华文放流，则实事不见用。故《论衡》者，所以铨轻重之言，立真伪之平，非苟调文饰辞，为奇伟之观也。其本皆起人间有非，故尽思极心，以讥世俗。世俗之性，好奇怪之语，说虚妄之文。何则？实事不能快意，而华虚惊耳动心也。是故才能之士，好谈论者，增益实事，为美盛之语；用笔墨者，造生空文，为虚妄之传。听者以为真然，说而不舍；览者以为实事，传而不绝。不绝，则文载竹帛之上；不舍，则误入贤者之耳。至或南面称师，赋奸伪之说；典城佩紫，读虚妄之书。明辨然否，疾心伤之，安能不论？孟子伤杨、墨之议，大夺儒家之论，引平直之说，褒是抑非，世人以为好辩。孟子曰："予岂好辩哉？予不得已!"今吾不得已也。虚妄显于真，实诚乱于伪，世人不悟，是非不定，紫朱杂厕，瓦玉集糅，以情言之，岂吾心所能忍哉！卫骖乘者越职而呼车，恻怛发心，恐上之危也。夫论说者悯世忧俗，与卫骖乘者同一心矣……实得则上教从矣。冀悟迷惑之心，使知虚实之分。实虚之分定，而华伪之文灭；华伪之文灭，则纯诚之化日以孳矣。

《自纪篇》

才高而不尚苟作，口辩而不好谈对，非其人终日不言。其论说始若诡于众，极听其终，众乃是之。以笔著文，亦如此焉。操行事上，亦如此焉……淫读古文，甘闻异言。世书俗说，多所不安，幽处独居，考论实虚。

故闲居作《讥俗》《节义》十二篇。冀俗人观书而自觉，故直露其文，集以俗言。或谴谓之浅。答曰：以圣典而示小雅，以雅言而说丘野，不得所晓，无不逆者。故苏秦精说于赵，而李兑不说；商鞅以王说秦，而孝公不用。夫不得心意所欲，虽尽尧、舜之言，犹饮牛以酒，啖马以脯也。故鸿丽深懿之言，关于大而不通于小。不得已而强听，入胸者少。孔子失马于野，野人闭不与；子贡妙称而怒，马圄谐说而懿。俗晓露之言，勉以深鸿之文……

充书形露易观。或曰："口辨者其言深，笔敏者其文沉。案经艺之文，贤圣之言，鸿重优雅，难卒晓睹。世读之者，训古乃下。盖贤圣之才鸿，故其文语与俗不通。玉隐石间，珠匿鱼腹，非玉工珠师，莫能采得。宝物以隐闭不见，宝语亦宜深沉难测。讥俗之书，欲悟俗人，故形露其指，为分别之文。"

充书不能纯美。或曰："口无择言，笔无择文。文必丽以好，言必辩以巧。言了于耳，则事味于心；文察于目，则篇留于手。故辩言无不听，丽文无不写。今《新书》既在论譬，说俗为戾，又不美好，于观不快。盖师旷调音，曲无不悲；狄牙和膳，肴无淡味。然则通人造书，文无瑕秽。《吕氏》《淮南》，悬于市门，观读之者，无訾一言。今无二书之美文，虽众盛犹多谴毁。"答曰："夫养实者不育华，调行者不饰辞。丰草多华英，茂林多枯枝。为文欲显白其为，安能令文而无谴毁？救火拯溺，义不得好；辩论是非，言不得巧。入泽随龟，不暇调足；深渊捕蛟，不暇定手。言奸辞简，指趋妙远；语甘文峭，务意浅小。稻谷千钟，糠皮太半；阅钱满亿，穿决出万。大羹必有淡味，至宝必有瑕秽，大简必有大好，良工必有不巧。然则辩言必有所屈，通文犹有所黜。"

充书文重。或曰："文贵约而指通，言尚省而趋明；辩士之言要而达，文人之辞寡而章。今所作新书出万言，繁不省，则读者不能尽；篇非一，则传者不能领。披躁人之名，以多为不善。语约易言，文重难得。玉少石多，多者不能为珍；龙少鱼众，少者固为神。"答曰："有是言也。盖寡言无多，而华文无寡。为世用者，百篇无害；不为用者，一章无补。如皆为用，则多者为上，少者为下。累积千金，比于一百，孰为富者？盖文多胜寡，财寡愈贫。世无一卷，吾有百篇；人无一字，吾有万言，孰者为贤？今不曰所言非而云泰多，不曰世不好善而曰不能领，斯著吾书所以不得省也……"

《白虎通疏证》[①]

卷三《礼乐》

乐所以必歌者何？夫歌者，口言之也。中心喜乐，口欲歌之，手欲舞之，足欲蹈之。故《尚书》曰："前歌后舞，假于上下。"

问曰：异说并行，则弟子疑焉。孔子有言："吾闻择其善者而从之，多见而志之，知之次也。""文武之道未坠于地。""天之将丧斯文也。""乐亦在其中矣。"圣人之道，犹有文质，所以拟其说，述所闻者，亦各传其所受而已。

《潜夫论笺校正》[②]

《务本第二》

教训者，以道义为本，以巧辩为末；辞语者，以信顺为本，以诡丽为末；列士者以孝悌为本，以交游为末；孝悌者，以致养为本，以华观为末；人臣者，以忠正为本，以媚爱为末：五者守本离末则仁义兴，离本守

① 清・陈立疏撰《白虎通疏证》，吴则虞点校，中华书局，1994。

② 清・汪继培笺撰《潜夫论笺校正》，中华书局，1985。

末则道德崩。

夫教训者，所以遂道术而崇德义也。今学问之士，好语虚无之事，争著雕丽之文，以求见异于世，品人鲜识，从而高之，此伤道德之实，而或蒙夫之大者也。诗赋者，所以颂善丑之德，泄哀乐之情也，故温雅以广文，兴喻以尽意。今赋颂之徒，苟为饶辩屈蹇之辞，竞陈诬罔无然之事，以索见怪于世，愚夫戆士，从而奇之，此悖孩童之思，而长不诚之言者也。

《贤难第五》

处士不得直其行，朝臣不得直其言，此俗化之所以败，暗君之所以孤也。齐侯之以夺国，鲁公之以放逐，皆败绩厌覆于不暇，而用及治乎？故德薄者恶闻美行，政乱者恶闻治言，此亡秦之所以诛偶语而坑术士也。

且凡士之所以为贤者，且以其言与行也。忠正之言，非徒誉人而已也，必有触焉……

《考绩第七》

夫圣人为天口，贤人为圣译。是故圣人之言，天之心也。贤者之所说，圣人之意也。

群僚师尹，咸有典司，各居其职，以责其效；百郡千县，各因其前，以谋其后；辞言应对，各缘其文，以核其实，则奉职不解，而陈言者不得诬矣。《书》云："赋纳以言，明试以功，车服以庸，谁能不让？谁能不敬应？"

《述赦第十六》

夫方以类聚，物以群分。人之情皆见乎辞，故诸言不当赦者，非修身慎行，则必忧哀谨慎而嫉毒奸恶者也。

《断讼第十九》

孔子曰：乱之所生者，则言语以为阶。

《释难第二十九》

潜夫曰："夫譬喻也者，生于直告之不明，故假物之然否以彰之。物之有然否也，非以其文也，必以其真也。今子举其实文之性以喻，而欲使鄙也释其文，鄙也惑焉。且吾闻问阴对阳，谓之强说；论西诘东，谓之强难。"

《交际第三十》

君子屡盟，乱是用长。大人之道，周而不比，微言相感，掩若同符，又焉用盟？孔子恂恂，似不能言者，又称"訚訚言，惟谨也"。士贵有辞，亦憎多口。故曰："文质彬彬，然后君子"。与其不忠，刚毅木纳，尚近仁义。

呜呼哀哉！凡今之人，言方行圆，口正心邪，行与言谬，心与口违；论古则知称夷、齐、原、颜，言今则必官爵职位；虚谈则知以德义为贤，贡荐则必阀阅为前。处子虽躬颜、闵之行，性劳谦之质，秉伊、吕之才，怀救民之道，其不见资于斯世也，亦已明矣！

《政论校注》[①]

《阙题四》

《易》曰："言行，君子所以动天地也。"仲尼曰："人而无信，不知其可。"今官之接民，甚多违理，苟解面前，不顾先哲……

《附录·论崔寔》

昔者观孔子之书，见其于子贡、仲由之徒善于说辞，必深折而重抑之，明足以亿事，未为有过也，而伤其多言；以仕为学，未为违道也，而恶其口给而近佞，心常以为惑，奚孔子不贵于言若是耶？及观战国之际，天下之士皆弃道德仁义而不修，以口舌磨切世主，而觊势窃柄，大者亡人之国，小者自杀其身。又甚焉者，著为邪说以为后世害，纷然出

① 孙启治撰《政论校注》，中华书局，2012。

乎斯道之外，流于刻薄，荒鄙诬民，败俗之归，而不自知也。然后喟然叹曰：此孔子所以圣乎其预知之矣，凡乱之生，必有所始也。刍灵之弊，必至于以人殉葬；象箸之弊，必至于瑶台琼室。孔子之教人以勿易于言，而周卒以口舌纵横之辨而亡。夫言岂可苟哉！快意于一言，或足以祸万世；发愤立一事，或可以祸异时。矫当时之失，不求古今之变，而轻于持论，非知道者也。彼崔寔者，独何人哉？愤时君之柔暗，则论柔暗之失可也。遽为邪说，不顾理之是非，而谓凡为治者必以严，而治以宽而乱，此岂理也耶？

《昌言校注》[①]

《理乱篇》

……信任亲爱者，尽佞谄容说之人也；宠贵隆丰者，尽后妃姬妾之家也。

《阙题七》

故士不与其言，何知其术之浅深？不试之事，何以知其能之高下？与群臣言议者，又非但用观彼之志行、察彼之才能也，乃所以自弘天德、益圣性也。

《申鉴注校补》[②]

《时事第二》

不求无益之物，不蓄难得之货，节华丽之饰，退利进之路，则民俗清矣。简小忌，去淫祀，绝奇怪，则妖伪息矣。致精诚，求诸己，正大事，则神明应矣。放邪说，去淫智，抑百家，崇圣典，则道义定矣。

---

① 孙启治撰《昌言校注》，中华书局，2012。

② 孙启治校撰《申鉴注校补》，中华书局，2012。

《俗嫌第三》

在上者不受虚言，不听浮术，不采华名，不兴伪事，言必有用，术必有典，名必有实，事必有功。

《杂言上第四》

君子食和羹以平其气，听和声以平其志，纳和言以平其政，履和行以平其德。夫酸咸甘苦不同，嘉味以济谓之和羹。宫商角徵不同，嘉音以章，谓之和声。臧否损益不同，中正以训，谓之和言。趋舍动静不同，雅度以平，谓之和行。

《中论》[①]

《中论序》

年十四，始读五经，发愤忘食，下帷专思，以夜继日，父恐其得疾，常禁止之。故能未至弱冠，学五经悉载于口，博览传记，言则成章，操翰成文矣。

《治学第一》

故君子心不苟愿，必以求学；身不苟动，必以从师；言不苟出，必以博闻。是以情性合人，而德音相继也。……故曰学者所以总群道也。群道总乎己心，群言一乎己口。

《贵言第六》

君子必贵其言，贵其言则尊其身，尊其身则重其道，重其道所以立其教；言贵则身贱，身贱则道轻，道轻则教废；故君子非其人则弗与之言。若与之言，必以其方：农夫则以稼穑，百工则以技巧，商贾则以贵贱，府吏则以官守，大夫及士则以法制，儒生则以学业。故《易》曰："艮其辅，言有

① 东汉·徐幹撰《中论》，浙江人民出版社，1984。

序。”不失事中之谓也。若夫父慈子孝，姑爱妇顺，兄友弟恭，夫敬妻听，朋友必信，师长必教，有司日月虑知乎州闾矣。虽庸人则亦循循然与之言，此可也；过此而往，则不可也。故君子之与人言也，使辞足以达其知虑之所至，事足以合其性情之所安，弗过其任而强牵制也。苟过其任而强牵制，则将昏瞀委滞，而遂疑君子以为欺我也。不则曰无闻知矣，非故也，明偏而示之以幽，弗能照也；听寡而告之以微，弗能察也，斯所资于造化者也。虽曰无讼，其如之何？故孔子曰：“可与言而不与之言，失人；不可与言而与之言，失言。”知者不失人，亦不失言。

《核辩第八》

夫辩者，求服人心也，非屈人口也。故辩之为言别也，为其善分别事类而明处之也。非谓言辞切给，而以陵盖人也。故传称《春秋》微而显、婉而辩者。然则辩之言必约以至，不烦而谕，疾徐应节，不犯礼教，足以相称。乐尽人之辞，善致人之志，使论者各尽得其愿而与之得解。其称也无其名，其理也不独显，若此则可谓辩。故言有拙而辩者焉，有巧而不辩者焉。君子之辩也，欲以明大道之中也，是岂取一坐之胜哉！

人心之于是非也，如口于味也。口者非以己之调膳则独美，而与人调之则不美也。故君子之于道也，在彼犹在己也，苟得其中，则我心悦焉，何择于彼？苟失其中，则我心不悦焉，何取于此？故其论也，遇人之是则止矣；遇人之是而犹不止，苟言苟辩，则小人也。虽美说，何异乎鵙之好鸣，铎之喧哗哉！故孔子曰：“小人毁訾以为辩，绞急以为智，不逊以为勇。”斯乃圣人所恶，而小人以为美，岂不哀哉！

夫利口之所以得行乎世也，盖有由也。且利口者，心足以见小数，言足以尽巧辞，给足以应切问，难足以断俗疑，然而好说而不倦，谍谍如也。夫类族辩物之士者寡，而愚暗不达之人者多，孰知其非乎？此其所以无用而不见废也，至贱而不见遗也。先王之法，析言破律，乱名改作者，杀之；行僻而坚，言伪而辩，记丑而博，顺非而泽者，亦杀之。为其疑众惑民，而溃乱至道也。孔子曰“巧言乱德”，恶似而非者也。

《务本第十五》

人君之大患也，莫大于详于小事而略于大道，察其近物而暗于远图。

故自古及今，未有如此而不乱也，未有如此而不亡也。夫详于小事而察于近物者，谓耳听乎丝竹歌謡之和，目视乎雕琢彩色之章，口给乎辩慧切对之辞，心通乎短言小说之文，手习乎射御书数之巧，体骛乎俯仰折旋之容。凡此者，观之足以尽人之心，学之足以动人之志。且先王之末教也，非有小才小智，则也不能为也。

《慎所从第十七》

夫人之所常称曰：明君舍己而从人，故其国治以安；暗君违人而专己，故其国乱以危。乃一隅之偏说也，非大道之至论也。凡安危之势，治乱之分，在乎知所从，不在乎必从人也。人君莫不有从人，然或危而不安者，失所从也；莫不有违人，然或治而不乱者，得所违也。若夫明君之所亲任也皆贞良聪智，其言也皆德义忠信，故从之则安，不从则危；暗君之所亲任也皆佞邪愚惑，其言也皆奸回谄谀，从之安得治，不从之安得乱乎？夫言或似是而非实，或似美而败事，或似顺而违道，此三者非至明之君不能察也。

《亡国第十八》

荀子曰："人主之患，不在乎言不用贤，而在乎诚不用贤。言用贤者，口也；知贤者，行也。口行相反，而欲贤者之进，不肖者之退，不亦难乎！夫照蝉者，务明其火，振其树而已；火不明，虽振其树无益也。人主有能明其德者，则天下其归之，若蝉之归火也。"

《风俗通义校注》[①]

《风俗通义自序》

昔仲尼没而微言缺，七十子丧而大义乖……缀文之士，杂袭龙鳞，训注说难，转相陵高，积如丘山，可谓繁富者矣。而至于俗间行语，众所共传，积非习惯，莫能原察。今王室大坏，九州幅裂，乱靡有定，生民无

① 王利器撰《风俗通义校注》，中华书局，1981。

几。私惧后进，益以迷昧，聊以不才，举尔所知，方以类聚，凡十一卷，谓之《风俗通义》，言通于流俗之过谬，而事该之于义理也。

卷二《正失》

燕太子丹仰叹，天为雨粟，乌白头，马生角，厨中木象生肉足，井上株木跳度渎。俗说：燕太子丹为质于秦，始皇执欲杀之，言能致此瑞者，可得生活；丹有神灵，天为感应，于是遣使归国。谨按：《太史记》：燕太子质秦，始皇遇之益不善，丹恐而亡归；归求勇士荆轲、秦武阳，函樊于期之首，贡督亢之地图，秦王大悦，礼而见之，变起两楹之间，事败而荆轲立死。始皇大怒，乃益发兵伐燕，燕王走保辽东，使使斩丹以谢秦，燕亦遂灭。丹畏死逃归耳，自为其父所戮，手足圮绝，安在其能使雨粟，其余云云乎？原其所以有兹语者，丹实好士，无所爱吝也，故闾阎小论饰成之耳。

俗言：东方朔太白星精，黄帝时为风后，尧时为务成子，周时为老聃，在越为范蠡，在齐为鸱夷子皮。言其神圣能兴王霸之业，变化无常。谨按：《汉书》："东方朔，平原人也。孝武皇帝时，招延贤良、文学之士，待以不次之位，故四方多上书言得失自炫鬻者……"朔文辞不逊，高自称誉，由是见伟，稍益亲幸，官至太中大夫，倡优畜之，不豫国政。刘向少时，数问长老贤人通于事及朔时人，皆云：朔口谐倡辩，不能持论，喜为凡庸诵说，故令后世多传闻者。而扬雄亦以为"朔言不纯师，行不纯德，其流风遗书，蔑如也。然朔所以名过其实，以其恢诞多端，不名一行，应谐似优，不穷似智，正谏似直，秽德似隐，非夷、齐，是柳惠，其滑稽之雄乎！"朔之逢占射覆，其事浮浅，行于众，僮儿牧竖，莫不炫耀，而后之好事者，因取奇言怪语附著之耳，安在能神圣历世为辅佐哉？

《独断》[①]

陛下者，陛阶也，所由升堂也。天子必有近臣执兵陈于陛侧，以戒不

① 东汉·蔡邕撰《独断》，浙江人民出版社，1984。

虞。谓之陛下者，群臣与天子言，不敢指斥天子，故呼在陛下者而告之。因卑达尊之意也，上书亦如之。及群臣士庶相与言曰殿下阁下执事之属，皆此类也。上者尊位所在也，太史令司马迁记事：当言帝则依违，但言上，不敢渫渎。言尊号，尊王之义也。……汉承秦法，群臣上书皆言昧死言。

集

《贾谊集校注》[①]

《过秦论下》

秦俗多忌讳之禁也，忠言未卒于口而身糜没矣。故使天下之士，倾耳而听，重足而立，阖口而不言。

《等齐》

天子之言曰令，令甲令乙是也；诸侯之言曰令，令仪令言是也。

《大政上》

夫一出而不可反者，言也，一见而不可得掩者，行也。故夫言与行者，知愚之表也，贤不肖之别也。是以智者慎言慎行，以为身福；愚者易言易行，以为身灾。故君子言必可行也，然后言之；行必可言也，然后行之。

《修政语上》

汤曰："药食尝于卑，然后至于贵；药言献于贵，然后闻于卑。"故药食尝于卑，然后至于贵，教也；药言献于贵，然后闻于卑，道也。故使人

① 《贾谊集校注》，吴云、李春台校注，天津古籍出版社，2010。

味食，然后食者，其得味也多；若使人味言，然后闻言者，其得言也少。故以是明上之于言也，必自也听之，必自也择之，必自也聚之，必自也藏之，必自也行之。

《蔡邕集编年校注》[①]

《陈政要七事疏》

三事：夫求贤之道，未必一涂，或以德显，或以言扬。顷者，立朝之士，曾不以忠信见赏，恒被谤讪之诛，遂使群下结口，莫图正辞。郎中张文，前独尽狂言，圣听纳受，以责三司。

① 邓安生撰《蔡邕集编年校注》，河北教育出版社，2002。

后　记

《先秦两汉言说资料汇编》经过三年多断断续续的工作，终于完成了，而且得到社会科学文献出版社的青睐，即将正式出版，焦灼之心，略可告慰。尽管如此，心底仍然是一丝绵长的缺憾——原本这只是一个系统计划中的一小部分。中国小说言说研究需要一个厚实的文献基础，所以基本的工作，就是编一个从先秦到清代言说或小说言说的资料汇编，甚至考虑连西方的也编一卷。这样，整个计划起码也应该是个五卷本的规模，也不知道这个全本何日能够实现！

编言说或小说言说资料汇编的目的，首先是为了我们自己。中国语言文学自 2013 年以来，先后被列为本校人文学院的建设学科、红河学院“十二五”校级建设学科、“十三五”重点学科，以及申硕工作的支撑学科，在建设规划中我们提出了小说言说的研究方向，试图将言说和小说连接起来进行研究，以拓展小说研究的视野和领域，因为我们觉得从言说角度进行小说研究具有潜在的学术前景，而相关研究很少，只有零星的文章讨论过一些具体的问题，以系统的眼光来审视和规划小说言说的研究，基本上还没有出现。但是，进行这样的研究，难度也是可想而知的，我们需要搞清楚言说的含义、言说的中西方异同、言说进入小说的方式、言说与小说言说的关系、小说言说的自我构建、小说言说的文学意义，等等，问题层出不穷。一切都牵涉言说和小说言说的文献和理论问题，文献是研究的根基，理论是研究的出口。两者有机结合，才能推动小说言说研究的发展。理论需要特别的才能和机缘，在不能提出理论之前，先进行文献建设，是比较务实的态度。所以我们决定先行编撰小说言说的资料汇编，给自己提供阅读、思考的文本，以资申发。同时，也希望通过资料汇编的工作，让相关人员亲自接触文献，熟悉文献，打好研究的基础，寓研究于编撰之中，培养论从材料出的意识，树立言必有据，不发空论的学风。当然，资料汇编也是小说言说研究论文、著作、课题的源泉，有资源，不愁没有话题。其次，如果能够给学界提供一个实用的小说言说资料汇编，使更多的研究者能够在此基础上发表高论，推动小说言说研究的更大发展，那不也是令人高兴的事情吗？

《先秦两汉言说资料汇编》是集体合作的结果，参与编撰工作的除了我本人，还有任群英教授、孙敬华副教授。孙敬华负责先秦经学部分，我负责先秦史部和诸子部分，任群英负责两汉部分。我们三人通力合作，各负其责，及时讨论，有序推进，都付出了应有的努力，由于水平有限，缺点错误在所难免，还望学界方家不吝赐教。

2015年开始设想和规划这个资料汇编的时候，是和整个中国语言文学当时设定的四个学科方向一起考虑的，准备红河流域语言接触与语言借用、小说言说、云南抗战文学、云南当代少数民族文学四个方向各编一个资料汇编，取了个“驽马十驾”的丛书名。布小继教授主持的《云南抗战文学作品选》早在2015年完工，并于2016年出版，其余则遥遥无期。我那时为这个丛书写了一个总序，其中说希望自己“早日拿出小说言说团队的完稿来”，“不要让小继博士和他的《云南抗战文学作品选》孤独地在前方等待太久”，这一等，就是三年多，尽管有了些许交代，内心仍然充满惭愧。

设想中小小的只有四本书的“驽马十驾”丛书是永远都不可能完璧了，因为负责云南当代少数民族文学的朱明已经永远地离开了，该方向已做了调整。但是，为了纪念当初的共同理想，为了给历史留下一个本来的样子，为了激励自己，我们还是不揣浅陋，不惧嗤笑，依然将那篇“驽马十驾”丛书的总序放在了这本小书的前面。

感谢彭强副校长、科技处张永杰处长、人文学院张平海院长、人文学院布小继副院长、社会科学文献出版社编辑张建中先生，没有他们热心的支持和帮助，本书的出版是不可想象的。

本书所引的绝大部分著作已获得相应授权。个别书籍虽经多方努力仍未联系到著作权人，望著作权人见到本书后及时与编者联系，以便协商。谢谢！

张　勇

2019年9月15日

云南蒙自·泥稗斋

图书在版编目（CIP）数据

先秦两汉言说资料汇编 / 张勇，任群英，孙敬华编
. -- 北京 ：社会科学文献出版社，2019.10
ISBN 978-7-5201-4984-6

Ⅰ. ①先… Ⅱ. ①张… ②任… ③孙… Ⅲ. ①中国文学-古典文学研究-先秦时代 ②中国文学-古典文学研究-汉代 Ⅳ. ①I206.2

中国版本图书馆 CIP 数据核字（2019）第 110677 号

先秦两汉言说资料汇编

编　　者 / 张　勇　任群英　孙敬华

出 版 人 / 谢寿光
责任编辑 / 张建中

出　　版 / 社会科学文献出版社·社会政法分社（010）59367156
地址：北京市北三环中路甲 29 号院华龙大厦　邮编：100029
网址：www.ssap.com.cn
发　　行 / 市场营销中心（010）59367081　59367083
印　　装 / 三河市尚艺印装有限公司

规　　格 / 开　本：787mm × 1092mm　1/16
印　张：22.75　字　数：371 千字
版　　次 / 2019 年 10 月第 1 版　2019 年 10 月第 1 次印刷
书　　号 / ISBN 978-7-5201-4984-6
定　　价 / 118.00 元